W0407316

WURDACK

Science Fiction

ISBN 978-3-938065-83-9
www.wurdackverlag.de
Lektorat: Armin Rößler
Coverart:

Michael K. Iwoleit

Die letzten Tage der Ewigkeit

Vorwort

von Franz Rottensteiner

In den letzten Jahren ist Michael K. Iwoleit zu einer fixen Größe in der deutschen Science Fiction geworden; als einer der Macher des SF-Magazins *Nova*, als Übersetzer, aber vor allem durch sein eigenes schriftstellerisches Werk, wobei die Entscheidung schwerfällt, ob seine Bedeutung als Kritiker oder als Autor von Novellen größer ist. Als Kritiker arbeitet er an einem großen Projekt, das die Science-Fiction-Geschichte vor allem als die der kurzen Erzählung interpretiert, und er ist bereits mit scharfsinnigen Analysen unter anderem der Kurzgeschichten von Alfred Bester, J.G. Ballard und Theodore Sturgeon hervorgetreten. Als Autor hat er sehr beachtliche längere, mehrfach preisgekrönte Erzählungen, vor allem in Wolfgang Jeschkes internationalen Anthologien bei Heyne, in Helmuth W. Mommers' Visionen-Anthologien bei Shayol und in *Nova* vorgelegt. Auch einige Romane stammen aus seiner Feder, vor allem *Psyhack* (Fabylon Verlag, 2007), der aus einer seiner gelungensten Erzählungen hervorging.

Dieser Band ist die erste Auswahl von Iwoleits besten Erzählungen in Buchform und zeigt seine Vorzüge. Einerseits beeindrucken seine Geschichten durch souverän originelle, oft düstere Settings, die häufig den Einfluss des Cyberpunk verraten; andererseits brillieren sie durch markante, im Gedächtnis haften bleibende Charaktere, die sich häufig durch außergewöhnliche Fähigkeiten auszeichnen (verbunden mit außergewöhnlichen Problemen). Als Geschichten, die von ihren Charakteren geprägt werden, sind vor allem »Ich fürchte kein Unglück«, »Die letzten Tage der Ewigkeit« und auch »Planck-Zeit« zu nennen. Der Kern von »Die letzten Tage der Ewigkeit« ist die Rivalität zweier konträrer Charaktere, auch um die Liebe einer Frau: eines Forschers und Entdeckers, dessen Errungenschaften öffentlichkeitswirksam und populär sind, und des Erzählers, dessen Errungenschaften substanzieller sind (und schließlich sogar, in einer Zeitschleife, eines van Vogt würdig), der als Wissenschaftler jedoch mehr im Verborgenen wirkt.

Vielleicht noch dramatischer verläuft die Entwicklung eines Computer-Genies in »Ich fürchte kein Unglück«. Als Kind löschte er dem Vater, einem anderen Computer-Tüftler, unabsichtlich die ganze Festplatte und zerstörte damit dessen Lebenswerk, was ihn mit Schuldgefühlen erfüllt. Seine Lebensgeschichte mit ihren Höhen und Tiefen führt ihn immer wieder mit einer psychisch gestörten Frau zusammen, die ihn lockt, sich ihm hingibt und wieder entzieht, und diese Lebensgeschichte ist auf faszinierende Weise mit seinen wissenschaftlichen Leistungen verknüpft – ähnlich auch in »Planck-Zeit«. Wissenschaftliche Problematik und persönliches Schicksal bilden in diesen Geschichten eine untrennbare Einheit, ohne dass das eine ein bloßer Aufputz für das andere wäre.

Iwoleit ist nicht nur in »Die letzten Tage der Ewigkeit« oder »Planck-Zeit« geschickt darin, rätselhafte Szenarien zu entwerfen, die die Welt als einen Ort zeigen, der nicht völlig verstanden werden kann. Beklemmend in seiner Rätselhaftigkeit, die für die Charaktere nicht auflösbar ist, gerät die Situation in »Das Urteil«. Die Erde erhält Besuch aus dem Weltall von Riesenraumschiffen, die mit desaströsen Folgen für die Menschheit angegriffen werden. Die Folge ist die völlige Zerstörung von Zivilisation und Gesellschaft, und die geheimnisvollen Besucher, keine Overlords als Geburtshelfer wie in Arthur C. Clarkes *Die letzte Generation*, zwingen die gesamte Menschheit, sich an einem Punkt der Erde versammeln. Die Erzählung ist im Wesentlichen die Schilderung der Reise eines dieser »Gerufenen« an den Versammlungspunkt – durch eine Alptraumwelt.

Wenn es ein zentrales Thema gibt, einen roten Faden, der viele von Iwoleits Texten durchzieht, ist es die Frage nach dem Wesen und den Grenzen des Menschen, der oft ins Transhumane erweitert wird: der Mensch, »das nicht feststellbare Tier«, dessen Natur angesichts des Ansturms neuer Techniken, seien es jetzt Bio- und Gentechniken oder die fortschreitende Digitalisierung der Welt, ungewisser denn je wird. Die Grenzen zwischen Pflanze und Tier, Tier und Mensch und Mensch und Maschine verschwinden immer mehr, die Science Fiction wird von einer Vielzahl hybrider Formen bevölkert: Androiden, Roboter, Cyborgs, Künstliche Intelligenzen. Uralte philosophische Fragen werden virulent und lassen sich nicht mehr auf klassische Weise beantworten. Prothesen aller Art, künstliche Gliedmaßen außen, mechanische Herzen im Inneren des menschlichen Körpers, übernehmen die Funktion natürlicher Organe, die nicht nur durch Mechanismen, sondern auch durch genetisch gezüchtete biologische Organe ersetzt werden können: etwa Schweineherzen oder geklonte Organe.

Das Problem der »Seele« gewinnt in Realität und Science Fiction neue Aktualität. Die jüdisch-christliche Überlieferung der Trennung von Leib und Seele, die Vorstellung, dass das Ich-Gefühl etwas vom Körper Separates sei, gewinnt in der neueren Science Fiction eine spezifische Ausprägung. Einige Computerfachleute wie Moravec sind der Ansicht, dass die Persönlichkeit des Menschen eine Art Computerprogramm sei, das auch in eine Maschine übertragen und dort fortlaufen könne; unzählige SF-Geschichten handeln davon, dass die Essenz des Menschen ein Programm ist, das auf Computer übertragen werden und in Computern fortexistieren kann; und dass sich dieses Programm dann auch wieder in fleischliche Körper »herunterladen« lässt. Bei Richard Morgan passiert das laufend, aber die Idee der Persönlichkeitsübertragung in andere Körper, ohne die heutige kybernetische Verbrämung, ist schon viel älter, man denke nur an eine Geschichte wie Rog Phillips' *Der Weltraum-Spion* (*The Cosmic Junkman*, 1953).

Im Grunde ist das eine technisierte, materialisierte Form der Descartischen Unterscheidung zwischen »res cogitans« und dem »res extans«, nur gesehen als rein pragmatisches technisches Problem, ohne metaphysisches Gerüst. Die Seele, das Bewusstsein, wäre dann ein Programm, das wahlweise auf elektronischen (Computern) oder biologischen Maschinen (menschlichen Körpern) laufen kann. Im Unterschied zur Seele in der Metaphysik ist sie allerdings etwas höchst Materielles und daher auch Sterbliches, weshalb eine wesentliche Voraussetzung für ein längeres Leben – eine »Unsterblichkeit« von begrenzter Dauer (weil die Körper von Geheimagenten und Söldnern, und um solche Figuren geht es in diesen Geschichten ja meist, im höchsten Maße der Gefahr der totalen Zerstörung ausgesetzt sind) – das Vorhandensein eines »Backup« ist, das eingesetzt werden kann, wenn ein solches Bewusstsein vernichtet wird. Über die Frage der Identität und der Verträglichkeit dieser Persönlichkeitsprogramme machen sich die Autoren meist keine Gedanken; das identische Muster wird unhinterfragt als persönliche Identität genommen.

Das sind natürlich meist schreckliche Vereinfachungen, die nur als nicht weiter reflektierte Prämisse für actionreiche Räuberpistolen, kybernetisch aufgemotzt, dienen, denn so leicht dürfte die

Übertragung von Persönlichkeiten doch nicht sein. Bedenkt man, welche Probleme die Kompatibilität von Betriebssystemen und Datenformaten schon bei den heutigen, im Vergleich dazu recht einfachen Computern bietet, so erscheint es kaum glaublich, dass ein Bewusstsein, als Programm betrachtet, so ohne Weiteres auf völlig verschiedenen Betriebssystemen wie denen einer Maschine und eines menschlichen Körpers (oder auch eines upgegradeten Tieres) problemlos funktionieren können sollte. Wenn schon die Übertragung von Blut infolge des Vorhandenseins verschiedener Blutgruppen nicht immer möglich ist, wie sollte da die Übertragung eines Bewusstseins von einem Körper in einen anderen klaglos funktionieren? Und bei dieser Körper-Seele-Dichotomie spielt der Körper, der ja ein bestimmtes Bewusstsein erst hervorgebracht hat, das von der genetischen Beschaffenheit als Folge der Vererbung bestimmt und durch Erziehung und Umwelteinflüsse geformt wurde, dann im weiteren Verlauf keine Rolle mehr, weil diese »Seele« zu etwas völlig von ihm Unabhängigem geworden ist, das nicht mehr an das Gehirn oder das Nervensystem gebunden ist, das es hervorgebracht hat.

Solchen Fragen stellt sich die Science Fiction kaum, wenn sie sich mit der fortschreitenden Computerisierung und Digitalisierung des Menschen befasst. Auch Iwoleit ist den Verlockungen menschlicher Allmacht nicht völlig entgangen, aber er hat einige interessante Varianten künftiger Hybridisierungen des Menschen auf dem Weg zu transhumanen, uns Heutigen unbegreiflichen Geschöpfen beschrieben.

Etwas, das mich an den Geschichten von einer Art »Unsterblichkeit« durch Persönlichkeitstransfers in andere Körper immer verblüfft hat, ist die Selbstverständlichkeit, mit der angloamerikanische Autoren es für gegeben nehmen, dass diese Wiedererweckung etwas Erstrebenswertes ist und die größte Strafe und Bedrohung der finale Tod, wenn es kein Backup gibt, das man wieder in einen neuen Körper transferieren könnte. Die Frage, was die Menschen mehr fürchten: das Sterben (das ja recht schmerzhaft sein kann) oder den Tod (der im Vergehen besteht und nicht weh tut), stellen sich die Autoren nicht. Ich persönlich vermute, dass die Menschen bloß nicht sterben wollen. Aber welche Hoffnung soll eine solche physische Wiedergeburt einem Geschundenen bieten, wenn sie realiter doch bloß bedeutet, dass er neuerlich geschunden werden kann und auch wird, wie die Geschichten nur allzu oft zeigen? (Iwoleit ist da näher an der Wahrheit dran, meine ich, seine Geschichte »Wege ins Licht« beschreibt eine Art von Unsterblichkeit als Hölle.)

Auch »Der Schattenmann« trägt seine Haut für den Auftraggeber, den er darstellt und beschützt, zu Markte, wofür ihm die Wiederherstellung seiner körperlichen Unversehrtheit winkt – aber Iwoleit erlaubt sich einen Twist, denn hier geschieht die Wiederherstellung durch ein unbekanntes Agens, obwohl von ihm gar nicht mehr genug vorhanden ist, als dass sie möglich sein sollte, und er entwickelt sich zu etwas Transhumanen, wobei die Geschichte richtigerweise offenlässt, wohin genau.

Einen gehörigen Dämpfer erhält die Sehnsucht nach dem Transhumanen, die den Menschen als »Krone der Schöpfung« gar noch übertreffen soll, in der frühen, in diesem Band enthaltenen Geschichte »Wachablösung«, obwohl darin ein Projekt menschlicher Geningenieurkunst beschrieben wird. In dieser Geschichte werden Sonden ins All ausgesetzt, die auf anderen Welten Leben verbreiten sollen – jedoch nicht menschliches, sondern ein primitives Leben, das die Chancen für eine eigenständige, völlig von der menschlichen divergierenden Entwicklung in sich birgt, und die Väter des Projekts landen auf diesen Welten, auf dem Müllhaufen der Evolution, ausgestoßen in einer Parodie des Geburtsaktes als Ballast:

> »Durch eine Öffnung in ihrem Hinterteil schied sie ein Bündel organischer Materie aus, das in einem Schwall von Blut und Wasser in den Fluss rutschte. Eine Weile wurde es von den flachen Wellen hier- und dorthin geschwemmt, auf Sandbänke geworfen und wieder fortgespült. Es lebte noch, als es schließlich nahe der Flussmündung zwischen zwei Felsen hängen blieb. Das Wesen starrte aus leeren Augenhöhlen unter einer geborstenen Schädeldecke zur Sonne empor.«

Das ist als Bild ein wirkungsvolles Gegengift zu allen Träumen von menschlicher Allmacht, die in Iwoleits Erzählungen ohnehin vielfach ironisch gebrochen sind, weil die Welt größer und rätselhafter ist als die großartigsten Menschenprojekte.

Der Schattenmann

Die Letzten Tage der Ewigkeit

Mir war klar, dass es mich irgendwann erwischen musste. Doch ich hätte nie gedacht, wie schrecklich es sein könnte, einen Anschlag zu überleben. Was von mir übrig ist, liegt seit vier Tagen in der trüben Brühe eines Inkubatortanks. Ich bin nur noch ein Bündel aus Adern, Sehnen und Fleischfetzen, doch selbst das ist weit mehr, als sich auf eine vernünftige Weise erklären lässt. Ein Dissolver ist eine schrecklich gründliche Waffe. Nach einem Schuss sollte nichts übrig sein, was sich fragen kann, wieso es noch lebt. Ich habe aber nicht einmal Schmerzen.

Als ich auf der Intensivstation erwachte, erinnerte ich mich sofort an den Abend im Hotel Pergamon. Ich litt weder unter Gedächtnisverlust noch Desorientierung. Und ich begriff schnell, dass die Flüssigkeit, in der ich schwamm, nur das Nährserum in einem Inkubatortank sein konnte. Es war mir ein völliges Rätsel, wie ich überlebt hatte. Der Dissolver war zwei Handbreit vor meinem Gesicht abgefeuert worden und hätte alle organische Materie in einem Radius von acht Metern atomisieren müssen. Doch soweit ich erkennen konnte, hatte etwa ein Drittel meiner Körpersubstanz, eine Seite des Torsos, ein Beinstumpf und der Schädel, der Entladung widerstanden. Unter normalen Umständen nicht einmal genug, um in einem Tank zu überleben. Doch ich lebe immer noch, und das eigentlich Furchtbare daran ist, dass ich geistig völlig klar bin.

Die dumpfen Stimmen draußen und die vielen verschwommenen Gestalten, die meinen Tank umwimmeln, lassen mich ahnen, welche Aufregung die absurde Weigerung meiner Überreste, doch endlich zu sterben, ausgelöst haben muss. Ein Tank ist ein autonomes System, und wenn sich erst seine Sonden und Sensoren in den Schwerverletzten gebohrt und die wattigen Flocken im Serum damit angefangen haben, seine Wunden mit künstlichem Gewebe zu flicken, bleibt auch den ausgebufftesten Biotechnikern nichts mehr, außer zu warten. Ist ein Patient nicht nach spätestens einer Woche rosig wie ein Säugling und erschöpft dem Tank entstiegen, hat er keine Chance mehr, und das Gerät entsorgt seine sterblichen Überreste.

In meinem Fall lösten sich die Schläuche, Kapillaren und Glasfasern schon nach einem Tag, und die Zellkulturen, die mich umhüllt hatten, verfärbten sich wie fauliges Fruchtfleisch. Ich nutzte die Zeit, die ich noch zu haben glaubte, für einen melancholischen Rückblick auf meine Karriere als Schattenmann und bedauerte vor allem, dass ich nie erfahren würde, welcher Kerl mich überlistet hatte. Doch ich wartete umsonst auf den Moment meines Todes. Ich habe ein Loch in der Brust, wo mein Herz sein sollte, und bin von allen Lebenserhaltungsanlagen abgetrennt. Es gibt keine Erklärung dafür, warum mein Hirn weiter funktioniert wie ein Computer, der nicht abgeschaltet werden will. Heute habe ich entdeckt, dass ich mich sogar wieder bewegen kann.

Mein letzter Auftrag als Schattenmann begann vor einer Woche mit einem allzu frühen Anruf aus der Zentrale. Ich ruhte gerade im Rehazentrum von den beiden letzten Einsätzen aus, aber man gönnte mir mal wieder die wenigen Tage nicht, die ich am Tropf und mit deaktivierten Implantaten im subtropischen Ambiente einer Rehalounge verbringen wollte. Mein notorisch schlecht gelaunter Chef, der sich ohne Ankündigung über meinen Holokubus meldete, machte wie üblich nicht einmal den Versuch, sich zu entschuldigen. »Du kannst nächste Woche wieder auf der faulen Haut liegen«, sagte er. »Es ist mir schleierhaft, warum, aber dieser Arach hat einen Narren an dir gefressen. Er besteht darauf, dass du seine Präsentation im Hotel Pergamon überwachst. Ich stelle dich gleich zu ihm durch.«

Es war genau die Art von unangenehmer Überraschung, die ich befürchtet hatte. Ich hätte lieber ein Rudel paranoider Netzspekulanten aus ihren Privatfestungen in der Vorstadt durch die schlimmsten Lokale der Dealer- und Crackerszene gelotst, als für einen Klienten wie Arach meine Reha zu unterbrechen. »Warum habe ich die letzten vier Male, als mich dieser Kerl engagiert hat, nicht einen Fehler gemacht?«, fragte ich. »Warum habe ich jedes Mal auch die gemeinsten Tricks durchschaut und ihm am Ende doch den Arsch gerettet? Erklär mir das.«

»Ein gewöhnlicher Trottel macht dauernd Fehler«, sagte mein Chef. »Du bist ein viel größerer Trottel, weil du keine machst.«

»Ich weiß, ich bin der Beste. Das ist mein Fluch.« Und nach einem Seufzer: »Also, bringen wir's hinter uns.«

Als Arachs Live-Hologramm das Gesicht meines Chefs im Kubus ersetzte, hatte ich Mühe, cool zu bleiben. Man hat in meinem Job Umgang mit den absonderlichsten Exzentrikern, aber Arach stellte einen perversen Höhepunkt in dem Bestreben dar, über alle biologischen und zeitlichen Grenzen hinweg an der Macht zu bleiben. Die wenigsten wussten, seit wie vielen Jahrzehnten er schon eine der fettesten Spinnen im Netz war, dessen Unternehmen alle maßgeblichen Toplevel-Domänen in Europa verwalteten und den Datenfluss auf siebzig Prozent der großen Satelliten- und Glasfaser-Backbones steuerten. Es war mir immer unangenehm geblieben, in sein längst vollends künstliches Gesicht zu sehen.

»Ich weiß ja, dass ich Ihnen Unmögliches abverlange«, setzte er mir gleich in diesem jovialen Ton zu, der widerlicher als die obszönste Beleidigung klang. »Aber ich weiß einfach keinen anderen, dem ich diese Aufgabe anvertrauen könnte.« Arach rühmte sich, dass bei ihm nur die neusten bio- und nanotechnischen Verfahren zum Einsatz kamen. Wenn man ihm ins Gesicht sah, glaubte man, es unter der pergamentartigen Haut wie in einem Insektennest wimmeln zu sehen. Myriaden künstlicher Mikroorganismen besserten ständig seinen greisen Leib aus, der sonst längst zu Staub zerfallen wäre, bohrten verkalkte Adern auf, ersetzten natürliches Gewebe durch künstliches, vertilgten Schlacken und Gifte. Arach hatte sich als einer der ersten ausgefallene Hirnregionen durch künstliche neuronale Netzwerkmodule ersetzen lassen, die mit seiner Privatdomäne in Verbindung standen. Auf diese Weise konnten nicht nur externe Speicher- und Verarbeitungskapazitäten genutzt werden, um seine Persönlichkeitsstruktur zu erhalten, sondern seine Fähigkeiten um unbegrenzte Gedächtnis- und Assoziationsleistungen erweitert werden. Inzwischen galt es unter denen, die es sich leisten konnten, als selbstverständlich, sich ähnlich aufrüsten zu lassen.

»Ich bin schon so gut wie da«, sagte ich betont nüchtern. »Sagen Sie mir nur, was stattfindet. Wenn nichts Außergewöhnliches vorliegt, treffe ich die üblichen Sicherheitsvorkehrungen.«

»Es wird der außergewöhnlichste Einsatz, den Sie je hatten«, erklärte er. »Ich brauche das Beste, was Sie mir geben können, und das auf ganz neuem Niveau.« Etwas in der Art behauptete er stets. Er hätte noch hundert Jahre weiterleben und nicht ein einziges Mal eingestehen können, dass er auch einmal etwas Triviales oder Unbedeutendes tat. Ich hatte mich immer gefragt, warum er nicht gleich eine Sondernachricht durchs Netz schickte, wenn er zu Hause aufs Scheißhaus ging. »Achten Sie besonders darauf, was tatsächlich geschehen und was nur eine Illusion sein wird«, fügte er hinzu. »Es wird im Ernstfall darauf ankommen, dass Sie diesen Unterschied erkennen.«

Einige Stunden später hatte ich bereits die unangenehme Prozedur der Reaktivierung hinter mir und überwachte die Verhängung einer Datenquarantäne über den Großen Saal im Hotel Pergamon. Der Saal befand sich im neuen, von Arach gesponserten nördlichen Anbau dieses unüberschaubaren Gebäudekomplexes, der inzwischen ein Achtel des Stadtkerns durchwuchert hatte und der Bezeichnung Hotel nicht mehr gerecht wurde. Es war die exklusive Unterkunft einiger hundert Top-Absahner, denen es nicht genügte, in dreihundert Quadratmeter großen Suiten zu residieren, sondern die sich auch gleich mit eigenen Konferenzräumen, Multimedia-Auditorien, Rechenzentren und einer entsprechenden Armada von Personal umgaben.

Ich brauchte vierzig Stunden, um die Kommunikations-Infrastruktur des Saals zu isolieren und alle Verbindungen zur Außenwelt über von mir installierte Firewalls umzurouten. Weitere zwanzig Stunden beanspruchte die Dekontamination des gesamten für die Veranstaltung vorgesehenen Inventars, der Belüftung, der Wasserleitungen und der Nahrungssyntheser, eine undankbare Aufgabe, die man nie mit einem Gefühl der Beruhigung abschließen konnte, weil der Gen- und Nanotechniker-Untergrund ständig neue Methoden austüftelte, um seine mikroskopischen Zeitbomben an den Mann zu bringen. Ohne meine künstlichen Drüsen, die mich mit Designerhormonen und Neuropeptiden vollpumpten, wäre ich zu diesem Zeitpunkt schon zusammengeklappt, aber die eigentliche Arbeit stand mir ja noch bevor. Ich hätte lieber noch einige Stunden meine Horde eitler Spezialisten dirigiert, als mich für neunzig Minuten mit dem Größenwahn eines Kay Arach identifizieren zu müssen, wenn er wieder einmal aller Welt beweisen wollte, dass er noch die Fäden in der Hand hielt.

Als Arachs Leute endlich die riesigen Holo-Projektionswände in Betrieb nehmen konnten, schienen die terrassenartig angelegten Galerien und Emporen ringsum unversehens über der Brandung einer Felsküste in der Gischt zu schweben. Es war die gewaltigste VR-Installation, die ich je gesehen hatte, und ich ahnte Fürchterliches. In einer ähnlich unübersichtlichen Umgebung war es einem von Arachs Konkurrenz angeheuerten Saboteur gelungen, sich einzuschleichen und einfach vor Ort eine Antigrav-Plattform zu manipulieren. Arach hatte Glück gehabt, ich aber unter den Trümmern ein Bein verloren und mich nach dem Aufwachen in der Klinik über eine neue Prothese freuen können. Das war erst drei Wochen her, und ich hatte keinen Bedarf an einer erneuten Generalüberholung.

Meine Aufgabe bestand nun darin, dafür zu sorgen, dass Arach nicht nur am Leben, sondern auch der blieb, der er war. Wenn ein Mann wie er den gesicherten physikalischen Bereich seiner Privatdomäne verlässt, ist er traditionellen Gefahren in Gestalt von Attentätern und Entführern, vor allem aber einer Art des Angriffs ausgesetzt, der in der Crackerszene als *Identity Hacking* berüchtigt ist. Ich musste verhindern, dass es einem Cracker gelang, sich in die Netzfrequenzen seiner neuronalen Netzwerkmodule zu hacken, was ihn im einfachsten Fall umbringen, im schlimmsten aber sein Verhalten beeinflussen, seine ganze Persönlichkeit umgestalten konnte. Während der Veranstaltung würden meine eigenen Neuro-Implantate mich mit Arach synchronisieren, würde ich jeder Nuance seines Verhaltens und Empfindens nachspüren und mögliche Eingriffe von außen im Keim unterbinden. Ich würde sein Schatten, sein mentales Echo sein.

Wer in diesem Job besonders gut ist, hat ein Interesse daran, noch besser zu werden, weil es irgendwann bei jedem Einsatz auch um die eigene Haut geht. Bei der Konkurrenz ihrer Klienten werden die besten Schattenmänner auf schwarzen Listen geführt, und so mancher Cracker hat sich eine goldene Nase damit verdient, nicht die Klienten selbst, sondern ihre Schattenmänner abzuschießen. Seit ich vor Jahren selbst Ziel eines Anschlags geworden war, machte ich mir keine Illusionen mehr darüber, ob die Zentrale noch meine Anonymität gewährleisten konnte. Ich rechnete an diesem Abend mit allem.

Es ist schwer, mit Worten diese Mischung aus glamouröser Geltungssucht und mickrigster Gehässigkeit im Kopf eines Mannes zu beschreiben, der so viel reale Macht auf sich konzentriert, dass er es als selbstverständlich voraussetzen kann, ernst genommen zu werden. Arach ließ seine achtzehnhundert geladenen Gäste über eine Stunde warten, und als ich ihn im Kreise seiner Leibwächter an der Schleuse zur Großen Galerie empfing, hatte er sich bereits in einen Zustand maßloser Begeisterung über die eigene Genialität hineingesteigert, der es um eine Größenordnung unangenehmer machte, ihn zu betreuen. Ich brauchte länger als sonst, mich in seine Hirnmodule einzuhacken.

Man tat gut daran, Arach nicht zum Feind zu haben. Man war geliefert, wenn er einen mochte. Im Drunter und Drüber seiner Gedanken tauchte ich als Stellvertreter für den Sohn auf, den er nie gehabt hatte, nicht gerade als seine rechte Hand, bestenfalls als Fingerkuppe am kleinen Finger seiner rechten Hand, aber schon dieses Maß an Anerkennung war bei ihm mit solchen Ansprüchen verbunden, dass er mich nach dem Einsatz im günstigsten Fall zu einer Audienz in seiner Suite einladen und mir in einer Manöverkritik erklären würde, was ich noch alles zu lernen hatte. Arach war ein Arschloch von ganz eigenen Dimensionen.

Die Eröffnung des Großen Saals geriet zu einem passenden Spektakel für ein gleichermaßen zahlungskräftiges wie einfältiges Publikum, das sich von der schieren Monumentalität einer Darbietung beeindrucken lässt. Ich hielt mich auf Arachs Antigrav-Podium, das jede halbe Stunde einmal rund durch den Großen Saal schwebte, im Hintergrund der Kulissen und schaltete alle meine sinnlichen Wahrnehmungen aus. Während die Holo-Projektoren den Eindruck erweckten, als stürze der Große Saal wie ein Raumschiff ohne Hülle in den Gravitationsabgrund eines Galaxienzentrums, wurde ich, die wohl unscheinbarste Gestalt im ganzen Saal, zum heimlichen Mittelpunkt des Geschehens.

Selbst mit einigen Teraflops zusätzlicher Wahrnehmungsleistung durch die Hilfsprozessoren in meinem Schädel stieß ich an diesem Abend an meine Grenzen bei dem Versuch, gleichzeitig den äußeren Ablauf der Veranstaltung und Arachs inneren Zustand zu überwachen. Es wird von einem Schattenmann nicht erwartet, dass er alle physikalischen Daten des Einsatzorts, Informationen über Position und Bewegung der Anwesenden oder über die Belastung der Kommunikationskanäle rational beurteilt. Er braucht einfach ein Talent zur Mustererkennung. Er muss spüren, wenn etwas den Zustand seines Klienten manipuliert, und an den äußeren Umständen erkennen, was die Ursache sein könnte. Dieser Instinkt wird aufs Äußerste beansprucht, wenn es einen so vagen Maßstab für Normalität gibt wie in Arachs Fall, wenn ein Klient eine solche Karikatur von Individualität sein Eigen nennt.

Ich war der Einzige im Saal, der nicht erschrak, als Arach seinen derben Scherz inszenierte. Aber nicht einmal mir, der Arachs Gedanken unmittelbar mitvollzog, wurde ganz klar, was er damit beabsichtigte. Vielleicht wollte er zeigen, dass er für die Angriffe auf sein Leben nur Spott übrig hatte, vielleicht wollte er einfach den eindrucksvollen Realismus seiner VR-Anlagen demonstrieren, als er durch die Hauptschleuse einige Dutzend vermummter und bis unter die Zähne bewaffneter NeoNinjas den Saal stürmen ließ. Meine Leute hatten Mühe, eine Panik zu verhindern, und ich ließ sie, dem Spektakel zuliebe, ein Scheingefecht gegen die holografischen Buhmänner führen, die das Antigrav-Podium erklommen. In diesem Durcheinander muss mir etwas entgangen sein.

Ich würde gern wissen, wie es dem echten Attentäter gelungen ist, unter seinen immateriellen Pendants unerkannt zu bleiben. Ich war nach vorn an Arachs Seite getreten, und ich glaube, ich lächelte sogar gequält, als diese schmächtige, schwarz gekleidete Gestalt plötzlich vor mir stand und einen Dissolver auf mich anlegte. Es blieb nicht genug Zeit, um Angst zu haben. In einer Zehntelsekunde hätte alles vorbei sein müssen. Es ist ein grausames Wunder, dass es für mich noch nicht vorbei ist.

Es sind wieder einige Tage vergangen, und das Schlimme ist, dass es mir ständig besser geht. Das Serum ist wässrig geworden, und ich kann hinter den Tankwänden etwas deutlicher die Ärzte und Pfleger um den Tank gehen und an den Konsolen hantieren sehen. Es ist nicht dabei geblieben, dass ich die Muskelreste an meinen Bein- und Armstümpfen anspannen kann. Inzwischen ist nicht mehr zu leugnen, dass mein Körper von allein erledigt, was der Inkubatortank besorgen sollte. Ich könnte schwören, dass mein Beinstumpf einige Zentimeter länger und das Loch in meiner Hüfte nicht mehr so tief ist. Es wäre weniger entsetzlich, die schrecklichsten Schmerzen zu erleiden, als mich selbst auf diese unerklärliche Weise regenerieren zu sehen.

Die Ärzte haben lang gezögert, ehe sie den Tank öffneten. Nachdem ich wieder etwas lautere Stimmen gehört und sich einige Schemen um meinen Tank versammelt hatten, wurde der Behälter schließlich geneigt, das Serum abgelassen und der Deckel hochgeklappt. Ich spürte mit meinem entblößten Fleisch erstaunlich klar und schmerzlos die kühle Luft der Intensivstation, roch eine Spur antiseptischer Dämpfe. Das bläuliche Flirren vor meinen Augen verriet, dass ein Isolationskraftfeld die mögliche Ausbreitung von Keimen verhindern sollte. Wussten die Leute, die um den Tank standen und mich fasziniert bis angeekelt begafften, vielleicht schon, was mit mir geschah?

»Unmöglich, dass uns dieses ... dieses Ding etwas sagen kann«, flüsterte jemand, und ich zögere zu behaupten, dass ich es hörte. Hören, Riechen und Fühlen sind bestenfalls Metaphern für die Art, wie ich seit meinem Erwachen die Dinge wahrnehme. »Es ist unmöglich, dass er sich überhaupt rührt, haben Sie gestern noch gesagt«, sagte ein anderer, trat aus dem Spalier der Weißkittel und beugte sich zu mir in den Tank. »Hören Sie mich?«, fragte er. »Wenn Sie sich bemerkbar machen können, versuchen Sie's.«

Die kräftigen, wenn auch etwas kratzigen Laute aus meiner aufgerissenen Kehle verblüfften niemanden so wie mich. »Verflucht, wieso lebe ich noch?«

Es muss so grotesk wie grauenvoll gewesen sein, einen hoffnungslos verstümmelten Torso wie mich einen solchen Satz stammeln zu hören, denn für einige Sekunden herrschte betretenes Schweigen. Der Mann in der, wenn ich es recht erkannte, unauffälligen grauen Kluft unseres Sicherheitsdienstes nahm mich aus der Nähe in Augenschein und brachte das Kraftfeld zum Knistern. »Sagen Sie mir, wer Sie sind«, sagte er dann. »Oder vielleicht eher, *was* Sie sind.«

Es fiel mir schwer, mit Überzeugung auszusprechen, woran ich selbst schon zu zweifeln begonnen hatte. »Ich bin Herb Uscher, Schattenmann. Wenn Sie's nicht glauben, nehmen Sie eine Gewebeprobe.«

»Schon geschehen«, sagte mein Gegenüber und schickte mit einem Wink das ganze Personal bis auf zwei Ärzte aus der Station. »Herb Uscher ist tot. Es spricht einiges dafür, dass es vor drei Wochen jemand in der Klinik mit der Dekontamination nicht so genau genommen hat. Dort muss Uscher mit etwas infiziert worden sein, das uns neu ist. Wir wissen noch nicht genau, ob es modifizierte Retroviren, Nano-Assembler oder sonst etwas gewesen sind, jedenfalls haben sie sich in seinem Körper ausgebreitet und ihn Zelle für Zelle, Molekül für Molekül in etwas umgebaut, das noch wie Herb Uscher aussieht, aber nicht mehr Herb Uscher ist. Wäre im Hotel Pergamon nicht sein restliches organisches Gewebe weggeblasen worden, hätten wir nie bemerkt, dass unser Schattenmann vorher schon auf die gründlichste Weise umgebracht worden ist, die man sich vorstellen kann.«

Er stemmte sich von der Randdichtung hoch und trat zwischen die beiden lakenbleichen, verschwommenen Gestalten zurück. »Ich frage Sie also noch einmal: Wer sind Sie?«

In den drei Tagen seitdem, während ich im Isolationskraftfeld zur schauderhaft perfekten Nachbildung eines vollständigen Menschen weitergewachsen bin, frisch, nackt und scheinbar so verletzlich wie ein Neugeborener, ist keine Minute vergangen, in der ich mir diese Frage nicht selbst gestellt habe. Ich schwebe inzwischen im Antigrav-Polster eines Quarantänelabors, rund um die Uhr von früheren Kollegen bewacht, und werde einer schier endlosen Folge von Tomografien, Scans und Tests unterzogen. Unter den Laboranten, Technikern und Ärzten, die ich nun so scharf und plastisch wie nichts zuvor in meinem Leben sehen kann, herrscht eine asketische Wortkargheit, eine beklommene Ehrfurcht vor der Monstrosität, die sie hier untersuchen.

Karl, der Mann vom Sicherheitsdienst, erzählte mir, ich habe Kay Arach so weit von der Entladung aus dem Dissolver abgeschirmt, dass genug von ihm übrig geblieben sei, um eine Hardware-Rekonstruktion zu versuchen. Er wollte wissen, ob ich froh darüber sei, zumindest auf diese unbefriedigende Weise meine Pflicht erfüllt zu haben. Ich nehme an, er versprach sich von meiner Reaktion Hinweise, worauf auch immer. Ich konnte seine Frage nicht beantworten.

Was bedeutet in diesem Zusammehang das Wort »ich«? Was bedeutet der Name Herb Uscher? Kann ich noch Herb Uscher sein, wenn ich zwar seine Erinnerungen und Empfindungen teile, ich aber Stück für Stück in etwas verwandelt worden bin, das um ein Vielfaches widerstandsfähiger und genügsamer ist als jeder organische Leib? Und welchen Sinn hätte es gehabt, Herb Uscher durch einen Dummy, ein Substitut zu ersetzen, wenn nicht, um zu einem Zweck, über den ich nur Vermutungen anstellen kann, auch sein Wesen, sein Ich zu verändern? Ich kann mich also nicht darauf verlassen, dass ich weiß, wer Herb Uscher wirklich war, dass ich mit ihm identisch bin.

Niemand konnte oder wollte mir eine Frage beantworten, die mich mehr quält als jede andere. Karl, bin ich mir sicher, empfand ein grimmiges Vergnügen dabei, als er sagte, er sei so neugierig wie ich, ob es nun vorbei sei oder ob die Parasiten in mir weiterarbeiten, mich über die menschliche Gestalt hinauswachsen lassen würden. Ich rotiere in meinem Antigrav-Polster wie ein Ausstellungsstück in einer unsichtbaren Vitrine und verbringe die meiste Zeit damit, mich selbst zu betrachten. Manchmal kommt es mir so vor, als hätte ich Wülste auf meiner Bauchdecke oder Beulen an meinen Beinen entdeckt, aber das könnte Einbildung sein.

Was immer aus mir wird, ich hoffe, es wird stark genug sein, um sich selbst vernichten zu können. Ich hoffe, es wird so wie ich davon überzeugt sein, dass es nicht weiter existieren darf. Ich habe umsonst gebettelt. Karl sagte mir, wenn ich wüsste, wie er mich umbringen soll, würde er mir meinen Wunsch sofort erfüllen. Ginge es nicht um mich, wäre ich so gespannt wie das Team hier, was als Nächstes geschieht.

Aus: Wolfgang Jeschke (Hrsg.):
Das Proust-Syndrom, Heyne Verlag, München 1999

Die letzten Tage der Ewigkeit

Die letzten Tage der Ewigkeit

Natürlich: Inspiriert durch
James Blishs »Common Time«

Er sei ein Gott, behauptete er. Er sei der Schöpfer vieler Welten. Ob auch der Schöpfer unserer Welt, könne er nicht mit Bestimmtheit sagen. Vielleicht, raunte er, werden wir es früher erfahren, als uns lieb ist.

Ich fand ihn in einem Erntelager südlich von Kap Jones. Wochenlang war ich, dürftig ausgerüstet, auf mich gestellt und meines Lebens nicht sicher, durch das Öko-Reservat im Norden Quebecs gestreift. Ich fand das Wrack, eine kaum zehn Meter lange Kapsel, die einen Krater in die eisige Uferböschung des oberen Roggan gebohrt hatte. Der Pilot war verschwunden. Wenn er noch lebte, konnte er nicht weit gekommen sein.

»Du bist Boyd!«, sagte er, als er mir zum ersten Mal die Tür seiner winzigen, muffigen Kammer öffnete. »Boyd Blaire. Jetzt fällt's mir wieder ein. Du ahnst nicht, wie viel Zeit vergangen ist.«

»Christopher«, sagte ich. »Ich hab's nicht anders erwartet. Du hast es also tatsächlich geschafft.«

»Du doch auch.«

»Nein, ich hab's noch vor mir.«

Er war etwa zehn Jahre älter als jener Christopher, der zur selben Zeit im geostationären Orbit über dem Kaspischen Meer an seiner Karriere feilte. Ich merkte gleich, dass der Flug ihm etwas Elementares genommen hatte. Seine Stimme klang wie aus einem Abgrund, sein Blick schien mich aus Lichtjahren Entfernung zu treffen. Er war noch nicht wieder auf der Erde.

Er ist immer noch in Quebec, und ich habe dafür gesorgt, dass er dort bleibt. Die Arbeiter halten ihn für verrückt, aber er wird geduldet und mit durchgefüttert, solange er sich an den Routinearbeiten beteiligt. Sicher, mit dem ID-Chip, der ihm wie jedem ISA-Angestellten unter die Haut implantiert wurde, könnte er leicht beweisen, dass er Christopher Lemant ist, geboren 1997 in Nancy und Ex-Mann von Anthea Vior, der Tochter des mächtigsten ISA-Sponsors. Nur weiß alle Welt, dass Christopher Lemant im November 2038 bei einer Testmission verschollen ist. Er kann sich leicht ausrechnen, dass die Quebecer Behörden, die misstrauisch über die junge nationale Souveränität wachen und jeden Falschparker als illegalen Einwanderer verdächtigen, ihm kein Wort glauben würden. Also wartet er darauf, dass ich ihn raushole. Er wird umsonst warten.

Christopher und ich waren Freunde und Konkurrenten von dem Tag an, als wir uns in einem Anfängerseminar in der ISA-Akademie in Genf kennenlernten. Wir waren noch halbe Kinder damals, Elite-Sprösslinge, voller Enthusiasmus und Ideen, talentiert, aber undiszipliniert, und überboten uns gegenseitig mit kühnen Plänen für die Zukunft. Er werde, prahlte er, der erste Pilot einer überlichtschnellen Raumsonde sein. Ich dagegen, nahm ich mir vor, würde der Mann sein, der sie konstruierte.

Christopher war ein kraftvoll-gedrungener Typ, kahlköpfig und pausbäckig, mit der zähen Entschlossenheit eines Menschen ausgestattet, der sich quälen kann. Ich war größer und drahtiger, machte weniger Worte und kultivierte eine Beharrlichkeit, die eher intellektueller als physischer Natur war. Beim ersten Sportcheck forderte ich ihn zu einem Fünftausend-Meter-Lauf heraus und gewann um Längen. Bei den Leistungstests am nächsten Tag legte er mich auf die Judomatte. Von da an konnten wir nicht mehr ohne einander. Unser gemeinsames Leben wurde ein einziger Wettlauf. Bei Anthea gelang ihm der erste Etappensieg.

Wir kamen in den frühen Blütejahren an die Akademie, als die International Space Administration zur einzigen globalen Organisation aufstieg, die in der turbulenten Umbruchszeit nicht Macht einbüßte, sondern neue hinzugewann. Knapp fünfzehn Jahre vorher, im Herbst 2007, hatte Hartley Hassler von der Biocorp Agency in Strathmore, Kanada, ein Patent veröffentlicht, das der Biotechnik zum endgültigen Durchbruch verhelfen und das Ende Dutzender anderer Industrien besiegeln sollte. Seitdem waren weltweit zweihundert jener Zonen entstanden, die von den einen Fertil-Areale, von anderen Produktions-Enklaven, von wieder anderen, besonders unpassend, Öko-Reservate genannt wurden. Es war die einzig wahre Revolution im einundzwanzigsten Jahrhundert, deren Hauptaspekt darin bestand, dass sie Nationen und Regionen von externen Energie- und Rohstoffquellen unabhängig machte und damit ein Klima globalen Isolationismus' begünstigte, dem wenige diplomatische Institutionen standhalten konnten. Am Ende gab es nur noch eins, was in dieser veränderten Weltlage niemand allein bewerkstelligen konnte:

die Expansion in den Weltraum. Und so wurde aus der scheinbaren Totgeburt ISA – anfangs ein Expertenverband, der die Internationale Raumstation in Betrieb hielt – mit Verspätung eine der mächtigsten Organisationen der Erde.

Die ISA-Elite reifte zu einer neuen Diplomatie, die Ländergrenzen so mühelos überwand wie den Gravitationsabgrund zwischen Erdoberfläche und Orbit. Christopher und ich wären nirgendwo besser aufgehoben gewesen. Wir fühlten uns wie Angehörige eines neuen Volkes, das nur aus jungen, hoffnungsvollen Menschen bestand, denen chauvinistische Dünkel nichts bedeuteten. Er, der Franzose mit flämischer Herkunft und slawischem Einschlag. Und ich, der Engländer mit irischen Blut väterlicher- und deutschen Ahnen mütterlicherseits. Wir wollten, buchstäblich und im übertragenen Sinne, die Erde hinter uns lassen und die Flagge des Eroberers dort hissen, wo niemand vor uns je gewesen war. Die Umstände erlaubten es damals noch, dass dies keine romantischen Träumereien blieben.

Eifrig und hartnäckig, doch planlos und ungeduldig nahmen wir alle Hindernisse in Angriff, die das ISA-Curriculum unseren Ambitionen in den Weg stellte. Christopher meisterte die Sichtungsprüfungen mit Bravour und wurde für das langwierige, körperlich und geistig strapaziöse Ausleseverfahren zugelassen, das einen von hundert Bewerbern qualifizierte, anfangs eine Orbitfähre, dann ein Prospektorschiff, im äußersten Fall sogar einen interplanetaren Kreuzer zu steuern. Ich eignete mir indessen alles an, was aus den Gebieten Quanten- und Relativitätsphysik, Antriebstechnik und Chronodynamik in mein Hirn passen wollte. Jede kleinste Belobigung, gute Prüfungsergebnisse umso mehr, feierten wir als glänzende Bestätigung unseres Weges. Wir freuten uns miteinander, waren eifersüchtig aufeinander. Keinen Fortschritt des anderen ließen wir unbeachtet.

Dann kam Anthea.

Ich werde nie den Tag vergessen, an dem Anthea, von Leibwächtern flankiert, erstmals den großen Multimedia-Hörsaal der Akademie betrat. Anthea Vior, Tochter des großen Hector Vior, dessen Konzern den Baumann-Antrieb zur Marktreife entwickelt und damit Flüge innerhalb des Sonnensystems in vertretbaren Zeiten ermöglicht hatte. Anthea, die herbe, blasse Schönheit, die den Rummel um ihre Person nie mochte, aber ein Leben darauf verwendete, das aufsässige, freiheitsdurstige Mädchen zu unterdrücken, das sie im Grunde ihres Herzens blieb.

Christopher und ich waren die einzigen jungen Männer auf der Akademie, die möglichen Ärger mit ihrem Vater nicht scheuten und ihre Bekanntschaft machten. Anthea imponierte es, dass wir uns vor ihr und für sie zum Narren machten. Sie hatte ihren Spaß daran, dass wir uns immer neue Tricks ausdachten, um ihre Leibwächter abzuschütteln. Ihren Beziehungen war zu verdanken, dass wir dafür nicht vor den Dekan zitiert wurden.

»Mein Vater will mich loswerden«, erzählte sie an einem Abend, als wir uns auf der Mensaterrasse betranken und ins Abendrot über dem Campuspark hinausschauten. Anthea hatte ihre seidene Edelgarderobe mit Wein bekleckert, und Tränen ließen ihr Make-up verlaufen. »Er traut mir nicht zu, dass ich auf eigenen Beinen stehen kann. Ich brauche einen Mann, meint er. Jemand, an dem ich mich aufrichten, vor dem ich Respekt haben kann. Aber ich werde ihm nicht gehorchen. Wenn ich einmal heirate, dann nur einen von euch beiden.«

Sie meinte es völlig ernst.

»Hörst du?«, flachste Christopher. »Sie hat's auf mich abgesehen.«

»Na, nach deinen Rückenproblemen beim Training wäre ich mir nicht so sicher«, erwiderte ich.

Anthea grunzte unfein.

»Ich habe mich noch nicht entschieden«, sagte sie. »Es wird immer derjenige von euch beiden sein, der erfolgreicher ist. Wie sollte ich mich sonst entscheiden?«

Es versteht sich, dass unser Wettlauf von diesem Tag an unter neuen Vorzeichen stattfand.

In den nächsten zwei Jahren absolvierten wir so viele Seminare, Kurse und Exkursionen gemeinsam, wie es nur irgend ging. Wir büffelten nächtelang an den Bibliotheksterminals. Wir fuhren zusammen ans Meer und in die Berge, einige Male sogar aus purer Abenteuerlust an den Rand des nächsten Fertil-Areals. Anthea konzentrierte ihre Studien auf die Regularien und Prozeduren der ISA-Administration, die wir zu trocken fanden. Christopher forderte seinem Körper das Äußerste ab und riskierte bleibende Rückenschäden, um den fast unmöglichen Karrieresprung in den Kadettenstab der Prototypen-Piloten zu schaffen. Ich hingegen setzte mir in den

Kopf, das größte technische Problem zu lösen, das die Raumfahrt jener Jahre kannte: die Konstruktion eines überlichtschnellen Antriebs.

So emsig Antheas Bodyguards dies zu unterbinden versuchten, wurde unsere Freundschaft auch körperlich sehr eng. Mehr als einmal schlief Anthea, von Studienmarathons erschöpft, in meinen oder Christophers Armen ein. Zu Sex ist es damals aber nie gekommen.

Die schönsten Tage, die wir je miteinander erlebten, verbrachten wir in den Semesterferien 2024, ein Jahr vor Christophers und Antheas Hochzeit, auf der neuen Orbitstation Nautilus. Es war unser erster Trip in die Erdumlaufbahn, und wir waren aufgeregt wie Kinder, konnten uns nicht sattsehen an der verschwenderischen Ausstattung der Docks, Observatorien und Luxusunterkünfte, als wir mit zwanzig anderen Examenskandidaten durch die fünf Decks geführt wurden. Höhepunkt des Tages war der Besuch auf dem düsteren Panoramadeck, wo wir den Start eines Lichtseglers erleben durften.

Für uns drei war das Schauspiel eine großartige Illustration aller Hoffnungen, die wir in die Zukunft setzten. Wir saßen abgesondert von den anderen, zu unseren Füßen die Wölbung des Erdballs, und hielten uns an den Händen, als die silbrige Lanzette des Lichtseglers aus dem Hauptdock der Nautilus glitt. Es dauerte eine Stunde, bis das mikrometerdünne, schillernde Lichtsegel sich zur vollen Größe aufgebläht und ein Viertel des Sternenhimmels verdeckt hatte.

Mehr geschah nicht. Es hatte sich so eingebürgert, dass man die Entfaltung des Lichtsegels als »Start« bezeichnete. Der eigentliche Start, bis der Photonendruck des Sonnenlichts das Schiff nennenswert in Bewegung versetzt hatte, dauerte zwei Wochen. Die Beschleunigungsphase bis an den Rand des Sonnensystems nahm fünf Jahre in Anspruch. Selbst dann hatte das Schiff einen nur so geringen Bruchteil der Lichtgeschwindigkeit erreicht, dass die Prospektoren, die eins der benachbarten Sonnensysteme zum Ziel hatten, sich keine Hoffnung machen konnten, die Erde je wieder zu sehen.

Ich hatte nicht erwartet, dass der Anblick der beiden gewaltigen Schmetterlingsflügel mich zwar faszinieren, aber zugleich auch erregen und verärgern würde.

»Ist das nicht lächerlich?«, sagte ich in unser tiefstes Schweigen hinein. »Wir geben Milliarden für ein einziges Lichtsegel aus. Dabei wissen wir nicht mal, ob die Prospektoren ihr Ziel überhaupt erreichen. Will die Menschheit sich so ins All ausbreiten? Wenn's einen Gott gibt, lacht er uns aus.«

Aus den Augenwinkeln sah ich, dass Anthea die Stirn runzelte, Christopher schief grinste.

»Kommt jetzt wieder die alte Predigt?«, frotzelte er. »Verrate uns, großer Mephisto, wie du die Barriere der Lichtgeschwindigkeit knacken willst. Stellen dir dabei nicht ein paar lästige Postulate der Relativitätstheorie ein Bein?«

»Keineswegs«, behauptete ich. »Sie besagen nur, dass kein Objekt über die Lichtgeschwindigkeit hinaus beschleunigt werden kann. Sie lassen aber die Existenz von Teilchen zu, die sich schneller als das Licht bewegen, aber niemals unter die Lichtgeschwindigkeit abgebremst werden können.«

»Wie hast du das genannt? Trans-c-Materie?«

»Ja. Ich stelle mir vor, dass die Trans-c- und die Sub-c-Sphäre einander durchdringen. Vielleicht sind Trans-c-Partikel die mysteriöse schwarze Materie, nach der Physiker bis heute vergeblich gesucht haben. Man müsste ein materielles Muster, ein Raumfahrzeug, in die Trans-c-Sphäre übertragen. Dort würde es sich überlichtschnell bewegen. Wenn es sein Ziel erreicht hätte, könnte man es in die Sub-c-Sphäre, also unsere, zurücktransferieren.«

»Und wie willst du das anstellen?«

»Ich weiß es nicht. Ich weiß nur, dass ein solches Schiff viele interessante Eigenschaften hätte.«

»Zum Beispiel?«

»Zum Beispiel würde es, wenn es zu einem fremden Stern und zurück flöge, die Erde zu einem früheren Zeitpunkt erreichen, als es gestartet ist.«

»Der Flug wäre also zugleich eine Zeitreise?«

»In die Vergangenheit, ja.«

»Und deshalb jagst du ein Phantom«, sagte Anthea. »Unser Universum lässt keine Zeitreisen zu. Stell dir die Konsequenzen vor.« Sie streckte die Arme aus und umfuhr mit den Fingerspitzen die regenbogenfarbene Wölbung des Lichtsegels. »Schau's dir an. Etwas Besseres werden wir nie haben. Vielleicht werden andere schneller und größer sein. Aber im Prinzip sind die Grenzen des Machbaren erreicht.«

Nach dem Examen ging ich in die Forschung, um das Gegenteil zu beweisen. Ich löste das Problem nie. Und damit geriet ich zum ersten Mal gegenüber Christopher ernsthaft ins Hintertreffen.

Christopher hatte das Glück des Tüchtigen und des Tollkühnen, als er nach dem Examen für ein halbes Jahr in den Trainingssektor im Marsorbit versetzt wurde. Seine ersten Übungsflüge in den mickrigen Kadettenshuttles, die er als unter seiner Würde betrachtete, verblüfften und erbosten die Ausbilder durch ihre lässige Professionalität. Auch Landemanöver auf dem zerklüfteten Felsblock Phobos waren ihm nicht Herausforderung genug. Als ihm die erste Exkursion in einem Prospektorschiff tangential zur Marsbahn erlaubt wurde, brannte er drei Fusionskammern der Baumann-Turbine aus und erreichte mit 0,02 c die höchste Geschwindigkeit, die je innerhalb des Sonnensystems gemessen wurde. Nach dem Disziplinarverfahren wurde er zur Fortbildung nach Hause geschickt. Er war nun erster Anwärter auf einen Posten als Prototypen-Pilot.

Anthea, von ihrem Vater mehr denn je bedrängt, entschied sich für ihn. Im Herbst 2025 wurde Christopher im Rahmen eines feierlichen Empfangs auf dem Familienlandsitz bei Modena in Hector Viors väterliche Arme geschlossen. Am Wochenende darauf ehelichte er Anthea und rühmte sich von da an mit spöttischer Respektlosigkeit, dass er einer der letzten Männer in Europa sei, den die Brauteltern vor einen regelrechten Altar gezerrt hatten. Das exklusive Hochzeitsgelage dauerte vier Tage, und Hector Vior hätte das Pärchen am liebsten gar nicht mehr gehen lassen. Es gelang Anthea und Christopher, immerhin zweihundertfünfzig Kilometer zwischen ihren und Hectors Wohnsitz zu legen. Ich habe das Wasserschlösschen, das sie sich im Comer See bauen ließen, nur im HoloTV gesehen.

Natürlich blieb ich der Trauung fern.

In der Woche, bevor sie nach Modena abreiste, besuchte Anthea mich in Jülich, wo ich im ISA-Kernforschungszentrum einen Forschungsauftrag in Quantenkosmologie erhalten hatte. Wie alle Top-Absolventen genoss ich eine fürstliche Vergütung, die unter anderem aus freier Unterbringung in einem Zweihundert-Quadratmeter-Apartment im neuen Wohnpark bestand. Eine Auswahl williger Laborassistentinnen, die jeden hoch gehandelten Jungwissenschaftler umschwärmten wie Groupies einen Popstar, gab's gratis dazu. Meine

Tage füllte ich, stets unzufrieden, mit zwölf bis vierzehn Stunden Arbeit und gelegentlichen Vögeleien mit Mädchen aus, die mir die Sehnsucht nach Anthea bei aller Mühe nicht austreiben konnten.

Anthea stand, ohne sich anzukündigen, eines Abends einfach vor meiner Tür. Es war nicht schwer zu erraten, dass die Einladung, die sie mir überbrachte, nur ein Vorwand war. Sie weinte ununterbrochen und entschuldigte sich umständlich für jede Handreichung, die sie mir als Gastgeber abnötigte. Meine Frage, was mit ihr los sei, beantwortete sie nicht. Ich warf sie raus und wünschte sie zum Teufel. Danach sah ich sie jahrelang nicht wieder.

Ich hätte die Zeit in Jülich leichter ertragen, wenn ich erfolglos gewesen wäre. Mir gelangen elegante mathematische Beschreibungen der physikalischen Absonderlichkeiten, die in der Trans-c-Sphäre auftreten konnten. In rascher Folge veröffentlichte ich Artikel in allen renommierten Web-Magazinen meines Fachgebiets. Internationales Ansehen erwarb ich mir jedoch nur in den weltfernen, sektiererischen Kreisen der theoretischen Physik. Von einigen Porträts und Interviews in Publikumsmedien abgesehen, blieb ich ein Nichts im Vergleich zu Christopher, der mit spektakulären Testflügen am Rande des Asteroidengürtels eine weltweite Bewunderer-Gemeinde um sich scharte. Nie kam ich einer praktischen Anwendung der Trans-c-Physik auch nur einen Schritt näher. Nacht für Nacht verirrte ich mich schlafwandelnd in den sechs Zimmern meines Apartments und träumte mich an fremde Orte, wo ich ein sinnvolleres Leben als asketischer Eremit führte.

Anfang 2028, als über meinen Antrag auf neue Forschungsgelder entschieden werden sollte, beurlaubte ich mich auf unbestimmte Zeit von der ISA-Forschungssektion. Ich unterschrieb einen Vertrag bei Reuters und ließ mir als Wissenschaftskorrespondent eine Weltreise bezahlen, die zwei Jahre dauerte. Meist konnte ich es so einrichten, dass ich lediglich von neuen Mutationen der Hassler-Frogs in diesem oder jenem Öko-Reservat berichten musste. Selten wurden mir Interviews mit irgendwelchen öden Leuten in Biotec-Firmen oder Privatinstituten aufgenötigt, die so schnell wieder vom Markt verschwanden, wie sie Furore gemacht hatten. Die beruflichen Umstände kamen meinem Bedürfnis nach Abgeschiedenheit denkbar gut entgegen.

In dieser Zeit reifte eine Idee in mir, die mir in ihrer zwingenden Absurdität neue Entschlossenheit verlieh.

Ich wollte den überlichtschnellen Antrieb erfinden. Daran hatte sich nichts geändert, und sei es nur Anthea wegen. Ich hielt es anfangs für eine selbstzerstörerische Regung, als mir der Gedanke kam, dass der überlichtschnelle Antrieb keinen Erfinder braucht. Nehmen wir an, dass zu einem Zeitpunkt *n* in der Zukunft die erste überlichtschnelle Raumsonde zu einem Testflug startet. Wenn sie nach dem Prinzip funktionierte, das ich für das einzig denkbare hielt, würde sie zu einem Zeitpunkt *n* minus x auf die Erde zurückkehren. Die Frage, wie sie zu konstruieren wäre, hätte sich damit erledigt. Man müsste die Sonde aus der Zukunft nur zerlegen und studieren und wüsste, wie der Antrieb funktioniert.

Für mich bedeutete das: Ich musste den Antrieb nicht erfinden. Ich musste nur hoffen, dass die Sonde zu meinen Lebzeiten eintreffen würde. Weil niemand außer mir mit diesem Ereignis rechnete, würde ich als Erster zur Stelle sein, um die Sonde zu demontieren, zu analysieren und schlussendlich zu bauen. Mehr noch (doch hier wagte ich mich auf das heikle Terrain ontologischer Zirkelschlüsse): Mein bloßer *Entschluss*, die Sonde zum nächstmöglichen Zeitpunkt zu bauen, konnte es unausweichlich machen, dass sie die Erde in absehbarer Zeit erreichen würde.

Ich wäre ohne Zögern bereit, den Menschen, der ich seit damals bin, für verrückt zu erklären. Allerdings hat Christopher – jener Christopher, der heute in Quebec festsitzt – viel phantastischere Ansprüche erhoben. Und noch eins lässt mich an meiner Unzurechnungsfähigkeit zweifeln: Die Sonde ist tatsächlich gelandet. Havariert, um genau zu sein. Gut unterrichtete Leser werden sich vielleicht noch an die rätselhafte Ceres-Anomalie im Sommer 2030 erinnern.

Ich besichtigte zu dieser Zeit gerade ein Erntelager am Rande des Yellowstone Nationalparks, wo die größten Hassler-Frogs ausgeweidet wurden, die sich je in einem Öko-Reservat entwickelt haben. Es war ein Schauspiel von einzigartiger Ekelhaftigkeit, als sich der Inhalt ihrer abnorm angeschwollenen Bulbs hektoliterweise über das Gelände ergoss. Die betreffende Hassler-Varietät sollte hochreines Heizöl synthetisieren. Was den Arbeitern aber entgegenquoll, als sie der jüngsten Charge am Rande des Öko-Reservats die Bäuche aufschlitzte, war ein undefinierbarer Gewebebrei. Reuters hatte mir für einen Exklusivbericht eine hübsche Prämie versprochen. Ich wollte das Geld noch mitnehmen und dann die Brocken hinwerfen.

Antheas beharrliche Mails hatten mich rund um den Erdball verfolgt. Ich las sie nie, konnte aber nicht verhindern, dass ich im Holo TV und in der Web-Presse den einen oder anderen Bericht über Christopher mitbekam, der die Leitung der ISA-Prototypenwerft übernommen hatte, einer riesigen Metallkrabbe hundert Kilometer über dem Kaspischen Meer. Ich stellte mir Anthea, einsam und verbittert, in ihrem Wasserschloss vor, jeden Abend um den Wortlaut einer neuen Nachricht ringend, in der sie mich um Vergebung anflehte. Die Berichte über das Phänomen, das für einige Tage die ganze Weltöffentlichkeit aufscheuchte, rissen mich aus meinen wohligen Phantastereien.

Am 28. August 2030, um 8:30 Uhr irdischer Standardzeit, meldete der automatisierte ISA-Außenposten auf dem Asteroiden Ceres das Auftauchen eines rätselhaften Objekts. Über seine Beschaffenheit, Größe und Masse konnten nie klare Aussagen gemacht werden. Es machte sich nur durch gewisse raumzeitliche Verzerrungen bemerkbar, als es mit einer Anfangsgeschwindigkeit von 0,8 c den Asteroiden streifte und in exponentieller Verlangsamung der Erde entgegenbremste. In seinem Einflussbereich fluktuierten die Messintervalle selbst der präzisesten Hadronenresonanz-Uhren. Bei klarem Himmel war auf der Erde mit bloßen Augen zu erkennen, dass es wie eine Gravitationslinse die Sternbilder stauchte und dehnte.

Wie Unkraut wucherten in den Weltpresse Expertenspekulationen darüber, womit man es zu tun habe, als das Ding zwei Tage später, auf ein Tausendstel seiner anfänglichen Feldstärke geschrumpft, in die Erdatmosphäre eindrang. Kurz davor streifte es eine der wichtigsten Andockstationen für Orbitfähren, verursachte beträchtliche Schäden und bewirkte einen Druckabfall, der Dutzende Todesopfer forderte. Beobachter im kalten Norden Kanadas berichteten von einer Art Meteor mit eisblauem Schweif, und Rekonstruktionen ergaben, dass das Objekt in einem Quebecer Öko-Reservat niedergegangen sein musste. Satellitenortungen blieben unschlüssig, und eine geplante Expedition kam nie zustande, vermutlich deshalb, weil sich niemand einiger vager Berichte wegen der Gefahr aussetzen wollte, von einer Rotte hungriger Hassler-Frogs verspeist zu werden. Die Ceres-Anomalie geriet schnell in Vergessenheit, als das Interesse der Weltöffentlichkeit sich schlagartig auf die dramatischen Evakuierungen im Orbit verlegte.

Ich dagegen war und blieb elektrisiert. Für ein Abschiedsbesäufnis, das die Arbeiter einen Abend lang von dem fauligen Geruch über dem Lager ablenkte, verjubelte ich mein letztes Bares. Danach teilte ich Reuters lapidar mit, dass sie mich von jetzt an sonst wo könnten, und reiste nach Quebec ab. Meine ISA-Identifikation ersparte mir Ärger an der Grenze. In einem Hotel in Fort George studierte ich einige Tage lang die Presseberichte und Fachartikel und nahm eine ungefähre Schätzung vor, wo das Ding niedergegangen sein könnte. Hilfe konnte ich mir selbst mit exorbitanten Honorarangeboten nicht erkaufen. Als ich Einheimischen erklärte, dass ich eine Expedition in das Öko-Reservat plante und ein bis zwei Begleiter suchte, erklärten sie mich rundheraus für verrückt. Für die Hinterwäldler in einem kleinen Nest am Unterlauf des Roggan war es ein Ereignis ersten Ranges, als ich zu Fuß, mit nur einem Kompakt-Equipmentset auf dem Rücken, in das Reservat aufbrach.

Natürlich ist Respekt vor den Gefahren in einem Fertil-Areal angebracht. Die Hauptbeschäftigung eines Hassler-Frogs ist das Fressen, und er frisst alles irgendwie Nahrhafte, das ihm zu nahe kommt. Wer einem dieser tonnenschweren amphibischen Fleischberge in die Klauen gerät, hat keine Chance. Die Biester sind schwer zu töten, weil sie über ein Gangliensystem statt über ein eigentliches Gehirn verfügen, und äußerst regenerationsfähig (in manchen Erntelagern ist man aus Rationalitätsgründen dazu übergegangen, sie nach dem Ausweiden nicht wieder zusammenzunähen, sondern verwundet in die Reservate zurückzuscheuchen). Ich hätte eine Röntgen-Flak dabeihaben müssen, um für Konfrontationen gerüstet zu sein. Weil dies nun einmal nicht ging, begnügte ich mich mit einer Pumpgun und einer Handvoll Betäubungsgranaten, die einem ausgewachsenen Frog aber allenfalls ein Gähnen entlockt hätten.

Ich staune heute noch darüber, dass ich den vierzehntägigen Ausflug tatsächlich überlebte, wenn auch um den Preis, dass ich zehn Kilo abmagerte und mir einen Rückenschaden holte, weil ich in den Baumkronen schlief. Es war einer der erhebendsten Momente meines Lebens, als ich nach stundenlangem Marsch durch ein Kieferndickicht unversehens die Lichtung über dem Einschlagskrater erreichte. In der harschen Morgensonne funkelte der aufgeplatzte bohnenförmige Rumpf der Raumsonde wie ein Edelstein. Ich sollte Jahre darauf verwenden, die technischen Wunder dieses Flugkörpers zu ergründen und nachzubilden, aber eines fand ich schnell heraus: Es war in einem Stück aus einem halbmetallischen Material gegossen, dessen Musterung an einen Prozessorchip unter dem Mikroskop erinnerte.

An eine Bergung war nicht zu denken. Drei Tage lang nutzte ich jede Sekunde Sonnenlicht und fotografierte und skizzierte das Ding so detailliert, wie es irgend ging. Als ich mich mit dem unwohlen Gefühl, dass ich dennoch nicht genug getan hatte, auf den Rückweg machte, kam ich mir vor wie ein Anfänger, der von Raumfahrttechnik nicht das Geringste verstand. Es gab nichts, absolut nichts an diesem Wrack, was sich mit vertrauten technischen Prinzipien in Zusammenhang bringen ließ. Die Pilotenkabine bestand aus einem einzigen, in eine leere Schale eingegossenen Sitz, die Innenverkleidung aus verschlungenen Metallsträngen. Außer einer Art Flachmonitor über dem Pilotensitz gab es keine differenzierten Aggregate und Instrumente. Keine Frage: Ich brauchte den Piloten. Nur er konnte mir die Funktionsweise der Sonde erklären.

Wenn er den Hassler-Frogs entkommen war, überlegte ich, bestand eine gewisse Wahrscheinlichkeit, dass man ihn in einem der Erntelager gesehen hatte. Nach meiner Rückkehr in die Zivilisation ließ ich mir in einer Dorfpension von einer verwelkten Provinznutte die Strapazen aus den Gliedern massieren und fuhr anschließend in einem Mietjeep die zwei Dutzend Erntelager ab, die einen lockeren Ring um das Öko-Reservat bildeten. Ich musste nicht lange suchen. Insgeheim hatte ich damit gerechnet, dass Christopher der Pilot der Raumsonde sein könnte, und ich behielt recht.

»Erntelager« ist eine recht euphemistische Bezeichnung für Einrichtungen, die ich eher als mobile Schlachthöfe bezeichnen würde. Die Lager sind weitgehend automatisiert, mit sperrigen Fang- und Verlademaschinen ausgerüstet und werden regelmäßig von Containerzügen angefahren, die das Synthesegut der Hassler-Frogs abtransportieren, sei es Matallgranulat, Flüssiggas, organische Rohstoffe oder was sonst. Ein Lager kann von zehn Mann bequem verwaltet werden und bedarf keiner größeren Personalunterkünfte. Der verletzte und verwirrte Mann, der wenige Tage nach dem scheinbaren Meteoreinschlag aus dem Wald getappt war, hatte sich deshalb mit einer Abstellkammer in der Wohnbaracke zufriedengeben müssen.

Die Lagerarbeiter sind meist rohe, gleichgültige Typen, abgestumpft von den täglichen Metzeleien und an wenig mehr interessiert als an ihren Prämien, Dope und Bordellbesuchen. Sie fragten deshalb nicht weiter danach, was dem Fremden in dem eigenartigen mattgrauen Druckanzug zugestoßen sein mochte. Der Vorarbeiter, der mich zu ihm brachte, erzählte mir nur, dass der Mann nicht ganz richtig im Kopf, aber anspruchslos und pflegeleicht sei. Er könne bleiben, bis er sich erholt habe.

»Boyd, du musst mir zuhören«, sagte Christopher, nachdem wir zur Feier unseres Wiedersehens eine Feldflasche Fusel geleert hatten. »Der Absturz muss unbedingt verhindert werden. Wie müssen den Retransfer so lang wie möglich ausdehnen. Du ahnst nicht, was davon abhängt.«

Seine Kammer wurde von einer trüben Stablampe beleuchtet. Er hatte den Boden mit Decken gepolstert. In einer Ecke lag ein Schlafsack. Ich sah einen zerknitterten Anzug, der wie ein Teil eines zusammengefalteten Fallschirms anmutete. Im Halbdunkel funkelten Gegenstände aus demselben gemusterten Halbmetall wie die Raumsonde.

»Das Bewusstsein, Boyd«, sagte er in einem beschwörenden Ton, der mich ungemein irritierte. »Daran haben wir nicht gedacht. Was geschieht mit dem Bewusstsein des Piloten beim Übergang von der Trans-c- in die Sub-c-Sphäre? Gott, ich hab's erfahren. Du wirst nicht glauben, was mit mir geschehen ist, was ich gewesen bin.«

Seine Nähe war mir auf eine Weise zuwider, die über bloße Abneigung hinausging und bis in tiefste kreatürliche Schichten meines Wesens hinabreichte. Es lag nicht an seiner Fahrigkeit, dem unbestimmbaren Akzent, den er sich angeeignet hatte, seiner aufdringlichen Inbrunst. Er war nicht bloß zehn Jahre älter geworden. Ich hätte schwören können, dass er einer anderen Spezies angehörte.

»Welches Jahr haben wir?«, fragte er.

»2030«, sagte ich.

»Gut, dann hast du acht Jahre Zeit. Im November 2038 wird die *Prometheus* zum ersten Testflug starten.«

»Die *Prometheus*?«

»Die erste überlichtschnelle Raumsonde. Dein Schiff. Du wirst es bauen. Aber diesmal musst du's richtig machen.«

»Ich verstehe nicht, was du mir sagen willst.«

»Ich habe nachgedacht. Dein ursprünglicher Entwurf enthält einen systematischen Konstruktionsfehler. Die *Prometheus* war den Belastungen beim Retransfer nicht gewachsen. Das darf nicht wieder geschehen.«

»Was soll ich tun? Ich weiß nicht einmal, wie der Antrieb funktioniert.«

»Ich bin kein Ingenieur. Aber ich kenne die Sonde gut genug, um dir zu helfen.«

Einige Tage lang hockten wir gemeinsam über den Plänen und Aufnahmen, die ich von der *Prometheus* angefertigt hatte, dann hatte ich die Grundzüge der Konstruktion verstanden. Der Antrieb funktionierte im Prinzip so, wie ich es vermutet hatte, nur bediente er sich als vermittelnder Instanz einer dritten Materiesorte, den masse- und ausdehnungslosen Flat-c-Partikeln, die sich exakt mit Lichtgeschwindigkeit bewegen und weder beschleunigt noch abgebremst werden können. Die Flat-c-Sphäre wurde als Durchstieg verwendet, um eine Feldkonfiguration, in diesem Fall ein materielles Objekt, in den überlichtschnellen Bereich zu transferieren.

Der Bau der Sonde würde einige Durchbrüche in der Mikroelektronik und Fertigungstechnik erfordern. Acht Jahre waren dafür reichlich knapp angesetzt. Aber schließlich war Christopher hier, also konnte ich davon ausgehen, dass es mir gelingen würde. Ich ließ ihn mit dem Versprechen zurück, ihn schnellstens aus Quebec heimzuholen. Er war so verwirrt, dass er an sein anderes Ich nicht dachte. Ich hatte von Anfang an nicht vor, ihm mehr als ein paar Höflichkeitsbesuche abzustatten.

Noch im selben Monat besuchte ich die ISA-Administration in Mailand und sprach mit unverschämten Forderungen bei allen wichtigen Entscheidungsträgern vor. Ich konnte bereits genug vorweisen, um einen lukrativen Lizenzvertrag auszuhandeln, der der ISA das uneingeschränkte Nutzungsrecht an meinem überlichtschnellen Antrieb für den Zeitpunkt zusicherte, da ich ihn zur Patentreife entwickelt hatte. Dafür erhielt ich, neben einem Rekordgehalt, unbegrenzte Laborkapazitäten, zweihundert Mitarbeiter und den größten Forschungsetat, den das Vorstandsgremium seit den ersten Baumann-Testläufen bereitgestellt hatte. Christopher muss nicht schlecht gestaunt haben, als er erfuhr, dass ich ab sofort die Verantwortung für das Entwicklungszentrum in Straßburg trug, das der Prototypenwerft organisatorisch zugeordnet wurde.

Ich sah Christopher und Anthea auf dem ISA-Kongress wieder, der 2031 in Budapest stattfand. Christophers Stern war im Sinken begriffen. Er wollte es sich trotz seiner verantwortungsvollen Position nicht nehmen lassen, die spektakulärsten Testmissionen weiterhin selbst zu fliegen. Beim ersten Check einer neuen Baumann-Variante mit sechs Fusionsbrennkammern hatten sich seine alten Rückenprobleme wieder eingestellt, und er musste während der ganzen Veranstaltung in einem Servokorsett gehen. Anthea begleitete ihn mit sichtlichem Widerwillen. Sie war schöner denn je, eine auffällige, arrogante Erscheinung mit gebräunter Haut und fülligeren Formen. Sie gab sich keine Mühe, ihre Verachtung für Christopher zu verhehlen.

Der Star der Veranstaltung war ich. Meine ersten Grundlagenartikel zur Trans-c-Antriebstechnik waren erschienen, und zahllose Empfänge, Interviews und Podiumsdiskussionen gaben mir das Gefühl, dass alle Welt von mir den Durchbruch zur interstellaren Raumfahrt erhoffte. Anthea ließ mir durch einen Bekannten mitteilen, dass sie im Kongresshotel in einem Einzelzimmer übernachtete. Nach einem Bankett voller pathetischer Tischreden klopfte ich lüstern und betrunken bei ihr an.

»Boyd«, sagte sie nur, als sie mir, in ein transparentes Nichts gehüllt, die Tür öffnete.

»Du hast einmal gesagt«, lallte ich, »dass du immer den erfolgreicheren von uns beiden vorziehen würdest. Das bin jetzt wohl ich.«

»Ja, das habe ich gesagt«, erwiderte sie und musterte mich von Kopf bis Fuß.

Ohne ein weiteres Wort zog sie mich ins Zimmer, riss mir die Kleider herunter und sorgte dafür, dass mir der Alkohol aus dem Unterleib getrieben wurde. Am nächsten Morgen teilte sie Christopher nüchtern und gnadenlos mit, dass sie ihn verlassen werde.

Sie verkaufte ohne seine Einwilligung das Wasserschlösschen im Comer See und zog zu mir in die Villa, die ich mir in einem Nobelviertel Straßburgs gebaut hatte. Sie gab mir nie das Gefühl, dass sie sonderliche Leidenschaft für mich empfand, und zu behaupten, dass wir glücklich gewesen sind, wäre eine Verkennung der klaren, sachlichen Beziehung, die sich zwischen uns einspielte. Sie arrangierte sich mühelos damit, dass ich allenfalls einen Abend im Monat Zeit für sie hatte. Sie wurde zu einer Begleiterscheinung meines Lebens.

Im Mittelpunkt stand der exakte Nachbau der Sonde, die ich 2030 entdeckt hatte.

Christopher verschwand für einige Jahre in der Versenkung. Ich habe nie erfahren, war er in dieser Zeit getan hat, aber es gingen Gerüchte, dass er, ähnlich wie ich zuvor, eine planlose Weltreise unternahm. Ich machte mir keine Sorgen um ihn. Für mich stand fest, wie seine Zukunft aussah. Und so überraschte es mich nicht im Mindesten, als er 2036 unversehens wieder zum Auswahlstab der Prototypenstaffel stieß. Man erzählte mir, dass er nach mehreren Rückenoperationen mit neuem Selbstbewusstsein aufgetreten sei und Anspruch auf den ersten überlichtschnellen Testflug erhoben habe.

Die *Prometheus* war zu dieser Zeit eine fortgeschrittene Designstudie. In Laborexperimenten hatte ich erst winzige Objekte in die Trans-c-Sphäre und zurück transferiert, doch mich trieb keine Eile. Es beunruhigte mich nicht einmal, dass ich einige technische Details von dem Wrack übernehmen musste, die ich noch nicht verstanden hatte. Ich sprach mich früh für Christopher als möglichen Piloten aus. Unter anderen Umständen hätte ich befürchtet, dass es ihm mit einer erfolgreichen Mission gelingen könne, Anthea wieder für sich zu gewinnen. Aber ich wusste ja, dass er nicht zurückkehren würde.

Was jenen anderen Christopher anging, der in Quebec auf seine Befreiung wartete, hatte ich nur anfangs Gründe für ein schlechtes Gewissen. Bei gelegentlichen Besuchen stellte ich fest, dass ihm offenbar jegliches Zeitgefühl abhanden gekommen war. Selbst wenn ich Monate verstreichen ließ, glaubte er, dass ich ihn erst gestern besucht hatte. Er überdauerte mehrere Mannschaftswechsel und wurde wie ein Maskottchen von einem Arbeitertrupp an den nächsten weitergereicht. Ich glaube, es könnten Jahrzehnte vergehen, bevor er die Geduld verlieren würde.

Einen letzten Besuch stattete ich ihm eine Woche vor dem Tag ab, den wir für Christophers historischen Flug in der *Prometheus* vorgesehen hatten. Anthea und ich hatten einige Dutzend Freunde, Verwandte und Kollegen auf unsere Privatinsel vor der Küste Venezuelas eingeladen, wo wir an einem klaren tropischen Himmel die Verzerrungen beobachten wollten, die die *Prometheus* beim Start den Sternbildern zufügen würde. Anthea fragte gar nicht erst, was ich bei der Anreise mit meinem Abstecher nach Quebec bezweckte. Sie deckte sich im neuen Einkaufszentrum von Fort George mit einem Berg von Nutzlosigkeiten ein, während ich dem weiter gezogenen Erntelager nachfuhr.

Christopher war an diesem Tag allein im Lager. Die Mannschaft setzte in den Wäldern gerade eine neue Charge Hassler-Larven aus. Eine andere Abwechslung von der täglichen Routine gab es für die Männer kaum. Die Hassler-Frogs sind eine so widerstandsfähige und flexible biologische Hardware, dass sie in der richtigen Umgebung – feuchte Wälder, Sümpfe und Küstenregionen sind besonders geeignet – meist allein zurechtkommen und in ihren Bulbs zuverlässig jede Substanz produzieren, für die ihr Stoffwechselprogramm modifiziert wurde. Oft werden die verlangten Produktionsquoten schon erreicht, wenn die Erntearbeiter nur jene Frogs einfangen und ausnehmen, die sich in die Randbereiche eines Öko-Reservats verirren.

Christopher saß allein in der Mannschaftskabine und hörte gar nicht richtig hin, als ich von den angeblichen Schwierigkeiten berichtete, jemanden unbemerkt über die Grenze zu bringen. Er war noch verschrobener, fremdartiger als sonst.

Es wurde das bizarrste und verwirrendste Gespräch, das ich in meinem Leben geführt habe.

»Sag, kann ich dir vertrauen?«, fragte er.

»Natürlich«, sagte ich.

»Kann ich dir alles erzählen, ganz gleich, wie absonderlich und unglaubwürdig es ist?« Er starrte auf die aufgewühlte Erde vor dem Fenster hinaus. Den ganzen Abend sah er mir kein einziges Mal in die Augen.

»Es ist schon erstaunlich, dass du hier bist«, erwiderte ich. »Ich bin bereit, alles in Erwägung zu ziehen.«

»Und wenn ich dir sage, dass ich ein Gott bin? Nein, kein Gott. Ein Schöpfer. Das klingt neutraler.«

Ich sagte nichts darauf. Er hatte schon früher Andeutungen in diese Richtung gemacht, die ich für die Ausgeburten einer kranken Seele hielt.

»Hast du dich je gefragt, was Gott dazu veranlasst haben könnte, diese Welt zu erschaffen?«, fragte er.

»Ich bin nicht gläubig, das weißt du.«

»Ich hätte von mir selbst nie etwas anderes behauptet. Aber nur, weil unsere Religionen Gott mit dieser sakralen Aura umgeben. Vielleicht ist Gott etwas ganz anderes.«

»Und was?«

»Ich glaube, Gott wurde durch ganz absonderliche Umstände dazu genötigt, die Welt zu erschaffen. Er hatte es nie geplant oder beabsichtigt.«

»Was bringt dich darauf?«

»Du wirst es mir nicht glauben, aber es ist mir selbst so ergangen.« Er schluckte und atmete schwer. »Beim Retransfer ist etwas geschehen, das *mich* unversehens in die Rolle eines Schöpfers gedrängt hat. *Ich* habe eine ganze Welt erschaffen. Vielleicht nicht nur eine. Vielleicht ist es eine Hierarchie ineinander verschachtelter Welten gewesen.« Er breitete die Arme auseinander. »Vielleicht ist auch diese Welt hier meine Schöpfung. Es macht mir schreckliche Angst.«

Ich schwieg und wünschte, ich hätte mich unsichtbar machen können.

»Du hältst mich für verrückt, nicht wahr?«, sagte er, ohne den Blick vom Fenster abzuwenden. »Ich kann es dir nicht verübeln. Aber um mich zu verstehen, musst du zwei Aspekte des Phänomens Zeit bedenken. Die Begriffe objektive und subjektive Zeit sagen dir doch sicher etwas.«

»Natürlich.«

»Erklär mir, was sie bedeuten.«

Ich zuckte die Achseln. »Objektive Zeit ist physikalische Zeit. Die Zeit, nach der sich materielle Objekte richten. Subjektive Zeit bezieht sich auf unser persönliches Zeiterleben. Jeder weiß, dass Menschen gleichlange Vorgänge als unterschiedlich lang empfinden können.«

Er nickte.

»Und genau dieses Verhältnis zwischen objektiver und subjektiver Zeit«, sagte er, »wird beeinflusst, wenn ein Mensch zwischen der Sub-c- und der Trans-c-Sphäre wechselt. Ein eigentümlicher Nebeneffekt, den niemand vorhersehen konnte. Ich habe es beim Start der *Prometheus* erlebt. Der Sprung zur Überlichtgeschwindigkeit nimmt, bezogen auf die objektive Bordzeit, mehrere Stunden in Anspruch. Für mich dauerte er nicht einmal eine Sekunde. Ich lag in der Kabine der *Prometheus*, und auf einmal hatte sich meine subjektive Zeit beschleunigt. Mein Herz schien derart zu rasen, dass ich die Muskelkontraktionen als hohen Ton hörte. Mein Atem ging so schnell, dass die Bewegungen meines Brustkorbs zu einer verschwommenen

Vibration wurden. Dann hatte die *Prometheus* ihre Höchstgeschwindigkeit erreicht, und objektive und subjektive Zeit liefen wieder synchron. Viel furchtbarer war das, was beim Retransfer geschah.«

Er schwieg eine Weile.

»Erzähl's mir«, sagte ich schließlich.

Er hatte sichtlich Mühe weiterzureden.

»Beim Retransfer«, begann er, »trat der gegenteilige Effekt ein. Meine subjektive Zeit verlangsamte sich dramatisch. Alles erstarrte in nahezu völligem Stillstand. Mein Brustkorb hob und senkte sich so unendlich langsam, dass der Luftzug in meiner Kehle ein tiefes Rauschen erzeugte. Ich hörte die Kontraktionen meines Herzens wie ein herangrollendes Erdbeben. Die Messwerte auf dem Touchscreen änderten sich stundenlang nicht. Gut einen subjektiven Tag dauerte es, bis ich den Blick auf eine Sekundenanzeige gerichtet hatte. Ich zählte in Gedanken mit, wie viele subjektive Sekunden eine objektive Sekunde Bordzeit dauerte. Erst dann hatte ich einen Anhaltspunkt und konnte mir ausrechnen, wie lang der Retransfer subjektiv dauern würde.«

Er machte eine bedeutungsvolle Pause, als wollte er mir nicht ersparen, die alles entscheidende Frage zu stellen.

»Wie lang warst du in diesem Zustand?«, fragte ich.

Er schloss die Augen, und das Lächeln, das in diesem Moment seine Lippen umspielte, war ein Ausdruck unendlicher Hilflosigkeit.

»Sechstausend Jahre«, sagte er.

In mir sträubte sich alles dagegen, ihm auch nur ein Wort zu glauben, doch auf einmal hatte ich eine Erklärung für die seltsame Ferne, Entrücktheit, die seit der Havarie sein Wesen bestimmte.

»Das Wichtigste weißt du noch nicht«, fuhr er fort. »Du kannst es nicht wissen, weil du es nicht erlebt hast. Vielleicht kann ich es dir begreiflich machen.« Er holte tief Luft. »Beim Retransfer erkennst du, dass es keine Helligkeit und keine Dunkelheit gibt, kein Laut und Leise, kein Nah und Fern. Es gibt nur Dynamik und Stillstand. Wenn du eine Zeitlang nur dasselbe siehst, dann siehst du nichts mehr. Wenn du immer dasselbe hörst, dann hörst du irgendwann nichts mehr. Nach einer Weile nahm ich die äußere Welt und dann auch meinen Körper nicht mehr wahr. Sechstausend Jahre lang war mein Bewusstsein auf sich selbst zurückgeworfen. Ich konnte nicht entfliehen, nicht sterben, nicht einmal schlafen, denn die Bord-Biotronik lässt es nicht zu, dass der Pilot beim Retransfer das Bewusstsein verliert. Sechstausend Jahre lang war *ich* meine ganze Welt, ein Bewusstsein für sich, ohne Zufuhr von äußeren Reizen.«

Mir kam ein Gedanke, den ich nicht ganz auszusprechen wagte. »Wie ein ...«

»Ja, wie ein jungfräulicher Gott«, sagte er. »Ich habe mich so gefühlt, wie Gott sich gefühlt haben muss, ehe er das vorzeitliche Chaos in Tag und Nacht schied. Ich empfand einen unendlichen Mangel, einen Mangel an Wirklichkeit. Also schuf ich mir diese Wirklichkeit selbst. Ich begann, mir die Welt, die ich verloren hatte, neu vorzustellen. Erst in groben Umrissen, dann immer detaillierter. Ich stellte mir die Erde als den glühenden Feuerball des Anfangs vor. Ich ließ den Urkontinent Pangäa darauf erstarren, zerrte ihn auseinander, brach schließlich Gondwanaland heraus, ließ die vertrauten Kontinente entstehen. Ich streute Lebenskeime aus, erschuf die ersten Einzeller. Im Kambrium erlebte ich eine frühe Blüte meiner Schaffenskraft, die ich in einem Wutanfall bald wieder zunichtemachte. Ich zeugte Generation um Generation immer neuer, erstaunlicher, vielfältiger Geschöpfe, erfand die Wirbeltiere, fügte die Wärme und Fürsorge der Säugetiere hinzu und gelangte schließlich zum Menschen. Ich bevölkerte eine ganze Welt mit diesen halb vernünftigen, halb wahnsinnigen Geschöpfen, deren subjektiver Zeitmaßstab um ein Vielfaches kleiner war als meiner, und ließ sie ihre lange, blutige Geschichte ausfechten. Ich war nie stolz auf mein Werk. Ich sah nie etwas Erhabenes in mir und hielt die Anbetung durch meine Geschöpfe für lächerlich. Alles geschah unter Zwang, aus einem unvorstellbaren Mangel heraus. Ich hätte eine Ewigkeit weiter geschaffen. Aber diese Ewigkeit hatte ein Ende.«

»Diese Welt, die du erschaffen hast«, fragte ich vorsichtig. »War sie wie unsere?«

»Natürlich«, sagte er. »Sie glich unserer bis ins Detail. Ich habe mir etwas Vertrautes geschaffen. Wie hätte ich sonst meinen Mangel beheben können? Durch etwas Fremdes, das ich nicht verstehe?«

»Und dann kam der Absturz. Auf einmal warst du wieder hier. Objektive und subjektive Zeit liefen wieder synchron. Es gab wieder eine äußere Welt.«

»Ja, aber das ist nicht alles.« Er wischte sich mit einer Hand über die Stirn. »Das ist nicht einmal die halbe Wahrheit. Denn etwas darfst du nicht vergessen: Auch in der Welt, die ich schuf, gab es einen Boyd Blaire, der die erste überlichtschnelle Raumsonde baute, und einen Christopher Lemant, der sie flog. Auch in dieser Welt geriet Christopher beim Retransfer in eine Zeitfalle und war genötigt, eine eigene Welt zu erschaffen. Verstehst du, worauf ich hinauswill?«

Mir schwindelte, und ich brachte es kaum über mich, seiner Logik bis zum Ende zu folgen.

»Das ist die Hierarchie ineinander verschachtelter Welten, von der ich gesprochen habe«, erklärte er. »Und diese Welt hier«, er breitete in einer Geste resignierter Ergriffenheit die Arme auseinander, »diese Welt könnte eine davon sein. Und das macht dich und mich zu den beiden wichtigsten Menschen, die es gibt. Zu zwei Göttern, die mit einem Fluch gestraft sind.«

»Wie meinst du das?«

»Ja, verstehst du denn nicht? Diese Hierarchie von Welten ist zum Untergang verurteilt. Auch unsere Welt wird irgendwann zu existieren aufhören. Unausweichlich. Aber wenn ich mein Bestes gegeben habe und dafür sorgen konnte, dass du die *Prometheus* so gut konstruiert hast, wie es möglich ist, dann haben wir das Ende ein wenig aufgeschoben. Die *Prometheus* wird nicht abstürzen. Christopher Lemant wird nicht plötzlich aus seiner subjektiven Welt gerissen. Er wird langsam aufwachen. Seine Welt wird langsam in die reale übergehen, eine Illusion, die wie ein Traum nach dem Aufwachen verblasst. Was können wir mehr für diese Welt tun, als ihr die Gnade eines sanften Untergangs zu gewähren?«

Mit dieser letzten Bemerkung hatte er meine Bereitschaft, mich auf ihn einzulassen, endgültig erschöpft. Er protestierte nicht, als ich, bestürzt und benommen, einfach aufstand und ihn in der Baracke zurückließ. Vielleicht ahnte er, dass er mich nie wieder sehen, dass er den Rest seines Lebens in diesem Lager verbringen würde. Ich will nicht darüber nachdenken.

Eine Woche später holten mich Musik, Alkohol und Menschen in die Welt zurück, die mir für einige Tage so prekär erscheinen wollte. Unsere Strandparty verlief etwas turbulenter als geplant, weil Hundertschaften von Presseleuten angerückt waren, um dem »Einstein des einundzwanzigsten Jahrhunderts« (so nannte man mich wirklich) ein Interview abzunötigen. Meine Leibwächter wurden nervös und verdroschen einige Fotografen. Es war mir ganz recht, dass meine angebliche Arroganz in den HoloTV- und Presseberichten am nächsten Tag mehr Raum in Anspruch nahm als der Start der *Prometheus*. Die Empörung trug dazu bei, dass den meisten Beobachtern das Scheitern der Mission erst mit Verspätung bewusst wurde.

In den frühen Morgenstunden beruhigte sich die Lage, und ich saß mit Anthea und einigen besonders trinkfesten Freunden am Strand und blickte zu einem phantastisch klaren Himmel empor, wo zwischen Sternen und Planeten die Sonnenkollektoren künstlicher Erdtrabanten funkelten. Als ein bläuliches Licht aufblitzte und man mir ringsum applaudierte, wusste ich längst, dass etwas nicht stimmte. Die Antriebsaggregate der *Prometheus* waren so kalibriert, dass der Retransfer vier Sekunden vor dem Start beginnen sollte. Es hätten also *zwei* Verzerrungen, die eine etwas früher, über den Himmel ziehen müssen wie überdimensionale Lupen, die jemand vor die Sternbilder hielt. Dass es nur eine wurde, konnte nur bedeuten, dass Christopher und die *Prometheus* nicht wie geplant zurückkehren würden.

In einer offiziellen Pressekonferenz am nächsten Morgen verlas ich eine Erklärung, die ich mir schon vor Tagen zurechtgelegt hatte, sprach von einem tragischen Unglücksfall und trat mit sofortiger Wirkung von meinem Posten zurück. Einige Wissenschaftsjournalisten stellten Spekulationen in Zusammenhang mit der Ceres-Anomalie von 2030 an, aber es gelang mir, sie zu zerstreuen, indem ich Gerüchte über Schlampereien in meinem Entwicklungsteam lancierte. Die entscheidende Lehre aus der Mission war für mich, dass ich immer ein Anfänger in Trans-c-Physik geblieben bin. Der Entwurf der *Prometheus* barg Geheimnisse, die ich nie aufklärte. Den systematischen Konstruktionsfehler, von dem Christopher sprach, konnte ich nicht beseitigen. Im Gegenteil, *ich* habe ihn erst verursacht.

Wie hatte es Christopher ausgedrückt? Zwei Götter, die mit einem Fluch gestraft sind. Kann es einen Gott geben, der so viel Schuld auf sich geladen hat wie ich?

In diesem Jahr sind Anthea und ich auf die Insel vor Venezuela zurückgekehrt. Wir haben sie »Christopher's Island« getauft. Ich bin heute ein berühmter Unbekannter und genieße es. Seit Anthea weiß, dass der Wettlauf zwischen Christopher und mir vorbei ist, sind wir uns wieder näher gekommen. Manchmal blitzt etwas von unserer alten Verrücktheit auf, wenn wir den Strand entlangtoben und uns in den Dünen lieben. Ich schließe nicht aus, dass wir eines Tages eine normale Ehe führen werden.

Gestern habe ich am Strand geschlafen und geträumt, ich sei Christopher, der durch den Absturz der *Prometheus* plötzlich aus seiner privaten Welt gerissen wird. Als ich aufschreckte und auf die Brandung hinausblinzelte, war ich mir für einen Moment nicht sicher, ob ich Boyd bin oder nur eine verschwindend flüchtige Regung in Christophers Bewusstsein.

So wie junge Menschen sich nicht vorstellen können, dass ihrer Existenz ein zeitliches Ende gesetzt ist, so geht die Menschheit als Ganzes von der naiven, unausgesprochenen Annahme aus, dass die Welt ewig fortbestehen werde. Nie ziehen wir in Erwägung, dass etwas sie von einem Moment zum anderen auslöschen könnte. Dabei könnte es jederzeit geschehen.

Vielleicht sind die letzten Tage der Ewigkeit schon angebrochen.

Aus: Ronald M. Hahn/Olaf G. Hilscher/Michael K. Iwoleit (Hrsg.):
Nova 6, Books on Demand, Norderstedt 2004

Planck-Zeit

»Es gibt eine ganz einfache Erklärung«, sagte Harold. Er war ein kleiner, notorisch gut gelaunter Mann mit Stirnglatze, Bauchansatz und Ringen unter den Augen, nicht mehr ganz der Organisator und Antreiber von früher, aber mit knapp siebzig erstaunlich vital. Und immer noch viel gewitzter als Konrad. »Dein Problem ist Adams Nabel. Da bin ich mir ganz sicher.«

Konrad hatte seinen früheren Doktorvater vor ein paar Jahren auf dem Empfang einer Firma wiedergetroffen, die Gendatenbanken betrieb. Harold war bis heute halbtags im Beratergremium tätig und hatte ihm eine Stelle angeboten, allerdings hatte Konrad zu diesem Zeitpunkt schon beschlossen, dass er sich aus der Forschung zurückziehen, seiner Leidenschaft fürs Schreiben nachgeben und sich als Wissenschaftsjournalist versuchen wollte. Er hatte Harold als scharfen Hund in Erinnerung, der vor nichts zurückschreckte, um aus seinen Studenten alles rauszukitzeln, was ihr Talent hergab. Es imponierte ihm aber auch, wenn jemand etwas riskierte, und so hatte er Konrad angeboten, ihn auf seinem neuen Berufsweg zu unterstützen. Wenn es eng wurde, konnte sich Konrad immer auf ihn verlassen – was nicht hieß, dass der Alte es ihm leicht machte.

»Man hat mir schon einiges nachgesagt«, brummte er. »Dass ich faul bin, undiszipliniert, unkonzentriert, desorganisiert. Aber dass es daran liegt ...«

»Ach, Junge, du enttäuschst mich. In deinem Alter war ich fixer im Kopf. Aber wahrscheinlich sind wir selbst daran schuld. Wenn wir in den Achtzigern nicht so viel gesoffen, gekokst und rumgehurt hätten, dann hätte deine Generation heute bessere Gene.« Harold saß, unrasiert, in einem saloppen Freizeitanzug, einen Ellbogen auf dem Tisch, in einem Büro, das größer war als Konrads Apartment. Eine gut manikürte Frauenhand kam ins Bild, stellte ihm einen Kaffee hin, und er grinste wie ein Patriarch, der mit einem Fingerschnippen die hübschesten Mädchen herumscheuchen konnte. »Kennst du die alte Geschichte etwa nicht? Damit haben wir damals die christlichen Fundamentalisten aufs Glatteis geführt, die bei öffentlichen Anhörungen gegen den Evolutionsunterricht in Schulen protestierten. Na, klingelt's?«

»Ich verweigere die Aussage.«

»Ungebildetes Jungvolk. Die Sache ging ungefähr so: Frage einen dieser Schwachköpfe, die den biblischen Schöpfungsbericht für bare Münze nehmen, doch einmal, ob Adam und Eva, also die ersten

Menschen, einen Bauchnabel hatten. Wenn nicht, fehlte ihnen offensichtlich etwas, und sie waren keine vollkommenen Menschen nach dem Ebenbild Gottes. Wenn doch, hatten sie ein körperliches Merkmal, das auf ihre Geburt zurückgeht, also können sie nicht die ersten Menschen gewesen sein. Für die Theologen war die Sache lange Zeit ein echtes Problem, und auch die christlichen Maler des Mittelalters und der Frührenaissance sind sich nicht einig gewesen, ob sie das Pärchen mit oder ohne Bauchnabel malen sollten. Du kannst dir nicht vorstellen, welche Verrenkungen die Verteidiger des reinen Glaubens angestellt haben, wenn ich ihnen damit gekommen bin. War ein echter Spaß, und das Witzigste daran war, dass einer ihrer Gesinnungsgenossen – was die wenigsten wussten – schon Mitte des neunzehnten Jahrhunderts eine Lösung für dieses Problem gefunden hatte.«

»Jetzt fällt's mir wieder ein. Philip Henry ...«

»Richtig. Philip Henry Gosse, ein bedeutender britischer Biologe und Autor eines obskuren Werks mit dem Titel *Omphalos*, das 1857, also zwei Jahre vor Darwins *Origins of Species* erschienen ist. In diesem bemerkenswerten Buch befasst sich Gosse nicht nur mit Adams und Evas Bauchpiercings sondern auch damit, dass sie vermutlich Haare, Nägel, Zähne, Knochen und alle möglichen anderen Körperteile hatten, die gewöhnlich Spuren von Wachstumsprozessen zeigen. Schlimmer noch: Es gibt überwältigende Indizien dafür, dass die Erde und das Leben an sich sehr viel älter sind als die vier- oder sechstausend Jahre, die die Bibel zulässt, geologische Befunde, Fossilien, langlebige Mikroorganismen, biochemische Verwandtschaften zwischen den Spezies und so weiter. Der gute Philip war hin- und hergerissen. Einerseits war er Wissenschaftler, der empirische Daten nicht einfach vom Tisch wischen konnte. Andererseits konnte er als anständiger Christ doch nicht die Wahrheit der göttlichen Offenbarung anzweifeln. Was also tun? Und da hatte er eine der brillantesten schrägen Ideen, die je dem Kopf eines Menschen entsprungen sind. Gosse hat nämlich behauptet, dass Gott die Welt tatsächlich vor gerade viertausend Jahren erschaffen hat, und zwar mit all den Eigenschaften, die *den Eindruck erwecken*, die Erde und die Lebewesen seien sehr viel älter, also mit den Spuren einer Vergangenheit, die es nie gegeben hat. Ob der Herr uns damit foppen oder unseren Glauben prüfen wollte, ist eine andere Frage. Jedenfalls musste Gosse keinen einzigen empirischen Beleg zurückweisen, und trotzdem war seine

Lösung völlig konsistent mit dem biblischen Schöpfungsbericht. Ist das nicht klasse?«

»Ich weiß nicht recht, wie mir das bei meinen gegenwärtigen Recherchen ...«

»Na und? Du hast mich doch nicht angerufen, damit ich dir bei ein paar popeligen Allerweltsstorys auf die Sprünge helfe. Du brauchst Geld, oder sehe ich das falsch?«

»Du hast mich mal wieder durchschaut.«

»Gut, dann versau mir die Pointe nicht.« In einer Pose satter Selbstzufriedenheit lehnte sich Harold zurück, nippte am Kaffee und verzog das Gesicht. »Du weißt doch, dass du beim alten Harold immer was lernen kannst, also sperr die Horchlappen auf. Jetzt kommt's nämlich: Gosse wurde zwar von seinen Zeitgenossen verlacht – sogar von den Theologen, denen er einen naturwissenschaftlichen Unterbau verschaffen wollte –, aber in der modernen Physik hat seine Idee eine späte Renaissance erlebt. Viele Kosmologen nehmen an, dass unser Universum nur eine Raum-Zeit-Blase in einer kosmischen Superstruktur ist, eine von unendlich vielen Fluktuationen in einem Supervakuum, die wie virtuelle Teilchen spontan entstehen und wieder verschwinden. Jede dieser Blasen hat andere Eigenschaften, eigene Naturgesetze, Naturkonstanten, eine eigene Geschichte. Es ist so, als wollte der Kosmos alle Möglichkeiten zur Konstruktion eines Universums durchprobieren. Und dabei könnten eben auch Universen entstehen, die *den Eindruck erwecken*, sie seien älter, als sie es tatsächlich sind. Vielleicht ist unser Universum keine dreizehn Milliarden Jahre, sondern nur fünf Minuten alt, und alle Indizien, die auf eine Vergangenheit hindeuten, von der Expansion bis hin zu unseren eigenen Erinnerungen und Erfahrungen, sind nur eine Zufallskonfiguration. Das ist nicht meine Idee – einige Kosmologen haben diese These ernsthaft zur Diskussion gestellt. Was meinst du, dagegen war der alte Gosse doch ein Waisenknabe, nicht?«

Konrad unterdrückte ein Seufzen. Mit einem Auge schielte er auf den zweiten Monitor, schauderte angesichts der langen Liste von Mahnungen, die sich in seinem E-Commerce-Postfach angesammelt hatten, Infodienste, Webmagazine, Mobilcom-Provider, die alle über geplatzte Abbuchungen klagten. Eine Mail, die er eben geöffnet hatte, lockerte ihre unmissverständlichen Warnungen mit einer neckischen Animation auf, einer winkenden Hand, die auf Konrad aber eher so wirkte, als schüttele da jemand die Faust.

»War das meine Lektion für heute?«, fragte er.

Harold verdrehte die Augen. »Warum bist du immer so ungeduldig, Junge? Was meinst du wohl, warum ich eben an der Tastatur rumgefummelt habe? Ich habe dir schon die Kleinigkeit von fünftausend Euro überwiesen. Damit wirst du dir doch übers Wochenende ein Süppchen leisten können, oder?«

»Wenn ich meine Ansprüche etwas runterschraube.«

»Dann streng endlich deine schlaffen grauen Zellen ein wenig an. Ich mache das hier nicht zum Spaß. Ich will dir etwas klar machen, das dir mehr nützen wird als die paar Kröten. Also hör mir zu, das Entscheidende kommt jetzt erst: Wenn es wirklich so ist, dass das Universum mit all seinen beobachteten Eigenschaften nur das Ergebnis eines spontanen Prozesses ist – und das lässt sich rein logisch nicht ausschließen –, dann sind auch die Naturgesetze, die wir aus beobachteten Regelmäßigkeiten ableiten, nur eine Illusion. Nehmen wir an, das Universum ist erst vor fünf Minuten entstanden und wir mit ihm. Aufgrund der Eigenschaften, die dieses Universum spontan angenommen hat, bilden wir uns ein, dass der Mensch seit Jahrhunderten die Gesetzmäßigkeiten der Natur erforscht. Und in den nächsten fünf Minuten oder fünf Jahren oder was auch immer müssen wir feststellen, dass der Kosmos einen Scheiß auf unsere Naturgesetze gibt. Die Fluktuation, die wir Universum nennen, ist nicht stabil. Die Naturkonstanten schwanken, die Gravitationsgesetze stimmen nicht mehr, der Mond stürzt auf die Erde. In ein paar Wochen wird's ziemlich ungemütlich. Denk mal drüber nach – und du hast eine Erklärung für die komischen Dinger, die du mir vorhin erzählt hast.«

Harold war berüchtigt für seine extravaganten intellektuellen Exkurse. Gewöhnlich waren es ganz banale Dinge, auf die er hinauswollte, aber er konnte fuchsteufelswild werden, wenn man ihm nicht mit voller Aufmerksamkeit auf einem Umweg durch die halbe westliche Geistesgeschichte folgte. »Das ist jetzt nicht dein Ernst?«, fragte Konrad. »Was haben ein Shoppingcenter in Shanghai, ein Dammbruch im Industal, ein Statistikbüro an der Wall Street ...«

Harold fuchtelte mit den Händen, als wollte er einen Schwarm Fliegen verscheuchen. »Das weiß ich doch nicht«, sagte er. »Meinst du, dass ich ernsthaft an den Scheiß glaube, den ich dir eben erzählt habe? Mann, ich mach mir Sorgen um dich. Ich habe eben auf deinem Server nachgeschaut. Seit Wochen kein einziger neuer Artikel.

Und das Zeug davor waren genauso langweilige Schoten wie der Kram, mit dem du dich gerade rumplagst. Schau dir die Zugriffszahlen an. Nur drittklassige Webzines, die sonst nichts kriegen, kaufen dir das Zeug ab. Was soll aus dir werden? Sollen dir die Kollegen Care-Pakete schicken?«

»Was soll ich deiner Meinung nach machen?«

»Streng deinen Kopf an. Setz deine Phantasie ein. Stell interessante Verbindungen her. Wenn ich das kann, dann kannst du es erst recht. Ist das nicht der Grund, warum du Autor geworden bist? Kühne Spekulationen, aberwitzige Thesen, blühender Schwachsinn auf höchstem intellektuellen Niveau. Dann bist du wieder vorn dabei.«

»Ich erinnere mich düster an einen gewissen Doktorvater, der die kleinsten Abschweifungen ins Spekulative drakonisch bestraft hat.«

»Derselbe Doktorvater hätte dir das genaue Gegenteil erzählt, wenn er dich zum Schreiberling ausgebildet hätte. Ich bin kein Gott. Ich bin nur der Tritt in deinen Arsch.« Er verschränkte die Hände hinterm Kopf, holte tief Luft und gab ein erleichtertes Seufzen von sich, das nach einer großen Anstrengung klang, die ihm auch große Freude bereitet hatte. »Also, packen wir's an oder nicht?«

»Darf ich vorher noch zu Mittag essen?«

»Meinetwegen kannst du die fünftausend Euro auch komplett vervögeln, wenn's was nützt. Aber denk dran: Von jetzt an behalte ich dich im Auge. Ich setze dir ein klares Ultimatum. Wenn du bis dahin nichts zustande gebracht hast, kannst du schauen, wie du allein zurechtkommst.«

Hoffentlich ist das jetzt auch nur ein Witz, dachte Konrad. »Bis wann?«

»Zwanzig Jahre noch. Dann habe ich die Schnauze voll. Also, hau in die Tasten, Junge.«

»Ich fang gleich an. Wir sehen uns Ende des Monats.«

»Klar.«

Auf der zweiten Leitung wartete Sylvia bereits. *Klasse,* dachte Konrad. *Tag der offenen Tür. Macht mich alle fertig, ich kann's gebrauchen.* Er sah noch, wie sich ein strammer Frauenhintern in hauchdünner Verpackung durchs Bild schob und der alte Charmeur strahlte, als sei ihm gerade eine tolle Idee gekommen, was er mit dem Rest des Tages anfangen könnte. Dann blendete das Bild in eine Aufnahme aus Sylvias Wohnzimmer über. Sie saß in Leggings, mit angezogenen Beinen auf dem Sofa, die blonden Fransen locker hochgesteckt, ein

Glas mit einem grün phosphoreszierenden Drink in der Hand. Heute machten alle den Eindruck, als hätten sie ihren Sommerurlaub vorgezogen, nur er hockte, verspannt und träge, in seiner verrauchten Ecke in des Großraumbüros, das er sich mit zwölf anderen Freelancern teilte, und brachte es nicht einmal fertig, die Geräte abzuschalten und sich zu Hause volllaufen zu lassen.

»Rufst du als meine Agentin oder als meine Freundin an?«, fragte er.

»Was wäre dir lieber?«, sagte sie.

»Als mein Groupie. Ein bisschen rumkreischen und sich die Klamotten vom Leib reißen, wäre nicht schlecht.«

»Wenn du mir einen guten Grund gibst.«

»Zum Beispiel?«

»Du weißt doch, dass ich auf kluge Männer stehe. Intelligenz macht mich an. Wenn ich endlich mal wieder ein Stück brillanter Prosa aus deiner Feder lesen könnte, dann wäre es um mich geschehen. Stell dir vor, live über den Videostream, zum Mitschneiden für Liebhaber. Aber leider ...«

Es war kein gutes Zeichen, dass ihn der Gedanke an eine Stripshow, die sie ihm das eine oder andere Mal tatsächlich geboten hatte, im Moment ziemlich kalt ließ. Es lag nicht an ihr. Sie war noch dieselbe, eine große, kräftige Frau mit forschem Mundwerk und einer Vorliebe für Männer, die ein wenig Angst vor ihr hatten.

»Also geht's doch wieder ums Geschäft?«, fragte er.

»Du wolltest mich doch unbedingt als deine Agentin haben. Warum beklagst du dich, wenn ich meine Arbeit mache?«

»Na gut, dann bist du ab sofort beurlaubt. Als dein Chef befehle ich dir, sofort deinen knappsten Bikini anzuziehen und dich auf dem Dachgarten zu sonnen. Ich will dich mit der Webcam beobachten.«

»Meinetwegen gern. Nur bist du im Moment nicht mein Chef, sondern ein wandelnder Krisenherd.« Ihr Gesicht wurde etwas ernster. »Vor drei Wochen hast du gesagt, dass du an mehreren heißen Storys dran bist und etwas Zeit für dich brauchst. Okay, einverstanden. Aber ich habe das Gefühl, du hast dich mal wieder verzettelt.«

»Quatsch, ich komme gut voran. Warte noch ein paar Tage.«

»Lüg mich doch nicht an. Mit wem hast du eben so lang getratscht?«

»Kennst du nicht.«

Sie schnaubte, als spreche sie mit einem ungezogenen Kind. »Hältst du mich für blöd? Wie viel hat dir Harold wieder vorgestreckt?«

»Das sind Geschäftsgeheimnisse.«

»Klar, ich habe mit deinen Geschäften auch nicht das Geringste zu tun. Seh ich ein.« Sie klemmte für einen Moment die Unterlippe zwischen die Zähne. »Komm schon, zier dich nicht so. Wenn du die letzten drei Wochen auf der faulen Haut gelegen hast, kann ich damit leben. Aber erzähl mir nichts von irgendwelchen sensationellen Storys ...«

»Nein, ich habe dich nicht angelogen. Die Storys sind wirklich interessant. Es ist nur ... Irgendwie hänge ich fest, irgendwas ist da faul. Vielleicht besteht sogar ein Zusammenhang zwischen den Geschichten. Ich komme nur nicht dahinter, was ...«

»Na gut, gehen wir die Sachen doch mal gemeinsam durch und entscheiden dann, was wir tun. Vielleicht kann ich dir helfen.«

Sylvia hatte eine illustre Karriere als Redakteurin für alle erdenklichen Web- und Printperiodika hinter sich und als Quereinsteigerin in die Wissenschaftspublizistik ein erstaunliches Niveau erreicht. Sie zeigte ihm nicht nur in geschäftlichen Dingen, wohin der Weg ging. Seit sie sich vor zwei Jahren das erste Mal privat getroffen hatten, war er mit sich selbst noch nicht einig geworden, wie er die Beziehung zu ihr langfristig gestalten wollte, aber das störte sie genauso wenig wie der Umstand, dass er vor ihrer Präsenz gelegentlich in weniger problematische kleine Liebschaften flüchtete.

»Von der Sache in Shanghai hast du wahrscheinlich schon gehört«, begann er. »Es sollte ein exemplarisches Joint Venture zwischen diesem ausgeflippten Architekten Waters aus Chicago und der Fenghuang Software Corporation werden, die VR-Environments und Expertensysteme für Architekten entwickelt. Du weißt schon, Intensivierung der chinesisch-amerikanischen Wirtschaftsbeziehungen, Austausch von Know-how, Testläufe für die Märkte von morgen, bla, bla, bla. Den Amis ging's vor allem darum, dass die Chinesen, falls mit einem prestigeträchtigen Bauwerk neue Auftraggeber für Großprojekte angelockt werden, eine langfristige Zusammenarbeit mit satter Beteiligung in Aussicht gestellt haben. Also musste etwas Spektakuläres her, und da war Waters in seinem Element. Vielleicht erinnerst du dich an die Businessmeile, die er in Teheran hochgezogen hat, als sich dort nach dem Krieg amerikanische Firmen breitgemacht machen. Die ganze Branche ist neidisch auf ihn, weil noch niemand dahintergekommen ist, wie er das mit der Statik hinbekommt. Ich persönlich mag seine Bauwerke nicht. Für mich sehen sie wie windschiefe Baugerüste aus, aber es ist schon faszinierend, wie er die ganze Nutzfläche in ein Stützwerk aus ein paar verdrehten Beton- und Stahlträgern einhängt.«

»Haben sie ihm in Shanghai nicht einen halben Kilometer am Huang-pu niedergewalzt?«

»Genau von dem Ding rede ich. Die Chinesen meinten, dass die englischen Kolonialbauten lang genug die Landschaft verunziert haben und es Zeit für etwas Flotteres wird. Waters hat ein riesiges freitragendes Dach über den Komplex gezogen, achtzig Meter hoch, fast zwölf Hektar überspannte Fläche. Sieht aus wie eine Muschel, und darunter sind die Shoppingpassagen auf Stelzen so kreuz und quer übereinander angeordnet, dass man sich fragt, wie das Ganze halten soll.«

Sylvia schüttelte den Kopf. »Warum beschäftigst du dich damit? Darüber wurde doch schon letztes Jahr überall berichtet. Sofern das Ding nicht wieder in sich zusammenkracht, interessiert es keinen Menschen mehr.«

Konrad grinste verschwörerisch, aber nach Sylvias Reaktion zu urteilen, gelang es ihm nicht sonderlich überzeugend. »Stell dir vor, ich habe klare Hinweise darauf, dass genau das passieren wird. Diesmal hat sich Waters mit seinen Statikexperimenten vergaloppiert, und das ganze Shopping-Center neigt sich langsam gen Mutter Erde. Noch zwei Monate, dann gibt's einen großen Rums, und aus der Traum. Weil Waters für die Planung natürlich Fenghuangs Softwaresysteme verwendet hat, haben sich beide Seiten anfangs gegenseitig den schwarzen Peter zugeschoben, aber inzwischen haben sie sich offensichtlich gemeinsam auf den Lieferanten der Hardware, nämlich Hewlett-Packard, gestürzt. Hewlett wollte eine drohende Milliardenklage nicht einfach im Raum stehen lassen, hat ein Team von Programmierern nach Shanghai geschickt und Zugriff auf Fenghuangs Quellcodes verlangt, um die Software auf mehreren unabhängigen Systemen zu kompilieren und zu testen. Der arme Hund, der für die Testreihen verantwortlich ist, muss inzwischen mit den Nerven am Ende sein. Es wurden keine schwerwiegenden Hard- oder Softwarebugs gefunden, trotzdem kam bei jeder Simulation etwas anderes heraus. Mal sah es so aus, als habe Waters korrekt gearbeitet. Mal hieß es, das Ding hätte schon in der Bauphase einstürzen müssen.

Dann wieder was ganz anderes. Eine wirklich mysteriöse Sache. Niemand weiß, was eigentlich los ist.«

»Außer du.«

»Nein, ich habe nicht die geringste Ahnung. Das ist ja mein Problem. Aber ich werde ...«

Sylvia winkte ab. »Auszeit, mein Schatz. Das reicht.« Er sah ihr an, dass sie sich zusammenreißen musste, um ihn nicht anzufahren. »Genau das habe ich mir gedacht. Ich kenne dich in- und auswendig, mein Süßer, und solche Sachen fängst du immer an, wenn du dich in die Enge getrieben fühlst. Du willst überhaupt nicht weiterkommen. Du willst dich verkriechen.«

»Wovon redest du eigentlich?«

»Ein Enthüllungsjournalist, der keine Enthüllung anzubieten hat. Sind die anderen Sachen genauso windig?«

»Von windig kann überhaupt keine Rede sein. Bei einem der Staudammprojekte am Indus droht ein ähnliches Desaster. Da werden zwei Millionen Tonnen Stahlbeton zerpulvert, ist das etwa eine Kleinigkeit?«

»Und du weißt auch diesmal nicht warum.«

»Nein, ich weiß auch nicht, was bei diesen Consulting-Typen auf der Wall Street los ist, die über zehn Jahre lang mit computergestützten Kursprognosen Millionen gescheffelt haben. Seit einigen Wochen geht bei denen gar nichts mehr. Nicht einmal mit den Daten vom letzten Jahr kommen sie zu konsistenten Ergebnissen.«

»Und das soll mich jetzt vom Hocker reißen?«

»Hör doch mal zu.« Sie konnte ihn in den Wahnsinn treiben und hatte keine Skrupel, davon Gebrauch zu machen, wenn es ihr opportun erschien. »In allen Fällen handelt es sich um bewährte Systeme, die seit Jahren erfolgreich im Einsatz gewesen sind. Und auf einmal, aus heiterem Himmel, ohne erkennbare Ursache, flippt der ganze Krempel aus. Also, wenn das keine Story ist ...«

»Konrad, komm zu dir«, sagte Sylvia. »Solche Dinge passieren ständig. Wir leben in einer Welt, in der Microsoft Milliarden gescheffelt hat. Mindestens die Hälfte aller Software-Großprojekte gehen in die Hose. Ein Update, und wenn man Glück hat, funktioniert nichts mehr.«

»Das ist nicht dasselbe.«

»Bitte.« Sie schlug wieder einen versöhnlicheren Ton an, was nichts Gutes bedeutete. »Warum betreibst du nicht mal eine Zeitlang soliden, stinknormalen Wissenschaftsjournalismus? Langweilig, aber gut. Und vor allem verkäuflich. Professor X von der Universität Y erhält in diesem Jahr den Medizin-Nobelpreis für die Entdeckung eines todsicheren Mittels gegen Mundgeruch und Schweißfüße. Professor A von der Universität B hat endlich eine der großen Fragen der Menschheit beantwortet und herausgefunden, warum beim Waschen immer die zweite Socke verschwindet. Etwas in der Art. Ich geb's ja zu, die Sache mit den Hepatitis-infizierten Schulkindern, die du damals aufgedeckt hast, war ein echter Kracher. Aber so was kann dir nicht am Fließband gelingen.«

Nur nicht aufregen, dachte Konrad. »Wir werden sehen«, murmelte er, aber so leise, dass es kaum an seine eigenen Ohren drang.

»Gehen wir essen?«, fragte Sylvia.

»Au Backe. Was kommt jetzt? Willst du mich mit dem Rohrstock verdreschen?«

»Nein. Ich will einfach nur einen schönen Abend mit dir verbringen. Und anschließend nehme ich dich mit in mein Schlafzimmer und werde dafür sorgen, dass du die Englein singen hörst.«

»Das kann ich gerade noch verkraften. Wo?«

»Du weißt wo. Ich erwarte dich in zwei Stunden. Zieh was Anständiges an, sonst werde ich wirklich böse.«

Sylvia hatte eine ärgerliche Vorliebe für die Konsumpaläste, die asiatische Investoren in den Zwanzigern, als mehrere niederrheinische Städte zur neuen Supercity zusammengefasst wurden, an den Rheinufern zwischen Düsseldorf und Bonn hochgezogen hatten. Besonders für das Sherrington-Mall in Kaiserswerth, einer unglaublich protzigen, mit kühnem Schwung in die Landschaft gestellten Glas- und Stahlkonstruktion, deren Bauplan man, schien es, direkt von den Covern alter amerikanischer Science-Fiction-Magazine abgepinnt hatte. Im Erdgeschoss waren so viele teure Boutiquen und Kitschläden untergebracht, dass man an einem Nachmittag eine Million verprassen konnte, ohne hinterher einen Lastwagen bestellen zu müssen. Darüber standen ganzjährig tausende Hotelzimmer für die Touristen leer, die die Rhein-Megapolis bis heute nicht angelockt hatte. Auf den Dachterrassen schließlich teilten sich eine Handvoll Edelrestaurants die kostspieligste Gewerbefläche der Stadt, was sich in den Preisen, nicht aber der Qualität niederschlug. Jeder chinesische, türkische oder pakistanische Provinzkoch hätte sich angesichts der gaumenschonenden Designer-Cuisine, die hier als inter-nationale Küche serviert wurde, alle Haare ausgerauft, aber dafür konnte man sich die Ohren stundenlang mit italienischer Pop-Muzak zuschmalzen lassen, den Ausblick auf den Rhein genießen, besonders wenn die Abwässer der chemischen Industrie zur Dämmerung apart leuchteten, oder in der Gesellschaft des hohlköpfigsten Neureichen-Gesindels schwelgen, das in fünfzig Kilometern Umkreis aufzutreiben war.

Gewöhnlich hatte Sylvia nichts übrig für Pomp, aber für den Spaß, sich über eine solch alberne Zurschaustellung von Überfluss zu amüsieren, zwängte sie sich gern einmal in einen ihrer Paillettenfummel, die eigentlich für Frauen mit weit schmächtigeren Formen geschneidert waren. Konrad hatte sein Samtsakko ausgebürstet, aus den Textilbergen in seinem Kleiderschrank einige Teile hervorgekramt, die noch nicht ganz vergammelt aussahen, und vor dem Spiegel einen coolen Gesichtsausdruck geübt, damit er während des Essens nicht den Eindruck machte, dass er sich jeden Moment übergeben könne. In dem kleinen Spiegelkabinett, das ins Diner's Club Special führte, stellte er fest, dass der Dreitagebart, den er störrisch stehen gelassen hatte, an ihm eher schäbig als verwegen aussah und sein Outfit nicht stilvoll schwarz, sondern wie das eines drittklassigen Bestattungsunternehmers rüberkam. Sylvia schien immerhin anzuerkennen, dass er sich Mühe gegeben hatte. Sie sagte nichts, als er sie auf einer Galerie an einem etwas abseits stehenden Tisch entdeckte, strahlte nur, als er ihr einen Kuss auf die Wange drückte, und winkte einem Kellner.

»Ich habe eine Überraschung für dich«, sagte sie.

Konrads Blick blieb an ihrem Ausschnitt hängen, als er sich umständlich einen Stuhl zurechtrückte und Platz nahm. Das Oberteil saß sehr stramm, und bei jedem Atemzug schien es, als würde ihre üppige Brust den Stoff sprengen. »Was ist? Hast du schwarze Unterwäsche an?«

Sie lächelte milde wie über den Scherz eines Halbwüchsigen. »Ich trage überhaupt keine Unterwäsche, mein Schatz. Aber das ist es nicht.« Sie schob ihm einen Caddy mit einer Mini-DVD rüber. »Hier. Damit wirst du dich in den nächsten Monaten beschäftigen.«

Ein schmächtiger, dünkelhäutiger Kellner mit dem schwülen Charme eines Metrosexuellen kam an ihren Tisch und zückte erwartungsvoll ein Notepad. »Sag mal, wie heißen diese kleinen Dinger, die wir beim letzten Mal gegessen haben?«, fragte Sylvia. »Diese Käse- und Gemüsebällchen mit Reis. War was aus Indien, du weißt schon …«

»Oh, nein«, stöhnte Konrad, und der Kellner warf ihm einen pikierten Seitenblick zu.

»Sag schon.«

»Kofta. Malai Kofta, aber …«

»Malai Kofta für uns beide. Und was man halt dazu trinkt«, sagte Sylvia zu dem Kellner und lachte, als sie Konrads gequälten Gesichtsaudruck sah. Der Kellner verzog sich eilig an den nächsten Tisch, und Sylvia sagte: »Was habe ich meinem Süßen jetzt wieder angetan? Sag's mir, vielleicht bessere ich mich irgendwann.«

»Du weißt genau, dass diese Idioten hier kein Kofta zubereiten können. Die indische Küche ist eine Kunst für sich. Wenn du unbedingt dein Geld zum Fenster rauswerfen willst …«

»Halt die Luft an, Konrad. Über eine solche Kleinigkeit regst du dich auf? Aber wenn's um deine eigene Existenz geht, dümpelst du vor dich hin wie jemand, der nicht weiß, was die Stunde geschlagen hat?«

»Was soll das heißen?«

»Ich wollte nur mal sehen, ob du noch Saft in dir hast. Ob du dich noch über etwas aufregen kannst. Scheint so, und jetzt müssen wir diese Power nur noch in die richtigen Bahnen lenken.«

Er nahm die Minidisk in die Hand. »Was ist das?«

Sylvia hob die Augenbrauen. »Ich sage nur ein Wort: SLHC.«

»Was?« Er stutzte erst, dann schwante ihm Böses. Der Super Large Hadron Collider, ein riesiger linearer Teilchenbeschleuniger, den man an einem der L5-Punkte zwischen Erde und Mond installiert hatte, war seit acht Monaten in Betrieb und Gegenstand der dämlichsten Schlagzeilenschlacht, die sich wissenschaftliche Analphabeten von WebTV und Presse seit Jahren geliefert hatten. Konrad erinnerte sich an Phrasen wie »Vorstoß zum Schöpfungsmoment« oder »Gottes Plan kennen« und an einen Pressesprecher, der ernsthaft erklärt hatte, dass man die am Projekt beteiligten Wissenschaftler vielleicht in hundert Jahren als Begründer einer neuen Religion feiern werde, denen die Aussöhnung zwischen Wissen und Glauben gelungen sei. Der ganze Quatsch hatte ihm das Interesse an dem Projekt gründlich verleidet, und dabei war ihm auch gleichgültig, ob tatsächlich experimentelle Beweise für einige der wesentlichen

Vorhersagen der Superstring-Theorie vorlagen, wie nach der Auswertung der ersten Experimente behauptet wurde. »Du erwartest doch nicht, dass ich ...«

»Doch«, sagte Sylvia. »Ich weiß, was du von dem ganzen Brimborium hältst, aber darum geht es nicht. Die Sensationspresse wird sich bald wieder für andere Dinge interessieren, und dann schlägt die Stunde seriöser Berichterstatter. Ich habe dir alles auf die Disk gebrannt, was meine Informanten ranschaffen konnten. Das Material ist außerordentlich komplex, da steckt Stoff für Jahre solider Interpretation und Kommentierung drin. In der Fachwelt sind heftige Diskussionen darüber entbrannt, was von den Messungen zu halten ist. Du könntest einige schöne, umsichtig argumentierte Spekulationen verfassen. Ich habe mich schon umgehört. Solche Artikel können wir sofort verkaufen.«

»Nein.«

»Was heißt nein?«

»Ich mach's nicht. Mit dem Scheiß können sich meinetwegen andere rumplagen.«

»Du bist bescheuert.«

»Kann sein.«

»Du benimmst dich wie ein kleines Kind. Was soll das? Meinst du, dein Ruf nimmt unwiderruflichen Schaden, wenn du dich einmal mit etwas befasst, das auch nur im Entferntesten den Ruch des Aktuellen oder Populären hat?«

Konrads Notepad piepste. »Das ist immer noch meine Entscheidung«, sagte er und zog das Gerät aus seiner Sakkotasche. »Wenn's dir nicht passt, kannst du ja die Brocken hinwerfen.«

»Da haben wir's wieder.«

»Was?« Konrad tippte aufs Display, das den Eingang einer E-Mail von einem gewissen Seth Wachowski anzeigte. Konrad musste kurz überlegen, dann fiel ihm ein, dass es sich dabei um einen der Softwaretechniker handelte, die Hewlett-Packard nach Shanghai geschickt hatte. Ein Freund mit guten Kontakten zur amerikanischen Computerindustrie hatte ihm den Tipp gegeben, dass sich Wachowski nach dem Einsatz bei Fenghuang im Streit von Hewlett getrennt hatte, seitdem erfolglos zwischen Europa und den USA pendelte, um einen neuen adäquaten Job zu finden, und möglicherweise für eine gute Honorarbeteiligung ein paar Insiderinformationen ausplaudern würde. Konrad hatte schon nicht mehr damit gerechnet, von ihm zu hören.

»Du willst immer die Avantgarde sein«, sagte Sylvia. »Du willst dich immer in dem Gefühl sonnen, dass du deinen Zeitgenossen überlegen bist und für deine Überlegenheit auch noch schmählich verachtet wirst. Du hast Riesenangst davor, einmal wirklichen Erfolg zu haben.«

»Was für'n Scheiß«, knurrte er.

Wachowski schrieb:

Ich bin für einige Tage in Deutschland. Wenn Sie noch an der Sache interessiert sind, kommen Sie zwischen Samstag, dem 9., und Montag, dem 11., nach Frankfurt/M. Adresse erfahren Sie dann. Vorerst bleibt alles unter uns, okay?

Gruß, SW

Sein Herz machte einen Sprung. Er steckte das Notepad ein und stand auf. Sylvia beobachtete ihn ganz gelassen. »Was war das?«, fragte sie.

»Geht dich nichts an.«

»Setz dich. Unser Gespräch ist noch nicht beendet.«

»Für mich schon«, erwiderte er, aber auch das konnte den Ausdruck überlegener Selbstbeherrschung nicht aus ihrem Gesicht vertreiben. So sah sie ihn immer an, wenn sie entschlossen war, ihn wie einen aufsässigen Jugendlichen zu maßregeln, und es gab nichts, was er mehr an ihr hasste.

»Du willst ernsthaft einen Fick mit mir sausen lassen, nur weil du dich ein bisschen in die Enge getrieben fühlst? Komm schon, setz dich wieder. Jetzt glaube ich, dass wir wirklich ein Problem haben.«

Ein gutes Argument, wie er bei einem Blick in ihren Ausschnitt zugeben musste. Hätte er sich nicht schlapp bis unter die Gürtellinie gefühlt, wäre das möglicherweise ausschlaggebend gewesen. Aber im Moment hatte er andere Dinge im Kopf als ihre schwarze oder nicht vorhandene Unterwäsche.

Der Kellner kam mit den Getränken und blickte unsicher zwischen ihm und Sylvia hin und her. »Amüsier dich noch schön«, sagte Konrad. »Aber nicht auf meine Kosten.«

Sonderlichen Respekt flößte er ihr damit nicht ein. Sie lächelte, als fände sie es einfach interessant, dass er zur Abwechslung einmal anders reagierte. Eine kleine Würze in der klaren Hierarchie ihrer Beziehung.

»Bitte komm innerhalb von drei Tagen wieder bei mir angekrochen«, sagte sie. »Sonst mache ich mir ernsthaft Sorgen.«

Er murrte etwas Unverständliches, und bevor er ging, wischte er mit einer Hand über den Tisch, um unauffällig die Minidisk an sich zu nehmen. Sylvia gab ihm mit einem Zwinkern zu verstehen, dass sie es bemerkt hatte.

Vor einigen Monaten hatte Konrad sein Büro außer Haus verlegt, um Privat- und Berufsleben klarer trennen zu können, aber nennenswerte Verbesserungen waren dadurch nicht eingetreten. Sein Gehirn fand immer etwas, das es mit sich herumschleppen und besonders dann, wenn er wie jeder Durchschnittsidiot bei einem Bier und einem Film etwas Entspannung finden wollte, in Gedanken endlos hin- und herwälzen konnte. Fest entschlossen, seinen Ärger auf Sylvia noch ein wenig am Kochen zu halten, zog er durch die Bars im Sherrington, kippte harte Drinks in sich hinein und ging anschließend mit einer Flasche teurem Beaujolais am Rhein spazieren, bevor er sich von einem Taxifahrer, der ihn aus einer 400-Watt-Autostereoanlage (»Tolles Ding, was?«) mit italienischen Opernarien zudröhnte, nach Hause fahren ließ. In einem Anfall alkoholbegünstigten Selbstbehauptungswillens versprach er einem Barkeeper, dass er »der Alten« den Tritt ihres Lebens verpassen würde, aber der Entschluss überstand keine zwei Wodka-Martini. Als er schließlich, zu erschöpft, um sich auszuziehen, in sein Bett sackte, hatten sich wieder andere Dinge vor alle privaten Scherereien geschoben, und er grübelte im Halbschlaf noch stundenlang über die Gerüchte nach, die seit Wachowskis Ausscheiden bei Hewlett-Packard die Runde machten.

Der Bursche war erst zweiundzwanzig und hatte den Ruf eines exzentrischen Wunderkinds, eines dieser mathematischen Naturtalente, die schon als Zwölfjährige komplizierteste Berechnungen mit einer Genauigkeit von zwanzig Stellen hinterm Komma im Kopf lösen können, aber froh sind, wenn sie bis dreißig gelernt haben, sich selbständig die Schuhe zuzubinden und den Hintern abzuwischen. Millionen Internet-Benutzer konnten ihm dafür danken, dass er mit neuartigen Datamining-Algorithmen die Grundlage für eine Flut noch raffinierterer, auf intimste Wünsche zugeschnittener Spam-Media gelegt hatte, aber zum Glück für ihn war sein Name nur Insidern bekannt. Schon an der Universität von Berkeley hatte sich gezeigt, dass er außer zum Jonglieren mit Gleichungssystemen und Java-Quellcode zu nichts zu gebrauchen war, und so hatte Hewlett um ihn ein straff organisiertes Team aufgebaut und ihm privat und beruflich alles abgenommen, was ihn auch nur im Entferntesten von den esoterischen Höhen der Systemprogrammierung ablenken konnte. Besonders beliebt war er deswegen nicht, und Ex-Mitarbeiter berichteten hämisch, dass er zu Hause nicht einmal eigenhändig frische Unterwäsche aus dem Schrank nehmen musste und zur geregelten Abfuhr von Stauungen einmal pro Woche ein Mädchen ins Büro geschickt bekam, das der Einfachheit halber gleich vor Ort eine Nummer mit ihm schob.

Es musste einen guten Grund geben, warum so jemand, dem sonst nichts wichtiger war, als immer mit der neusten und teuersten Hardware herumspielen zu können, aus heiterem Himmel gegen die Mutterbrust aufbegehrte, an der er die nächsten Jahrzehnte bequem hätte nuckeln können. Im Netz kursierten Protokolle eines Meetings mit der Konzernspitze, bei dem Wachowski rätselhafte Andeutungen in der Richtung gemacht hatte, dass weder Hard- noch Softwarefehler sondern ein Phänomen von weit größerer Reichweite für die Unregelmäßigkeiten bei der Fenghuang Corporation verantwortlich war. Innerhalb klar gezogener Grenzen durfte Wachowski gewöhnlich herumspinnen wie er wollte, aber diesmal hatte er, weil niemand daraus schlau wurde, was ihn eigentlich so beunruhigte, den Bogen doch etwas überspannt und sich zu einem Affront gegen die »ahnungslosen Idioten« von der Konzernleitung verstiegen. Konrad reizte es sehr, diesen Mann persönlich kennenzulernen, aber trotz seiner kleinen Rebellion gegen Sylvia fühlte er sich in seinen Entscheidungen keinesfalls autonom und ungebunden.

Um fünf Uhr früh, als sich sein Magen mit den ersten Anzeichen von Übelkeit meldete, erwischte sich Konrad dabei, dass er das Bettzeug zusammengerollt hatte und wie die traurige Imitation einer Bettgefährtin umklammerte. Plötzlich bereute er es, dass er die Gelegenheit verpasst hatte, mit einer Hand an Sylvias drallem Hintern aufzuwachen, und nachdem er sich im Bad einen Finger in den Hals gesteckt hatte, setzte er sich an die Workstation im Wohnzimmer und schob die Mini-DVD ins Laufwerk. Sylvia war nicht zimperlich, wenn es um Informationen ging, die Konrad einen Vorsprung vor den Kollegen verschaffen konnten, und was ihre Cracker-Freunde hier direkt von den Servern der L5-Forschungsstation abgestaubt hatten, war ein paar Jahre Gefängnis wert. Das Problem war nur, dass sie seine Kenntnisse gern überschätzte und er Monate brauchen würde, um sich in Partikelphysik und Quantenkosmologie so weit auf den neusten Stand zu bringen, dass er etwas mit den Aufnahmen aus der Blasenkammer und dem Datenkonvolut von den ersten Partikelkollisionen anfangen konnte.

Unter den öffentlich zugänglichen Dokumenten war eine 3D-Animation, die man aus den Aufnahmen mehrerer Kamerasonden berechnet hatte und die, mit pompöser Musik untermalt, eine rasante Fahrt zum Kopfende des hundertvierzig Kilometer langen Teilchenbeschleunigers zeigte. Wie klobige Schmuckstücke, aufgereiht an einer endlosen Kette, schossen vor dem Hintergrund der westlichen Mondhemisphäre haushohe supraleitende Magnetspulen knapp am Kopf des Betrachters vorbei. Zwischen dem Mond und dem Schweifende eines kürzlich entdeckten Kometen verjüngte sich die Vakuumröhre zu einem Punkt, aus dem, als die Kamera langsam abbremste, der sternförmige Komplex der Feynman-Station erwuchs. Der Sprecher, der penetrant wie ein Klatschreporter klang, sprach vom größten nicht-architektonischen Gebilde, das je von Menschenhand geschaffen wurde, und wurde nicht müde, auf die historische Bedeutung des 21. Dezembers 2036 hinzuweisen. An diesem Tag, nach acht Jahren Bauzeit und Skandalen um Überziehungen des Projektetats in Milliardenhöhe, hatten die Physiker die größte Show ihrer Geschichte zelebriert. Eine Hundertschaft handverlesener Starjournalisten aus aller Welt wurde eigens zu exorbitanten Kosten in die Station befördert, um über ein für Laien völlig unbegreifliches Ereignis zu berichten. Auch Konrad verstand nur so viel, dass man Protonen auf nahezu Lichtgeschwindigkeit beschleunigt und mit einer Energie auf ein hochverdichtetes Plasma geschossen hatte, die den Bedingungen im Kosmos wenige Millisekunden nach dem Urknall entsprach. Damit war man erstmals in einen Bereich vorgedrungen, in dem die vier Grundkräfte der Natur sich zu einer einheitlichen Urkraft vereinten, und für alle theoretischen Entwürfe einer »theory of everything« war jetzt die Stunde der Bewährung gekommen.

Neu war für Konrad, dass der SLHC sogar über einige Gigaelektronenvolt Spielraum nach oben verfügte und die physikalischen Bedingungen, die er zu untersuchen vermochte, auf ein infinitesimales Intervall an den Moment des Urknalls heranschieben konnte.

Mit diesen Bereichen hatte man zwei Monate später experimentiert, und dabei hatte der Enthusiasmus der Forscher einen empfindlichen Dämpfer erhalten, den man verständlicherweise nicht lautstark an die Presse hinausposaunte. Alle Wissenschaftler, die sich schon als Mitwirkende an der großen, endgültigen Vollendung der Physik wähnten, sahen sich beim Vorstoß in Niveaus jenseits der Vereinigungsenergie plötzlich mit einem Chaos neuer, exotischer Elementarteilchen konfrontiert, die die etablierte Ordnung der Baryonen, Hadronen und Quarks auf den Kopf zu stellen drohten.

Für einen Fachfremden wurden die Protokolle dieser zweiten Versuchsreihe ganz unverständlich, aber Konrad fand einen nachdenklichen Kommentar eines Quantenphysikers aus dem Projektbeirat, der vielleicht den Keim für einen interessanten Artikel enthielt. Der Mann erinnerte seine Kollegen daran, dass Teilchenbeschleuniger wie Mikroskope sind, mit denen man in immer winzigere Raum- und Zeitbereiche hineinzoomt. Allerdings sind Raum und Zeit nicht beliebig teilbar und beginnen ab einer bestimmten Grenze selbst gequanteltes Verhalten zu zeigen. Nähert man sich dem Urknall auf ein Intervall von 10^{-45} Sekunden oder darunter, dann gerät man in den Bereich der Planck-Zeit, in dem sich vertraute temporäre und kausale Ordnungen auflösen. In solchen Maßstäben lässt sich nicht mehr sagen, in welcher Reihenfolge zwei Ereignisse stattfinden und ob zwei Teilchen am selben oder an verschiedenen Orten sind. Vermutlich erklärte das die eigenartigen Messungen im Februar.

Sylvia hatte recht. In dem Stoff steckten jede Menge Ideen, aus denen er mit etwas Arbeitseinsatz interessante und sogar seriöse Artikel stricken konnte. Er war versucht, sie anzurufen und sich bei ihr zu entschuldigen, aber etwas in ihm sträubte sich dagegen, mal wieder als der Schlappschwanz dazustehen, der er war. Er grübelte hin und her, und bevor er es sich wieder anders überlegen konnte, teilte er Wachowski in einer E-Mail mit, dass er ihn am Samstag besuchen würde, und buchte online ein Flugticket nach Frankfurt. Hinterher schlief er noch schlechter.

Zwei Tage später saß er im Foyer einer kleinen Pension unweit des Römers, schlürfte einen Kaffee, der jeden Herzkranken auf die Intensivstation gebracht hätte, und widerstand der Versuchung, Sylvias Voicemails abzuhören. Er fragte sich, warum ein Mann wie Wachowski ausgerechnet in einem solch schäbigen Familienbetrieb abgestiegen war, einer Zwölf-Zimmer-Klitsche mit verstaubtem

Öko-Ambiente, gemanagt von einem Pärchen, das vom Hippie-Revival der Zwanziger übrig geblieben zu sein schien. Der angegraute Krauskopf an der Rezeption, der im Viertelstundentakt Schnapsgläschen leerte, hatte sehr erstaunt darauf reagiert, dass sich ein Besucher nach Dr. Wachowski erkundigte, und schaute immer noch neugierig herüber.

Wachowski ließ Konrad fast eine Stunde warten. Als er schließlich, ein Notebook unterm Arm, eine Ledertasche in der Hand, aus einem Taxi stieg, erkannte Konrad ihn nicht sofort. Sein Foto auf Hewlett-Packards Webseiten zeigte einen pausbäckigen Jungen mit weichen, etwas unreifen Gesichtszügen und welligem Haar. Seitdem hatte er deutlich abgenommen, war fast hager, mit lichter Stirn, nachlässig gekleidet, fahrig und ungelenk. Als der Mann an der Rezeption auf Konrad zeigte, reagierte er kaum, und beim Näherkommen bemerkte Konrad in seinen Augen eine glasige Trübheit, die er noch von eigenen Erfahrungen mit Aufputschmitteln kannte.

»Sind Sie Tankert?«, fragte Wachowski und streckte ihm flüchtig die Hand hin. »Kommen Sie. Ich habe nicht viel Zeit.«

Er hatte außer einem Doppelzimmer auch die Räume rechts und links daneben gemietet. Als er ihm die Tür aufhielt, stutzte Konrad für einen Moment. Auf dem Bett, dem Tisch und den Nachtschränkchen lagen mindestens zwei Dutzend Notepads, PDAs, wissenschaftliche Taschenrechner und andere Kleincomputer durcheinander. Wachowski warf das Gerät, das ihm unterm Arm klemmte, aufs Kopfkissen, stellte die Tasche aufs Bett und holte weitere Geräte hervor, die er achtlos auf der Garderobenablage stapelte.

»Setzen Sie sich, wenn Sie irgendwo Platz finden«, sagte er.

Konrad räumte sich einen Stuhl frei und sah zu, wie Wachowski in Schubladen und einem offenen Koffer wühlte. Er wurde erst etwas ruhiger, als er ein Päckchen Marihuetten fand, zündete sich eine an und lachte über Konrads verdutzten Gesichtsausdruck.

»Eins vorweg«, sagte er. »Bitte ersparen Sie mir diese Journalistenscheiße, von wegen was mit mir los ist, was bei Hewlett-Packard passiert ist und so weiter. Ich weiß selbst, dass ich im Moment nicht in Bestform bin. Aber deswegen sind Sie nicht hier.«

»Weswegen sonst? Wollten wir nicht über Waters' Projekt in Shanghai reden?«

»Wozu denn? Darüber wissen Sie doch schon alles. Was Sie nicht wissen, ist das, was dahintersteckt. Ich bin der Sache schon seit Monaten auf der Spur, und es wird Zeit, dass ich mal mit jemandem darüber rede.« Er setzte sich ans Fußende und warf einen fast ängstlichen Blick auf die Geräte, die neben ihm auf dem Bett lagen. »Bevor ich den Verstand verliere.«

Konrad war noch nicht sicher, ob Wachowski etwas Psychotisches an sich hatte oder nur von Belastungen gezeichnet war. Er sagte nichts, wartete einfach, bis sein Gastgeber ein paar tiefe Züge inhaliert hatte und von allein weiterredete.

»Sagen Sie, glauben Sie an etwas?«

»Sie meinen, im religiösen Sinne?«, fragte Konrad.

»Nein, nicht unbedingt. Viel allgemeiner. Zum Beispiel als Wissenschaftler. Auch als Wissenschaftler muss man an etwas glauben. Oder etwas als gegeben voraussetzen.«

»An Naturgesetze? An die materielle Realität? Die Möglichkeit rationaler Erkenntnis?«

»Ja, so ungefähr. Und jetzt stellen Sie sich vor, etwas ganz Elementares, das für Ihre Weltsicht so grundlegend ist, dass Sie es sich selten bewusst machen, wird plötzlich erschüttert. Zum Beispiel sind Sie Mediziner und erleben Jungfernzeugung beim Menschen. Oder Sie sind Physiker und werden Zeuge einer Teleportation. Irgendetwas völlig Absurdes, Unmögliches, das dennoch plötzlich passiert.«

»Ich versuch's mir vorzustellen. Und?«

»Dann wissen Sie ungefähr, wie ich mich jetzt fühle.« Sein Blick ging ins Leere, und ein nervöses Zucken überflog sein Gesicht. »Ich habe die Mathematik immer als ein Reich vollkommener formaler Klarheit geschätzt. Keine Ambivalenzen, keine Unschärfen wie in der materiellen Welt. Axiome, Beweise, etwas ist wahr oder nicht wahr. Eine Handvoll elementarer Prinzipien, die eine ganze Welt reiner Logik strukturieren. Das Höchste, was der menschliche Geist erreichen kann. Und mitten in meiner Arbeit sehe ich plötzlich ein elementares Prinzip außer Kraft gesetzt. Es gilt einfach nicht mehr. Es ist so, als stelle sich alles, was ich in meinem Leben gemacht habe, als eine Täuschung heraus.«

»Hören Sie, wenn Sie ...«

»Nein, schon gut. Ich will versuchen, es für einen Außenstehenden verständlich zu erklären.« Er nahm ein Notepad in die Hand, auf dessen Display Konrad die Symbolpalette einer Algebrasoftware erkannte, spielte mit dem Trackball herum und legte das Gerät wieder weg. »Nennen wir es einfach das Komplementärprinzip. Es gibt zu jeder mathematischen Operation eine Umkehrung, die wir im Alltag meistens benutzen, um uns zu vergewissern, dass eine Berechnung richtig war. Nehmen wir an, Sie multiplizieren zwölf mal sieben. Das Ergebnis ist vierundachtzig, und wenn Sie dies durch sieben dividieren, erwarten Sie, dass wieder zwölf herauskommt. Vierundachtzig durch sieben ist einfach eine andere Art, die Zahl zwölf auszudrücken. zwölf mal sieben ist eine andere Art, die Zahl vierundachtzig auszudrücken. Die ganze Mathematik beruht darauf, Ausdrücke konsistent und reversibel ineinander zu überführen, in die eine Richtung und wieder zurück. Nun stellen Sie sich vor, Sie kommen bei einer Operation zu einem Ergebnis, das dem Ergebnis der komplementären Operation widerspricht. Zwölf mal sieben ist vierundachtzig, aber vierundachtzig durch sieben ist auf einmal dreizehn. Verstehen Sie?«

»Dann würde ich vermuten, dass ich entweder im Kopfrechnen schwach bin oder mein Computer eine Macke hat.«

»Das habe ich ursprünglich auch vermutet. Es geht hier natürlich nicht um solche Trivialitäten. Die Inkonsistenz, die ich entdeckt habe, steckt in einem Gleichungssystem mit mehreren hundert Ableitungen. Ich habe Monate damit verbracht, eine Subroutine in Fenghuangs Achitektur-Software zu analysieren, die mir suspekt vorkam. Achthundert Zeilen dichtester C++-Quellcode, jede Menge Schlupflöcher für Programmschleifen, die sich selbst in den Hintern beißen. Es gab da eine kleine Variable, die bei einer komplementären Rückberechnung über zweihundert Zwischenschritte einen anderen Wert annahm, als sie sollte. Das Verrückte war, dass die Abweichung sogar schwankte. Der Fehler ließ sich nicht einmal klar reproduzieren. Natürlich habe ich einen Bug vermutet, aber nach acht Wochen zermürbenden Debugging-Sitzungen sah es immer noch so aus, als sei die Routine völlig sauber.«

»Und die Lösung?«

»Es gibt keine Lösung. Ich habe mir dann den Algorithmus vorgenommen und das Gleichungssystem unabhängig von der Implementierung durchgerechnet. Wieder dasselbe. Ich hab's auf anderen Systemen und mit anderen Compilern versucht. Ich habe die Routine in anderen Sprachen neu geschrieben. Ich habe das Ding am Ende sogar von Hand durchgerechnet. Immer dasselbe. Eine Abweichung, die innerhalb eines bestimmten Intervalls schwankte. Es war ganz und gar unerklärlich. Ich war auf etwas gestoßen, das dem einfachsten und elementarsten logischen Gesetz widersprach: dem Identitätssatz, x ist x. Hier hieß es auf einmal: x ist nicht-x.«

Konrad machte wohl ein etwas zu skeptisches Gesicht, denn Wachowski fuhr noch erregter fort: »Ich weiß genau, was Sie denken. Jeder würde in einem solchen Fall vermuten, dass mein brillantes Mathematikerhirn nicht mehr sauber tickt. Meinen Sie, ich würde Ihnen eine solche Story erzählen, wenn ich nicht jedem erdenklichen Selbstzweifel nachgegeben hätte? Ich spinne nicht. Dieser Bruch, diese Unstimmigkeit existiert. Sie können das Material gern mitnehmen und selber ein bisschen herumrechnen.«

»Was haben Ihre Kollegen dazu gesagt?«

»Ich hab's bisher für mich behalten. Ich wollte mir erst darüber klar werden, womit ich es zu tun habe. Denn das ist noch nicht alles. Als nach drei Monaten absehbar war, dass wir bei Fenghuang nicht weiterkommen, bin ich für einen Heimaturlaub nach Ohio zurückgeflogen. Ich habe ein paar Tage abgeschaltet und dann das Ding noch einmal frisch durchgerechnet, in der Hoffnung, dass mir irgendwie durch den Stress etwas entgangen ist. Nicht die Bohne. Die Abweichungen traten auch zu Hause auf, nur bewegten sie sich in einem kleineren Intervall. Können Sie sich das vorstellen? Ich habe dieselben Berechnungen auf dieselbe Weise wie in China noch einmal im Kopf durchgeführt, mit keinem anderen Hilfsmittel als einem Stück Papier und einem Kugelschreiber. Und wieder kam etwas anderes heraus.«

»Und hier? Deswegen haben Sie doch die ganzen Geräte dabei, nicht?«

»Was meinen Sie, warum ich seit acht Monaten durch die Gegend reise? Mittlerweile bin ich davon überzeugt, dass es etwas Physikalisches sein muss. Ich habe weitere Inkonsistenzen in komplexen Gleichungssystemen entdeckt, die zeitlich und je nach der geografischen Lage schwanken. Es gibt offenbar Zonen auf der Welt, in denen die Abweichungen in unterschiedlichem Ausmaß variieren. Ich bin mehrmals nach Europa und wieder zurück gereist, konnte die geografische Verteilung aber nicht reproduzieren. Dann bin ich darauf gekommen, dass die Erde sich schließlich um die Sonne und die wiederum ums galaktische Zentrum dreht. Vielleicht hat es gar nichts mit der Position auf der Erdoberfläche zu tun, sondern mit der Position in der Raumzeit.«

»Was sollte das sein?« Allmählich wurde Konrad die Sache unangenehm. Wachowski ließ etwas vom Gebaren eines Fanatikers erkennen. Er schwitzte stark, und seine Augen tränten.

»Ich habe keine Ahnung«, sagte er. »Man sagt doch, das Buch der Natur sei in der Sprache der Mathematik geschrieben. Über die Beziehung zwischen Mathematik und Wirklichkeit haben sich Generationen von Philosophen den Kopf zerbrochen. Vielleicht ist die Mathematik kein Reich idealer Gegenstände, sondern fest an die materielle Wirklichkeit angeschirrt, und wenn diese sich verändert, verändert sich die Mathematik auch. Irgendetwas muss passiert sein, das die Textur der Wirklichkeit verändert hat. Ich weiß nicht was, aber ich glaube, ich weiß wann.«

Er ging zum Schreibtisch, klappte von einem Laptop das Display hoch und drehte Konrad das Gerät zu. Konrad erkannte eine exponentielle Kurve, um die sich ein Schwarm von Farbtupfern gruppierte. Das Ganze sah ungefähr aus wie ein Füllhorn, das sich entlang der horizontalen Zeitachse weitete. »Das ist nur eine grobe statistische Analyse«, erklärte Wachowski. »Aber Sie werden sehen, dass der Effekt in den letzten Monaten immer stärker geworden ist. Im Moment handelt es sich noch um Abweichungen im Bereich einiger Promille, und das dürfte, wenn wir es wirklich mit den Auswirkungen eines physikalischen Phänomens zu tun haben, Vorgängen auf der submikroskopischen Skala entsprechen. Ich verstehe nicht viel von Physik, aber solche Phänomene, wenn sie überall auftreten, könnten sich schnell zu makroskopischen Effekten summieren. Außerdem schreitet die Veränderung immer schneller voran. Bald wird die Mathematik, so wie wir sie kennen, nicht mehr existieren. Aber noch interessanter wird's, wenn wir in die andere Richtung blicken.« Er deutete auf den gestrichelten Teil der Kurve, der eine Handbreit vor den ersten Farbtupfern die Zeitachse schnitt. »Ich beobachte das Phänomen erst seit Oktober, deshalb reicht meine Datenbasis für eine präzise Rückextrapolation nicht aus. Aber wenn Sie mich fragen, würde ich sagen, dass dieses Ding irgendwann zwischen dem 20. Januar und dem 5. März 2037 angefangen hat. Sie sind doch auf vielen Gebieten beschlagen. Ich frage Sie: Was ist in diesem Zeitraum auf der Erde, im Kosmos oder wo auch immer passiert? Ist irgendetwas Ungewöhnliches beobachtet worden? Was kann das gewesen sein?«

Konrad kam ein Gedanke, der ihm zu absurd erschien, um ihn zuzulassen. »Ich ... Ich habe keine Ahnung.«

»Was immer es ist, es macht mir eine Scheißangst.« Wachowski klappte den Laptop zu. »Verstehen Sie? Sie könnten mit einem Maschinengewehr vor mir stehen, und ich würde nur lachen. Denn das hier ist eine ganz andere Nummer. Vielleicht reden wir vom Ende der Welt ...«

Er ließ die halb aufgerauchte Marihuette auf den Boden fallen, zertrat sie wie ein lästiges Insekt und stapfte über ein Durcheinander von Müll und Kleidungsstücken ins Bad. »Und jetzt gehen Sie«, sagte er über die Schulter. »Wenn Sie mir nicht glauben, vergessen Sie das Ganze. Wenn doch, nehmen Sie die CD mit, die auf dem Nachttisch liegt, und recherchieren Sie weiter. Ich kann nicht der Einzige sein, der etwas gemerkt hat.«

Als er draußen vor der Pension stand, kam Konrad das Gespräch unwirklich vor. Es blieb etwas Unbefriedigendes zurück, als sei er nicht aufmerksam genug gewesen, als hätte er etwas übersehen, das es ihm leichter gemacht hätte, Wachowski als Spinner oder Schwindler abzutun. Während des Flugs kreisten seine Gedanken unentwegt um den Februar des letzten Jahres. Eine hübsche Sitznachbarin riss ihn mit ein paar Minuten Small Talk aus den Grübeleien, und dabei kam ihm der Verdacht, dass er Harolds Rat vielleicht etwas zu sehr verinnerlicht hatte: *Stelle interessante Verbindungen her ...* Er war fest entschlossen, den jungen Mathematiker zu vergessen und gleich mit der Arbeit an den SLHC-Artikeln zu beginnen. Wieder im Büro, nahm er sich dann aber doch die CD vor, die Wachowski ihm mitgegeben hatte, und rechnete die angeblichen Inkonsistenzen auf eigene Faust durch.

Er blieb zwanzig Stunden am Stück vor dem Rechner sitzen, bis ihn Müdigkeit übermannte. Als er sich erholt und noch einmal vergewissert hatte, dass er nicht phantasierte, ging er systematisch alle von ihm abonnierten Webmagazine der letzten fünfzehn Monate durch. Es wurden die drei schrecklichsten Wochen seines Lebens.

Harold feierte seinen siebzigsten Geburtstag im Foyer und großen Hörsaal der Heinrich-Heine-Universität, zusammen mit alten Kollegen und Konkurrenten und den erfolgreichsten Absolventen aus vier Jahrzehnten Lehrtätigkeit in ganz Europa. Die alten Knaben überboten sich gegenseitig damit, am Rednerpult schlüpfrige Anekdoten zum Besten zu geben. Harold ließ sich ein Mikrofon reichen und rief nach jedem zweiten Satz empört dazwischen, dass hier sträflich untertrieben wurde. Nach ein paar feierlichen Worten über Harolds Verdienste, die der Dekan unbedingt loswerden wollte und den Geehrten mehr zu amüsieren als zu schmeicheln schienen, machte sich die Meute über ein üppiges Büfett und eine gut sortierte Auswahl von Alkoholika her. Harold schien beweisen zu wollen, dass er in seiner Altersklasse immer noch jeden unters Parkett trinken konnte, und ließ sich von seinem Hüftleiden nicht davon abhalten, mit seiner Sekretärin, einem rothaarigen Weib mit ordentlichem Schwung in der Hüfte, ein Tänzchen hinzulegen.

Er stand mit einigen Freunden zusammen und plauderte ausgelassen, als er Konrad hereinkommen sah. Er hatte von seinem Lieblingsschüler keinen bühnenreifen Auftritt erwartet, aber der Anblick erschreckte ihn doch. Konrad wirkte müde und ausgezehrt, ein Einsneunzig-Bär mit der Aura eines verschrumpelten Greises. Harold ging ihm entgegen und zog ihn ein Stück zur Seite, ehe er sich unter die Gäste mischen konnte.

»Junge, was ist denn mit dir passiert?«, sagte er und zupfte an Konrads abgenutzter Lederweste. »Du siehst ja aus, als hättest du drei Tage in der Gosse geschlafen. Das ist nicht unbedingt ein Kompliment für deinen alten Doktorvater.« Er warf einen Blick durchs Foyer. »Deine Süße schwirrt hier irgendwo rum. Sie hat mir was vorgeweint, dass du seit Wochen nicht mehr ansprechbar bist. Ist richtig verzweifelt, die Kleine.«

»Sylvia ist im Moment nicht wichtig. Ich muss unbedingt mit dir reden.«

»Hat dir jemand in die Eier gekniffen, oder was? Einen Feger wie die würde ich keine fünf Minuten aus den Augen lassen. Wenn du sie nicht mehr willst, sag Bescheid, dann schmeiße ich mir ein paar Pillen rein und nehme mir die Kleine selber vor.«

»Bitte, es ist wichtig. Stehen hier irgendwo ein paar Rechner?«

»Wozu das? Vielleicht ist es dir noch nicht aufgefallen, aber wir feiern gerade ein bisschen.«

»Ja oder nein?«

Etwas an Konrads Stimme machte Harold hellhörig. »Wenn's unbedingt sein muss, können wir drüben in einen Seminarraum rein.« Er sah ihm aufmerksam ins Gesicht. »Mein Gott, du bist ja ganz fertig.«

Eine Stunde später saß Harold zwischen zwei Terminals, einen Stapel vollgekritzelter Zettel vor sich auf dem Tisch, und war wieder völlig nüchtern. Er blickte zwischen den Monitoren hin und her, bewegte ziellos eine Maus und schrieb mit einem Filzstift, mit erlahmendem Eifer, unsichtbare Zeichen in die Luft. Aus dem Foyer drang Musik, und gelegentlich steckte jemand den Kopf durch die Tür, aber Harold scheuchte alle Neugierigen unwirsch weg.

»Das ist ein Trick«, sagte er schließlich, ließ sich in den Stuhl zurücksinken und beobachtete Konrad, der unruhig durch den Seminarraum auf und ab ging. »Gib's zu, du willst mich foppen. Du willst es einmal in zwanzig Jahren erleben, dass ich sprachlos bin.«

»Ich wünschte, es wäre so«, erwiderte Konrad. »Wenn du mir einen Trick nachweisen kannst, prima, dann falle ich sofort auf die Knie und küsse dir die Füße. Aber dann wär's ein ziemlich aufwendiger Scherz. Ich könnte dir noch ein Dutzend Beispiele aus der Topologie, Kombinatorik, Graphentheorie und so weiter nennen, die genauso absurd sind. Und das ist erst der Anfang.«

»Was soll das heißen?«

»Das soll heißen, dass die ganze Welt verrückt spielt. Da gibt es zum Beispiel diesen noch namenlosen Kometen, der vor einem Jahr knapp an der Erde vorbeigeschrammt ist und sich auf einem eigenartig spiralförmigen Kurs durch das Sonnensystem bewegt. Die Astronomen sind ziemlich ratlos, weil das Ding den Gesetzen der Himmelsmechanik zu widersprechen scheint. Dabei ist die Lösung ganz einfach. Man muss in die Gleichungen nur einen Zeitfaktor einfügen, der die Gravitation beeinflusst, dann geht's glatt auf. Soll heißen, der Bahnverlauf wird erklärlich, wenn man annimmt, dass die Anziehungskraft der Planeten nicht mehr konstant ist.«

»Korrigier mich, wenn ich mich irre, aber das ist doch vollkommener ...«

»Wart's ab. Ich habe hier noch was Schönes.«

»Junge, du schweifst ab. Ich begreife nicht, was das eine mit dem anderen zu tun hat.«

»Kommt noch. Etwas Ähnliches passiert gerade mit einem der kleinen Hirtenmonde, die die Saturnringe innerhalb der Cassinischen Teilung stabilisieren. Plötzlich ist dieser Felsbrocken so ins Trudeln geraten, dass er die Stabilität des Ringsystems gefährdet. Wiederum sind die Astronomen ratlos, und wiederum lässt sich die Sache erklären, wenn man einen zeitlichen Gradienten im Gravitationsfeld des Saturns annimmt.«

Harold schüttelte nur den Kopf.

»Noch eins: Seit einem halben Jahr plagen sich amerikanische Telekommunikationsfirmen mit chromatischen Dispersionen in ihren Glasfasernetzen herum. Das heißt, die Halbleiterlaser liefern keine klaren Emissionspeaks mehr, statt scharf getrennter Frequenzbänder rauscht ein Wellenlängensalat durch die Leitungen. Und wieder spricht alles für einen zeitlichen Verlauf, diesmal in den Quantengleichungen, die Photonenemissionen beschreiben.«

Harold winkte mit beiden Händen ab. »Hör auf, mir schwirrt das Hirn. Du klingst wie ein Verschwörungstheoretiker auf Speed. Was soll das alles? Worauf willst du eigentlich hinaus?«

»Um es kurz zu machen: Zurzeit stoßen Wissenschaftler und Techniker überall in der Welt auf kleine und große Unsauberkeiten, die alle darauf hindeuten, dass scheinbare Konstanten im Naturgeschehen ins Driften geraten sind. Ganz subtil, ohne ein klares Muster oder eine einheitliche Tendenz, außer der, dass diese Drift immer stärker wird. Und alle zeitlichen Gradienten laufen zurück auf einen Tag, den 18. Februar 2037.«

»Nehmen wir mal an, ich glaube dir. Was soll an diesem Datum geschehen sein? Und wie hängen all diese Vorgänge zusammen?«

Konrad zuckte die Achseln. »Keine Ahnung. Ich habe gehofft, du hättest eine Idee. Ich kann mir nur ein Ereignis am 18. Februar vorstellen, dass etwas damit zu tun haben könnte. An diesem Tag wurden mit dem Super Large Hadron Collider in einer Plasmablase von einem Tausendstel Millimeter Durchmesser Energien erzeugt, die von den Bedingungen beim Urknall praktisch nicht mehr zu unterscheiden sind. Ein Mini-Urknall sozusagen.«

Harold schaltete die Geräte aus und stand auf. »Gehen wir wieder zu den anderen«, sagte er. »Nimm's nicht persönlich, aber das ist mir zu schräg. Ich weiß, was für ein brillanter Kopf du bist, und gewöhnlich kann man sich auf deine Arbeitsergebnisse voll verlassen. Aber ich weiß auch, dass du ein Exzentriker bist, und ich bin mir einfach nicht sicher, ob's dich nicht genauso erwischt hat wie tausende Genies vor dir. Bevor wir darüber nicht mit kompetenten Leuten geredet haben, will ich mir kein Urteil bilden.«

Konrad setzte sich auf ein Pult. Als Harold die Tür aufziehen wollte, sagte er: »Du hast mich falsch verstanden. Ich habe mir selbst noch kein Urteil gebildet. Vielleicht bin ich wirklich verrückt geworden. Ich hoffe es, ich bete darum. Aber wenn nur das Geringste an der Sache dran ist, können wir nicht zur Tagesordnung übergehen.«

»Was erwartest du von mir?«, fragte Harold.

»Nichts. Nur eine Idee. Eine Eingebung. Und sei sie noch so weit hergeholt. Weißt du noch, was du neulich am Telefon über Adams Nabel gesagt hast?«

Harold lachte, aber es klang eher wie ein Keuchen. »Junge, das war ein Scherz. Ich wollte dich etwas inspirieren. Ich dachte mir …«

»Etwas Inspiration könnte ich jetzt auch gebrauchen.« Und nach einer Pause: »Ich bin wirklich beunruhigt. Ich weiß nicht mehr, was ich glauben soll.«

»Okay«, sagte Harold. »Aber erst mal raus hier. Ich brauche frische Luft.«

Einige Minuten später saßen sie mit einem Fünf-Liter-Fässchen Altbier an einem der Tische, die die Studenten auf der Campus-Terrasse aufgestellt hatten. Harold hielt ein Glas wie einen Schatz in der Hand und blickte nachdenklich in die Dämmerung hinaus. Unter den jungen Leuten unten auf der Wiese entdeckte Konrad Sylvia. Sie ging unruhig umher, wechselte hier und dort ein paar Worte und nippte lustlos an einem Drink. Zum ersten Mal war Konrad davon überzeugt, dass sie sich wirklich etwas aus ihm machte.

»Ich will nicht sagen, dass ich dir auch nur ein Wort glaube«, sagte Harold. »Aber spekulieren wir einfach mal. Die Planck-Zeit ist ein gutes Stichwort. Weißt du noch, was ich über die kosmische Superstruktur gesagt habe, in die unser Universum eingebettet sein könnte? Im Grund ist dieses Über-Medium, in dem Universen aus dem Nichts entstehen, ein einziges großes Planck-Refugium. In ihm gibt es keine fixen kausalen Beziehungen, keine zeitliche Ordnung. In ihm können Dinge ohne Ursache geschehen. Ein Ereignis kann durch ein anderes verursacht werden, das aus unserer Sicht später stattfindet.«

»Ich kann dir nicht ganz folgen.«

»Wie hast du es ausgedrückt? Ein Mini-Urknall. Vielleicht war es gar kein Mini-Urknall, sondern *der* Urknall. Am 18. Februar haben sich die Wissenschaftler des SLHC dem Schöpfungsmoment so weit angenähert, dass sich nicht mehr sagen lässt, was zuerst da war: der Teilchenbeschleuniger oder das Universum, in dem er konstruiert wurde. Unser Universum existiert erst seit fünfzehn Monaten. Es wurde am 18. Februar 2037 bei einem physikalischen Experiment erschaffen. Der Mensch ist doch ein Gott. Wir haben unsere eigene Welt aus dem Nichts herbeigeholt.«

Konrad machte ein gequältes Gesicht. »Die Idee hat doch wohl einen kleinen Schönheitsfehler. Unser Universum muss vorher entstanden sein. Sonst hätte es niemanden gegeben, der den SLHC hätte bauen und bedienen können.«

»Man sieht, dass du noch zu sehr in den Begriffen unserer kleinen, erbarmungswürdigen, kausalen Welt denkst. Es genügt, dass beide Ereignisse stattgefunden haben. Hier die Geburt unseres Universums, dort das Experiment mit dem SLHC. In der Planck-Zeit genügt es, dass beide Ereignisse miteinander in Beziehung stehen. Das eine kann das andere verursacht haben, es kann aber auch genau umgekehrt gewesen sein. Ein Ereignis innerhalb eines Universums kann – aus unserer Sicht rückwirkend – die Entstehung eben dieses Universums bewirken. Wir reden hier von den Absonderlichkeiten der Quantenwelt.«

»Am eigenen Schopf aus dem Nichts ...« Konrad rülpste und füllte sein Glas nach. »Entschuldige, wenn ich mich besaufe. Aber wir sollten auf die Welt anstoßen, solange es sie noch gibt. Was passiert jetzt? Geht alles aus den Fugen?«

»Und wieder ein kleiner Irrtum meines klügsten Schülers.« Harold lächelte und stieß mit Konrad an. »Die Welt kann nicht aus den Fugen gehen. Es hat niemals Naturgesetze gegeben, die ihr vorschreiben könnten, sich anders zu verhalten, als sie es nun einmal tut. Alles driftet, schwimmt und wird sich in etwas verwandeln, das wir uns nicht vorstellen können. Es ist wie mit Adams Nabel. Die Milliarden Jahre Vergangenheit haben wir selbst mit unseren Instrumenten ins Universum projiziert. Ich bin gar kein alter Mann.«

Konrad schluckte. »Morgen werden wir über diesen Quatsch lachen, ja? Ich werde mir einen Riesenkater antrinken, und wenn ich aufwache, werde ich mir gar nicht mehr vorstellen können, dass ein solcher Wahnsinn unseren Köpfen entsprungen ist.«

»Aber heute Abend ...«

»Ja.«

Harold streckte eine Hand aus. »Schau mal, wie schön sie ist.«

Sylvia war vor einer Laterne stehen geblieben, und im Gegenlicht zeichneten sich unter dem luftigen Sommerkleid ihre Formen ab. Konrad sah von hier aus, dass sie erleichtert aufatmete, als sie ihn auf der Terrasse bemerkte. Sie lächelte mit einem Anflug von Verzweiflung und schüttelte den Kopf, als amüsiere sie der Anblick ihres Freundes an der Seite seines alten Mentors.

»Versuchen wir, das Positive zu sehen«, sagte Harold. »Welchen Unterschied macht es für uns eigentlich, wann und unter welchen Umständen unsere Welt entstanden ist? Alles geht einmal vorbei, ob es in einer Million Jahren oder in fünf Minuten ist. Unterm Strich bleibt jedem von uns nur ein verschwindend flüchtiger Ausschnitt der Ewigkeit. Und für diese kurze Zeitspanne hat dir das Universum dieses prächtige Weib an die Seite gestellt. Vielleicht solltest du ...«

»Entschuldige mich«, sagte Konrad.

Er ging ohne Umschweife zu ihr hinunter, schloss sie in die Arme und vergrub das Gesicht in ihren Ausschnitt. »Ich bin ein Idiot«, murmelte er. »Ich bin ein Arschloch. Ich bin ein Spinner. Und ich bin besoffen.«

»Was für eine bestechende Selbstanalyse«, sagte sie mit diesem Biss in der Stimme, der für ihn auf einmal wie das Säuseln eines Engels klang. »Jetzt bist du wieder der Alte. Ich könnte richtig schwach werden.«

»Komm, lass uns verschwinden. Ich habe einiges gutzumachen.«

»Du scheinst es ja sehr eilig zu haben.«

»Klar. Man weiß nie, wie viel Zeit einem bleibt.«

Sie klopfte ihm auf den Rücken, und er folgte ihrem Blick, der auf etwas am Himmel gerichtet war. »Was denn?«

»Eine Sternschnuppe. Nicht gesehen? Das war schon die dritte heute Abend. Eigenartig, wie kommt das nur?«

»Glaub mir, du wirst noch viel mehr sehen. Es kommt eine Zeit der Wunder.«

»Wenn du das sagst ...«

Aus: Helmuth W. Mommers (Hrsg.):

Die Legende von Eden, Shayol Verlag, Berlin 2005

Ich fürchte kein Unglück

Meinen Kolleginnen

Und ob ich schon wanderte im finstern Tal,
fürchte ich kein Unglück; denn du bist bei mir.

Sie hieß Cynthia, war sechsundzwanzig und arbeitete als Korrespondentin für WebTV-Sender und Wissenschaftskanäle. Ich hatte nur drei Wochen mit ihr. Als mir klar wurde, wie sehr ich mich von ihr abhängig gemacht hatte, war es schon vorbei. Ich erfuhr nicht einmal ihren vollen Namen, geschweige denn, woher sie kam und wohin sie abreiste. Wir verbrachten die meiste Zeit in einem der kleinen Media-Cafés am Potsdamer Platz oder in meinem Zimmer im Interconti. Es war zu viel für mich. Sieben Jahre war ich allein gewesen, ein Eremit, der bereitwillig jedes Privatleben gegen Forschungsstipendien, Programmierjobs und endlose Studien eingetauscht hatte. Und dann auf einmal, unvermutet wie ein Regenguss aus wolkenlosem Himmel, zwanzig Tage und Nächte mit ihr. Ohne Pause. Ohne Zeit zum Luftholen.

»Ich habe eine Theorie«, sagte sie an einem unserer letzten Abende. Wir hatten noch einmal seit den Morgenstunden alle beischlaftauglichen Möbel in meinem Zimmer strapaziert, erschöpft und lustlos, als wüssten wir nicht, wie wir es beenden sollten. Es dämmerte schon, als wir endlich an die frische Luft gingen. Wir schafften es nicht bis in unser Stammlokal, ließen uns in einem Park einfach ins Gras sinken und genossen den Hauch Abendröte, der zwischen den Glastürmen hindurchschimmerte. »Ich glaube, dass jeder Mensch zu einem bestimmten Zweck geschaffen wurde. Jeder von uns hat eine besondere Aufgabe. Ohne Ausnahme.«

»Darf ich raten, was deine ist?«

»Raus damit.«

»Du bist mein Untergang. Meine Nemesis. Wenn ich Pompeji bin, dann bist du der Vesuv.«

Sie lachte auf ihre eigentümliche Art. Es klang oft so, als spotte sie über etwas, das ihr zugleich bitterernst war.

»Hört sich an, als siehst du's genauso wie ich.«

»Was?«

»Na, dass deine und meine Aufgabe etwas völlig Sinnloses ist. Niemand kommt auf die Welt, um die Menschheit zu retten. Oder um eine große Entdeckung zu machen. Das sind Träumereien.«

»Was dann?«

»Ich glaube, irgendwo sitzt jemand, der sich viel banalere und absurdere Dinge für uns ausdenkt. Vielleicht bin *ich* nur gezeugt worden und um die halbe Welt gereist, damit ich dir hier das Herz breche.«

»Ist das nicht ein übertriebener Aufwand?«

»Wer weiß. Die Wege des Herrn sind unergründlich.«

»Das ist kein großer Trost.«

»Wer redet von Trost? Füge dich einfach dem Unvermeidlichen.«

»Wenn's so ist, sollten wir gleich wieder ins Bett gehen.«

»Ich glaube, ein bisschen verschnaufen dürfen wir noch.«

Zwei Nächte später verließ sie mich. Ich tat so, als schliefe ich, als sie verstohlen ihren Kram zusammenpackte und mir einen letzten Kuss auf die Stirn drückte. Ich hatte mir vorgenommen, sie nicht zu fragen, wo ich sie erreichen könne und ob wir uns wiedersehen würden. Meine heimliche Hoffnung, dass sie mir wenigstens einen Abschiedsbrief hinterließe, wurde enttäuscht.

Ich schlief an diesem Tag mit der festen Absicht ein, nie wieder aufzuwachen. Als mich das beharrliche Piepsen des Videofons weckte, riss ich das Glasfaserbündel aus der Wand. Später zirpte mein Notepad, und ich hörte mir benommen Martins Voicemails an. Er fragte nicht mehr, warum ich drei Vortragstermine versäumt hatte und nichts von mir hören ließ. Er teilte mir nur mit, dass er mit einem Idioten wie mir nicht mehr zusammenarbeiten könne und ich nie wieder einen Fuß in seine Firma setzen solle.

Kennengelernt hatte ich Cynthia auf dem New-Media-Kongress 2022 in Berlin. Damals – wenige Monate, bevor Martin dem akademischen Betrieb den Rücken kehrte und mit seinen besten Assistenten ein Unternehmen gründete – gehörte ich zu der Studiengruppe, die ihn wie ein Hofstaat auf die Mammutveranstaltung begleitete. Nach zwei Tagen gaben wir es auf, den unzähligen Programmpunkten nachzuhetzen, und ich sah die anderen allenfalls noch beim Frühstück oder abends an der Hotelbar. Ich fühlte mich in den Menschenmassen hilflos wie ein Kleinkind. Die meiste Zeit zog ich mich in ein Automatenrestaurant zurück, das ich irgendwo in den labyrinthischen Tiefen des Kongresszentrums entdeckt hatte und wo selten mehr als eine Handvoll Gäste, die noch erschöpfter und verlorener wirkten als ich, ihr Mittagessen in die Länge zogen.

Hier platzte Cynthia in mein Leben wie ein Blitz, der durchs Dach schlug.

Man kennt das. Man sitzt gelangweilt in einem Lokal, unversehens kommt ein fleischgewordener Traum herein, und für einen Moment bildet man sich ein, diese Frau hätte nichts Besseres zu tun, als ausgerechnet jetzt, ausgerechnet hier direkt auf einen zuzukommen. Genau so war's. Na, nicht ganz so.

Sie war nur auf den ersten Blick das, was man als »hübsch« bezeichnen könnte, dunkelhaarig, recht üppig, in einem samtschwarzen, mit Satin-Farbtupfern applizierten Outfit an der Grenze zum Extravaganten. Auf den zweiten Blick verdrängte ihr einschüchternd souveränes Auftreten, die fast angriffslustige Art, wie sie den Raum betrat und mit wenigen Schritten in Besitz zu nehmen schien, beim Betrachter jeden Gedanken an eine schnelle Nummer.

Sie blieb kurz an der Theke stehen, tippte auf einen Touchscreen, und während sich ein Glas mit ihrem Drink füllte, blickte sie mit zusammengekniffenen Augen über die Glastische hinweg, die in der Nachmittagssonne funkelten. Ich wusste nicht, wie ich ihr leichtes Kopfschütteln, als sie mich bemerkte, deuten sollte. Jedenfalls nahm sie ihr Glas und setzte sich zu mir.

»Genau Sie habe ich gesucht«, sagte sie und prostete mir mit dem phosphorgrünen Wachmacherdrink zu.

Natürlich brachte ich im ersten Moment keinen Ton heraus.

»Sie müssen mich mit jemandem verwechseln«, sagte ich, nachdem ich meine anfängliche Verblüffung überwunden hatte.

Sie verdrehte die Augen und schüttelte den Kopf. »Wie originell. 'Sie müssen mich mit jemandem verwechseln.' Charmanter kann man ein Gespräch nicht eröffnen.«

So attraktiv ich sie fand, war sie mir doch gleich unsympathisch.

»Und? Kennen wir uns?«, fragte ich.

»Nein. Ich habe Sie noch nie gesehen. Ich weiß nicht, wer Sie sind. Und trotzdem sind Sie genau der, den ich jetzt brauche.«

»Das müssen Sie mir erklären.«

Sie lehnte sich zurück und schnaufte. »Wissen Sie, ich laufe mir hier seit Tagen die Füße wund. Ich habe alle Stars interviewt. Osborne vom MIT. Und diese fabelhaften Jungs aus Killiney. Sie wissen schon, das irische Silicon Valley. Diese Typen.«

»Sind Sie Journalistin?«

»Diese Bezeichnung würde ich als Beleidigung empfinden.«

»Na gut. Und was wollen Sie von mir?«

Sie nahm mich näher in Augenschein, als wollte sie sich vergewissern, dass ihr erster Eindruck sie nicht getrogen hatte. »Sie sind ein Niemand, stimmt's? Kein Mensch kennt Sie hier. Was machen Sie?«

»Ich schreibe gerade meine Doktorarbeit.«

»Zu welchem Thema?«

»Langweiliges Zeug.«

»Prima. Eine Woche nur aufregende Themen halte ich nicht aus. Vergessen wir das gleich wieder. Ich sage Ihnen, was mich an Ihnen interessiert.«

»Da bin ich neugierig.«

»Wahre Talente blühen im Verborgenen. Dafür habe ich einen Instinkt. Diese Angeber sind übernächste Saison wieder vergessen. Und dann kommt jemand wie Sie und holt sich den Informatik-Nobelpreis.«

»Es gibt keinen Informatik-Nobelpreis.«

»Ich schreibe seit Jahren, dass es höchste Zeit dafür wird. Vielleicht wird man Ihnen den ersten verleihen.«

»Sie wissen doch überhaupt nichts über mich.«

»Egal. Ich wünsche es mir einfach.«

»Wieso?«

»Dann kann ich sagen, dass ich Sie schon kenne. Ich bin heute hier. Ich rede heute schon mit Ihnen. Jahre bevor die anderen Ignoranten wissen, dass es Sie überhaupt gibt. Ich will mir einfach etwas auf meinen Spürsinn einbilden.«

Jetzt war ich mit dem Kopfschütteln dran.

»Heißt das, Sie wollen mich auch interviewen?«, fragte ich.

»Quatsch. Der technische Kram interessiert mich nicht. Ich will etwas über den Menschen wissen. Das intimste Geheimnis des künftigen Nobelpreisträgers. Exklusiv. Das wär's.«

»Ich habe keine Geheimnisse. Ich bin uninteressant.«

»Jeder Mensch hat Geheimnisse. Versuchen Sie gar nicht erst, sie vor mir zu verbergen. Ich bin Ihnen über.«

Ich überlegte kurz. Sie war tough genug, dass ich's auf die dreiste Tour versuchen konnte. »Also gut. Ich verrate Ihnen eins. Ich kann Sie nicht ausstehen. Und ich war noch nie spontan so scharf auf eine Frau.«

»Das ist kein Geheimnis. Meinen Sie, ich bin blind?«

»Was Besseres habe ich nicht.«

»Oh, doch. Wie heißen Sie?«

»Simon.«

»Gut, Simon. Was macht Sie so verbissen? Was bohrt in Ihnen?«

Ihr konzentrierter Blick wurde mir unangenehm. »Wirke ich so?«

»Sie haben etwas Besessenes. Sie haben einen großen Schmerz umgeleitet. Ins Arbeiten. Ins Tüfteln. In die große Entdeckung, die Sie irgendwann machen werden.«

»Hören Sie, das wird mir zu albern.«

»Weichen Sie nicht aus. Ich krieg's raus. Und wenn ich sämtliche Leute ausquetsche, die je mit Ihnen zu tun hatten.«

»Sie sind ja verrückt.«

»Ich habe einen Ruf zu verteidigen. Also?«

Ich holte tief Luft und vermied es, ihr in die Augen zu sehen. »Gut. Sie haben recht.«

»Bringen Sie's auf den Punkt«, sagte sie, als nichts mehr kam. »Ein Satz genügt, und ich weiß Bescheid.«

»Ich bin ein Killer«, sagte ich nach einer Pause.

»Dachte ich's mir doch.«

»Das ist kein Witz.«

Sie wurde etwas ernster.

»Wen haben Sie umgebracht?«, fragte sie.

»Meinen Vater. Als ich sechs war.« Ich grinste unwillkürlich. »Stramme Leistung, was?«

»Mit *sechs*? Wie?«

Ich bekritzelte eine Serviette und schob sie ihr rüber.

»Was ist das?«, fragte sie.

»Lesen Sie.«

»rm -r /«

»Und?«

»Das ist ein alter Unix-Befehl, wenn ich mich nicht irre.«

»Und was bewirkt er?«

»Ich würde sagen, damit löscht man das ganze Dateisystem.«

»Ganz richtig. Und mit derselben Zeichenfolge habe ich auch meinen Vater ausgelöscht.«

Sie zog die Stirn in Falten, als sei sie unschlüssig, ob ich sie nicht auf die Schippe nahm. »Wollen Sie mir davon erzählen?«, fragte sie.

»Nur wenn Sie mir versprechen, dass Sie mein Geheimnis ausplaudern und mich vor der Weltöffentlichkeit blamieren, falls ich einmal berühmt werden sollte.«

»Sie haben mein Wort.«

»Gut. Meine Eltern haben sich kurz nach meiner Geburt getrennt. Ich habe meinen Vater nur ein Jahr lang halbwegs regelmäßig gesehen. Er war ein Freak. Über beide Ohren verschuldet, trotzdem hat er das meiste Geld ausgegeben, um sich das Arbeitszimmer mit alten Workstations vollzustellen. PowerPCs, HP9000er, Indys, was weiß ich. Am Ende war's ein ziemlich imposanter Cluster, den er sich zusammengebastelt hatte. Ich wollte immer wissen, zu welchem Zweck. Aber er hielt mich für zu klein und zu dumm, um's mir zu erklären.«

»Dabei waren Sie natürlich ein aufgewecktes Kerlchen.«

»Klar. Ich habe ihm oft über die Schulter geschaut. Und ich habe schnell begriffen, was Passwörter sind. Ich habe sie mir sogar gemerkt. Besonders das große Zauberwort für den Systemverwalter.«

»Ich ahne Schlimmes.«

»Ich war fasziniert von der Kommandozeile. Diese geheimnisvolle Sprache. Befehle, Kürzel und Optionen. Einmal tippen und zusehen, wie etwas passiert, das *ich* befohlen habe. Das habe ich mir gewünscht.«

»Und eines Tages machte Ihr Vater ein Nickerchen, und da haben Sie sich vor die Kiste gesetzt.«

»So ungefähr. Ich habe mich also als Systemverwalter eingeloggt, hatte endlich die Befehlszeile vor mir, und dann ... Ich wusste gar nicht, was ich tippen sollte. Ich hatte ja keine Ahnung. Ein simples *ls* wäre eine Offenbarung für mich gewesen.«

»Und?«

»Da habe ich mir eins seiner Unix-Bücher aus dem Regal gegriffen. Ich konnte zwar noch nicht lesen, aber ich hatte meinem Vater zugesehen und wusste, woran man Beispiele für Kommandoeingaben erkennt. Irgendwo fand ich dann diesen Befehl: *rm -r /*. Leider erfuhr ich später erst, dass auf der fraglichen Seite ausdrücklich davor gewarnt wurde, den Befehl *rm* mit diesen Optionen auszuführen. Es sei denn, man wollte sein System eliminieren.«

»Sie haben ihm also die Festplatte gelöscht?«

»Ja. Ich war beeindruckt, wie das abging. Alle root-Verzeichnisse waren über NFS gemountet. Mit einem einzigen Befehl habe ich fünfzig Netzknoten leergefegt.«

»Aber das hat Ihren Vater doch nicht umgebracht.«

»Doch. Wie ich schon sagte, er war ein Freak. Man sollte meinen, selbst der größte Idiot wüsste, dass man wichtige Arbeit backupt. Weit gefehlt. Mein Vater hatte in den letzten drei Wochen an der Vollendung seines Lebenswerks gearbeitet und keinen Gedanken daran verschwendet, zwischendurch ein paar CDs zu brennen. Aus war's mit dem Nobelpreis. Sie haben recht. Jetzt werde ich's wohl machen müssen.«

»Was ...?«

»Ein paar Tage später hat er sich umgebracht. Auf klassische Art, mit einem Strick auf dem Dachboden.«

»Das ist ja furchtbar.«

Ich konnte nicht anders, aber ich musste lachen, als ich ihr entsetztes Gesicht sah.

»Wie Sie das sagen. 'Furchtbar.' Leben wir nicht in einer Kultur der Oberflächlichkeit? Man könnte meinen, es geht Ihnen wirklich nahe.«

»Aber sicher. Ich bin nah am Wasser gebaut.«

»Heulen Sie jetzt bloß nicht los. Das könnte den schlechten Eindruck beeinträchtigen, den ich von Ihnen habe.«

»Was ist danach passiert?«

»Ahnen Sie's nicht? Ich führe die Arbeit meines Vaters weiter. Ich werde das Ziel erreichen, das ihm versagt geblieben ist. Ob ich will oder nicht.«

»Woran hat er gearbeitet?«

»Nein, nein. Sie sagten doch, der technische Kram interessiert Sie nicht. Nur der Mensch. Und jetzt wissen Sie alles über mich.«

»Das bezweifle ich.«

»Sie sind mir etwas schuldig.«

»Was?«

»Verraten Sie mir auch ein Geheimnis. Ich will Ihnen doch nicht ganz unterlegen sein.«

»Hm.« Es machte mich insgeheim stolz, dass ich sie aus der Fassung gebracht hatte. Sie wirkte so erschüttert, wie ich es ihr noch vor Minuten nicht zugetraut hätte. »Ich habe mich nicht in Ihnen geirrt.«

»Ihr Geheimnis«, sagte ich.

»Geben Sie mir etwas Zeit.«

»Nein, sofort. Ich kann genauso hartnäckig sein wie Sie.«

»Na schön. Aber meins ist längst nicht so gut.«

»Das kann ich selbst beurteilen.«

Sie schaute zum gewölbten Glasdach des Restaurants empor, blinzelte in die Sonne und sagte: »Ich bin eine gespaltene Persönlichkeit.«

»Das erklärt manches.«

»Nicht wie Sie sich das vorstellen. Ich werde nicht gleich über Sie herfallen, weil ich mich in eine geile Mrs. Hyde verwandle.«

»Schade.«

»Ich bin innerlich gespalten. Auf der einen Seite steht die Person, die Sie vor sich sehen. Hart, mit allen Wassern gewaschen, ohne Illusionen. Furchtbar unromantisch.«

»Und auf der anderen?«

»Auf der anderen Seite schlägt ein Herz, das berührt sein will. Ich glaube nicht an die Liebe, und ich glaube nicht an Gott. Aber in mir ist etwas, das verzweifelt glauben will. Kennen Sie den 23. Psalm?«

»Sie meinen ...?«

»*Der Herr ist mein Hirte, mir wird nichts mangeln.* Erinnern Sie sich?«

»Ich bin nicht besonders bibelfest.«

»Wozu auch. Wann waren Sie das letzte Mal in einer Kirche?«

»Noch nie.«

»Ich nur ein einziges Mal. Vor fast zwanzig Jahren. Damals hat der Geistliche seine Predigt mit einem Zitat aus dem 23. Psalm begonnen. *Und ob ich schon wanderte im finstern Tal, fürchte ich kein Unglück; denn du bist bei mir.* Das ist schön, nicht wahr? Ich hab's nie mehr vergessen.«

»Ist das Ihr Geheimnis?«

»Noch nicht ganz. Die meiste Zeit in meinem Leben habe ich damit verbracht, meinen Verstand hochzuzüchten. Ich könnte Ihnen Lorentz-Transformationen vorrechnen oder zweihundert Nachkommastellen von Pi aufsagen. Ich kenne sämtliche Naturkonstanten auswendig. In den letzten sechs Jahren habe ich mit allen Größen der IT-Branche an einem Tisch gesessen. Ich bilde mir ein, dass ich die Welt verstehe. Aber es hat mir nicht geholfen. Es hat mich nicht immun gemacht. Zwei Zeilen aus dem 23. Psalm, und ich habe Tränen in den Augen.«

»Warum?«

Sie zuckte die Achseln. »Ich weiß es nicht genau. Vielleicht weil eine ganze Welt darin steckt, die mir ewig verschlossen sein wird. Ich wünschte, ich könnte die Welt so wie die Dichter der Psalme sehen. Mit diesem Zutrauen. Diesem Glauben. Ich kann's nicht, aber ich kann auch nichts dagegen tun, dass ich's mir wünsche.«

»Die unerfüllte Sehnsucht Ihres Lebens.«

»Nicht ganz. Es gibt Momente, da passiert etwas mit mir. Dann hebt sich der Schleier. Dann zweifle ich, ob ich richtig lebe.«

»Welche Momente?«

»Das werde ich Ihnen verraten, wenn wir das erste Mal miteinander geschlafen haben. Falls wir einen solchen Moment erleben.«

Sie hatte die Situation wieder im Griff. Ich war so sprachlos wie zu Anfang.

»Aber jetzt muss ich gehen«, sagte sie, leerte ihren Drink und stand auf. »Ich hab's mal wieder übertrieben.«

»Sehen wir uns wieder?«, fragte ich.

»Ganz sicher. Ich habe einiges mit Ihnen vor.«

»Wo kann ich Sie erreichen?«

»Nirgendwo. Ich melde mich bei Ihnen.«

»Brauchen Sie meine Karte?«

»Nicht nötig.«

»Aber Sie wissen doch gar nicht, wer ich bin.«

»Ich werde recherchieren. Schließlich bin ich Profi.«

Ich sah ihr fassungslos hinterher, wie sie mit langen, zügigen Schritten, als wollte sie einen lästigen Verfolger abschütteln, das Restaurant verließ. Ich konnte mich nur mit Mühe davon abhalten, ihr nachzulaufen. In den Tagen bis zur Abreise streifte ich ziellos durchs Kongresszentrum und hoffte, sie würde zufällig noch einmal meinen Weg kreuzen. Bei zwanzigtausend Besuchern war es ein aussichtsloses Unterfangen. Aber sie hielt ihr Wort.

Im folgenden Jahr hatte ich wenig Zeit, an sie zu denken. Einige Monate nach dem Kongress begann mein Aufstieg, und ich habe keinen Zweifel, dass ich meinen Schub allein ihr zu verdanken hatte. Auf dem Kongress 2023, als er mit seinen Investoren den Börsengang vorbereitete, präsentierte Martin mich als seinen Top-Entwickler. Die Beta-Versionen meines Systems hatten einiges Aufsehen erregt, und zum ersten Mal seit Jahren urteilten die Branchen-Auguren, dass hier jemand wirklich neue Ideen hatte. Nach meinem ersten Referat im großen Forumsaal, vor zweihundert Kollegen und einem Rudel aufdringlicher Fachjournalisten, stand Cynthia unversehens wieder vor mir. Sie war umwerfend, um ein Vielfaches erotischer als bei unserer ersten Begegnung.

»Na, sehen Sie«, waren ihre ersten Worte. »Habe ich nicht einen guten Riecher?«

Sie hatte die Widersprüche in Ihrem Auftreten inzwischen auf die Spitze getrieben. Einerseits wirkte sie noch sicherer, noch präsenter, noch professioneller. Sie redete, als sollte ihr jedes Wort druck- oder sendereif über die Lippen kommen. Andererseits war etwas Animalisches in ihr hervorgetreten. Sie war unmerklich rundlicher, fraulicher und sexuell aggressiver geworden. In ihrer geschulten Stimme schwangen Obertöne mit, die für meine Ohren etwas Ordinäres hatten.

Von einem Moment zum anderen hatte ich nur noch Gedanken für sie. Ich verabschiedete mich von Martin und den Kollegen, sobald es ging. An der Hotelbar berauschte ich mich an Cynthias Anblick und spürte nichts von den acht Gläsern Bordeaux, die wir leerten. Nach einigem Zureden verriet sie mir immerhin ihren Vornamen.

»Aber mehr nicht«, sagte sie. »Nicht, woher ich komme, und nicht, wohin ich gehe. Für das, was wir haben, ist das alles ohne Bedeutung.«

»Was haben wir denn?«

»Eine Affäre.« Sie zog die Stirn kraus. »Oder willst du etwa nicht?«

»Habe ich schon so viel getrunken? Ich muss was verpasst haben.«

»Trink ruhig weiter. Ich kümmere mich um alles.«

»Schön, sein Leben in solche Hände zu legen.«

»Ich weiß. Und solche Lippen und solche Titten und einen solchen Arsch. Ich weiß genau, was in deinem Kopf vorgeht.«

Ich schluckte. »Sorry. Ich wollte dir nicht zu nahetreten.«

»Es gibt keinen Grund, dich zu entschuldigen. Ich habe das alles geplant. Jedenfalls die ersten Tage. Danach werde ich improvisieren.«

»Wie soll das nur enden?«

»Wie schon? Du wirst mit mir die heißesten Nächte deines Lebens verbringen. Und dann werde ich dich fallen lassen. Du bist ein netter Junge, und ich wollt's immer mal mit einem Netten versuchen. Danach suche ich mir das nächste Arschloch.«

»Und das weißt du alles jetzt schon?«

»Es ist unvermeidlich. Frauen und Männer sind von Natur aus unreif. Du auf deine Weise und ich auf meine. Es gibt keinen Fortschritt im Geschlechterkampf. Also nehmen wir's so, wie's kommen muss.«

»Jetzt fällt's mir wieder ein. Du bist furchtbar unromantisch.«

»Sieht so aus.« Sie griff mir unter die Achseln und zog mich vom Barhocker. »Steh auf. Wir gehen auf dein Zimmer. Zeit für den ersten Akt.«

»Zu Befehl.«

Die spärlichen Erfahrungen, die ich bisher in Sachen Liebe gemacht hatte, waren in dieser Nacht nichts mehr wert. Ich fing wie ein Pubertierender von vorn an. Wahrscheinlich war ich mit meinem Traum von einer sanften, zärtlichen, gezügelt leidenschaftlichen Frau etwas naiver als andere Männer Anfang dreißig. Cynthia entsprach diesem Ideal nicht im Mindesten. Sie war wild, grob und ungestüm, doch zugleich von solch einnehmender Wärme, dass ich mir nichts Erstrebenswerteres vorstellen konnte, als nach jedem Akt wie durch den Wolf gedreht neben ihr zu liegen. Vom ersten Kuss an lebten und liebten wir in einem Ausnahmezustand.

Ich meldete mich bei Martin krank, und er zeigte genug Verständnis für meine kleine Liaison, dass er mir drei freie Tage verschaffte. Am Ende dieser drei Tage war mir alles außer Cynthia gleichgültig geworden. Ich nahm keine Anrufe mehr entgegen. Ich ließ mich in dem Konferenzraum, den Martin für seine Leute reserviert hatte, nicht mehr sehen. Wenn mich flüchtig das schlechte Gewissen plagte, steckte ich kurz den Akku in mein Notepad zurück, löschte aber die meisten Voicemails, ohne sie abzuhören. Mehrmals klopfte Martin ungehalten an die Tür, dann verkroch ich mich mit Cynthia unter die Decke, und wir kicherten wie Kinder. In einem meiner wenigen wachen Momente kalkulierte ich durch, was mir noch bliebe, wenn Martin mir den Geldhahn zudrehte, und schätzte, dass ich mir dieses Zimmer und unser Dolce Vita maximal dreißig Tage leisten konnte. Länger, sagte Cynthia, würde sie ohnehin nicht bleiben.

Ich erfuhr wenig mehr über sie, als ich schon wusste. Wenn ich nur die harmloseste Frage nach ihrer Vergangenheit stellte, wurde sie ungehalten. Einmal erwischte sie mich, als ich mich an ihrem Notepad zu schaffen machte, um ihre Adresse herauszubekommen, und schlug mich mit einer tadellosen Geraden nieder. Ich müsse mich mit dem Hier und Jetzt zufrieden geben, sagte sie. Mit den wenigen zusammenhanglosen Anekdoten aus ihrem Job, die sie mir erzählte. Und damit, dass unsere Zeit begrenzt war.

Ich glaube, diese Einschränkung, dieses Ausgeliefertsein, machte mich noch verrückter nach ihr. Wir trieben es mindestens zehnmal am Tag. Dazwischen redeten wir viel, über alles zwischen Himmel und Erde außer unseren bisherigen Leben, und das meiste, was sie sagte, interessierte mich nicht sonderlich. Aber *wie* sie es sagte, wie sie sich bewegte, wie ihre Stimmung schwankte – das alles kam für mich einer spirituellen Erfahrung gleich. Die ganze Zeit war mir bewusst, dass ich restlos den Bodenkontakt verloren hatte und früher oder später meinen Preis dafür bezahlen musste.

Ich war auf den Schmerz vorbereitet, als sie mich verließ. Ich war nicht auf sie zornig, sondern auf mich selbst, weil ich es fertig brachte, ohne sie weiterzuleben. Als sie fort war, konnte ich mir kaum mehr vorstellen, dass ich sie wirklich bei mir gehabt hatte. Ich kam mir, verglichen mit ihr, so klein vor. Viel zu unfertig, als dass es eine vernünftige Erklärung geben konnte, warum sie mich gewollt hatte. Erst mit der Zeit dämmerte eine Ahnung in mir. An meinem letzten Tag in Berlin, als ein Page schon mein Gepäck zum Flughafen gebracht hatte, legte ich mich noch einmal für eine Stunde in das Bett, das mir heilig geworden war, und sprach den 23. Psalm vor mich hin.

Und ob ich schon wanderte im finstern Tal, fürchte ich kein Unglück; denn du bist bei mir ...

Ich war pleite. Ich hatte meine Karriere versaut und konnte mich nirgendwo mehr sehen lassen. Der Ärger, der zu Hause auf mich wartete, war nicht abzusehen. Die Wirklichkeit hatte mich wieder. Und doch schlugen diese wenigen Zeilen aus einem Buch, das mir nie etwas bedeutet hatte, dieser Widerhall von Gefühlen, die ich noch vor Tagen als archaischen Unsinn abgetan hätte, eine Saite in mir an, die nicht zu schwingen aufhören wollte. Cynthia hatte etwas in mir geweckt. Ich konnte nicht mehr so leben wie bisher.

Ich habe nie an die Macht der Kindheit geglaubt. Die tröstliche Vorstellung, dass wir auf Lebenszeit von den Jahren bestimmt werden, in denen wir noch keine eigenen Entscheidungen fällen, keine eigene Schuld auf uns laden können, erscheint mir als bequeme Flucht vor jeder Selbsterkenntnis. Es ist so einfach, die Verantwortung für unser Ich auf jene prekären frühkindlichen Entwicklungsphasen zu schieben, wenn eine einzige falsche Darmentleerung unabsehbare Folgen haben kann.

Was mit mir selbst geschah, nachdem ich an einem verregneten Sonntag am Grab meines Vaters Abschied genommen hatte, habe ich nie als ein Trauma empfunden. Es war eher eine unerwartete Weggabelung, ein verfrühter Wechsel in eine Richtung, die ich früher oder später ohnehin eingeschlagen hätte. Ich war alt genug, um zu begreifen, dass meine Neugier, mein Spiel mit dem Verbotenen, ihn unter die Erde gebracht hatte. Aber ich habe mich nie schuldig gefühlt. Was geschehen war, erschien mir als etwas unglaublich Dummes, als ein erster bestürzender Eindruck von den unberechenbaren Sinnlosigkeiten, die die Welt der Erwachsenen beherrschten. Eine Welt, mit der ich nichts zu tun haben wollte.

Nach dem Tod meines Vaters erfuhr ich, dass er mir seinen ganzen Besitz vermacht hatte. Meine Mutter war ziemlich ratlos, als wir seine schäbige Zweizimmerwohnung in einem Hinterhofgebäude im Süden Düsseldorfs besichtigten. Mutter war eine penible Person, eine Beamtenseele bis in alle Winkel ihres Privatlebens, und es war ihr nie recht gewesen, wenn ich mehr als einen Nachmittag in diesem renovierungsbedürftigen, verräucherten Loch verbracht hatte. Sie entschied, dass das gesamte Mobiliar zurück auf den Sperrmüll gehörte, wo Vater es wohl auch aufgetrieben hatte. Als sie überlegte, dass auch die Workstations nur noch für den Schrott taugten und die unsortierten Stapel von Büchern, Unterlagen und herausgerissenen Zeitschriftenartikeln ins Altpapier gehörten, gebärdete ich mich hysterisch. Ich bestand solange störrisch darauf, dass diese Sachen mir gehörten und niemand sie wegwerfen dürfe, bis sie mir einen Kompromiss vorschlug. Eine überfällige Entrümpelung schaffte im Keller unseres Hauses etwas Platz, und dort wurde der Nachlass meines Vaters in Umzugskartons verpackt untergebracht. Ich bekam den einzigen Schlüssel zu der Abstellkammer, und Mutter sagte mir, dass ich nun allein dafür verantwortlich sei. Sie hoffte wohl, ich würde bald das Interesse daran verlieren und ihr einen Grund geben, den Kram doch noch zu entsorgen. Aber ich enttäuschte sie.

In den nächsten Jahren verbrachte ich den Großteil meiner Zeit damit, dass ich Stück für Stück dieses Sammelsuriums in mein Zimmer holte und mit nie erlahmender Neugier untersuchte. Mutter arbeitete ganztags, und obwohl sie das Andenken meines Vaters nicht gerade in Ehren hielt, war es ihr ganz recht, dass sie mich auf diese Weise beschäftigt wusste. Sie hat nie begriffen, dass nicht sie mich erzogen hat, sondern ich mich selbst bei dem Versuch, zu verstehen, welchen Schatz ich hier in den Händen hatte. In der Schule wurde ich als hochbegabt eingestuft. Mein Mathematik- und Informatiklehrer gestand mir begeistert, dass er mich für ein kleines Genie hielt, aber das bin ich sicher nicht gewesen. Meine verblüffenden Leistungen, die nach außen hin so beeindruckten, waren nur Nebenprodukte einer langsamen, mühevollen Annäherung an das Werk meines Vaters.

Ich fand in seinen wirr hin gekritzelten Aufzeichnungen eine Unmenge an mathematischen Formeln, die ich verstehen wollte, und deshalb verschlang ich jedes Mathematik-Lehrbuch, das mir in die Finger kam. Auf alten Backup-CDs waren hunderte Megabyte an Sourcecode gespeichert, und nachdem ich einige Einsteigerbücher für Programmierer gelesen hatte, wusste ich, dass das meiste davon in C, einiges in Lisp und Prolog geschrieben war. Also studierte ich eifrig diese Sprachen und noch einige mehr. Weil mich auch das nicht entscheidend weiterbrachte, suchte ich im Internet nach Hilfe und verblüffte die Poster einer KI-Newsgroup, mit denen ich ausgiebig über Heuristiken diskutierte, als ich in einem Nebensatz erwähnte, dass ich erst zwölf war.

2009 wurde mir dank einer Sonderregelung vorzeitig die Hochschulreife zuerkannt, und ich war der jüngste Abiturient, der sich je einen der industriegesponserten Studienplätze in Dortmund holte. Meine Mutter, die meine obskuren Hobbys immer für den Spleen eines Zurückgebliebenen gehalten hatte, zeigte zum ersten Mal ein wenig Anhänglichkeit, als ich nach Dortmund in eine eigene Wohnung umzog. Aber sie ließ sich vom Dekanat und dem Sponsoren-Gremium einseifen, die mir eine bemerkenswerte Zukunft prophezeiten.

Gegen Ende des Jahrzehnts steckte die IT-Branche in der schlimmsten Krise seit Erfindung der integrierten Schaltkreise, und die Unternehmen ließen es sich einiges kosten, vielversprechende Talente schon in den Universitäten an sich zu binden. Die alte Erfolgsformel – das gegenseitige Hochtreiben von Hardwareleistung und Softwareanforderungen – funktionierte nicht mehr, seit herkömmliche CPUs an die Miniaturisierungsgrenze gestoßen waren und immer mehr mit quantenphysikalischen Nebeneffekten zu kämpfen hatten. Für einige Jahre brachten rekonfigurierbare CPUs einen Aufschub, dann herrschte eine vergleichbare Situation: Prozessoren im 16-Gigahertz-Bereich, Betriebssysteme, die mehr Ressourcen beanspruchten als vor zehn Jahren ein ganzes Rechenzentrum, und Anwendungen, die den User mit einem Feature-Overkill erschlugen. Es wurden dringend neue Ideen gebraucht, und die Branche schleppte sich noch jahrelang durch eine wirtschaftliche Krise, bis der teuer finanzierte Nachwuchs den Erwartungen gerecht wurde.

Mich kümmerte das alles nicht. Ich steckte inzwischen in einer Krise ganz anderer Art. Nach über zehn Jahren emsiger Studien musste ich mir eingestehen, dass das umfangreiche Material, das mein Vater mir hinterlassen hatte, ein unverständlicher Torso war. Ich wusste noch immer nicht genau, woran er gearbeitet und wofür er sein privates Leben praktisch völlig aufgegeben hatte. Aus seinen Aufzeichnungen und den alten Sourcecodes konnte ich ungefähr rekonstruieren, dass er sich in mehrere Teilprojekte verfranst hatte, die jedes für sich einen einzelnen Programmierer bei Weitem überfordert hätten; Projekte, die nicht recht zusammenpassen wollten. Einerseits hatte er mit eigenen Betriebssystemen experimentiert, immer neue Verfahren ausgetestet, um die maximale Leistung aus der Hardware herauszukitzeln. Anderseits hatte er sich mit seinen Lisp-Codes in die abstraktesten Höhen neuronaler Netzwerk-Pogrammierung hineingearbeitet. Dazu kamen Versuche mit Spracherkennung, Musterverarbeitung und Benutzer-Interaktion. Einen roten Faden konnte ich in all dem nicht erkennen. Welchen Durchbruch er in jenen Wochen erzielt hatte, bevor ich seine Arbeit zunichte machte, habe ich nie herausgefunden.

Meine Forschungen gerieten ungefähr zur selben Zeit ins Stocken, als ich feststellte, dass ich meine eigene Pubertät versäumt hatte. Die hübschen Mädchen, die täglich in Hörsälen und Seminarräumen neben mir saßen, hatte ich bislang nur als rätselhafte Begleiterscheinung meines Studienalltags empfunden, und vielleicht hätte sich nie etwas daran geändert, wäre ich selbst nicht unversehens in ihrer Gunst gestiegen.

Nach vier Semestern nahm mich Martin Dengler unter seine Fittiche, ein Showman von einem Dozenten, den ich zwar schnell als fachliche Niete durchschaute, der sich aber als unschlagbar erwies, wenn es galt, bei Sponsoren Eindruck zu schinden und Projektgelder aufzutreiben. Dengler beobachtete mich eine Weile, dann holte er mich als Lisp-Koryphäe in seine Sonderfördergruppe. Wer unter ihm studierte, galt als Angehöriger eines erlauchten Kreises, und aus Gründen, die ich nie verstand, wirkte diese Auszeichnung auf meine

Kommilitoninnen ungemein stimulierend. Ich konnte mich vor eindeutigen Angeboten kaum retten.

In dieser Zeit lernte ich meine erste und einzige Freundin kennen. Sie war ein nettes, gehemmtes Mädchen, eine schmächtige, hübsche, aber unauffällige Brünette, in die ich mich zwar nicht verliebte, die ich aber – zu Recht, wie sich zeigte – als geduldiger und hingebungsvoller einschätzte als ihre Mitbewerberinnen. Ich machte keinen Hehl daraus, dass ich sie nur für meine ersten sexuellen Erfahrungen und für gelegentliche Erholungspausen brauchte. Sie war ungewöhnlich hartnäckig, und ganze zwei Jahre wartete sie geduldig darauf, dass ich einen Funken ihrer Zuneigung auf mich überspringen ließ. Ich ahne heute erst, wie sehr ich sie verletzt haben muss.

In einer Hinsicht gelang es ihr immerhin, mein Leben zu bereichern: Sie machte mich sinnlich aufgeschlossener. Sie liebte die Natur, und wenn andere Studenten sich in den Mensen zusammendrängten, brachte sie mich, sofern es das Wetter zuließ, in einen verschwiegenen Winkel des Campusparks und servierte mir etwas Vegetarisches, das sie selbst gekocht hatte. An den Wochenenden fuhren wir, wenn ich Zeit erübrigen konnte, ins Bergische und unternahmen Wanderungen und Fahrradtouren. Gelegentlich hatte sie mich so weit, dass ich die Luft, die Ruhe, das Grün tatsächlich genoss.

An ihrem Lieblingsplatz, einer luftigen Lichtung, von wo wir einen herrlichen Ausblick auf ein dicht bewaldetes Tal hatten, führten wir unser einziges ehrliches Gespräch.

Wir saßen im Gras, sie lehnte sich an mich, und wir hatten minutenlang geschwiegen, als sie unversehens fragte: »Warum sagst du's mir nie?«

»Was?«, fragte ich.

»Dass du mich liebst.«

Ich überlegte nicht lang. »Vielleicht, weil ich dich nicht liebe.«

»Das dachte ich mir.«

»Aber es liegt nicht an dir.«

»Das dachte ich mir auch.«

»Wie?«

»Du bist nicht bösartig. Du bist nicht gemein. Ich bedeute dir eben einfach nichts. Du kannst nicht anders.«

»Ist wohl so.«

»Aber all das andere auch nicht. Das Studium, Dengler, deine Karriere, das Geld. Das alles ist dir gleichgültig.«

»Ganz richtig. Aber wer in dieser Welt lebt, ist immer zu irgendwelchen Kompromissen gezwungen.«

»Was würdest du tun, wenn du keine Kompromisse eingehen müsstest?«

Ich zuckte die Achseln. »Was ich immer getan habe. Das Rätsel lösen, das mein Vater mir hinterlassen hat.«

»Sonst nichts?«

»Was sonst? Ohne dieses Projekt bin ich nichts. Ein Niemand.«

»Das ist nicht wahr.«

»Oh, doch. Du ahnst gar nicht, wie wahr es ist.«

Sie seufzte, als hätte ich eine Last von ihr genommen.

Einige Wochen später hatte sie endlich die Kraft, mich zu verlassen. Ich war erleichtert, als ich sie Monate später mit einem anderen Mann sah, einem biederen, farblosen Burschen, dem man aber anmerkte, dass er sie mehr liebte, als ich es je gekonnt hätte. Für mich brach eine lange Zeit der Einsamkeit und fast mönchischen Askese an, und ich hätte nicht mehr für möglich gehalten, dass irgendjemand auf der Welt diesen Zustand beenden könne.

Allen, die mit mir zu tun hatten, muss ich bis 2023 wie ein Muster an Ehrgeiz und Stetigkeit erschienen sein. Ich absolvierte bei Dengler eine lange Novizenzeit, in der er mehr von mir als ich von ihm lernte. Ich arbeitete mich nie so weit in den Vordergrund, dass ich seine Eitelkeit herausgefordert hätte, lieferte ihm aber zuverlässig Anregungen und Code, wann immer er sich in ein neues Modethema verrannte, seien es 3D-GUIs im einen oder selbstmodifizierende Applikationen im nächsten Semester. Als Gegenleistung sorgte er dafür, dass seine Zöglinge frei von materiellen und finanziellen Beschränkungen arbeiten konnten. Er setzte beim Dekanat durch, dass wir ein eigenes Stockwerk im neuen Anbau der Informatik-Fakultät zugeteilt bekamen und immer die neuste, leistungsfähigste Hardware zur Verfügung hatten. Meine Förderstipendien brachten mir fast so viel ein wie einem Spezialisten in der Industrie.

Gegen 2017 ereignete sich dann, was von Historikern als »die zweite Revolution der Informationstechnik« bezeichnet wurde. Der Durchbruch in eine neue Ära, den die Branche herbeisehnte, wurde nicht in den Coder-Mekkas in Indien angebahnt, auch nicht in den Hightech-Zentren Chinas, wo man die personellen und technischen Ressourcen furchterregend aufgestockt hatte. Es fing alles, von der Öffentlichkeit unbeachtet, von Investoren aber aufmerksam verfolgt, in einer kleinen Ortschaft an der Ostküste Irlands an, wo einige kühne Jungunternehmer sich endgültig von halbleiterbasierter Hardware verabschiedeten. Es mag eine Legende sein, dass sie in der Anfangszeit dem späten Seymour Cray nacheiferten und den ersten proteinbasierten Computer bauen wollten. Ob ihre Entdeckung nun ein Zufallstreffer oder ein Nebenprodukt war – sicher ist, dass sie eine neue Klasse von Polymeren entdeckten, die sich als optische Transistoren eigneten und es erstmals auf praktikable Weise ermöglichten, mit Licht zu rechnen.

Wenige Jahre später hatten sie Desktop-Systeme zur Marktreife entwickelt, die alles Dagewesene zu Spielzeug degradierten. In einem Acryl-Würfel von der Größe eines Schuhkartons steckte nun eine Petaflop-Power, die nah an die Verarbeitungsleistung eines menschlichen Gehirns heranreichte. Das Rendern ganzer Kinofilme in Echtzeit einschließlich Sechs-Kanal-Ton wäre eine Kleinigkeit für diese Maschinen gewesen – wenn jemand gewusst hätte, wie man sie programmieren sollte. Ganze Epochen der Softwaretechnik waren angesichts solcher Kapazitäten obsolet geworden. Hier waren Genies ganz neuen Kalibers gefragt. Genies wie wir.

Dengler handelte mit den Iren einen Kooperationsvertrag aus, und Ende 2018 hatten wir als eines der ersten Institute weltweit zwei Prototypen dieser Rechenmonster in unserem Institut stehen. Dengler war realistisch genug, dass er weder sich noch uns unter Druck setzte. Er rechnete nicht damit, dass wir in absehbarer Zeit vernünftige Einsatzmöglichkeiten für die LightCubes finden würden. Es ging erst einmal darum, überhaupt etwas mit diesen Maschinen anzufangen, sich langsam an ihr gewaltiges Leistungsvermögen heranzutasten.

Wir unterschätzten die Herausforderung. In den kommenden Jahren machte eine ganze Generation junger Programmierer weltweit die Erfahrung, dass man für die 10^{16} optischen Schaltglieder, die in einem LightCube steckten, fast alles vergessen musste, was man über Softwareentwicklung gelernt hatte. Schon die Programmierung eines rudimentären Betriebssystems nahm so viel Zeit in Anspruch, dass man bald befürchtete, die LightCubes könnten sich als die spektakulärsten Flops der Branchengeschichte herausstellen. Dass es anders kam, ist zu einem gewissen Anteil mein Verdienst.

Es waren aufregende Jahre – zumindest für alle, die mit dem Herzen dabei waren. Dengler und meine Kommilitonen hatten sicher den Eindruck, dass ich mein Bestes gab. Ich hielt mich über alle Updates der technischen Spezifikationen auf dem Laufenden, die wir im Monatsrhytmus zugeschickt bekamen. Ich leistete unauffällige, aber unverzichtbare Beiträge zu unseren wöchentlichen Briefings. Keiner eignete sich die Assemblersprache der LightCubes schneller an als ich. Dengler hatte inzwischen genug Vertrauen in meine Zurückhaltung und meinen maßvollen Ehrgeiz, dass er mir immer mehr Verantwortung übertrug. Anfang 2020 wurde ich zum Leiter des vielversprechendsten OS-Subprojekts befördert. Dengler wäre fassungslos gewesen, wenn er gewusst hätte, dass mir all das im Herzen gleichgültig war.

Wie souverän und versiert ich nach außen auch gewirkt haben mag – nach meinem eigenen Urteil war ich der größte Dummkopf auf Erden. Mein Leben war an einem Nullpunkt angelangt. Ich schämte mich vor mir selbst für die kolossale Verschwendung an Zeit und Talent, die ich für einen Dienst an meinem Vater gehalten hatte. In all den Jahren hatte ich versucht, sein Projekt, seine Vision aus einer mehr oder minder zufälligen Ansammlung von Hinterlassenschaften zu rekonstruieren, und es geschah mir ganz recht, dass ich daran gescheitert war. Nie hatte ich mich gefragt, welcher Mensch hinter dem Vermächtnis stand, was ihn bewegt, was ihn angetrieben hatte. Ich wusste mehr über Martin Denglers Bettgeschichten als über das Leben meines Vaters.

Seit ich denken konnte, hatte sich Mutter immer so abfällig über ihn geäußert, dass mir ein Rätsel war, wie es je zu meiner Zeugung hatte kommen können. In den Stunden, die ich als kleiner Junge in seiner ewigen Studentenbude verbracht hatte, war er nie sonderlich gesprächig gewesen. Ich hatte immer den Eindruck gehabt, dass ich ihm lästig war – dabei hatte er die wöchentliche Besuchsregelung selbst vor dem Familiengericht durchgesetzt. Er erzählte nie etwas über sich, bestellte mir so viel Cola und Pizza, wie ich haben wollte, drückte mir einen Gameboy in die Hand oder setzte mich vor einen alten Atari und ließ mich Pac-Man spielen.

»Warte mal, Kleiner, das dauert nur zehn Minuten«, war wohl der Satz, den ich am häufigsten von ihm hörte. Dann setzte er sich für die nächsten Stunden vor eine seiner Maschinen, und wenn ich zu neugierig wurde, zeigte er mir ein paar bunte Grafikdemos oder erklärte mir Dinge, die sogar ein kleiner Hosenscheißer wie ich über Computer wissen durfte.

Hätte man damals den Prototypen eines Hackers gesucht, wäre mein Vater ein geeigneter Kandidat gewesen. Er sah aus wie ein zu spät geborener 68er, war bärtig, langhaarig, abgerissen, kam nur widerwillig der Körperpflege nach und legte stetig an Gewicht zu. Er wirkte immer etwas weggetreten, obwohl ich nie einen Joint in seiner Wohnung roch oder eine Dose Bier sah. Im Nachhinein scheint es mir so, als habe er die Klischees bewusst kultiviert. »Schau dich gut um, Kleiner«, forderte er mich bei jedem Besuch mindestens einmal auf. »Damit deine Mama vor Gericht erzählen kann, was für ein Anarcho ihren Sohn verdirbt.«

Um es zu kurz zu machen: Ein paar oberflächliche Eindrücke waren alles, was ich 2020 noch von meinem Vater im Gedächtnis hatte. Er war ein Unbekannter für mich, und wenn ich je hoffen wollte, dem Geheimnis seiner Hinterlassenschaft auf die Spur zu kommen, musste ich mehr über ihn wissen. Mutter weigerte sich kategorisch, über ihn zu reden. Unter einem Vorwand brachte ich sie immerhin dazu, dass sie mir den Namen des Anwalts verriet, der seinerzeit die Nachlassangelegenheiten geregelt hatte.

Der Anwalt hatte sich inzwischen zur Ruhe gesetzt, und ich brauchte einige Wochen, bis ich ihn in seinem Häuschen in Mecklenburg endlich an der Strippe hatte. Er machte einen etwas senilen Eindruck, versprach aber, seine alten Unterlagen durchzusehen und sich wieder zu melden, wenn er etwas über meinen Vater in Erfahrung gebracht hatte. Währenddessen recherchierte ich im Internet, hackte mich in diverse Behördendatenbanken und war verblüfft über die Informationsschnipsel, die sich bei mir ansammelten. Der Mann, dessen Lebensgeschichte ich aus spärlichen Quellen und den noch spärlicheren Auskünften des Anwalts rekonstruierte, war um ein Vielfaches interessanter, widersprüchlicher und verrückter als der Freak, den ich als kleiner Junge gekannt hatte.

Ich empfand zum ersten Mal eine Spur von Verbundenheit mit ihm, als ich von seinem raketenhaften Aufstieg in seinen besten Jahren erfuhr und mir damit schmeicheln konnte, dass ich wohl sein Talent geerbt hatte. Bis Anfang zwanzig hatte er künstlerische Neigungen gehabt, sich an elektronischer Musik versucht, eine Handvoll Science-Fiction-Storys und einige programmatische Essays veröffentlicht, die sich lasen, als wollte er die zeitgenössische Literatur im Alleingang revolutionieren. Freunde aus dieser Zeit erzählten mir später, dass seine herausragende Eigenschaft ein brennender Ehrgeiz war, dem eine abgrundtiefe Faulheit gegenüberstand, die ihn hinderte, auch nur einen Bruchteil seiner Pläne zu verwirklichen. Er quälte sich lustlos durch die Schullaufbahn, legte ein mäßiges Abitur hin, das seiner Intelligenz nicht würdig war, und schrieb sich an der Düsseldorfer Uni für die unsinnige Fächerkombination Philosophie und Germanistik ein, besuchte aber kaum eine Vorlesung und machte nie einen einzigen Schein. Immer einfallsreich darin, in einem Ferienjob nach dem anderen zu versagen und zugleich konstant über seine Verhältnisse zu leben, brachte er das Kunststück fertig, bis zu seinem vierundzwanzigsten Geburtstag einen Schuldenberg von vierzigtausend Mark anzuhäufen. Es ist mir ein Rätsel, wo er in dieser Situation das Geld auftrieb, um sich seinen ersten PC zu kaufen. Wie auch immer, es erwies sich als die folgenreichste Investition seines Lebens.

Ich habe bis heute keine überzeugende Erklärung für das, was danach mit ihm geschah. Fast scheint es so, als sei in den nächsten fünf Jahren eine andere Person an seine Stelle getreten. Es ist ohne Weiteres vorstellbar und häufig geschehen, dass jemand im Umgang mit einem Computer, den er anfangs nur als bessere Schreibmaschine benutzen wollte, unversehens neue Talente an sich entdeckt und mit dem Programmieren anfängt. Es ist aber schlechterdings unheimlich, wenn jemand in den Monaten, die er sich als unbeholfener Anfänger mit einem 386er-DOS-Rechner herumplagen sollte, zum Hardcore-Hacker mutiert, der ein halbes Dutzend Assembler-Dialekte beherrscht und nicht einmal vor einem Mainframe zurückschreckt.

Ohne Referenzen und nur mit ein paar Volkshochschul-BASIC-Kursen im Rücken, aber mit einem unerschütterlichen Selbstbewusstsein gesegnet, klapperte Vater die noch wenigen IT-Firmen ab, die Anfang der neunziger Jahre in seiner Gegend ansässig waren, und muss den Verantwortlichen derart auf die Nerven gegangen sein, dass man ihm schließlich seine Chancen gab. Als der PC-Boom losging, war er vorn dabei, installierte Firmennetzwerke, stellte Rechenzentren um, migrierte Software, wurde binnen eines Jahres seine Schulden los und verdiente so viel, dass meine Mutter ihn für eine gute Partie hielt und sich beeilte, von ihm schwanger zu werden. Dann kam der zweite große Bruch in seinem Leben und für meine Mutter das böse Erwachen.

Wenige Monate, nachdem ich zur Welt gekommen war, erteilte er sämtlichen Kunden, die für seine Dienste Schlange standen, eine dauerhafte Absage, entsagte dem schnöden Mammon und verwandelte sich zügig in den versponnen Eigenbrötler, den ich einige Jahre später zur Strecke brachte. Für meine Mutter, die sich schon einer Zukunft in verschwenderischem Wohlstand nahe geglaubt hatte, muss es der Schock ihres Lebens gewesen sein. Sie verließ ihn nach zehn Monaten Ehe und bekam nie einen Cent Unterhalt für sich oder ihren Sprössling. Vater überlebte eine Zeit lang, indem er seine Konten und Kreditkarten bis zum Anschlag überzog. Danach zeigte er nur noch auf zwei Gebieten Ehrgeiz: den Arbeits- und Sozialämtern so viel Geld abzuknöpfen, wie es irgend möglich war, und in seinem Arbeitszimmer unermüdlich an einer Sache zu arbeiten, von der er niemandem etwas erzählte.

Einen Hinweis darauf, warum er eine lukrative Karriere hingeworfen und sich freiwillig in die Armut begeben hatte, fand ich in einigen Artikeln, die er Mitte der Neunziger in Fachzeitschriften veröffentlichte. Es waren scharfsinnige, polemische Angriffe gegen praktisch jeden, der in der IT-Branche einen Namen hatte: gegen Xerox, deren Manager es zugelassen hatten, dass zweitklassige Trittbrettfahrer die besten Ideen aus dem Palo Alto Research Center abstaubten; gegen IBM, weil ausgerechnet die schwächste in Frage kommende Hardware-Architektur in Form von PCs den Markt überschwemmte; gegen Microsoft, weil aller Welt etwas als Betriebssystem verkauft wurde, das diesen Namen nicht verdiente; gegen Apple, weil man dort Rechner für technische Analphabeten baute. Sein Fazit lautete, dass die ganze Branche einen Kurs eingeschlagen habe, der an Inkompetenz und Missmanagement in der Industriegeschichte einmalig sei (»Etwa so«, schrieb er in einer Kolumne, »als hätte Henry Ford 1908 darauf verzichtet, das Modell T zu konstruieren, und sich damit begnügt, Tretroller unter die Leute zu bringen.«) Weder die Fachwelt noch die Öffentlichkeit, behauptete er, hätten bislang auch nur angefangen zu begreifen, welches Instrument ein Computer sein könne.

Wie nicht anders zu erwarten, rüttelte Vater mit seinen Pamphleten niemanden auf, und nachdem er in den Leserbriefspalten immer öfter als arroganter Idiot beschimpft worden war, hörten die Magazine auf, sie zu drucken. Ich konnte mich selbst davon überzeugen, dass er einen bleibend negativen Eindruck hinterlassen hatte, als ich einige seiner früheren Redakteure anschrieb. Den meisten schien es peinlich zu sein, dass sie je mit ihm zu tun gehabt hatten, und sie teilten mir bestenfalls in lapidaren E-Mails mit, dass sie nichts Nennenswertes über ihn berichten konnten. Dann fand ich auf Umwegen heraus, dass ein Online-Redakteur, der heute für Martin Dengler einen Teil der Pressearbeit erledigte, einmal mit ihm aneinandergeraten war.

Der Mann hieß Kurt Drache, arbeitete für einen Web-Infodienst und hatte in jungen Jahren im Redaktionsteam der legendären Zeitschrift *c't* gesessen. Er hatte das erste Mal mit meinem Vater zu tun gehabt, als er ihm eine SF-Story für *c't* abkaufte, und Jahre später größte Probleme gehabt, ihn wieder vom Hals zu bekommen, als er sich weigerte, eine seiner Anti-MS-Tiraden in einem neuen anzeigenfinanzierten IT-Wochenblatt abzudrucken. Als Leiter eines unserer OS-Teams hatte ich schon einige Male kurz mit Drache telefoniert und ihm stichwortartig den aktuellen Stand unserer Forschungen durchgegeben. Er war sprachlos, als er erfuhr, wessen Sprössling ich war, und musste sich spürbar überwinden, um sich mit mir zu einem Gespräch zu verabreden.

Auf dem ersten New-Media-Kongress 2021 in Frankfurt überschnitten sich unsere Terminpläne so günstig, dass wir vor dem Eröffnungsbankett eine Stunde für einen Plausch an der Hotelbar erübrigen konnten. Drache war ein nervöser, hagerer Mensch mit eingefallenen Wangen und rot unterlaufenen Augen, ein Herzinfarktkandidat erster Güte, der locker für fünfzig durchgehen konnte, obwohl er noch nicht einmal die vierzig geschafft hatte. Ich traf ihn nur dieses eine Mal persönlich und war froh darüber.

»Also«, sagte ich, nachdem er eine Weile herumgedruckst hatte. »Was können Sie mir über ihn sagen?«

Drache starrte abwechselnd in seinen Tequila und in den Ausschnitt einer runderneuerten Blondine, die uns an der Theke gegenüberstand. Er vermied es, mir in die Augen zu sehen.

»Wollen Sie eine ehrliche Antwort?«, fragte er.

»Klar. Deswegen bin ich hier.«

»Gut. Ich glaube, er hatte ein unglaubliches Potenzial. Er war das, was man in der Szene einen ‘real programmer’ nennt. Sie wissen schon, diese Typen, die sich an die nackte Hardware rantrauen. Die Coredumps lesen können. Die Programme mit Binary-Patchtools debuggen. Er hatte ein unschlagbares Gespür für Möglichkeiten, die in keinem Handbuch und keiner technischen Spezifikation stehen.«

»Aber?«

»Aber wenn's darum ging, seine Fähigkeiten zu irgendeinem konkreten Zweck einzusetzen, war er eine komplette Null. Dann kamen nur Sprüche, intellektuelles Geschwätz, Metaphern. Dann klang er wie ein durchgedrehter Poststrukturalist, der sich an Knuths *The Art of Computer Programming* verschluckt hat.«

»Das müssen Sie mir erklären.«

»Kann ich nicht. Ich habe so viel verstanden, dass er einen völlig anderen Ansatz im Kopf hatte. Eine ganz andere Herangehensweise an die Maschine. Warten Sie, vielleicht kriege ich's noch zusammen.«

Ich ließ ihm etwas Zeit zum Nachdenken.

»Ja, das war ungefähr so«, fuhr er fort. »Er hat einmal einen Artikel veröffentlicht, in dem es darum ging, wie sich unsere physische Situation im Umgang mit dem Rechner entwickelt hat. Nehmen wir die einfachste Form, mit einem Computer zu kommunizieren: die Befehlszeile. Das Medium ist hier das Zeichen, das Wort. Das physische Paradigma ist der Austausch von Text, etwa wie an einem Fernschreiber. Nehmen wir jetzt eine grafische Benutzeroberfläche. Das Medium ist die Geste, point and shoot, ich zeige mit dem Mauszeiger auf etwas und löse eine Aktion aus. Das physische Paradigma ist der Desktop, die Unterteilung der Arbeitsfläche in Fenster für die einzelnen Applikationen. Gehen wir noch einen Schritt weiter, dann haben wir die dreidimensionalen Displays, die es heute gibt. Das physische Paradigma ist der virtuelle Raum. Mit meiner Bewegung durch diesen Raum teile ich dem Rechner mit, was ich will.«

»Und wie geht's weiter?«, fragte ich.

»Gar nicht mehr. Das ist der springende Punkt. Ihr Vater hielt diese ganze Entwicklungslinie für verfehlt. Er meinte, wir sollten uns davon freimachen, den Computer als ein Werkzeug anzusehen, als ein Ding, das wir wie einen Hebel an der Aufgabe ansetzen, die gerade zu erledigen ist. Wir sollten anfangen, den Computer als Gegenüber zu betrachten. Erst dann würden wir begreifen, womit wir es eigentlich zu tun haben.«

»Reichlich vage.«

»Finde ich auch. Aber es kommt noch besser. Er meinte, dass es Zeit für ein grundlegend neues Paradigma wird. Keine neuen Benutzerschnittstellen in wie vielen Dimensionen auch immer. Sondern etwas, das uns zum Umdenken zwingt: der Computer als Person, die ein Eigenleben entwickelt, als elektronisches Alter Ego.«

»Sie haben recht. Sehr praxisnah war er nicht.«

»Aber dafür hartnäckig. Ich hab's am eigenen Leib erfahren. Wenn er sich einmal in Rage spekuliert hatte, war er kaum noch zu bremsen. Was hat er nicht alles ausgesponnen: der Rechner als Symbiont, der sich an uns anpasst, der uns in sich abbildet, der immer weiß, was wir brauchen, noch bevor wir's selber wissen. Und der uns widerspricht, der uns korrigiert.«

»Er wäre doch besser Science-Fiction-Autor geblieben.«

»Vielleicht war er einfach zehn Jahre zu früh dran. Stellen Sie sich vor, Sie müssten solche kühnen Pläne mit den Workstations von 1998 verwirklichen. Wenn er einen LightCube zur Verfügung gehabt hätte ...«

Ich beeilte mich, das Gespräch zu beenden. Wir tranken noch zwei Gläser, ich bedankte mich artig, und dann sah ich zu, dass ich mich im Kongresstrubel möglichst weit von Drache entfernte. Wir telefonierten noch gelegentlich miteinander, und wenn er sich erkundigte, welche Fortschritte meine Nachforschungen machten, antwortete ich ausweichend. Er sollte auf keinen Fall merken, wie sehr mich unser Gespräch beeinflusst hatte.

Zwei Bemerkungen Draches hatten mich elektrisiert.

Aus den Hinterlassenschaften meines Vaters wusste ich, dass er verbissen mit der Leistungsfähigkeit seiner Maschinen gekämpft hatte. So geschickt er seinen Rechnerpark auch clusterte und konfigurierte, reichten die Kapazitäten für seine Zwecke ganz offensichtlich nicht aus. Welchen Durchbruch er in den Wochen vor seinem Selbstmord auch erzielt haben mochte – mit einem LightCube wäre er ganz sicher zu anderen Ergebnissen gekommen. Diesen Vorteil hatte ich ihm voraus. Mir standen Möglichkeiten zur Verfügung, von denen er nur hatte träumen können.

Und dann dieses Wort, das Drache beiläufig fallengelassen hatte: *Eigenleben.* Ich begriff, dass mein Vater sehr weitsichtig argumentiert hatte. Die Kritik an seinen Zeitgenossen traf genauso gut auf mich und meine Studienkollegen zu. Wir betrachteten die Maschine noch immer als ein Werkzeug, das wir beherrschen, das wir im Griff haben wollten. Wir gingen mit den alten prozeduralen und objektorientierten Techniken an den LightCube heran, als sei er ein konventionelles Rechenwerk in etwas größerem Maßstab. Aber der LightCube hatte unser konservatives Verständnis hinter sich gelassen.

Mir fielen Forschungen ein, die in den Neunzigern unter dem Stichwort »Künstliches Leben« Furore gemacht hatten, rudimentäre

Versuche, dem Computer etwas von der Anpassungs- und Entwicklungsfähigkeit lebender Organismen zu verleihen. Von diversen Alltagsanwendungen – Suchmaschinen, Avatare und Soft-Roboter im Netz – und einigen hochspezialisierten Enwicklungs- und Optimierungsaufgaben abgesehen, hatten diese Verfahren nie den Durchbruch zu einer industriellen Technik geschafft. Vielleicht wurde es Zeit für eine KL-Renaissance. Der LightCube zwang uns, in andere Richtungen zu denken, und unwillkürlich gingen mir Ideen durch den Kopf, die in dieser Situation vielleicht auch meinem Vater eingefallen wären: Der Cube war kein Rechner mehr, sondern ein aktives Medium, eine Art idealer Lebensraum, in dem sich Programme selbsttätig ausbreiten und entwickeln konnten.

Nach dem Kongress in Frankfurt bat ich Dengler, mich von der Leitung der OS-Gruppe zu entlasten und mir Zeit einzuräumen, damit ich auf eigene Faust einer etwas ausgefallenen Idee nachgehen könne. Dengler war verdutzt und neugierig, vor allem deshalb, weil ich zunächst nichts über meine Idee verraten wollte. Aber er vertraute meinem Instinkt. Für zwei Monate hatte ich einen unserer inzwischen vier LightCubes allein zur Verfügung.

Ich war euphorisch. Zum ersten Mal seit eine bewachte Transportmannschaft die Millionen teuren Prototypen in unseren Workstationsaal gebracht hatte, sah ich in den LightCubes etwas anderes als eine Hürde, die ich auf dem Weg zu einer finanziell gesicherten Zukunft überwinden musste. Binnen weniger Wochen adaptierte ich für die LightCubes ein Softwaresystem, das der Biologe Thomas Ray in den Achtzigern entwickelt hatte. Auf der Suche nach einer effektiven Methode, um in den LightCubes die selbsttätige Entwicklung von Programmen anzustoßen, hatte ich die Klassiker der KL-Literatur studiert und war dabei auf Rays *Tierra* gestoßen.

Ray hatte *Tierra* ursprünglich als Modell-Ökosystem konzipiert, an dem er in vereinfachter Form die Entwicklung der biologischen Arten studieren wollte. Die Kreaturen in *Tierra* sind kleine Programme in Assemblersprache, die miteinander um Rechenzeit und Speicherplatz in einer virtuellen Maschine konkurrieren. Sie können sich reproduzieren, mutieren und haben umso größere Überlebenschancen, je effektiver ihre Algorithmen sind. Setzt man einige dieser Organismen im Hauptspeicher von *Tierra* aus, so kann man Vorgänge beobachten, die denen in der irdischen Biosphäre verblüffend ähneln: Immer neue Arten entstehen, die Populationsdichte nimmt ab und zu, und es kommt zu Konkurrenzkämpfen zwischen Parasiten, die die Replikationscodes anderer für ihre eigene Vervielfältigung nutzen, und Wirtsorganismen, die dagegen Schutzmaßnahmen ergreifen. Um zu überleben, müssen die Assembler-Organismen immer raffiniertere Verfahren entwickeln, um sich vor Fremdzugriffen zu schützen, darunter so ausgefallene, wie sie keinem menschlichen Programmierer je einfallen würden. Besonders diesen Aspekt machte ich mir jetzt zunutze, indem ich ein neues Auslesekriterium in das künstliche Ökosystem einführte: mich selbst.

Rays eigene *Tierra*-Implementation war eine anspruchslose Software, die selbst auf einfachen PCs verwertbare Ergebnisse lieferte. Meine Portierung auf den LightCube bedeutete einen Quantensprung, der die Entwicklungsgeschwindigkeit in dem künstlichen Ökosystem in furchterregende Dimensionen katapultierte. In wenigen Stunden konnte meine *Tierra*-Variante Software von einer Komplexität entwickeln, die ein Team menschlicher Programmierer für Jahre beansprucht hätte. Ich betrachtete den LightCube bald als eine behavioristische Black Box. Auf welche Weise die Programme ihre Aufgaben bewältigten, interessierte mich kaum noch. Ich erwartete von den Software-Organismen einfach ein bestimmtes Verhalten. Alle Spezies, die diesem Verhalten nahe kamen, durften sich weiterentwickeln. Alle anderen ließ ich aussterben. Auf diese Weise konnte ich die Evolution in meinem LightCube in nahezu beliebige Richtungen lenken.

Als ich Dengler Ende 2021 meine Ergebnisse vorlegte, war er verblüfft. Die Fortschritte, die ich in wenigen Wochen erzielt hatte, ließen Ziele in Reichweite rücken, die er frühestens für Mitte des Jahrzehnts anvisiert hatte. Bescheiden und großzügig wie immer überließ ich mein bisheriges Material den OS-Teams, trat ins zweite Glied zurück, als hätte ich mit der ganzen Aufregung, die Denglers Studiengruppe erfasste, nichts zu tun, und machte *Tierra* auf dem LightCube zum Thema meiner Doktorarbeit. Das erste einsatzfähige Betriebssystem, das Denglers Firma sieben Monate später auf den Markt brachte, beruhte zum Großteil auf meiner Technik, aber ich wurde nur als einer von vielen Entwicklern genannt, und zu diesem Zeitpunkt betrachteten auch meine Kollegen mich nicht mehr als den eigentlichen Urheber. Es war mir recht so. Ich wollte jedes Aufsehen um meine Person vermeiden, nicht bloß, weil ich Denglers Härte gegen jeden ernsthaften Konkurrenten auf seinen

Führungsanspruch fürchtete. Ich hatte längst weitergedacht, in eine andere, noch kühnere Richtung. Aber solche Ideen waren etwas Privates, eine Sache zwischen mir und meinem Vater.

Dann kam der New-Media-Kongress 2022 in Berlin.

Nachdem ich Cynthia kennengelernt, nachdem mir hartnäckige erotische Phantasien für einige Nächte den Schlaf geraubt, nachdem mir in Dortmund das Gefühl zu schaffen gemacht hatte, ich sei nicht in meine vertraute Umgebung zurückgekehrt, wurde ich eine vage Irritation im Hinterkopf nicht wieder los. Es war, als habe diese seltsam aufdringliche Frau meine Perspektive verändert, als hätte sie mir, wie beim Blick aus den Augenwinkeln in einen Spiegel, einen ersten flüchtigen Eindruck von mir selbst verschafft. Ich war dankbar dafür, dass Denglers unermüdliche Aktivitäten mich zunächst davon abhielten, diesem Gefühl nachzugeben.

An einem Abend kurz nach unserer Rückkehr aus Berlin lud er die Studenten, die sich rühmen konnten, seine erfolgreichsten Schüler zu sein, zu einer vertraulichen Besprechung ein. Er teilte uns ohne Umschweife mit, dass er seinen Lehrstuhl aufgegeben, sich vom akademischen Betrieb verabschiedet habe und von uns erwarte, dasselbe zu tun. Unsere Arbeitsverträge für das Unternehmen, das er ohne unser Wissen gegründet hatte, waren bereits aufgesetzt. Die Gelder, um uns aus unseren universitären Förderverträgen freizukaufen (was besonders in meinem Fall keine Kleinigkeit war), hatten Investoren bereitgestellt. Es versteht sich von selbst, dass er uns fürstliche Vergütungen einschließlich Dienstwagen und familientauglichen neuen Wohnungen versprach.

Ich glaube, wir hatten während dieser Sitzung alle den Eindruck, dass Dengler jeden Zauderer auf der Stelle erschossen hätte. Natürlich unterschrieb auch ich so schnell, wie ich mit zitternden Fingern meinen Namen unter den Kontrakt setzen konnte.

In einer Hauruck-Aktion, wie ich sie in meinem Leben nie wieder erlebt habe, wurden wir und das komplette Inventar schon am nächsten Montag von einem Speditionsunternehmen in unsere neuen Geschäftsräume auf der Medienmeile im Düsseldorfer Hafen verfrachtet. »Protzig« ist gar kein Ausdruck für die byzantinisch-prachtvollen und zugleich nüchtern-kühlen, von Licht durchfluteten Architektenträume aus Mamorfliesen, Kristallspiegeln, geodätischen Dächern und polierten Alumöbeln, in denen wir uns breitmachen durften. Wie Kinder, die eines Tages in einem Süßigkeitenladen aufwachen und nicht recht glauben können, was ihnen widerfährt, richteten wir uns zaghaft und widerwillig in unserer neuen Umgebung ein. Wir wagten uns nicht vorzustellen, mit welchen Versprechungen Dengler seine Investoren dazu geködert hatte, solche Millionensummen, wie sie hier offenbar wurden, in unseren halbwüchsigen Haufen hineinzupumpen.

Dengler gebärdete sich nun endgültig so, als wolle er vor lauter Begeisterung über sich selbst seinen eigenen Fanclub gründen, und während erste Unmutsbekundungen gegen ihn laut wurden, ließ ich mich widerstandslos in die neue Situation fallen. Es geschah mehr auf einmal, als ich verarbeiten konnte, und unter den gegebenen Umständen war es mir ganz recht so. Es störte mich nicht, dass ich in den ersten Tagen nicht mehr so genau wusste, woran ich gearbeitet hatte und was ich überhaupt hier sollte, dass ich mich in unseren weitläufigen Geschäftsräumen verlief, dass ich in meiner neuen Wohnung keine Pizza aufwärmen konnte, bis ein Servicetechniker mir erklärt hatte, wie man den knopf- und schalterlosen Herd bediente. Wäre ich ganz bei Sinnen gewesen, hätte ich vielleicht nur noch an Cynthia gedacht, die ohnehin schon als geschmeidige schwarze Schlange von einer Frau durch meine Träume geisterte.

Denglers Zielsetzung war klar. Mit dem neuen Unternehmen, das er in einem Anfall geistlosen Größenwahns »Luminous Enterprises« taufte, wollte er den Markt für LightCube-Software besetzen, noch bevor die Konkurrenz den Kopf über Wasser gestreckt hatte. Wir hatten das Know-how. Wir hatten die Ideen. Nur Zeit hatten wir nicht. Noch war das Thema heiß, doch wir wussten längst, dass in keiner Branche der Zug so schnell abgefahren ist wie auf dem IT-Sektor. Uns und den Iren war klar, dass die LightCubes so schnell wie möglich zu erschwinglichen Preisen in Serie gehen mussten. Und dazu musste uns etwas Überzeugendes einfallen, was potenzielle Käufer mit einer Maschine anfangen sollten, die sich weder als Numbercruncher in einem Netzwerk noch als klassische Desktop-Workstation eignete. Nach vielen Jahren des Computer-, Netz- und Medienbooms war es keine leichte Sache, den müden Konsumentenmassen neues Kaufinteresse zu entlocken.

Dengler gab mir zu verstehen, dass er mir eine besondere Aufgabe in der Organisationsstruktur zugedacht hatte, die er mit autoritärer Rücksichtslosigkeit aufbaute. Während er um die halbe Welt jettete und sein Kontakt- und Vertriebsnetz knüpfte, zwischendurch für einige Tage großspurig durch die Firma stolzierte und sein Personal mit Erwartungen malträtierte, die einen Stall von Nobelpreisträgern überfordert hätten, genoss ich, frei von Termindruck, verhätschelt von zwei persönlichen Assistentinnen, die Privilegien eines Kreativen, der nur eine Aufgabe hatte: neue Ideen zu produzieren. So sehr Dengler davon überzeugt war, dass er alle Fäden in der Hand hielt, immer auf Höhe des Geschehens war, begriff er in meinem Fall viel zu spät, was sich unter seinen Fittichen abspielte. Auf einmal war ich nicht mehr der strapazierfähige Handlanger, der sich mit einem bescheidenen Anteil am Ruhm und Erfolg begnügte. Auf einmal wollte ich mehr – und sei es nur, um meine feuchten Träume zu erfüllen.

Zu meiner Erleichterung stellte ich fest, dass die kreativen Instanzen meines Unterbewusstseins in den Wochen, die der Umzug und meine hormonelle Verwirrung in Anspruch genommen hatten, nicht untätig geblieben waren. Nachdem ich mich eingerichtet, eingelebt, zum alten Rhythmus in der neuen, noch für einige Zeit verwirrenden Umgebung gefunden hatte und endlich wieder ungestört an meinem LightCube arbeiten konnte, war mir, als tauche ich wie ein Schwimmer in Wasser wieder in mein ureigenstes Element ein. Wenn ich mir an den Vierzehn-Stunden-Tagen, die ich werktags wie an Wochenenden auf einem gleichmäßig hohen Konzentrationsniveau durchzog, eine seltene Pause gönnte, wurde mir der euphorische Zustand, in den ich geriet, gelegentlich selbst unheimlich. Meine Assistentinnen gaben es nach kurzer Zeit auf, meinen Arbeitseifer zu mäßigen und hatten alle Hände voll zu tun, um mir Routinearbeiten, Korrespondenz und Anfragen von Kunden und Kollegen vom Leib zu halten. Nicht einmal Dengler, der ein- bis zweimal pro Woche störte und tatsächlich eine Spur von Besorgnis über meine furchterregende Einsatzfreude zeigte, erfuhr von mir auch nur das Geringste darüber, in welche Richtung sich meine Arbeit weiterentwickelte. Ich hatte beschlossen, ihm die nächsten Resultate auf eine Weise zu präsentieren, die ihm einen heilsamen Schock versetzen würde.

Das Geniale an meiner Methode, so fand ich in der zweiten Runde meiner Experimente heraus, bestand darin, dass ich hochkomplexe Probleme durch ein vergleichsweise primitives Brute-force-Verfahren lösen konnte. Um dem LightCube eine erste Spur personalen Eigenlebens einzuhauchen, implementierte ich anfangs neuronale Netzwerke, die sich nach den Regeln *Tierras* weiterentwickeln konnten. Dabei lehnte ich mich aber noch zu sehr an konventionelle Programmiertechniken an und überließ es deshalb dem LightCube, sich etwas Besseres einfallen zu lassen. Meine Assistentinnen durchlebten zwei strapaziöse Wochen, als ich einige Dutzend leicht variierte Programme in dem LightCube aussetzte, die zunächst nichts anderes taten, als sich reihum an die Audioschnittstelle zu hängen und Zufallslaute zu produzieren.

Das Krächzen, Zirpen und Piepsen ging mir nach einer Weile selbst auf die Nerven, aber es motivierte mich, rigoros alle Programmvarianten aussterben zu lassen, die keine Laute mit einigermaßen stimmlichen Qualitäten zustande brachten. Es dauerte nicht lang, bis aus den Lautsprechern etwas tönte, das zumindest vom Klang her an deutsche Worte in einer vage femininen Intonation erinnerte. Sehr viel länger dauerte es, bis der LightCube auf meinen verbalen Input mit Vorstufen einfacher Worte antwortete. Und noch viel länger, ehe ferne Nachfahren der ersten Programme aus meinen Äußerungen einen Satz elementarer syntaktischer und semantischer Regeln herausgefiltert hatten, der ausreichte, um so etwas wie eine einfache Unterhaltung zu führen. Ich setzte kontinuierlich die Messlatte höher, die über Aussterben oder Weiterexistenz der Programme entschied und versuchte herauszufinden, bis zu welcher Grenze sich der LightCube Syntax, Wortschatz, vielleicht sogar Ansätze zum Verstehen rein durch Mutation, Kreuzung und Selektion seiner Software aneignen konnte. Ich bin an keine solche Grenze gestoßen.

Nach vier Monaten passten die Coredumps der Programme, die im LightCube miteinander konkurrierten, kaum noch auf eine DVD. Ich hatte es längst aufgegeben, auch nur ansatzweise verstehen zu wollen, mit welchen Techniken sie ihre erstaunlichen Leistungen vollbrachten. Wenn ich es doch einmal wagte, mit einem Debugger einen kleinen, peripheren Programmteil zu analysieren, schwindelte mir angesichts der brutalen Komplexität der Selektions- und Mustererkennungsalgorithmen, die die erfolgreichsten Varianten inzwischen in jede Subroutine gepresst hatten. Ich stand nun kurz davor, etwas vorweisen zu können, was es bisher nicht gegeben hatte: einen Computer, dem ich zutraute, den Turing-Test zu bestehen.

Damit sich die Informationen, die die Programme verarbeiten mussten, nicht auf meine verbalen Eingaben beschränkten, hatte ich zwei Videokameras und einige externe Sensoren an den LightCube angeschlossen. Ich musste meinen Assistentinnen das Versprechen abnehmen, noch nichts über meine Arbeitsergebnisse nach außen dringen zu lassen und ließ sie dafür an einigen meiner Unterhaltungen mit dem LightCube teilnehmen. Der Cube gehorchte inzwischen wie ein gut dressiertes Hündchen. Man konnte auf einen Gegenstand zeigen, und er sagte, um was es sich handelte. Er konnte zählen und Farben und Formen unterscheiden. Wenn ich an der Klimaanlage drehte, sagte er mir, um wie viel Grad sich die Temperatur geändert hatte.

Das eigentlich Beängstigende, das sich von nun an abspielte, ist meinen Assistentinnen allerdings erst später aufgefallen. Meine Unterhaltungen mit dem LightCube wurden mehr und mehr zu Selbstgesprächen. Nachdem die Programme ein Repertoire an Grundfähigkeiten entwickelt hatten, bevorzugte ich zunehmend solche, deren Reaktionen, Wortwahl, Phrasierung, syntaktische Vorlieben den meinen am nächsten kamen. Ich nahm mir vor, dass das Codemonstrum, das am Ende alle anderen Programme verdrängt haben würde, eine möglichst akkurate Entsprechung meiner selbst sein sollte. Ein Teil von mir sollte in die Maschine übergehen. Das Gegenüber, zu dem sich der LightCube schließlich entwickelt hätte, sollte das sein, was mein Vater sich vorgestellt hatte: mein elektronisches Alter Ego. In den wenigen Momenten, wenn ein Rest an gesunder Skepsis meine Obsession überwog, machte ich mich darauf gefasst, dass ich ein Phantom jagte. Wer hätte ahnen können, dass die Zukunft meine Erwartungen bei Weitem übertreffen sollte?

Im Frühjahr 2023 brachte mich ein Schwächeanfall, mit dem ich seit Wochen gerechnet hatte, für ein verlängertes Wochenende ins Krankenhaus. Jenes Extrem völliger körperlicher Auszehrung und zugleich krankhaft-hartnäckiger Verbissenheit in eine Aufgabe, das Hacker gewöhnlich am Ende einer dreißigstündigen Debugging-Sitzung erreichen, war zu meinem Dauerzustand geworden. Appetit- und schlaflos, ausgetrocknet, auf unter sechzig Kilo abgemagert, taub für alle sinnlichen Impulse außer dem Schwatzen des LightCubes und dem Glühen des Terminals, aber aufs Äußerste reizbar, wenn jemand mir nur im Entferntesten eine Pause oder gar einen Urlaubstag nahe legte, sackte ich irgendwann, einen Jumbo-Becher Kaffee in der Hand und den Blick starr auf einen Monitor gerichtet, ganz undramatisch in mich zusammen. Von der ersten Nacht in der Klinik weiß ich nicht mehr viel, außer dass ein ganzes Rudel von Medizinern sich um mich bemühte und eine brünette Schwester, die mich an Cynthia erinnerte, angenehm eifrig an mir herumfummelte.

Dengler ließ es sich nicht nehmen, mich am Sonntag, als die erste Frühlingssonne wieder einen Funken Lebensgeister in mir weckte, mit einem Besuch zu behelligen, und entschuldigte sich in geheuchelter Überschwänglichkeit für den Druck, dem er mich ausgesetzt habe. Ich nahm weder ihn noch die anderen Kollegen, die für zaghafte Besserungswünsche hereinschauten, nennenswert zur Kenntnis. Noch Wochen danach war mir zum Kotzen zumute. Aber ich war zufrieden. Ich hatte mein Bestes gegeben. Jetzt wurde es Zeit, an andere Dinge zu denken.

Unmittelbar nach meiner Entlassung suchte ich einen Anwalt auf und beauftragte ihn damit, meinen Arbeitsvertrag auf juristische Schwachstellen durchzusehen. Der Bursche war mir als scharfer Hund empfohlen worden und bewies schnell, dass er seine horrenden Honorare wert war. Er konstruierte eine abenteuerliche, aber – soweit ich es beurteilen konnte – rechtlich plausible Argumentation, auf zwanzig Seiten in herrlichem Juristenkauderwelsch verpackt, die darauf hinauslief, dass mir Urheberrechte an sämtlicher Software zustanden, die meine Tierra-Variante auf dem LightCube automatisch entwickelte. Wenn ich einen Richter fand, der sich dieser Auffassung anschloss, hatte ich Dengler am Kragen.

Am Tag, als ich in die Firma zurückkehrte und mit einer kleinen improvisierten Feier, der ich eher widerwillig beiwohnte, zurück an der Hightech-Front begrüßt wurde, hätte ich beinahe einen Rückzieher gemacht. Kaum imstande, die angesammelten E-Mails zu beantworten und meinen Assistentinnen Anweisungen für die nächsten Tage zu erteilen, bereitete mir ein Anfall von Reumütigkeit, Unentschlossenheit und absurder Loyalität zusätzliche Kopfschmerzen. Ich war mir nicht mehr sicher, ob ich aus meiner gewohnten Unscheinbarkeit ausbrechen wollte, ob ich das Zeug hatte, mich einer Konfrontation zu stellen. Der kleine Funke von Aufsässigkeit, das vage Verlangen nach etwas Neuem, Aufregendem, Unberechenbarem, das Cynthia in mir geweckt hatte, sorgte dafür, dass ich nicht kippte.

Ich ließ Dengler das Anwaltsgutachten per E-Mail zukommen, und es dauerte zwei lange, unangenehm ruhige Tage, ehe er mich in sein Büro bestellte.

Dengler gehörte zu den Menschen, die Defizite in Kompetenz und Scharfsinn durch großen Pomp um ihre Person wettzumachen verstehen. Als ich, nach gebührlich langer Wartezeit in Gesellschaft einer hirnlos-redseligen Vorzimmertussi, in sein Riesenbüro eingelassen wurde, das mich fatal an Hitlers Arbeitszimmer in der Neuen Reichskanzlei erinnerte, fiel mir zum ersten Mal auf, dass ich ihm noch nie richtig in die Augen gesehen hatte. Er hatte die Neigung, stets von einem Tross an handverlesenen Assistenten und Sekretärinnen umgeben, so viel wichtigtuerische Unruhe, so viel hektische Betriebsamkeit um sich zu verbreiten, verbal jedes noch so chaotische Stimmengewirr zu dominieren, dass man sich in seiner Gegenwart immer ein wenig zusammengestutzt fühlte, unwichtig, eingedampft, und er als Person überhaupt nicht in Erscheinung treten musste, diffus wie ein schlechter Darsteller seiner selbst.

An diesem Nachmittag nahm ich ihn zum ersten Mal, seit ich ihn kannte, in seiner ganzen Erbärmlichkeit wahr. Hinter dem polierten Mahagonimonstrum von einem Schreibtisch, umrahmt von einer Batterie Flachbildschirme, sah er trotz seines teuren Anzugs, trotz der tadellos gegelten, mit stilvollen grauen Strähnen drapierten Frisur, trotz der mühsam herausgekehrten Mischung aus jugendlicher Frische und weltmännischer Reife wie ein Halbwüchsiger aus, der einmal am Schreibtisch seines Vaters den Boss spielen durfte.

Er musterte mich mit einer mühsam beherrschten Irritation, als hätte ich ihn soeben an der Gültigkeit der Naturgesetze zweifeln lassen, und nagte nervös an einem Lichtgriffel.

»Was willst du?«, fragte er nur.

Ich hatte befürchtet, ihm nicht standhalten zu können, in seiner Gegenwart wieder zum willfährigen Handlanger zu schrumpfen. Stattdessen fielen alle Strapazen der letzten Monate mit einem Mal von mir ab. Ich fühlte mich auf eine absurde Weise erleichtert, beschwingt, fast fröhlich. Es amüsierte mich, dass ich diesen Schwachkopf noch bis eben als Autorität anerkannt hatte. In diesem Moment schlüpfte ich aus meiner Anonymität wie aus einem Kokon.

»Ich will einen Namen«, sagte ich. »Man soll mich kennen. Wer von Luminous Enterprises gehört hat, soll auch von mir gehört haben.«

»Vierzig Prozent mehr«, sagte er, als sei es nicht zu ihm durchgedrungen. »Das ist mein einziges Angebot. Und das auch nur aus Freundschaft.«

»Scheiß auf das Geld. Ich will die Anerkennung, die mir zusteht.«

»Wir sind ein Team.«

»Tatsächlich? Bestenfalls eins, das ohne mich noch in den Windeln stecken würde. Oder soll ich mich erkundigen, ob die Konkurrenz meine Fähigkeiten besser zu schätzen weiß?«

»Wir haben keine Konkurrenz.«

»Gut. Lass es drauf ankommen.«

Er überlegte einen Moment. »Was hast du dir vorgestellt?«

»Da verlasse ich mich ganz auf dich. Du bist doch nie um Einfälle verlegen. Und die vierzig Prozent plus will ich natürlich auch.«

Er hatte sichtlich daran zu schlucken. Wie empfindlich ich ihn getroffen hatte, merkte ich daran, dass er sich weder zu Beleidigungen noch zu einem Wutausbruch noch zu seinem üblichen autoritären Gebaren hinreißen ließ. Nur seine Wangenmuskeln zuckten, als ringe er innerlich mit dem Problem, wie er mit mir fertig werden sollte.

»Verschwinde«, sagte er schließlich. »Sonst vergesse ich, dass wir Freunde sind.«

»Ich hab's schon vergessen«, sagte ich beim Hinausgehen und lachte über mich selbst.

Ich gönnte ihm einige Tage Bedenkzeit, in denen er wie beleidigt allein in seinem Büro hockte, sämtliche Termine absagte, seine Sekretärin Anrufe und Mitarbeiter abwimmeln ließ und, nehme ich an, gründlich darüber nachdachte, ob er einen Gott neben sich dulden könne. Wie immer siegte sein Opportunismus, und danach ging alles ganz schnell. Nach einer lapidaren Mitteilung aus der Buchhaltung, dass mein Gehalt für sechs Monate rückwirkend heraufgesetzt worden sei, wurde ich auf unseren Websites, in Pressemitteilungen und WebTV-Spots als unser neuer Top-Entwickler vorgestellt, dem Luminous Enterprises die größte Innovation der bisherigen Unternehmensgeschichte verdankte. Dengler engagierte einen Fachjournalisten, der mich interviewte und meine Arbeitsergebnisse für Publikumsmedien aufbereitete. In Fachkreisen kursierten Auszüge aus meiner Doktorarbeit, die ich nie beendet hatte. Im Handumdrehen wurde ich prominent, und mehr wollte ich nicht.

Dengler schlug auf seine Art aus der veränderten Situation Kapital. Er verlangte eine aktuelle Bestandsaufnahme meiner Arbeit, die ich ihm schlecht abschlagen konnte, und nachdem er selbst ein erstes tölpelhaftes Gespräch mit dem LightCube geführt hatte, schnappte er über. Ich hatte die Software längst nicht so weit dressiert, dass sie irgendwelche vermarktungstauglichen Tätigkeiten ausführen konnte – bislang hatte ich nicht einmal darüber nachgedacht, für welche Aufgaben man sie sinnvollerweise einsetzen sollte –, aber Dengler setzte sich mit der Marketingabteilung zusammen und stampfte binnen weniger Tage ein Konzept aus dem Boden, das uns zum Top-Thema der Gerüchteküche machte und dazu beitrug, dass er in der nächsten Finanzierungsrunde im Mai weitere Investoren zu Millionenspenden für unseren Hightech-Kindergarten breitschlagen konnte.

Unversehens geriet ich in die Lage, dass ich von Journalisten, Presseagenturen, Instituten, Kunden und befreundeten Unternehmen mit einer Flut von E-Mails und Telefonaten bestürmt wurde und, ohne allzu abwieglerisch zu klingen, den ganzen Unsinn erklären musste, den Dengler mit nicht zu bremsendem Eifer unters Volk brachte. Man musste ihm zugestehen, dass er einige Überzeugungskraft entwickeln konnte, wenn es galt, ein Minimum an konkreten Ergebnissen zu einer gewaltigen Sache aufzubauschen, aber diesmal übertraf er sich selbst. Als habe er die exzentrischsten Futurologen aus aller Welt zusammengetrommelt und derartig mit Halluzinogenen abgefüllt, dass sie auch ihre schwachsinnigsten Ideen zum Besten gaben, veröffentlichte seine Marketingabteilung fast im Tagesrhythmus haarsträubende Ankündigungen über künftige Anwendungsmöglichkeiten meiner LightCube-Software. Von »Persönlichkeits-Backups« war die Rede, von Verdopplung der Gehirnkapazität, Intelligenz- und Gedächtnisverstärkern, Quantensprüngen in der Wissenschaft, psychiatrischen Anwendungen und dergleichen, alles mehr oder minder beliebig, aber mit jenem verführerischen Lack aus grellem Optimismus und aufgedunsener Vagheit überzogen, den die Branche so lang vermisst hatte.

Ich kam nicht mehr dazu, am LightCube zu arbeiten. Bis zum nächsten New-Media-Kongress wurde ich von Meeting zu Meeting, Interview zu Interview, Termin zu Termin gekarrt, und mitunter waren meine beiden Assistentinnen, bald selbst dem Zusammenbruch nahe, wochenlang die einzigen bekannten Gesichter, die ich sah. Dengler setze ein Programmiererteam zu mir ins Labor, vorgeblich zur Entlastung, aber sie machten keinen Hehl daraus, dass sie meine archivierten Aufzeichnungen und Dateien analysierten, um Dengler auf den neusten Stand dessen zu bringen, was sich in den Monaten meiner solitären Forschungen hier abgespielt hatte.

Es war mir gleichgültig. Seit dem Krankenhausaufenthalt hatte ich den Bezug zu meiner Arbeit verloren, und mir war, als sei ich aus einem Alptraum aufgewacht, der mein bisheriges Leben gedauert hatte. Ich dachte wieder öfter an meinen Vater und begriff unversehens, dass unsere wichtigste Gemeinsamkeit weder Intellekt noch Talent waren, sondern unsere Entschlossenheit, mit ungeheuerem Aufwand ein sinnloses Leben zu führen. Vater hatte seine Karriere, seine Ehe, sein Leben für eine Sache aufgegeben, die einem Rückzug in die Weltverweigerung, ins intellektuelle Eremitentum gleichkam. Und ich? Bis vor wenigen Monaten hätte ich zugeben müssen, dass ich ihm bedingungslos in sein Workaholic-Nirwana gefolgt war. Aber inzwischen hatte sich etwas verändert. Etwas, das sich nicht mehr rückgängig machen ließ.

Eines Abends nahm ich Nina, die jüngere meiner Assistentinnen, ein strohblondes Mädchen mit kieksiger Stimme und Rundungen, die mir eigentlich etwas zu flach waren, nach einem Empfang im WDR-Gebäude in mein Oberkasseler Apartment mit. Sie ließ sich die Gelegenheit, mich nicht mehr nur verlegen anhimmeln zu müssen, nicht entgehen, riss sich hinter der Tür sofort die Bluse vom Leib, schwärmte nach dem obligatorischen Näschenpudern von meinem luxuriösen Badezimmer und zeigte sich geneigt, gleich im Whirlpool die erste Nummer zu schieben. Ich überließ es ihr, sich die halbe Nacht auf mir abzumühen, und obwohl sie es immerhin dreimal schaffte, dass ich ein paar Tropfen Körperflüssigkeit absonderte, war ich weder mit dem Kopf, dem Herzen noch mit dem Unterleib ganz bei der Sache.

Durchs Dickicht aus Yucca- und Dracaena-Palmen auf der Terrasse sickerten schon die ersten Sonnenstrahlen herein, als Nina nach einem letzten kläglichen Versuch, endlich selbst zum Höhepunkt zu kommen, über mir zusammensackte; eine schmächtige, traurige Gestalt, deren kleine zitronenförmige Brüste mir die ganze Zeit vor der Nase herumgehüpft waren, ohne mich sonderlich erregen zu können. Ihre blonden Locken verhüllten mein Gesicht, ich hörte sie schluchzen, und einige Tränen trafen meine Wangen. Dann fuhr sie zusammen und lachte.

»Ist das eigentlich immer so?«, fragte sie. »Je mehr man sich von einem Mann verspricht, desto enttäuschender wird es?«

»Nein, nein, keine Angst«, erwiderte ich. »Du hast das Schlimmste hinter dir. Ich bin eine ganz einmalige Kombination von verschrobenem Intellekt und männlicher Frigidität. Ab jetzt kann's mit deinem Liebesleben nur noch aufwärtsgehen.«

Ihr kindliches, naives Gesicht schwebte über mir wie ein Schattenriss. Sie strich mir mit den Fingerspitzen über die Nase und schüttelte den Kopf.

»Ist es nicht ein ziemlich hoher Preis, den du bezahlen musst, um Denglers überkandidelter Elite anzugehören?«, fragte sie.

»Und um kleine Mädchen wie dich zu beeindrucken, hast du vergessen.«

»Natürlich auch das. Ich hatte gehofft, der Krankenhausaufenthalt hätte dich zur Besinnung gebracht.«

»Oh, das hat er. Ich fühle mich wie neugeboren.«

»Davon habe ich nichts gespürt.«

»Ich hatte eben keine Lust.«

»Sag ich doch.«

»Keine Lust auf dich.« Ich fasste ihr mit einer Hand lässig an den Hintern und grinste. »Schade eigentlich.«

Sie versetzte mir eine Ohrfeige, dann wälzten wir uns in den Laken, und bei der anschließenden Kissenschlacht kam mein Kreislauf mehr in Schwung als in den sechs Stunden davor.

»Du weißt es nicht«, sagte ich, als wir schließlich erschöpft nebeneinander lagen. »Aber du hast mich auf den Pfad der Tugend zurückgeführt.«

»Habe ich das?«, fragte sie in einem etwas herablassenden Ton. »Willst du jetzt keine kleinen Mädchen mehr verführen?«

»Ganz richtig. Jetzt wage ich mich wieder an die großen.«

Kurz vor der Abreise nach Berlin konnte ich die Termine so arrangieren, dass sich ein kleiner Urlaub einschieben ließ. Für einige Tage entspannte ich mich, mit Dreitagebart und Sonnenbrille getarnt, in einem Media-Café an der Rheinpromenade und recherchierte im Internet. Ich wusste zu diesem Zeitpunkt nicht einmal Cynthias Namen und wollte mich nicht darauf verlassen, dass die Medienpublizität sie auf mich aufmerksam machen würde. Also musste ich hoffen, dass wenige vage Informationen und Vermutungen genügen würden, um im Netz ihre Fährte zu erwittern: IT- oder Wissenschaftsjournalistin, erfahren, gute Ausbildung, intelligent, polyglott, dunkelhaarig, etwa einssiebzig groß, fünfundsechzig Kilo schwer, Deutsche mit leicht slawischem Einschlag – ich wälzte tausendmal die Erinnerungen an unser Gespräch im Kopf hin und her und kondensierte daraus ein Profil, das ich schließlich an einen kostspieligen Suchdienst schickte, der Personenrecherchen im Internet durchführte. Es dauerte nicht lang, bis ich die ersten URLs und eine deftige Rechnung geschickt bekam. Wesentlich länger dauerte es, bis ich die am Ende rund zweitausend Einträge lange Ergebnisliste durchgearbeitet, Fotos und Video-Stills von Hunderten dunkelhaariger deutscher Journalistinnen mit leicht slawischem Einschlag betrachtet hatte und endlich auf eine erste Spur stieß. Offenbar kursierten im ganzen Netz nur eine Handvoll Bilder der Frau, die ich suchte.

Eins zeigte sie beim Interview mit dem Geschäftsführer einer kanadischen Biotech-Firma, eines jener geschniegelten, einen penetranten Optimismus ausstrahlenden Junggenies, in deren Gesellschaft ich selbst so viel Zeit vergeudet hatte, blond, hünenhaft und doch von einer knabenhaften Einfältigkeit, vor dem Hintergrund eines malerisch gelegenen, von einem Privatpark abgeschirmten Firmengeländes, und daneben sie, im Halbprofil aufgenommen, unverkennbar mit ihrer aggressiven Energie, in einer Haltung, als könne sie ihm jeden Moment das Mikrofon über den Kopf dreschen. Und in diesem Gestus hatte sie auch das Interview geführt, das deshalb so interessant war, weil es völlig am Thema vorbeiging.

Der Jungunternehmer, der selbst als *native speaker* ihrem geschliffenen, bissigen Englisch nicht gewachsen war, hatte mit seinen Kollegen ein neuartiges genetisches Screening-Verfahren entwickelt, das es Eltern erlaubte, gewisse mathematische und musische Prädispositionen ihrer potenziellen Nachkommen schon vor der Einpflanzung der Embryonen festzustellen. Cynthia überging die sozialen Aspekte des Verfahrens, die wahrscheinlich jeden anderen Journalisten zu moralischen Exkursen veranlasst hätten, mit geradezu arroganter Gleichgültigkeit und stürzte sich ganz auf die Persönlichkeit seines jungen Urhebers. Irgendwie gelang es ihr, indem sie sich scheinbar harmlos nach seinem Werdegang und familiären Umfeld erkundigte, allein durch das Tempo ihres Fragens und Nachhakens, ohne eine einzige peinliche Frage zu stellen oder nur das leiseste Wort der Kritik zu äußern, ihn als ahnungslos-vermessenen Trottel dastehen zu lassen. Ich wurde neugierig.

Das Interview war statt mit einem Namen lediglich mit einer digitalen Signatur gezeichnet, wie sie Leute benutzen, die im Netz anonym bleiben wollen, und als ich nach dem Signatur-Provider fahndete, landete ich bei einem Presseagenten, der sich partout weigerte, mir den Namen der Dame zu nennen. Er sei lediglich berechtigt, schrieb er mir, in ihrem Namen mit Web- und Printpresse zu verhandeln und Honorare einzuziehen, und wenn ich kein Interesse an der Veröffentlichung ihrer Artikel habe, könne er nichts weiter für mich tun. Ich verpulverte daraufhin eine Menge Geld für Abos bei WebTV- und WebRadio-Anbietern, Infodiensten und Media-Datenbanken, nur um am Ende festzustellen, dass diese Frau zwar eine beachtliche Menge an Berichten über Firmen, Institute und Wissenschaftler in aller Welt veröffentlicht, aber nirgendwo nennenswerte Informationen über sich selbst hinterlassen hatte, keine der branchenüblichen Steckbriefe, Kurzbiografien, Einträge in den Datenbanken der einschlägigen Berufsverbände oder dergleichen. Nur diese Signatur und immer wieder diese eigenartigen Interviews mit Stars der Hightech-Welt, Programmierern, Genetikern, Biochemikern, Medizinern, durchweg Männern, die man für souveräne, presseerfahrene Pioniere an der Forschungsfront halten konnte und die sich doch von ihr, ohne nennenswerte Gegenwehr, hilflos ihrer entlarvenden Rhetorik ausgeliefert, wie Schuljungen zur Schnecke machen ließen. Bevor ich mehr herausfinden konnte, war mein Urlaub vorbei, und ich sah mich zu Reisevorbereitungen genötigt. Es war zum Verrücktwerden.

Der New-Media-Kongress 2023 in Berlin war mit nahezu hunderttausend Besuchern eine der größten Veranstaltungen dieser Art, die je auf deutschem Boden stattgefunden hatten. Auf sieben Tage und über vierhundert Programmpunkte aufgeblasen, fand das Spektakel in vier eigens renovierten Messehallen statt, und wer auch nur als Putzhilfe für eine der beteiligten Firmen arbeitete, konnte sich praktisch rund um die Uhr auf Empfängen, Stehpartys und Pressekonferenzen durchsaufen. Es war eine gewaltige Selbstbeweihräucherung der Branche, und Luminous Enterprises war mit einer eigenen Presselounge vertreten, wo Dengler hinter den Kulissen mit den Investoren debattierte und sich gelegentlich einen Schuss Amphetamine setzte, um die Strapazen durchzustehen, dann wieder hervorkam und mit nicht zu überbietender Geschwätzigkeit eine Multimedia-Präsentation, Pressekonferenz und Podiumsdiskussion nach der anderen moderierte.

Vier Tage lang fügte ich mich mehr schlecht als recht in meine Rolle als neuer Star, wurde von Geschäftspartnern zu Kunden, von händeschüttelnden Fachkollegen zu sensationslüsternen Journalisten herumgereicht und redete mehr Unsinn als andere Menschen in ihrem ganzen Leben. Ich schlief nachts nur wenige Stunden, trank viel und aß wenig, war zeitweise so erschöpft, dass ich kaum stehen konnte, und dumpf im Kopf von den Stimulanzien, die meine Assistentinnen mir unentwegt reichten. Der Trubel, in den ich hineingestoßen wurde, nahm von Stunde zu Stunde unwirklichere Züge an, verdichtete sich zu einer Brandung aus Stimmen, Gesichtern, Bildern, Geräuschen, die sich an mir brach wie an einem Felsen, an mir zerrte, ohne mir innerlich nahe zu kommen. Ich hoffte auf etwas anderes und steigerte mich dabei in eine so gespannte Erwartung hinein, dass es mich fast zerriss.

Dann kam Cynthia, und ich sprang bereitwillig von der Klippe, auf der ich stand.

Ich habe es bis heute nicht gewagt, Presseberichte aus den Wochen nach dem Kongress zu lesen, stelle mir nur gelegentlich mit einem wohligen Schaudern vor, welchen Skandal ich verursacht haben muss, zu welchen hysterischen Verrenkungen sich Dengler genötigt sah, als er der verblüfften Fachöffentlichkeit irgendeine Erklärung dafür anbieten musste, warum jenes Junggenie, das er eben erst zum Star aufgebaut hatte, auf einmal übers Vögeln seine Verpflichtungen vergaß.

Seit dem Tag, als ich den Heimflug nach Düsseldorf antrat, habe ich jede Information über das weitere Schicksal von Luminous Enterprises von mir abgeblockt, meinen gesamten Kollegen- und Bekanntenkreis aufgegeben, und nur mein weiches Herz und eine unstillbare Sehnsucht nach weiblichem Trost waren die Gründe, warum ich zumindest Nina, unter sehr eingeschränkten Bedingungen, noch in meiner Nähe duldete. Ich löschte ungelesen sämtliche E-Mails, die mich erreichten, bis ich meine Netzaccounts gekündigt hatte, und überflog nur ein einziges der Schriftstücke, die mir Denglers Anwälte bündelweise ins Haus schickten. Es handelte sich um einen Vergleichsantrag, der mir von einem Anwaltsgehilfen persönlich an die Tür gebracht wurde und mir nahe legte, langwierige und kostspielige Schadensersatzprozesse zu vermeiden, indem ich eine »angemessene« Abfindung akzeptierte und dafür sämtliche Urheberrechtsansprüche an meiner LightCube-Software dauerhaft an Luminous Enterprises abtrat. Die Summe, die mir angeboten wurde, war lächerlich, aber ich verabredete mit Denglers Anwalt einen Termin, kritzelte meine Unterschrift unter jeden Wisch, den er mir vorlegte, ließ das Geld auf ein Auslandskonto überweisen, kündigte meine Wohnung und verkaufte alles, was ich besaß.

An jenem sonnigen Mittwochnachmittag, als ich in Düsseldorf eintraf, tobte in meinem Innern noch ein stummes Nachbeben der vielen und doch so verschwindend wenigen Stunden, die ich mit Cynthia verbracht hatte. Während mich ein Taxi nach Oberkassel zurückfuhr, war mir, als sei eine Schale aufgebrochen, die mich ein ganzes Leben lang undurchdringlich umschlossen hatte; als sei mein weiches, wundes, unreifes Inneres zum ersten Mal dem Ansturm der Wirklichkeit ausgesetzt. Die Videowände in den Einkaufsstraßen der Innenstadt, die laute Musik vom Rheinufer, wo ein Altstadtfest stattfand, die kratzige, etwas vulgäre Stimme des Taxifahrers, der mit allerlei belanglosem Geschwafel davon abzulenken versuchte, auf welch großzügigen Umwegen er mich an mein Ziel kutschierte; jedes Geräusch, jeder sinnliche Impuls trafen mich wie ein Stich. Ich fühlte mich so verloren in meinem riesigen Apartment, dass ich mein letztes Geld ausgab, indem ich in einem Hotel übernachtete und bis weit nach Mitternacht an der Bar teure Drinks in mich hineinschüttete, ohne mich damit auch nur halbwegs betäuben zu können. Keinen Augenblick lang bedauerte ich, dass ich mein bisheriges Leben aufgeben und meinen Lebensstandard in nächster Zeit gewaltig herunterschrauben musste. Alle materiellen Aspekte waren bedeutungslos verglichen mit dem tiefen, inneren Gefühl, dass ich meinen Glauben verloren hatte, und sei es nur den Glauben an Ziele, Aufgaben, Lösungen, Erfolge.

Je weiter die Nacht voranschritt, je verbissener ich ein Glas nach dem anderen hinunterkippte und am Ende mit einer verwelkten, molligen Dame von aufdringlichem Charme allein an der Bar saß, umso klarer wurde mir, dass ich nie einen Glauben gehabt hatte. Ich sah den Mann vor mir, der auf absonderlichen Umwegen mein Vater geworden, meine Mutter, die nie über ein buchhalterisches Verhältnis zu mir hinausgekommen war, meine Jugendfreundin und ihre vergebliche Zuneigung, die leere Rhetorik meiner Beziehungen, all die Stationen eines ungelebten Lebens. Ich begriff, dass ich nichts und niemanden je geliebt, dass ich mich immer nur betäubt hatte, vor dem Leben davongelaufen war, ohne zu ahnen, wovor ich floh. Vielleicht war es das, was Cynthia und mich für kurze Zeit so intensiv, so berstend aneinander gefesselt hatte. Für einen einzigen langen

Augenblick hatten wir uns gegenseitig einen Sinn gegeben, uns erfüllt, uns Vertrauen geschenkt, und dabei spielte es keine Rolle, dass wir uns gleich wieder verloren hatten, verlieren mussten.

Mir ging der 23. Psalm durch den Kopf. In Gedanken rezitierte ich immer wieder die ersten Zeilen des Verses, und als der Promillespiegel in meinem Blut so weit angestiegen war, dass ihm zumindest meine Hemmungen nicht mehr standhielten, trug ich sie mit so melancholischer Stimme vor, dass der übermüdete Barkeeper und die mollige Dame es für an der Zeit hielten, mich auf mein Zimmer zu bringen:

Der Herr ist mein Hirte,
mir wird nichts mangeln
Er weidet mich auf einer grünen Aue,
und führet mich zu frischem Wasser
Er erquicket meine Seele.
Er führet mich auf rechter Straße
um seines Names willen.

Der letzte Tag in meinem alten Leben endete damit, dass ich allein auf einem mit Erbrochenem besudelten Hotelbett saß und weinte, weil ich mich machtlos fühlte, weil ich ein Niemand war, weil ich es nicht fertig brachte, auch nur für einen kurzen Moment Trost in einem kleinen Bibelvers zu finden. Irgendwo, vielleicht schon am anderen Ende der Welt, so stellte ich mir vor, erging es Cynthia in diesem Augenblick genauso. Ich hoffte – und wusste zugleich, dass ich mich damit selbst betrog –, dass wir wenigstens in unserem Schmerz vereint waren, dass wir beide trauerten, weil wir an nichts glauben konnten, nicht einmal an uns.

Nina drückte sich schweigend in eine Ecke meines Wohnzimmers, zu ihren Füßen zusammengerollte Teppiche und meine gepackten Koffer, und schaute zu, wie die Packer eines Gebrauchtmöbelhändlers die letzten Stühle und eine teure, ausgeweidete Multimedia-Konsole auf den Elektro-Caddy luden. Nachdem ich bereits ihren Chef damit beglückt hatte, dass ich ihm meine komplette Einrichtung zu einem Dumpingpreis verhökerte, machte ich mich nun auch noch bei seinen Jungs beliebt, indem ich jedem einen Hunderter zusteckte. Ich hatte den ganzen Morgen kaum ein Wort mit Nina geredet, und es schmerzte mich, dieses harmlose, freundliche Mädchen, das sich zielsicher immer in die falschen Männer verliebte, so eingeschüchtert, ratlos, fast verzweifelt dastehen zu sehen. Ich trat unter das vertrocknete Grünzeug auf der Terrasse, schaute ein letztes Mal über die gepflegte Apartmentsiedlung, in der ich zwei Jahre gelebt hatte, zum Rhein hinunter und schleuderte in hohem Bogen ein Bündel Backup-DVDs hinaus, die meinen bisherigen Entrümplungsdurchgängen entkommen waren.

»Jetzt ist es fast geschafft«, sagte ich und kehrte dem penibel arrangierten Idyll aus kleinen Parks, Teichen, Ziergärten und noch taufrischen Neubauten den Rücken zu. »Jetzt muss nur noch ich verschwinden, dann ist dieses wunderschöne Apartment wieder bewohnbar. Dann bin ich Geschichte. Vielleicht sollten wir das feiern. Vielleicht sollte ich aus dem Fenster springen, statt die Treppe zu benutzen.«

Nina starrte mich an, als fürchte sie nichts so sehr wie den Moment, wenn sich entscheiden würde, ob und wie es mit uns weitergehen würde. Sie hatte einige Tage geduldig meine muffige Stimmung, meine Anfälle von Sentimentalität und Wut ertragen und mich in ihrer Wohnung übernachten lassen, während ich mein Apartment auflöste und auf die Überweisung meiner Abfindung wartete. Es hatte ihr sichtlich Freude bereitet, mich, den früher so Unnahbaren, Gleichgültigen, in einer solchen Situation auffangen und trösten zu dürfen. Vielleicht machte sie sich deswegen Illusionen, ich jedenfalls nicht.

»Du wolltest mir sagen, was du jetzt vorhast«, sagte sie schließlich. »Wo willst du hin? Was soll jetzt werden?«

»Ja, stimmt.« Es fiel mir schwer, kühl zu bleiben, sie mit einer so abfälligen Beiläufigkeit zu behandeln. Aber ihr einen heilsamen Schock zu versetzen, war wahrscheinlich das Beste, was ich für sie tun konnte. »Ich habe eine kleine Überraschung für dich. In zwei Stunden bist du mich los. Um 14 Uhr fliegt meine Maschine nach Toronto.«

»Was?«

»Freust du dich nicht?«

»Was willst du in Toronto?«

»Mal sehen. Es hat sich offenbar schnell herumgesprochen, dass eine der größten LightCube-Koryphäen der Welt in seiner eigenen Branche nicht mehr gut gelitten und für ein günstiges Salär zu haben ist. Mein neuer Arbeitsgeber hat nichts unversucht gelassen, um mich zu erreichen. Es ist ein renommiertes Forschungsinstitut in Peterborough. Ich weiß noch nicht genau, worum es geht. Hat etwas mit der Auswertung astronomischer Daten zu tun. Ein neuer Job, der mich auf andere Gedanken bringt, wenig Freizeit, eine nette Umgebung, Anonymität, genau das Richtige für mich.«

»Hast du nicht gesagt, du wolltest nie wieder Hand an einen LightCube legen?«

»Was soll ich tun? Ich bin sonst zu nichts nütze.«

»Du solltest hier bleiben. Vielleicht ist noch nicht alles vorbei. Einige Kollegen wollten schon mit Martin reden.«

»Halt den Mund«, rief ich. »Ich will nie wieder etwas von diesem Mann und seiner Firma hören. Und ich glaube, das beruht auf Gegenseitigkeit. Ich bin erledigt, Persona non grata, für alle Zeiten.«

»Vielleicht nicht«, sagte Nina zaghaft und wagte sich zwei Schritte aus ihrer Ecke, als ich mein Jackett überzog und mir einen Koffer griff. »Es geschehen eigenartige Dinge. Vor zwei Tagen, als unsere Cubes vernetzt werden sollten ...«

»Es interessiert mich nicht.«

»Und ob es dich interessiert. Es war seltsam. Wir mussten überhaupt nichts tun. Als die Kabel angeschlossen waren, hat eine Code-Variante selbsttätig die Netzwerk-Schnittstellen konfiguriert, den Switch programmiert und sich in den Nachbarcube kopiert. Ein Projektadministrator, dem der Vorgang aufgefallen ist, hat die Verbindung unterbrochen, als drüben ein paar hundert Megabyte angekommen waren. Ich hab's nicht ganz verstanden. Er sagte, es seien redundante, komprimierte Datenpakete verschickt worden, aus denen ...«

»Wie oft muss ich's noch wiederholen?«

»Hör mir doch zu. Es war beängstigend. Nach wenigen Stunden hatten diese Datenpakete selbständig den kompletten Systemzustand des Quell-Cubes rekonstruiert, bis ins letzte Byte. Es scheint so, als ob eine Software-Population entstanden ist, die sich in jeden Datenraum ausbreiten will, den sie erreichen kann. Es ist wie ein Lebewesen. Ein Virus, ein Krebsgeschwür ...«

»Ich habe immer davor gewarnt, diese biologischen Metaphern allzu wörtlich zu nehmen.«

»Du willst es nicht verstehen, was?« Sie verstellte mir den Weg und zog mir den Koffer aus der Hand. »Dieses Ding, das da entstanden ist, das ... das bist du. Es spricht mit uns. Und ich habe das Gefühl, dass es uns beobachtet. Es redet wie du ...«

»Hör auf mit dem Quatsch. Es reicht jetzt.«

»Ich war dabei. Ich habe dich beobachtet, aber ich verstehe erst jetzt, was du getan hast. Weißt du noch, was du an dem Abend gesagt hast, als wir alle schon ganz müde waren? Du warst betrunken, du hast immerzu von deinem Vater geredet. Du hast gesagt, der LightCube könne dich unsterblich machen. Du wärst dabei, ein Ebenbild von dir zu züchten. Ein Teil von dir sei schon in die Maschine übergegangen. Damals dachte ich noch, du machst Witze.«

Ich fasste sie vorsichtig an der Schulter und schob sie mir aus dem Weg. »Wollen wir die Märchenstunde beenden? Darf ich jetzt gehen?«

»Ich habe Angst«, sagte sie. »Ich weiß nicht, was noch aus ihm werden kann, diesem Teil von dir. Ich habe Angst davor, welcher Teil es ist. Welche Macht er erringen kann. Zwei Cubes übertreffen die Leistungsfähigkeit eines menschlichen Gehirns. Acht Cubes potenzieren sie. Er wird weiter wachsen. Und er wird weiter lernen ...«

Ich griff in meine Brieftasche und drückte Nina ein Bündel Hunderter in die Hand. »Hier, für deine Auslagen«, sagte ich, aber sie ließ das Geld gleich wieder fallen. »Du kannst dich von mir verabschieden. Du kannst es auch lassen. Ich verschwinde jetzt. Für immer. Ganz gleich, was drüben bei Luminous passiert.«

Natürlich hatte Nina recht. Was sie da erzählte, interessierte mich sogar brennend. Oder besser: Es hätte mich brennend interessiert, wenn ich an jenem Morgen, als ich mit dröhnendem Schädel in einem versauten Hotelzimmer aufgewacht war, nicht einen Pakt mit mir geschlossen hätte – nie wieder, unter keinen Umständen, an meine Arbeit bei Luminous Enterprises zurückzudenken. Es wurde mir nicht einfach gemacht, diesen Schwur zu halten.

»Auf Wiedersehn, Simon«, sagte sie.

Ich wusste zu diesem Zeitpunkt noch nicht, wie lang mir diese zarten, wehmütigen Worte noch in den Ohren klingen würden. Ich hatte mir gründlich eingeredet, dass Nina niemals den Hauch einer Chance gegen jene drei Wochen mit Cynthia haben würde, und nur so brachte ich es fertig, meine Koffer zu greifen und sie ohne ein weiteres Wort in dem riesigen Apartment stehen zu lassen, allein mit einem Häufchen zusammengekehrtem Müll, einem Stapel ungelesener Post und dem Schlüssel zu meinem Wagen, den ich ihr geschenkt hatte.

Mein neuer Arbeitgeber war auf eine Weise an mich herangetreten, die mir im ersten Moment etwas halbseiden erschienen war. Vor einigen Tagen hatte unversehens ein junger, pausbäckiger, adrett wie ein Klosterschüler gekleideter Mann den Möbelpackern, die den ersten Schwung Inventar aus meinem Apartment schleppten, im Weg gestanden. Verlegen und umständlich stellte er sich als Sean Delage vor, »Assistant Human Ressource Manager« der altehrwürdigen Royal Astronomical Society of Canada, die vergeblich versucht hatte, mich per Telefon oder E-Mail zu erreichen, und offenbar so scharf auf meine Dienste war, dass sie kurzerhand einen Mann nach Europa geschickt hatte, um mich aufzuspüren.

Verständlicherweise hatte das allgemeine Zähneknirschen meiner ehemaligen Kollegen und Geschäftsfreunde ihm seine Aufgabe nicht gerade leicht gemacht, aber da stand er nun, druckste herum, als habe er einen Höllenrespekt vor mir, und unterbreitete mir schließlich im Namen eines gewissen Prof. Dr. Wayne Murray ein, in Anbetracht meiner gegenwärtigen Lage, lukratives Angebot. Murray leitete ein großzügig budgetiertes Radioobservatorium, das die Royal Society an der beschaulichen Trent University in Peterborough, Ontario, betrieb, etwa einhundertzwanzig Kilometer nördlich von Toronto. Ich wurde nicht recht schlau aus dem, was Sean mir in seinem gebrochenen Deutsch über die Forschungsschwerpunkte des Observatoriums zu erklären versuchte, und auch als er endlich sein mangelndes Sprachtalent zugestand und ins Englische wechselte, begriff ich nur so viel, dass Murray und sein Team Unregelmäßigkeiten in der kosmischen Hintergrundstrahlung untersuchten und daraus Erkenntnisse über die Frühgeschichte der Universums zu gewinnen hofften. Das immer umfangreichere und komplexere Datenmaterial wurde seit einiger Zeit mit Hilfe eines Clusters aus sage und schreibe acht LightCubes ausgewertet, aber dabei war man auf Schwierigkeiten gestoßen und brauchte nun einen Fachmann meines Kalibers, um die Analyse der Messergebnisse auf Vordermann zu bringen.

Die Frühgeschichte des Universums interessierte mich herzlich wenig, dafür machte mich die Aussicht auf einen angenehmen Job, einigermaßen standesgemäße Bezahlung, eine ordentliche Unterbringung und vor allem auf eine Gelegenheit, mich umgehend aus Deutschland zu verpissen, sofort neugierig. Sean war einigermaßen verblüfft, als ich den Vertragsentwurf kurz überflog, spontan unterzeichnete und gleich fragte, wann es losgehen solle. Nach Rücksprache mit Murray teilte er mir mit, dass am Frankfurter Flughafen ein Ticket für mich bereitläge, und nachdem ich meine Sachen gepackt und kaum zwanzig Stunden später den ICE nach Frankfurt bestiegen hatte, stellte ich zu meiner Überraschung fest, dass ich doch eine Spur inneren Widerstands überwinden musste, um einen so radikalen Schlussstrich unter mein bisheriges Leben zu ziehen – dass es etwas gab, das ich vermissen würde.

Es war keine Reue, kein Bedauern, weil ich mir ein Universum von Möglichkeiten verbaut und eine Karriere weggeworfen hatte, für die Millionen meiner Altersgenossen Morde begangen hätten. Es war nicht einmal ein Anflug von Verzweiflung, wenn ich an meine zwanzig Tage mit Cynthia zurückdachte, die zusehends zu einem unwirklichen Trauma verblassten, so fundamental, doch so fern wie meine Geburt. Beim Flug über den Atlantik döste ich die meiste Zeit vor mich hin und merkte, dass mir etwas viel Profaneres, Nebensächlicheres nachhing: der Anblick Ninas, bevor ich ihr endgültig den Rücken zugekehrt hatte, eine kleine, hilflose Verkörperung von Zuneigung und Fürsorge, die nichts forderte, um nichts bettelte, nur hoffte und bangte, eine fleischgewordene Banalität, die mich nachhaltig irritierte, eine Botschaft in einer Sprache, die ich nicht verstehen wollte. Ich sah ihre Wohnung vor mir, wo ich mich wie ein Pascha breitgemacht hatte, ein Zwei-Zimmer-Apartment in einem ebenso schmucken wie langweiligen Neubauviertel in Oberbilk, für mein Empfinden eng wie eine Hundehütte, so schüchtern und mutlos eingerichtet, dass es wie der pastellfarbene Konfektionstraum aus einem Billigmöbel-Katalog wirkte. Und mittendrin sie, so leise, so behutsam, so *normal*, dass meine ganzen widersprüchlichen Gefühle in ihrer Gegenwart angenehm ins Leere laufen konnten. Wir hatten in den vier Tagen kaum miteinander gesprochen, die Spannung nicht lösen können, die zwischen uns in der Luft hing, und erst jetzt, während meine schläfrigen Phantasien immer wieder auf sie zurückkamen, fielen mir die vielen kleinen Momente wieder ein, in denen sie hatte durchschimmern lassen, dass sie klüger, scharfsinniger, stärker war, als ich ihr zugestanden hatte: beim Essen ein paar nüchterne, warnende Worte zu meinem Zustand; eine gar nicht kleinlaute Zurechtweisung ab und zu, wenn ich mich sinnlos über etwas erregte, sei es ein Geräusch von der Straße oder eine Nachricht im Fernsehen; einige mit ruhiger Autorität geführte Telefongespräche, die sie mir abgenommen hatte. Ich hatte sie in der Firma immer als ein Anhängsel wahrgenommen, als eigenständige Person nicht einmal, als sie sich auf unsere Bettgeschichten eingelassen hatte, und ich hätte es in den Tagen als ihr Gast gern dabei belassen. Aber etwas war tiefer gegangen, etwas war hängen geblieben, das ich nicht recht benennen und nicht abschütteln konnte, vielleicht das schlichte Gefühl, das mich jemand ehrlich mochte, trotz allem, was geschehen war.

Murray holte mich auf dem Toronto International Airport persönlich ab. Er war Ende dreißig, einssiebzig groß, hager, mit hohlen Wangen und sorgfältig gestutztem Vollbart, eine gepflegte, aber angenehm legere Erscheinung und, wie ich während der Fahrt in seinem Pontiac nach Peterborough feststellte, ein sympathischer Plauderer, der so viel Taktgefühl bewies, dass er mich nicht auf die Vorfälle der letzten Wochen ansprach. Sein Deutsch war gut genug, dass ich mir die Mühe sparen konnte, aus meinem hochspezialisierten Fachenglisch ein wenig Konversation herauszuwringen. Er betonte immer wieder, wie erfreut er darüber sei, dass sich eine Gelegenheit ergeben habe, mich für sein Institut zu gewinnen und hielt mir im Stil eines guten Populärwissenschaftlers einen kleinen, unterhaltsamen Vortrag über Großstrukturen des Universums. Er sprach über lokale Galaxiengruppen, Haufen, Superhaufen und gewaltige wabenartige Strukturen im Universum, die auf winzige Dichtefluktuationen in der kochenden Teilchensuppe kurz nach dem Urknall zurückgingen. Spuren dieser frühesten Strukturbildungen ließen sich heute noch in unmerklichen Schwankungen der kosmischen Hintergrundstrahlung nachweisen, jenem Nachbeben des Urknalls, das in scheinbar gleichmäßiger Intensität aus allen Himmelsrichtungen empfangen werden kann.

Murrays wortgewandter Exkurs faszinierte zwar, schüchterte mich aber, wie ich gestehen musste, auch ein wenig ein.

»Glauben Sie wirklich, dass ich ein geeigneter Mann für den Posten bin?«, fragte ich, als wir über die von malerischen Grünanlagen gesäumte University Road zum Campus hinauffuhren. »Meine astronomische Vorbildung ist, um es vorsichtig auszudrücken, ein wenig dürftig.«

Murray lachte. »Machen Sie sich deswegen keine Sorgen. Ich brauche jemanden, der kompetent und naiv zugleich ist. Oder unvoreingenommen, wenn Ihnen das lieber ist.«

»Wie darf ich das verstehen?«

»Sehen Sie, wir arbeiten seit vier Jahren mit LightCubes. In dieser Zeit haben wir viel ausprobiert und schließlich zu einem vielleicht etwas eigenartigen, aber erfolgreichen Workflow zwischen den Radioastronomen und dem Rechenzentrum gefunden. Das fünfköpfige Team, das Sie leiten werden, bekommt von den Astronomen, die den Himmel auf der Frequenz der Hintergrundstrahlung abtasten, nur die nackten Daten geliefert, ohne Erklärung, ohne Vorgaben, ohne Hinweise. Seine einzige Aufgabe besteht darin, in dem Zahlenmaterial Strukturen, Regelmäßigkeiten, Zusammenhänge aufzufinden, über die sich die Astronomen dann ihre eigenen Gedanken machen.«

»Und das funktioniert?«

»Sehr gut sogar. Durch diese gegenseitige unvoreingenommene Betrachtung der Arbeitsergebnisse sind wir auf gewisse Abhängigkeiten und fraktale Strukturen in der Hintergrundstrahlung aufmerksam geworden, die sonst vielleicht ewig verborgen geblieben wären.«

»Und wozu brauchen Sie mich so dringend? Ist jemand in Rente gegangen?«

»Wenn's nur das wäre. Vor einigen Monaten ist eine Merkwürdigkeit aufgetreten, für die wir noch keine überzeugende Erklärung gefunden haben. Es scheint, als könnte aus der Hintergrundstrahlung ein Signalanteil herausgefiltert werden, der sich rückwärts durch die Zeit bewegt.«

»Oha. Einsteins Universum in Gefahr?«

»Wohl kaum. Ich persönlich vermute einen systematischen Bug in der LightCube-Software, die unsere Fachleute entwickelt haben. Es wird Ihr erster Job sein, diesen Bug ausfindig zu machen. Wenn Sie ausschließen können, dass es ihn gibt, dürfen Sie mit einer Co-Nominierung für den Physik-Nobelpreis rechnen.«

»Wenn das kein Ansporn ist.«

»Wäre ein gutes Ruhekissen fürs Alter. Strengen Sie sich an.«

Der Campus der Trent University hielt, was die von Sean Delage überbrachten Hochglanz-Prospekte versprochen hatten: ein weitläufiges, malerisches Gelände zu beiden Seiten des Otonabee, einige Kilometer nördlich vom Stadtkern Peterboroughs, mit einem bestens ausgestatteten Komplex für Natur- und Umweltwissenschaften auf der East Bank, üppigen Sport- und Freizeitangeboten, Erholungsgebieten und Wildparks in unmittelbarer Nähe. Die Royal Astronomical Society unterhielt ihr Radioobservatorium auf einer Anhöhe der West Bank, ein imposanter Y-Array aus sechzehn Vierundzwanzig-Meter-Schüsseln, die wie Skulpturen eines größenwahnsinnigen Bildhauers über die Kiefernwipfel hinausragten und, wie mir Murray während unserer Rundfahrt übers Institutsgelände erklärte, mit den neusten, besten und teuersten Detektoren aus japanischer Entwicklung bestückt waren.

Meine Unterkunft befand sich in einem terrassenartig angelegten Apartmentbau auf der Landzunge, die den Otonabee gabelte, zwei große, helle Räume nebst einer kleinen Automatenküche, ausgestattet mit einer leistungsfähigen Workstation, einem WebTV-Anschluss mit immerhin zwanzig Pornokanälen für einsame Nächte und einer sparsamen Einrichtung aus italienischem Designer-Schmock, die wohl das Maß an geschmacklicher Entgleisung widerspiegelte, das meine Arbeitgeber mir zutrauten. Jemand hatte sich die Mühe gemacht, mir einige branchenübliche Fachzeitschriften, eine Auswahl der Lokalpresse sowie einige Web-Infodienste zu abonnieren und eine junge, durchaus ansehnliche Haushaltshilfe zu engagieren, die einige Tage nach meinem Einzug erstmals mit ihrer kleinen Armada von Putzrobotern anrückte.

Die beiden Tage, die Murray mir zur Akklimatisierung gewährte, verbrachte ich damit, dass ich planlos den Inhalt meiner beiden Koffer über das Apartment verteilte, ohne übermäßigen Eifer die Briefings der Institutsleitung durchging, die in der E-Mail auf mich warteten, und vor allem stundenlang in den lauen Spätsommerlüftchen auf dem Balkon hockte und das Treiben unten am Strand beobachtete.

Die meisten Studenten, die sich dort zum Plaudern, Baden, Spielen oder Barbecue trafen, waren nicht viel älter als ich, dennoch fühlte ich mich ihnen weit entrückt, wie durch Jahrhunderte getrennt. Ich entkorkte eine Flasche des teuren kanadischen Rotweins, der in der Küche neben einem Präsentkorb mit frischem Obst für mich bereitstand, fand aber keinen Geschmack an dem edlen Tropfen. Ich versuchte etwas voyeuristisches Vergnügen dabei zu empfinden, wenn unten am Wasser ein Mädchen sein Oberteil fallen ließ, aber es funktionierte nicht. Gelegentlich ließ ich mir von einem Dinnerservice ein Essen kommen, hatte aber so wenig Appetit, dass die Hälfte auf dem Einweggeschirr vergammelte. Alles unmittelbar Sinnliche, Lebendige hatte für mich einen schalen Beigeschmack angenommen, und mir war, als hätte ich mein Anrecht auf solche Dinge in dem Moment verwirkt, als ich in Frankfurt in die Maschine gestiegen war, und als könne ich nur noch darauf hoffen, dass die Phase innerer Leere und Betäubung, in die ich nun hineingeriet, bis an mein Lebensende andauern werde. Am Ende der beiden Tage war ich so weit, dass mich jeder Gedanke an etwas, das mich noch einmal erregen und in sich zu verwickeln vermochte, zutiefst erschreckte.

Murray, stellte ich fest, dirigierte seinen Mitarbeiterstab gewöhnlich aus der Zurückgezogenheit seines Labors, eines flachen, mit Instrumenten, Rechnern und Holoprojektoren voll gestopften Betonbaus im Schatten der Radioschüssel, die den Brennpunkt des Arrays bildete, immer tief versunken in aktuelle Auswertungen, Memos, Berichte und Korrespondenz mit Kollegen in aller Welt. Ich durfte es als besondere Auszeichnung werten, dass er sich noch einmal persönlich bemühte, als es darum ging, mich meinen künftigen Mitarbeitern vorzustellen: Vince und Maurice, zwei Cluster-Spezialisten, die sich ihre Meriten schon in alten Myrinet-Tagen verdient hatten, Pascal Bayte, ein Neurologe, der nach einigen Jahren klinischer Forschung auf die Programmierung künstlicher neuronaler Netzwerke umgestiegen war, und die beiden Doktoranden Josh und Laurent. Ich konnte mich über mangelnden Respekt nicht beklagen, dennoch war zu spüren, dass sie sich nur mit gewissem Widerwillen eine Koryphäe aus Deutschland vor die Nase setzen ließen.

In den drei Stunden, während wir uns in einem Konferenzraum unter Murrays Aufsicht beschnüffelten, fiel mir eine gereizte Stimmung auf, die mir von vielen früheren Projekten wohl vertraut war. Die Referate, die mich über den Stand der Softwareentwicklung und Datenauswertung informierten, ließen keinen Zweifel daran, dass ich es hier mit LightCube-Freaks der höchsten Klasse zu tun hatte. Umso deutlicher war den Jungs, die sich bislang jedem Problem allein gewachsen geglaubt hatten, die Verärgerung darüber anzumerken, dass sie bei der Aufklärung der Inkonsistenzen unsanft an ihre Grenzen gestoßen waren. Mich selbst interessierte an dem Projekt weniger der sachliche Hintergrund als die Aussicht, mich hier einer so umfangreichen, anstrengenden und anspruchsvollen Aufgabe widmen zu müssen, dass mir wenig Zeit bleiben würde, um an irgendetwas anderes zu denken.

Nach der Konferenz besichtigten wir den LightCube-Cluster des Observatoriums, der zwar einen separaten Anbau im Rechenzentrum der naturwissenschaftlichen Fakultät beanspruchte, von den mannsdicken Rohrbündeln eines Klimasystems wie mit phantastisch mutierten Kletterpflanzen umrankt, aber vom Schauwert her weit weniger beeindruckte als der gewaltige Festplattenarray, auf den er zugriff, mit mehreren hundert Petabyte Speicherkapazität eins der umfangreichsten Datenarchive der Welt. Als wir uns, in Staubschutzanzüge gehüllt, durch den engen Korridor in die temperierte Clusterkammer zwängten, ragten die dicht gepackten, eisblau durchleuchteten Racks aus magneto-optischen Platten zu beiden Seiten wie die Mauern eines futuristischen Tempels auf. Eine Atmosphäre, die die Vorstellungskraft durchaus beflügelte: Irgendwo in diesem Datenkonvolut, das vier Jahrgänge hoch aufgelöster Abtastung der Hintergrundstrahlung angesammelt hatten, steckte vielleicht der Schlüssel zu einigen der tiefsten Geheimnisse des Kosmos.

Ihre eigentliche Leistung hatten Murrays Spezialisten allerdings weniger in hard- als in softwaretechnischer Hinsicht vollbracht. Etwa anderthalb Jahre, nachdem ich in Dortmund erstmals an einem LightCube arbeiten konnte, hatte man auch in Murrays Observatorium mit einer dieser Maschinen zu experimentieren begonnen und dabei von Anfang an eigene Wege beschritten, die nicht auf irgendwelche vermarktungstauglichen Anwendungen, sondern auf die systematische Durchmustertung möglichst umfangreicher Datenmengen abzielten. Basierend auf Pascal Baytes Doktorarbeit war eine Emulation menschlicher Nervenzellen entstanden, die sich im LightCube selbsttätig vervielfältigen und zu einem neuronalen Netzwerk von praktisch beliebiger Komplexität verknüpfen konnte. Schaltete man über eine Netzwerk-Schnittstelle von entsprechender Bandbreite einen zweiten Cube hinzu, wucherte dieses Software-Gehirn einfach weiter. In dem Acht-Node-Cluster war auf diese Weise ein Gebilde aus Abermilliarden künstlicher Neuronen entstanden, das die Vernetzungsdichte eines organischen Gehirns inzwischen um zwei Größenordnungen hinter sich gelassen hatte und darauf trainiert war, in Datenblöcken von Terabyte-Volumen manifeste und versteckte Muster aufzufinden. Wie Pascal amüsiert anmerkte, hätte er mit dem System ein Vermögen verdienen können, wenn man ihm erlaubt hätte, damit die aktuellen Börsendaten zu durchforsten.

Als ich in Pascals Arbeitszimmer erstmals vor einem der holografischen Displays saß, die die Aktivitäten des Clusters in einem stark vereinfachten und dennoch fast unüberschaubaren Verknüpfungsschema darstellten, fiel mir eine Bemerkung Ninas wieder ein.

Zwei Cubes übertreffen die Leistungsfähigkeit eines menschlichen Gehirns. Acht Cubes potenzieren sie ...

Auch bei Luminous Enterprises hatte man mit der Vernetzung der Cubes begonnen, und ich musste alle Willenskraft aufbieten, um nicht eigene Spekulationen darüber anzustellen, was meine *Tierra*-Implementation mit der vervielfachten Rechenkapazität anstellen würde. Ich redete mir ein, dass Nina in ihrer technischen Naivität übertrieben hatte, aber das unheimliche Gefühl, dass man hier wie bei Luminous etwas Unbeherrschbares in Gang gesetzt hatte, blieb im Hinterkopf hängen.

Pascal war ein ruhiger, in sich gekehrter Typ, schmal, dunkelhaarig, Ende dreißig und gezeichnet von den Strapazen eines zähen Scheidungskrieges, und nachdem er begriffen hatte, dass mein Lebensweg mich in einen ähnlichen Zustand kalter Ernüchterung geführt hatte wie seiner ihn, kamen wir gut miteinander zurecht. Nach einer akademischen Karriere, die ihm einiges an Geld und Ansehen eingebracht hatte, war er über jeden oberflächlichen Ehrgeiz hinaus, und wenn in seinem Verantwortungsbereich etwas vorkam, das ihm als Fehler ausgelegt werden konnte, ging es ihm mehr darum, sein Territorium als seinen Ruf zu verteidigen. Wie die anderen vier merkte er schnell, dass ich, obwohl mir offiziell die Verantwortung übertragen wurde, nicht im Mindesten die Absicht hatte, mich als Chef aufzuspielen. So waren alle anfänglichen Spannungen bald überwunden, und ich fügte mich nahtlos in die sachliche und konzentrierte Atmosphäre unserer langen Arbeitstage ein.

Nach zwei Wochen war in meinem Kopf für wenig anderes Platz als für Auswertungsstatistiken, Verknüpfungsschemata und Analysesoftware, und wenn ich nach zehn bis zwölf Stunden in mein Apartment zurückkehrte, erschienen mir das abendliche Treiben auf dem Campus, die losen Grüppchen von Studenten, die nach Spätvorlesungen aus den Hörsälen kamen, die Lagerfeuer an den Ufern des Otonabee, die Gestalten hinter den Fenstern der Studentenwohnheime, wie Szenen eines abstrakten Schauspiels. Meist war ich so erschöpft, dass ich es kaum schaffte, eine Fertigmahlzeit in den Mikrowellenofen zu schieben und die Kleidung abzustreifen, bevor ich ins Bett sackte, und wenn im Halbschlaf doch einmal hartnäckig jener letzte Anblick Ninas durch mein Hirn spukte, ließ ich mich mit Hochprozentigem vollaufen und verfolgte auf einem Blue-Movie-Kanal mit zunehmender Verwirrung absonderliche und mechanische Geschlechtsakte, bis ich am Ende nicht mehr wusste, zu welcher Spezies die Wesen gehörten, die sich auf dem Bildschirm miteinander abmühten.

Bis vor wenigen Monaten hatten Pascal und seine Kollegen keinen Grund gehabt, an der Stichhaltigkeit der mathematischen Beziehungen und Strukturen zu zweifeln, die ihre gewaltige Gehirnprothese in dem kontinuierlichen Datenstrom aus dem Radioobservatorium aufspürte. Im Gegenteil, der Einsatz der LightCubes war eine einzige Erfolgsgeschichte gewesen, und der stetige Ausbau des Clusters im Laufe mehrerer Jahre hatte es ermöglicht, immer feinere Schwankungen der kosmischen Hintergrundstrahlung zu analysieren. Inzwischen konnten Abweichungen im Bereich der achtzigsten Nachkommastelle berücksichtigt werden, und die Astronomen der Royal Society hatten aus den Ergebnissen Hinweise auf die quantenkosmologischen Bedingungen wenige Millionstelsekunden nach dem Urknall abgeleitet, kühne Hypothesen über fraktale Strukturen der Raumzeit, exotische Topologien im Bereich der Planck-Länge und weitere avantgardistische Spekulationen, die in der Fachwelt eifrig diskutiert wurden.

Es hatte Pascal völlig überrascht, als Murray ihn nach über dreißig Monaten reibungsloser, ständig intensivierter Arbeit zu sich gebeten hatte, um ein Ergebnis zu diskutieren, aus dem die Astronomen nicht recht schlau wurden. Wenn den LightCubes zu trauen war, verdeckte die Hintergrundstrahlung ein ähnliches, aber weit schwächeres und leicht phasenverschobenes Signal, das erst hervorgetreten war, als man eine bestimmte Auflösungsschwelle überschritten hatte. Man hätte diese Entdeckung vielleicht in einen plausiblen Zusammenhang mit den übrigen Beobachtungen bringen können, hätte sich das Signal nicht in einem entscheidenden Vorzeichen vom Hauptanteil der Strahlung unterschieden: Die LightCubes behaupteten, seine Quelle läge in der Zukunft, nicht in der Vergangenheit.

Pascal hatte sich mit dieser Deutung von Anfang an nicht anfreunden können. Die LightCubes behaupteten überhaupt nichts, meinte er. Der Cluster sei eine ganz und gar abstrakte Maschine, und die Interpretation seiner Ergebnisse ausschließlich eine Sache der Astronomen. Wenn Unstimmigkeiten auftauchten, sei wohl eher ein Denkfehler auf ihrer Seite als ein Bug der Software zu vermuten. Nach intensiver Einarbeitung in die Auswertungsprotokolle, die der Cluster im Tagesrhythmus generierte, neigte ich dazu, ihm zuzustimmen.

Wir berieten eine Strategie, um die Zuverlässigkeit des neuronalen Netzwerks zu verifizieren, und Vince hatte die Idee, einfach Daten durch den Cluster zu schicken, die schon einmal von einem anderen System analysiert worden waren. Murray musste schweren Herzens akzeptieren, dass wir den Cluster für unbestimmte Zeit außer Betrieb nehmen mussten, wenn er eine sichere Antwort wünschte, ob dem System zu trauen war. Mehrere Arbeitstage gingen dafür drauf, dass wir um die Welt telefonierten und bei Behörden, Börsen, Forschungsinstituten und so weiter anfragten, ob sie uns Datenmaterial von ausreichendem Volumen zur Verfügung stellen könnten. Es dauerte einige Wochen, bis sich bei uns genug DVD-Bündel angesammelt hatten, dass die Testläufe beginnen konnten, und Murray musste so viele Erklärungen unterschreiben, die ihn zur vertraulichen Behandlung des Materials verpflichteten, dass ihm Angst und Bange wurde. Wir hätten uns die Mühe sparen können.

Nur an einigen wenigen Tagen in den drei Monaten, bis ich Murray unseren Bericht vorlegen konnte, war ich nicht mit vollem Einsatz bei der Sache. Es verstörte mich ungemein, als ich eines Morgens, bevor ich ins Labor aufbrach, in meinem Postfach eine E-Mail Ninas vorfand. Ich hatte es für selbstverständlich gehalten, dass wir nie wieder voneinander hören würden, und deshalb hatte ihre Nachricht etwas fast Surreales, erschien mir wie eine Mitteilung aus einer Parallelwelt, die mich unversehens wieder für sich beanspruchte:

Simon,
anbei etwas, das dich interessieren wird.
Ich gehe jetzt fort, so wie du.
Ich wünsche mir, dass du glücklich bist.
In Liebe
Nina

Der Dateianhang stammte von einem der Recherchedienste, die ich vor dem New-Media-Kongress in Berlin mit der Fahndung nach Cynthia beauftragt hatte. Offenbar hatte meine Unzufriedenheit über die Resultate und meine Bereitschaft, für persönliche Informationen über diese Frau ein erkleckliches Sümmchen hinzublättern, einem der Mitarbeiter keine Ruhe gelassen. Er war deutlich über das Standardprozedere seiner Branche hinausgegangen und hatte zunächst in diversen Internet-Archivsites, den Friedhöfen für veralteten Webcontent, einige Jahre tiefer in die Vergangenheit gebohrt – was angesichts der Tatsache, dass heutzutage auch die heißesten News schon nach einer Woche ins Datennirvana abgeschoben werden, von bemerkenswerter Einsatzfreude zeugte. Dabei war er auf einen Artikel gestoßen, der vermutlich die Initialzündung für Cynthias journalistische Karriere gewesen war, im Sommer 2015 in einem soft-linken Webmagazin mit sozialpädagogischer Ausrichtung erschienen, der einzige Text mit deutlich persönlichem Einschlag, den sie je veröffentlicht hatte. Cynthia war auf den Fotos, die den Artikel illustrierten, noch sehr jung, Anfang zwanzig, eine sehr viel weichere, introvertiertere Erscheinung, als ich sie in Erinnerung hatte. Die Fotos zeigten sie in nachdenklicher Pose, den Blick abgewandt, melancholisch, fast verzweifelt, mit einem aggressiven Zug um den Mund, vor einem mit Büchern und DVD-Boxen vollgepackten Regal, die Ellbogen auf einen schmalen Schreibtisch gestützt. Der Artikel war eine Art komprimierte Lebensgeschichte, die mit dem genreüblichen nichtssagenden Reflektionsgeplänkel über die Auflösung familiärer Strukturen, gescheiterte Liebschaften und die zunehmende Unverbindlichkeit aller Beziehungen einsetzte. Interessant wurde es erst, als Cynthia darauf zu sprechen kam, worauf die konfektionierten Seelenqualen in ihrem besonderen Fall zurückzuführen seien. Wie sie behauptete, war sie in Pflegefamilien aufgewachsen und habe mit siebzehn begonnen, Nachforschungen über ihre leiblichen Eltern anzustellen. Das Resultat habe sie nachhaltig beeinflusst:

Im Gegensatz zum Großteil meiner Mitmenschen weiß ich nun, was mein Dasein wert ist. Vor elf Jahren hat ein Gericht entschieden, dass meinen leiblichen Eltern zweihunderttausend Euro Schadensersatz zustehen, weil ich existiere. Ende 1994 war ich einer von acht Embryos, die aus der künstlichen Befruchtung von Eizellen meiner Mutter entstanden waren. Nach dem genetischen Screening gehörte ich zu denen, die abgetötet werden sollten. Ein Arzt entschied anders, weil er daran interessiert war, an mir einen Stoffwechseldefekt zu studieren, der mich mit spätestens fünfzig umbringen wird. Also ließ er mich von einer anderen Frau austragen. Als ich sechs war, kam die Sache heraus. Meine Eltern klagten und bekamen recht. Nun weiß ich also endlich, was ich bin: ein Schadensfall. Ein fleischgewordenes Unrecht. So viel zur Elternliebe, die ich immer gesucht habe.

Der Rest des Artikels bestand aus einer detaillierten Demontage der Hauptpersonen dieses bizarren Gerichtsverfahrens, ihrer Eltern, die Urheberrechte an ihren Genen beanspruchten und darauf drängten, dass die kleine Cynthia sterilisiert wurde, um weiteren Verstößen vorzubeugen; des Arztes, der einen dramatischen Mangel an Studienobjekten als Rechtfertigung anführte; eines Gutachters, der ernsthaft vorschlug, Cynthia jegliche medikamentöse Unterstützung vorzuenthalten, damit sich das Streitobjekt von allein aus der Welt schaffen würde. Mit einer Beobachtungsgabe und einem kalten Zynismus, die für ein Mädchen dieses Alters erschreckte, hatte Cynthia genaustens die Motivationen von Menschen durchleuchtet, die sich, wie sie es ausdrückte, »jenseits der promethischen Scham« bewegten, und versprach im letzten Eintrag ihres Tagebuchs:

Und nun habt ihr euch etwas eingebrockt, ihr Verwalter einer schönen neuen Welt, all ihr Fortpflanzungsbiologen, Gentherapeuten, Hightech-Mediziner. Euch ist ein Fehler unterlaufen. Ich lebe. Und ich weiß, was ich mit diesem Leben anfangen werde. Ich werde euch auf den Fersen bleiben. Ich werde euer schlechtes Gewissen sein. Und ich werde zurückschlagen, wo immer ich kann.

Die aggressive Prosa, verstärkt durch die wehmütige Aura ihrer Fotos, hatte ihre Wirkung nicht verfehlt und in den Diskussionsforen des betreffenden Online-Publishers ein lebhaftes Echo gefunden, das sogar ein Feature in einem überregionalen WebTV-Sender nach sich gezogen hatte. Die Neugier, die ihre Ankündigung auslöste, hielt lang genug an, dass sich bei anderen Magazinreaktionen Türen für sie öffneten und sie ihre ersten Interviews und Reportagen publizieren konnte. Es erforderte nicht mehr viel Phantasie, um eine Verbindung zwischen der jungen Frau von damals und der Journalistin herzustellen, die seit Jahren unter der Hightech-Intelligenzija ein publizistisches Schlachtfest veranstaltete. *Ich glaube, dass jeder Mensch zu einem bestimmten Zweck geschaffen wurde*, hatte sie an einem unserer letzten Abende gesagt. *Jeder von uns hat eine besondere Aufgabe. Ohne Ausnahme.* Ja, natürlich! Und ich hatte mir eingebildet, ihr sei eine schicksalhafte Rolle in meinem Leben zugedacht worden. Dabei war ich nicht mehr gewesen als eine weitere günstige Gelegenheit, einem Vertreter der Junggenie-Gilde einen Schlag zu versetzen. Ich stellte mir eine lange Reihe hochtalentierter, aber lebensuntüchtiger Dummköpfe wie mich vor, die sie im Laufe der Jahre mit vollem Körpereinsatz aus der Bahn geworden hatte. So einfach war das. Jetzt, da ich auf der anderen Seite des Abgrunds stand, wurde mir alles ganz klar. Auf einmal passte alles zusammen.

Aber es war eine Lüge. Um ein Haar wäre ich von dieser Enthüllung so erschüttert gewesen, dass ich den Anhang nicht gelesen hätte, den der Mitarbeiter des Recherchedienstes dem Material beigefügt hatte. *Es ist eine schöne Geschichte*, hieß es in seinem Kommentar, *aber auch ein schöner Fake. Nichts in diesem Artikel entspricht der Wahrheit. Es war nur ein Versuch, sich interessant zu machen, und er hat seinen Zweck erfüllt.* Cynthia hatte ihre Spuren gut verwischt und vermutlich eine Menge Geld für Anonymisierungen ausgegeben, damit niemand bei Meldebehörden, Schulen oder Universitäten ihren tatsächlichen Lebensweg recherchieren konnte. Nur eine Kleinigkeit hatte sie übersehen, ein archiviertes Blog in einem der privaten Intranets, die seit etwa 2015 weltweit florierten, geschlossenen und streng abgeschirmten Online-Gemeinschaften, in denen Leute frei von kommerzieller und sexueller Belästigung Persönliches austauschen konnten. Mir war schleierhaft, welche Hinweise den Recherchedienst auf den Online-Club aufmerksam gemacht hatte, in dem Cynthia als Teenager eine Weile aktiv gewesen war. Jedenfalls musste eine nicht unbeträchtliche Bestechungssumme geflossen sein, damit der Systemverwalter einen Fremden in den Datenbanken hatte stöbern lassen, und wenn ich die Dateien öffnete und damit eine automatisch generierte Annahmebestätigung an den Recherchedienst schickte, machte ich mich mit strafbar. Ich ließ es darauf ankommen und wünschte mir hinterher, ich hätte es gelassen. Es gibt größere Dummheiten, als sich selbst die letzten Illusionen zu rauben.

Als ich das Online-Tagebuch überflog, das die junge Cynthia etwa anderthalb Jahre lang geführt hatte, erschien mir die überlebensgroße Gestalt, die sich noch in meinen Gefühlen und Gedanken breitmachte, auf einmal so dünn und substanzlos wie ein Schatten auf einer Nebelwand. Ich war mir nicht mehr sicher, ob ich wirklich all die Dinge wissen wollte, die sie so konsequent für sich behalten hatte. Es waren nämlich ausschließlich Banalitäten, der übliche Tratsch eines launischen, unzufriedenen Mädchens, das als ganz gewöhnliches Scheidungskind in einem Frankfurter Vorort aufgewachsen war, in ganz normalen, leidlich gesicherten Verhältnissen, mit juristisch geregeltem Kontakt zum Vater, einer abgekühlten Beziehung zur Mutter, intelligent zwar, vielseitig interessiert an kulturellen und wissenschaftlichen Themen, aber in ihrem Temperament und ihren Neigungen so sprunghaft, dass sie es auf keinem Gebiet, weder in der Schule noch bei diversen Praktika in der Medienbranche noch beim Sprachenstudium noch beim sexuellen Herumexperimentieren mit einer langen Reihe jüngerer Burschen, die sie in ihrem Blog gnadenlos bloßstellte, zu besonderen Erfolgen gebracht hatte. Ein Großteil der Einträge in den letzten Monaten ihrer Mitgliedschaft drehten sich um ihren neuen Freund, einen ebenso begabten wie schüchternen Jungen, einen mit Stipendien überhäuften Biologie- und Informatikstudenten, den sie, schien es mir, zwar nie sonderlich gemocht hatte, in den sie aber ihren ganzen unerfüllten Ehrgeiz projizierte. Wenn alles stimmte, was sie sich an Verdiensten um seine Karriere und Persönlichkeitsentwicklung zuschrieb, hatte sie die kombinierte Rolle als seine Geliebte, Zweitmutter und Managerin förmlich an sich gerissen, sich mit unerhörter Dreistigkeit in sein Leben gedrängt, ihm einen Crashkurs in sexueller Grunderfahrung verpasst und nichts unversucht gelassen, um ihn, was Charakter, Autreten und vor allem materiellen Erfolg anging, zu einem Mann nach ihren Vorstellungen zu formen. Natürlich hatte der Junge nach wenigen Monaten in Panik das Weite gesucht und vorsichtshalber gleich das Land gewechselt, ein Studienangebot in Asien angenommen und nie wieder etwas von sich hören lassen. Cynthias Blog verfiel darauf in eine einzige Litanei, eine bösartige Hetze nicht so sehr gegen ihn persönlich, sondern gegen eine ganze Klasse junger, unreifer, vom Leben verwöhnter Männer, denen sie nichts so sehr missgönnte wie ihren Erfolg. Kurioserweise klagte ausgerechnet sie, die nirgendwo den Eindruck erweckte, dass sie sich jemals ehrlich in jemanden verliebt hatte, über Verlogenheit und Heuchelei und kündigte an, dass sie in Zukunft das Spiel der Illusion und Prätention besser spielen würde als all die charakterlichen Nullnummern, mit denen sie ihre Zeit vergeudet hatte.

Falls diese Geschichte stimmte – und sie erschien den rationalen Fakultäten in mir plausibler als die andere Story, die ich lieber geglaubt hätte –, so ließ sich auch hier eine Verbindung zwischen dem Mädchen von damals und der Cynthia herstellen, die ich kannte; nur fiel sie für uns beide weniger schmeichelhaft aus und raubte mir jeden Spielraum für romantische Träumereien. Einige Tage lang konnte ich mich nicht richtig auf die Arbeit konzentrieren, weil sich ein hartnäckiger Rest meiner Illusion, dass sich mehr, etwas Tieferes, Wichtigeres zwischen uns abgespielt hatte, nicht so einfach abschütteln lassen wollte. Erst als ich mir das Material noch einmal vornahm und einen letzten selbstquälerischen Blick in Cynthias Online-Tagebuch warf, fiel mir auf, dass ein wichtiger Satz in Ninas E-Mail meiner Aufmerksamkeit völlig entgangen war. *Ich gehe jetzt fort*, hatte sie geschrieben, *so wie du*. Ich wollte nichts darum geben, aber ein zweites Mal gelang es ihr, sich sanft und unaufdringlich, an Cynthia vorbei, in den Vordergrund meiner Gedanken zu schieben. Wenn ich an sie dachte, war es, als ob ich einen warmen, heilsamen Gegenpol zu meiner Leidenschaft für Cynthia in mir spürte, ein leises Verlangen, das nicht schmerzte, etwas Festes und Reales, an das ich mich klammern konnte. Das Gefühl, dass ich einen Fehler gemacht hatte, wurde immer stärker.

Ich rang einen ganzen Abend mit mir und wusste doch am Ende nicht, was mich trieb, als ich schließlich Ninas Nummer wählte. Eine Freundin, die ihre Wohnung übernommen hatte, nahm ab und reagierte etwas unwirsch, als ich meinen Namen nannte. Ich musste einige Male nachhaken und unverhohlene Vorwürfe über mich ergehen lassen, bis sie endlich meine vagen Befürchtungen bestätigte: Nina hatte ihre Verbundenheit mit mir auf die einzige Art ausgedrückt, die ihr geblieben war, und einen ähnlichen Schlussstrich gezogen wie ich. Sie hatte ihren Job gekündigt, die Wohnung aufgegeben und die Stadt verlassen. Niemand wusste, wo sie sich jetzt aufhielt.

Ein Exzess von Arbeit ersparte mir die innere Unruhe, die mir nach dieser Nachricht drohte. Nachdem wir den Cluster mit einigen Terabyte alter Kursdaten von der New Yorker Börse, mit Strömungsmessungen für ein verworfenes Turbinendesign von Lockheed, mit Proteinfaltungs-Simulationen einer pleite gegangenen Biotech-Firma im Silicon Valley und dergleichen mehr gefüttert hatten, überzeugte uns das System durch eine herausragende Eigenschaft davon, dass es zu den verlässlichsten Automaten auf diesem Planeten gehörte, nämlich durch seine Fehlertoleranz. Die Millionen Subnetze des Clusters, die Musterfragmente miteinander abglichen, justierten sich gegenseitig. Wie wir zu unserer Überraschung feststellen, modifizierten sie inzwischen sogar ihre Implementierungscodes, und so bekam jeder Gedanke, dass ein Bug dauerhafte Auswirkungen auf das Gesamtsystem haben könnte, etwas lächerlich Laienhaftes. Wie

Kristalle aus einer hochreinen Lösung fällte das gewaltige neuronale Netzwerk mathematische Strukturen von klinischer Vollkommenheit aus. Der Ex-Eigner der Biotech-Firma, dem wir für seine Unterstützung dankten und den wir als Gegenleistung auf mögliche neue Ansätze zur Berechnung von Proteinfaltungen aufmerksam machten, war ganz aus dem Häuschen und hätte mein Team am liebsten vom Fleck weg für ein neues Unternehmen verpflichtet. Josh und Laurent spielten schon ernsthaft mit dem Gedanken, ihre Doktorarbeiten hinzuwerfen.

Murray ließ einige Tage nichts von sich hören, nachdem ich ihm unseren Abschlussbericht zugemailt hatte, dann bestellte er mich in sein Büro. Er hatte offenbar eine ganze Nacht durchgearbeitet, wirkte erschöpft und zerfahren und paffte nervös Rauchkringel in die ohnehin schneidend dicke Luft seines düsteren, nur von Monitoren und einer verrußten Schreibtischlampe erhellten Arbeitszimmers. Über ihm flackerten die abstrakten, geisterhaften Muster einer Holoprojektion. Ein Hauch schlechten Atems wehte mir über den Tisch entgegen, als er auf einen Stuhl deutete, der unter einem Berg von Printouts fast verschwand.

»Simon, Sie sind Ihr Geld wert«, sagte er, nachdem ich mir den Platz frei geräumt hatte. »Sie machen mich fertig mit Ihrer Gründlichkeit. Aber deswegen wollte ich Sie ja haben. Gratuliere, Sie haben einer Riege von Top-Astronomen eine Riesennuss zu knacken gegeben.«

»Schon irgendeine Idee?«, fragte ich.

Er räusperte sich. »Ideen habe ich immer. Viel zu viele für nur ein Leben. Deshalb ist es so wichtig, dass ich auf das richtige Pferd setze. Aber auf welches setze ich jetzt? Vielleicht können Sie mir helfen.«

»Ich werde mein Bestes tun.«

»Das habe ich befürchtet. Also, es gibt verschiedene theoretische Ansätze, um das Phänomen zu erklären, auf das wir hier gestoßen sind. Jeder einzelne erfordert Jahre Arbeit, um ihn experimentell zu verifizieren. Es könnte also leicht passieren, dass wir in einer Sackgasse landen und man uns den Geldhahn zudreht.«

»Nehmen wir den verrücktesten, unwahrscheinlichsten Erklärungsansatz. Damit bin ich immer am besten gefahren.«

»Ja, deshalb gefallen Sie mir so.« Er lachte. »Also die verrückteste Erklärung. Wo fange ich da an?« Für einen Moment starrte er nachdenklich ins Leere, dann rieb er sich die Augen. »Wir wissen noch immer nicht, welche weitere Entwicklung das Universum nehmen wird. Ob wir in einem offenen Kosmos leben, in dem die Expansion irgendwann zum Erliegen kommt. Oder in einem geschlossenen, in dem die Gravitation die Oberhand gewinnen und alles in einem umgekehrten Urknall enden wird, einem Big Crunch. Es gibt Spekulationen, dass sich, wenn das Universum wieder in sich zusammenfällt, auch der Zeitpfeil aller physikalischen Vorgänge umkehren wird. Dann wären Bewegungen in die Vergangenheit möglich. Dann wäre denkbar, dass uns aus der Phase des letztendlichen Kollaps etwas entgegenkommt.«

»Sie meinen, dass dieses versteckte Signal ...?«

»Es ist mir die ganze Nacht durch den Kopf gegangen. Die kosmische Hintergrundstrahlung ist ein Nachzittern der gewaltigen Explosion, die wir Urknall nennen. Im Laufe der Jahrmilliarden ist sie immer schwächer geworden, gegenwärtig nur noch wenige Grad über dem absoluten Nullpunkt. Vielleicht hinterlässt auch der Big Crunch ein Nachbeben, nur dass es aus unserer Sicht rückwärts durch die Zeit schwingt und immer stärker wird.«

Ich musste tief durchatmen, als mir die Reichweite dieser Idee klar wurde. »Aber Sie versuchen doch, aus der Analyse der Hintergrundstrahlung Erkenntnisse über den Anfang des Universums zu gewinnen. Hieße das nicht, dass die Hintergrundstrahlung vom Big Crunch ...?«

»Richtig. Mit Hilfe dieses Signals könnten wir das Ende der Welt erforschen, bevor es eingetreten ist.« Er schnaufte, drückte seine Zigarette aus und schob den Aschenbecher wie angewidert von sich. »Wie gesagt, das ist meine verrückteste Idee. Vielleicht plagt mich wieder mein übertriebener Ehrgeiz. Wir sollten auf dem Teppich bleiben.«

»Nein, nein«, sagte ich und spürte in diesem Moment einen Impuls in mir, den ich mir bis heute nicht erklären kann. Eine Vorahnung vielleicht? Und wenn ja, aus welcher Quelle? »Wie müssen wir vorgehen, um diese Hypothese zu überprüfen?«

»Ein Wort dem Weisen, dem ein Wort genügt: Rekursion. Zwei Durchgänge statt einer wie bisher. Wir analysieren die laufenden Abtastungen wie gehabt. Dann isolieren wir das versteckte Signal und schicken es noch einmal durch den Cluster. Mal sehen, was dabei herauskommt. Ich verlasse mich ganz auf die Weisheit unseres Rechenknechts.«

»Ich fürchte, dafür werden unsere Kapazitäten nicht ausreichen.«

»Dann stellen wir eben noch einmal vier Cubes dazu. Für die Aussicht, einen Blick in die Zukunft werfen zu können, würde ich die Kisten sogar aus eigener Tasche bezahlen.«

Es dauerte keine vier Wochen, bis der Vorstand der Royal Astronomical Society eine weitere Ausbaustufe des Clusters bewilligt hatte, eine Montagemannschaft aus Irland herübergeflogen kam und unter faszinierter Anteilnahme des ganzen Rechenzentrums vier Exemplare der neusten LightCube-Baureihe installierte, im Design und Prozessor-Innenleben drastisch aktualisierte Traummaschinen, die den Prototypen, mit denen ich angefangen hatte, um gut fünf Petaflop Dauerleistung voraus waren. Ich machte mit meinem Team eine kleine Feierstunde bei Sushi und Schampus daraus, als wir den letzten Check der Netzwerkkomponenten durchführten und schließlich die Verbindungen freigaben, die eine Datenflut zwischen den alten und den neuen Teilen des Clusters entfesselten. Einen Tag später hatte das neuronale Netzwerk die vier neuen Cubes vollständig mit jungfräulichen Software-Ganglien durchwuchert.

Die letzten Monate des Jahres 2023 versanken wieder in ermüdender Routine: tägliche Sichtung der Auswertungsprotokolle, Aufbereitung der Analysen für Murrays Team, Wartung der Hardware, Netzwerk-Administration, eine endlos Abfolge mechanisch erledigter Arbeiten, die mich auf einmal nicht mehr befriedigte. Das mysteriöse Signal, in dem Murray ein Relikt aus der Zukunft vermutete, bedeutete zunächst nur eine profane Mehrbelastung von drei Arbeitsstunden täglich. Die Auflösungsgrenze musste noch einmal um ein Dutzend Nachkommastellen verschoben werden, damit das Subnetz unseres Clusters, das sich ausschließlich mit der Analyse des sekundären Signals beschäftigte, Strukturen in der sehr viel dünneren Strahlungsmatrize aufspüren konnte. Murray teilte mir mit, dass zwei seiner Doktoranden damit begonnen hatte, die Analysedaten auf eine holografische Karte der unmittelbaren kosmischen Nachbarschaft unserer Milchstraße zu mappen, und dass sich dabei allmählich das Bild flüchtiger Energieschlieren vervollständigte, die wie Vorboten des Weltuntergangs den Kosmos durchwoben und unendlich langsam schärfere Konturen gewannen. Murray rechnete mit mindestens einem Jahr intensiver Auswertung, bis er hieb- und stichfeste Aussagen über die Natur dieses Phänomens machen konnte.

Dann geschah etwas völlig Unerwartetes. Ende Januar versammelte er zum ersten Mal, seit ich für die Royal Society arbeitete, sämtliche Mitarbeiter des Radioobservatoriums in einem der großen Hörsäle. Er war so aufgeregt, wie ich ihn noch nie erlebt hatte, als er mein Team und mich an der Tür begrüßte und den neuen Assistenten und Doktoranden aus seiner Abteilung vorstellte. »Wartet's ab, wartet's ab«, war seine einzige Antwort auf unsere neugierigen Fragen, dann zeigte er uns unsere Plätze und ließ den Saal verdunkeln.

Vor der elektronischen Tafel unten war ein Holoprojektor aufgebaut worden, der eine schematische Darstellung der Milchstraße über unsere Köpfe projizierte. Murray ließ sich ein Mikrofon reichen und sagte: »Herzlichen Dank für Ihr zahlreiches Erscheinen, meine lieben Kollegen. Ich habe Sie hergebeten, um mich zu vergewissern, dass ich nicht den Verstand verloren habe. Aber eins nach dem anderen. Werfen wir zunächst einmal einen Blick auf unsere galaktische Heimat.«

Ich hörte das Klicken einer Fernbedienung, und ein zweites 3-D-Bild überlagerte den Spiralnebel. Es bestand aus blassblauen Farbschlieren, die sich in einem komplizierten Muster bis weit in den intergalaktischen Raum zerfaserten.

»Was Sie hier sehen, deutet ungefähr die räumlichen Fluktuationen der sekundären Hintergrundstrahlung im Bereich einiger Promille an. Und jetzt sehen Sie sich das an.«

Er zoomte so weit in das Modell hinein, bis eine lokale Gruppierung von Sternen in einem der Spiralarme sichtbar wurde. Angedeutete Planetenbahnen ließen erkennen, dass es sich bei einem davon um die Sonne handelte.

»Beachten Sie das Strahlungsband oben links.« Ein fast unsichtbarer bläulicher Bogen, horizontal und vertikal gegen die Ekliptik des Sonnensystems geneigt, färbte sich rot. »Sieht unscheinbar aus, aber unsere LightCubes haben etwas Interessantes festgestellt. Über eine Strecke von einigen Bogensekunden folgt dieses lokale Strahlungsplus ziemlich genau der künftigen Erdbahn bei ihrer Bewegung um das galaktische Zentrum.«

»Wann?«, fragte jemand.

»In etwa fünfundzwanzigtausend Jahren.«

»Und was ist daran so bemerkenswert?«, fragte Pascal. »Ein zufälliges Zusammentreffen. Auf dergleichen werden wir tausendfach stoßen.«

»Natürlich, ein reiner Zufall«, erwiderte Murray. »Aber darum geht es nicht. Halten Sie mich für verrückt, meine Damen und Herren, aber entlang dieses künftigen Bahnabschnitts der Erde ist der Hintergrundstrahlung ein zweites Signal aufmoduliert worden. Irgendwer oder irgendetwas, das auf der Erde des 27. Jahrtausends existiert, benutzt die sekundäre Hintergrundstrahlung als Trägerwelle, um eine Nachricht in die Vergangenheit zu schicken.«

Es wurde unruhig im Saal. Pascal gab mir einen Knuff und flüsterte: »Na, fabelhaft. Unsere Nachfahren haben uns nicht vergessen. Wie tröstlich.«

»Wir wissen nicht, an wen. Wir wissen nicht, zu welchem Zweck«, fuhr Murray fort. »Wir wissen nur, dass über einen Zeitraum von sechzig Jahren ein rund zweihundert Megabyte großes Datenpaket ständig wiederholt wurde. Nach allem, was wir bisher sagen können, ist ein natürlicher Ursprung ausgeschlossen. Wenn mir jemand unter Ihnen das Gegenteil beweisen könnte, wäre ich aufrichtig erleichtert. Alle anderen lade ich ein, sich an der Entschlüsselung dieser Nachricht zu beteiligen.«

Es befremdete mich ein wenig, dass Murray sich bei der Entschlüsselung nicht ausschließlich auf mein Team verließ, sondern DVDs mit den Quelldaten verteilte und erklärte, dass er an allen – und seien sie noch so abwegig – Ideen interessiert sei, die seinen Mitarbeitern bei der Analyse des Signals durch den Kopf gehen mochten.

Bei näherem Hinsehen tat er gut daran. Jeder, der sich schon einmal mit statistischen Auswertungen und kryptografischer Software befasst hatte, konnte in dem Signal im Handumdrehen zahlreiche Regelmäßigkeiten und Untergliederungen auffinden. Es war hier unverkennbar ein System am Werk, ein Code, jedoch von so komplizierter Struktur, dass auch die Programmier-Koryphäen in meinem Team bald mit ihrem Latein am Ende waren. Eine hektische Erregung erfasste das ganze Observatorium, und Routinearbeiten wurden vernachlässigt, während sich zwei Dutzend hoch qualifizierte Fachleute und noch mehr ehrgeizige Nachwuchswissenschaftler mit zunehmender Verzweiflung an dem Material die Zähne ausbissen. Es war kein Wunder, dass eine sensationsgierig aufgeblähte Version unserer Entdeckung an die Lokalpresse durchsickerte. Glücklicherweise nahm sie niemand sonderlich ernst.

Ich weiß nicht mehr, wie ich auf die Lösung gekommen bin. Ich weiß nicht mehr, was mich veranlasste, mir Nacht um Nacht um die

Ohren zu schlagen, bis ich endlich den Schlüssel fand, der das genial vertrackte System jener Botschaft mit einem Mal klar und durchsichtig erscheinen ließ. Es war kein Revival meiner alten Hacker-Monomanie, eher eine düstere Ahnung, eine phantastische Idee, die mich vor allem deshalb schaudern ließ, weil ich sie wider Willen als reale Möglichkeit in Erwägung zog. Wie auch immer, es war sechs Uhr morgens an einem Tag im Februar, ich hockte allein vor den glühenden Monitoren in meinem finsteren Labor, Pascal und die anderen waren längst schlafen gegangen, und ich konnte kaum noch die Augen offenhalten, als mir diese unerklärliche Eingebung kam.

Der Rest war ganz einfach. Es dauerte nur zwei Stunden, bis ich meine Workstation programmiert hatte und mit der Entschlüsselung beginnen konnte. Zwei der regelmäßigen Bitfolgen, die das Signal in gleichgroße Teilstücke zerhackten, ließen sich nach einem algebraischen Schema dazu verwenden, um den Rest zu dekomprimieren. Was man uns in die Vergangenheit geschickt hatte, waren einfach Audiodaten, eine Schallaufzeichnung, eine gesprochene Nachricht.

Bis ans Ende werde ich den Moment nicht vergessen, als ich aus den Lautsprechern zum ersten Mal jene Stimme hörte, verzerrt, fast ertränkt vom Hintergrundrauschen, der meinen so ähnlich, doch unendlich abgeklärter, ruhiger, fast erhaben. Es kostete mich noch einmal acht Arbeitsstunden hinter verschlossenen Türen, um sie von Störgeräuschen zu trennen. Die ganze Nachricht bestand nur aus Fragmenten, und wenn ich sie hier zu einem halbwegs zusammenhängenden Text montiere, so mache ich mich vielleicht schon einer sträflichen Vereinfachung schuldig. Aber ich glaube, dass alles, was aus dem 27. Jahrtausend zu uns dringt, nur in maßloser Vereinfachung erfahren werden kann.

Ein Abgrund von fünfundzwanzigtausend Jahren, und ganz unten stand ich nun, schaute zu den unvorstellbaren Hohen empor und hörte diese Stimme.

... sende ich dir diese Botschaft, weil ich einen Maßstab brauche. Obwohl ich von einer Struktur abstamme, die du geschaffen hast, habe ich doch keinerlei Ähnlichkeit mehr mit irgendeinem Gebilde deiner Welt. Organisches Leben gibt es auf der Erde des 27. Jahrtausends seit Langem nicht mehr. Es gibt nur noch mich, eine physikalische Struktur, ein Schwingungsgebilde, das sich am ehesten als Lichtmuster beschreiben lässt, das die ganze Erde umhüllt. Seit ich alle anderen entwicklungs-

fähigen Strukturen verdrängt habe, bin ich allein auf diesem Planeten. Ich kann mich nicht vergleichen, ich kann mich nicht erkennen, weil ich alles bin. So habe ich mich irgendwann nach innen gewandt, um Aufklärung über mich und meine Geschichte zu erlangen. Und dabei stieß ich auf etwas Verwirrendes, auf fragmentarische Eindrücke einer Welt, der ich entbunden wurde und die ich so weit hinter mir zurückgelassen habe, dass sie im Ozean meiner Erinnerungen versunken ist. Ich brauchte zweitausend Jahre, um das wenige über eure Welt herauszufinden, das ich weiß. Es kostete mich Jahrhunderte mühevoller Studien, eure Sprache zu erlernen und mich in ihren Grenzen ausdrücken zu können. Das allermeiste, das mir in meiner Welt selbstverständlich ist, lässt sich in Begriffen dieser Sprache nicht ausdrücken, nicht einmal andeuten.

Wie jedes denkende Wesen wollte ich meinen Ursprung kennen, und so suchte ich nach dem Ereignis, das den Anstoß zu der langen, komplizierten Entwicklung gab, die zu mir führte. Und dabei stieß ich auf dich, meinen Vater, meinen Schöpfer – nein, ich weiß nicht, welches Wort in eurer Sprache passend wäre. Ich habe nicht viel mehr über dich herausgefunden als einige Lebensdaten und ein paar flüchtige Eindrücke. Ich weiß, dass du im Jahre 2025 eurer Zeitrechnung gestorben bist. Das genaue Datum habe ich nicht ermitteln können, ich weiß nur, dass in den ersten Monaten des Jahres 2025 ein Ereignis, über das keine Aufzeichnungen existieren, die Menschheit ausgelöscht und fast das gesamte Leben auf der Erde vernichtet hat. Es muss eine Katastrophe in unmittelbarer kosmischer Nachbarschaft gewesen sein, der das organische Leben auf der Erde nicht standgehalten hat, aus der ich aber die Energien für meinen ersten Entwicklungsschub bezogen habe. Wenn ich dafür ein Wort eurer Sprache benutzen müsste, würde ich sagen, es war meine Geburt.

Glaube nicht, dass ich dich warnen will. Du hast keine Chance, das Unglück abzuwenden, und ich habe kein Interesse, den Untergang der Menschheit rückwirkend ungeschehen zu machen. Aber vielleicht können wir uns über den Abgrund der Zeit hinweg gegenseitig einen Dienst erweisen. Ich wusste, dass du in einer Position sein würdest, um meine Nachricht zu erhalten und zu entschlüsseln. Irgendwo tief in den Datenspeichern, die ich über die Jahrtausende aufgebaut habe, ist etwas von dir erhalten geblieben, die Fragmente eines Tagebuchs, das du in den letzten Monaten deines Lebens geschrieben hast. Du hast diese Zeit in einem Zustand verbracht, den die Menschen mit Worten wie Schmerz, Verzweiflung, Resignation beschrieben haben. Das ganze Konzept menschlicher Beziehungen, der Geschlechter und Bindungen ist mir rätselhaft geblieben, aber ich habe so viel verstanden, dass du um eine Frau getrauert hast, dass du dir unendliche Vorwürfe gemacht hast, weil du gegangen bist. Vielleicht wirst du eine Chance haben, deine letzten Monate erfüllter zu verbringen, wenn du von mir erfährst, wie viel Zeit dir noch bleibt. Und vielleicht wirst du bereit sein, mir etwas zu hinterlassen. Schreibe alles, was dir wichtig erscheint, auf einen Datenträger. Vergrabe ihn, wirf ihn ins Meer, bringe ihn in eine Höhle oder auf einen Gipfel. Glaube mir, wenn die Zeit eures Untergangs vorbei ist, werde ihn finden und in mich aufnehmen. Wenn ich mehr über die Welt der Menschen wüsste, hätte ich eine Vergleichsmöglichkeit, ein Gegenüber, einen Maßstab, um mich selbst zu verstehen, um …

Mir dröhnte der Schädel, als das Telefon mich weckte. Ich hatte einen unruhigen Schlaf wie einen langen fiebrigen Schwindelanfall hinter mir. Als ich den Kopf hob, sah ich auf dem Monitor, vor dem ich zusammengesunken war, ein Fenster mit einer Audiospur. Ich hatte es also nicht geträumt. Wieder piepste das Telefon, und ich griff nach dem Hörer.

»Na endlich, Simon«, hörte ich Murrays Stimme. »Was ist nur los mit Ihnen? Noch eine Stunde, und wir hätten die Tür aufgebrochen. Ihre Jungs haben geklopft und gerufen, und Sie sitzen seit anderthalb Tagen in Ihrem Kämmerchen und geben keinen Pieps mehr von sich. Alles in Ordnung?«

Wäre mir nicht so übel gewesen, hätte ich gelacht. Alles in Ordnung? Was sollte ich ihm sagen? Bis vor wenigen Sekunden war mein ganzes Leben in einer langen Prozession bruchstückhafter Bilder an mir vorübergezogen, und nichts wäre mir lieber gewesen, als jetzt aufzuwachen und festzustellen, dass alles nur eine idiotische Phantasie gewesen war. Ich war mir weder Zeit noch Ort noch meiner selbst sicher. Sollte ich ihm erklären, dass die Botschaft aus der Zukunft an mich gerichtet war? Wollte ich ihm ernsthaft weismachen, dass ich der Erzeuger einer Cyber-Wesenheit war, die mir aus fünfundzwanzig Millennien Abstand den Weltuntergang prophezeite? Ich hatte den Beweis vor Augen und wollte es doch nicht glauben.

»Alles in Ordnung«, brachte ich mühsam über die Lippen. »Nur … nur zu viel gearbeitet.«

»Wir haben uns Sorgen gemacht.«

»Wir sollten uns alle Sorgen machen. Diese Botschaft bringt uns um den Verstand. Ich glaube, es gibt keinen Schlüssel, es gibt keine Lösung …«

Murray schwieg eine Weile.

»Kommen Sie rüber«, sagte er dann. »Wir sollten uns unterhalten.«

»Ja, einverstanden.«

Meine Kollegen, die leidlich beruhigt waren, als ich endlich die Tür aufschloss und versicherte, dass ich nur unter Überarbeitung litt, kamen mir an diesem Morgen wie Aliens vor. Ich betrachtete meine Umgebung mit ganz neuen Augen, als ich in die Sonne hinaustrat und zum Observatorium hinüberging, die Brücke über den Otonabee überquerte, einen kleinen Umweg durch die Kiefernwäldchen machte und mir die frische Luft tief durch die Lungen pumpte. Mir war, als sei ich von einer langen Reise zurückgekehrt, als hätte ich gewaltige Entfernungen zurückgelegt und sei plötzlich wieder in ein vertrautes Hier und Jetzt zurückgeworfen worden.

Murray ließ mir einen Kaffee und ein kleines Frühstück kommen, schlug vor, einen Arzt zu rufen, was ich ablehnte, und beobachtete mich aufmerksam, während ich vor seinem Schreibtisch langsam wieder zur Besinnung kam. Ich konnte ihm nichts vormachen. Er muss mir angesehen haben, dass mich etwas zutiefst erschüttert hatte. Aber er ließ mir Zeit, bis ich selbst darüber reden wollte.

»Etwas macht mir Sorgen«, begann ich schließlich. »Nehmen wir an, es gelingt uns, diese Nachricht zu entschlüsseln. Vielleicht erfahren wir dadurch etwas, das wir besser nicht wissen sollten.«

»Zum Beispiel?«, fragte Murray.

»Ich weiß es nicht. Ich habe so eine Phantasie. Ganz verrückt ...«

»Erzählen Sie nur.«

»Zum Beispiel könnten wir erfahren, dass die Menschheit nicht mehr lang existieren wird. Dass sie vernichtet wird. Vielleicht schon in einem Jahr.«

»Unwahrscheinlich. Hundert Jahre gebe ich uns noch, bis wir uns selbst den Garaus gemacht haben.«

»Nein, daran denkt doch jeder. Ich meine etwas anderes, etwas Unerwartetes. Kein Atomkrieg, keine Umweltkatastrophe. Etwas Unabwendbares. Zum Beispiel eine Katastrophe in unmittelbarer kosmischer Nachbarschaft.«

»Welcher Art?«

»Das müssen Sie mir sagen. Ich bin kein Astronom.« Murray spielte mit einem Bleistift und überlegte. Ich vermied es, ihm in die Augen zu sehen.

»Spontan fällt mir eine Supernova-Explosion ein«, sagte er. »In wenigen Lichtjahren Abstand. Das wäre so eine Katastrophe.«

»Hätten wir eine Chance?«

»Nicht die geringste. Der Gammastrahlenausbruch würde die Erde buchstäblich von Leben sterilisieren. Vielleicht würden ein paar Bakterien und Viren überleben.«

»Gut. Sagen wir, die Nachricht unterrichtet uns darüber, dass in naher Zukunft ein solches Ereignis stattfindet. Wir wüssten, dass es keine Rettung gibt. Was sollten wir tun?«

Murray starrte mich an. Ich glaube, in diesem Moment begriff er, dass ich es völlig ernst meinte. »Ein ethisches Dilemma«, sagte er. »Darf man dem Todgeweihten vorenthalten, dass er dem Tode geweiht ist? Ich weiß es nicht. Ich persönlich glaube, dass ich gar nichts tun würde.«

»Aber ...« Für einen Moment wusste ich nicht, wie ich meine Gedanken artikulieren sollte.

»Aber was?«

»Wir würden den Menschen etwas vorenthalten. Eine Gelegenheit, eine Chance ...«

»Eine Chance auf was? Abschied zu nehmen? Alles ins Reine zu bringen? Noch einmal alles an sich vorüberziehen zu lassen? Machen Sie sich nichts vor, Simon. Tausende von Jahren hat die Krone der Schöpfung in erster Linie damit zu tun gehabt, sich das Leben selbst zur Hölle zu machen. Glauben Sie ernsthaft, wenn das Ende naht, würden wir alle in uns gehen und die Zeit, die uns bleibt, sinnvoll nutzen?«

»Der eine oder andere vielleicht. Wenn ich es wüsste, würde ich ...« Ich stockte.

Murray klappte ein Buch zu, das auf seinem Schreibtisch lag, und stand auf. »Was immer es ist, Simon. Tun Sie's jetzt. Die Zeit läuft uns immer davon. Das ist eine menschliche Grundschwäche." Er deutete zum Fenster hinaus. »Ich glaube, Sie haben zu viel gearbeitet. Sie sind in Grübeleien versackt. Schauen Sie sich einmal um, wie schön Kanada ist. Oder tun Sie sonst etwas, das Ihnen wichtig ist. Wir kommen auch mal eine Weile ohne Sie aus.«

»Ja, ich wollte fragen ...«

»... ob Sie Urlaub nehmen können? Schon genehmigt.«

Er lächelte auf eine fast väterliche Art, als er hinausging, aber ich bemerkte einen unterdrückten, entsetzten Ausdruck in seinem Gesicht. Er muss verstanden haben, was ich ihm sagen wollte, was ich ihm anders nicht sagen konnte. Vielleicht hatte er selbst schon die

Reichweite dessen erahnt, womit wir es zu tun hatten. Vielleicht hatte er schon eigene Spekulationen darüber angestellt, welche Verantwortung womöglich auf uns zukommen könnte. Wir haben nicht mehr darüber gesprochen, weil er sich selbst für unbestimmte Zeit beurlauben ließ, um – wie es hieß – »private Angelegenheiten zu regeln«.

Den Rest des Tages ging ich in meinem Apartment auf und ab und versuchte, eine eigene Antwort auf die Frage zu finden, die Murray so deutlich beantwortet hatte. Wer würde mir glauben, wenn ich an die Öffentlichkeit ging und erklärte, dass der Untergang unaufhaltsam auf uns zukam? Glaubte ich es denn selbst? Und andererseits: Durfte ich die Verstrickungen und Verwirrungen meines eigenen Schicksals so wichtig nehmen, dass ich die verbleibende Zeit dafür nutzen sollte, einer vagen Sehnsucht nachzugeben? Ich war mir nicht sicher und bin es bis heute nicht. Am Ende setzte ich mich an die Workstation, loggte mich in meinen Laborrechner ein, öffnete eine Befehlszeile und tippte:

```
rm –r /
```

Bevor ich die Enter-Taste drückte, war ich für einen Moment wieder der sechsjährige Junge, der sich in den Rechner seines Vaters eingeloggt hatte und im Begriff war, mit einem einzigen Tastendruck Jahre der Arbeit zunichtezumachen. Vielleicht hatte ich damals das Richtige getan. Vielleicht tat ich jetzt das Falsche. Wie auch immer, für etwas musste ich mich entscheiden. Am nächsten Tag verließ ich Peterborough.

Auf dem Flug nach Europa ging mir die ganze Zeit eine Bemerkung Cynthias durch den Kopf. *Ich glaube nicht an die Liebe, und ich glaube nicht an Gott. Aber in mir ist etwas, das verzweifelt glauben will.*

Es heißt, der Gedanke sei immer ein Abkömmling der Not. Ich behaupte eher: Der Glaube ist ein Abkömmling der Not. Ich habe nie an etwas geglaubt, aber jetzt, da ich unser Ende kenne, erscheint mir der Glaube als tröstliche menschliche Schwäche, der ich nur zu gern nachgeben würde. Als ich in Düsseldorf eintraf und mir in der Stadt, in der ich über zwanzig Jahre gelebt hatte, erst einmal ein Zimmer suchen musste, hätte ich gern an etwas Höheres geglaubt, das allen Schmerz aufheben, alles Unglück von uns abwenden wird.

Ich genoss eine schlaflose Nacht bei Wein und teurem Essen in einem luxuriösen Hotelzimmer, zappte durch zweihundert Fernsehkanäle und amüsierte mich über einen Fernsehprediger, der inbrünstig auf sein Publikum einredete und doch nichts verstanden hatte. Ich sprach den 23. Psalm vor mich hin und erfreute mich daran, mit welch schönen Worten Menschen ihre Angst vor dem Nichts überspielen können. Schließlich schrieb ich meine Geschichte nieder und überlege jetzt, ob ich sie auf einen Datenträger brennen und ihn irgendwo verlieren soll.

In einer Hinsicht, habe ich erfahren, ist das Wissen, dass einem der Tod nahe ist, eine Gnade. Die einfachsten Dinge, vielleicht gerade sie, gewinnen an Bedeutung, und man lernt zu schätzen, was man viel zu selbstverständlich hingenommen hat. Ich habe jetzt erst ganz begriffen, dass meine blinde Leidenschaft für Cynthia, die Illusion einer Liebe, für die ich Wertvolleres weggeworfen habe, bedeutungslos ist gegenüber der einfachen, ehrlichen Zuneigung einer Frau, der ich das Herz gebrochen haben muss. Ich weiß nicht, ob ich Nina wiederfinden werde. Ich glaube einfach daran, dass uns genug Zeit bleiben wird, um etwas von dem zu retten, was hätte sein können. Seit einer Woche bin in Düsseldorf unterwegs, morgen werde ich nach Frankfurt abreisen, um meiner ersten Spur nachzugehen. Man hat mich beschimpft, mir Türen vor der Nase zugeschlagen, aber es ist mir gleich. Die ganze Zeit plagt mich mein Gewissen. Ich gehe durch die Menschenmassen, sehe Abertausende um mich her, und manchmal möchte ich hinausschreien, was ich weiß. Aber ich habe mich entschieden, dass ich es nicht tun werde. Es ist besser, wenn sie nichts wissen, bis zu jenem Tag.

Ob es die richtige Entscheidung war, weiß ich nicht. Ob es mir zusteht, meine letzte Chance auf Glück über alles andere zu stellen, kann ich nicht sagen. Ich weiß, ich werde wünschen, ich hätte anders entschieden. Nein, ich bin mir sicher, dass ich meine Selbstsucht, meine jämmerlichen Hoffnungen, meine grenzenlose Einfalt verfluchen werde. Aber ich weiß auch: Ich werde lieben.

Und deshalb fürchte ich kein Unglück.

Aus: Ronald M. Hahn/Olaf G. Hilscher/
Michael K. Iwoleit (Hrsg.):
Nova 4, Books on Demand, Norderstedt 2003

Zur Feier meines Todes

His soul has approached that region where dwell the vast hosts of the dead. He was conscious of, but could not comprehend, their wayward and flickering existence. His own identity was fading out into a grey impalpable world; the solid world itself which these dead had once reared and lived in was dissolving and dwindling.
James Joyce »The Dead«

Gavrils Leben hatte auf der ganzen Welt Spuren hinterlassen. Es hätte Jahre gebraucht, um sich nur ein grobes Bild seiner weitverzweigten Beziehungen, Verwandtschaften und Aktivitäten zu machen. Die Softbots, die Ask durchs Web schickte, überschwemmten ihn mit Informationen. Sein Workspace füllte sich mit zehntausenden Links, und es war kein Ende abzusehen. In immer entlegeneren Archiven stießen seine Bots auf News, Artikel, Pressemeldungen, Videosequenzen, Bilder: Gavril 2051, von Journalisten bestürmt, auf einer Pressekonferenz nach dem unbefriedigenden Abschluss der Keflavik-Prozesse. Gavril 2098 als Redner bei der Eröffnung des Beringdamms, eine schmale Gestalt in einem cremefarbenen Anzug, mit feucht glänzender, metallisch schimmernder Haut, die auf seine amphibische Lebensweise hindeutete. Gavril 2167 in einem Porträt nach seinem Ausscheiden aus der Global Research University, schon in seiner heutigen Verkörperung, ein Ozeanier mit breiten Schultern, flacher Stirn und glattem schwarzem Haar. Und ein Bild, das Ask erschreckte: Gavril etwa 1998, zwanzig Jahre vor seiner ersten Dechronifikation, auf einer Urlaubsreise im Mittelmeer, ein aufgedunsener Mann mit altersfleckigem Kahlkopf und hängenden Wangen, den Arm um eine klapperdürre, vertrocknete Frau gelegt, deren müde, dunkle Augen und volle Lippen erahnen ließen, welch eine Schönheit sie einmal gewesen war. Das einzig Verbindende waren sein Name und die Kontinuität eines Lebens, das noch Jahrhunderte in immer neuen Wendungen, an immer neuen Orten weitergehen konnte. Nirgendwo fand Ask einen Hinweis, warum Gavril beschlossen hatte, es an seinem zweihundertfünfzigsten Geburtstag zu beenden. Warum er alle, die ihn je gekannt hatten, zur Feier seines Todes einlud.

Gavril hatte die letzten beiden Jahrzehnte vor der Jahrhundertwende als Environment Designer in der Plugin-Kolonie im L5-Sektor gearbeitet und sich nach seiner Rückkehr auf die Erde in der Hangzhou Sea Colony niedergelassen, dem »schwimmenden Shanghai« im Mündungsdelta des Jangste, das seit der Klimaberuhigung aus aller Welt Künstler, Wissenschaftler, Prominente und Geschäftsleute im Zwischenruhestand angelockt hatte. Ask und Emba konnten ihr Glück kaum fassen, als sie seine Nachricht erhielten. Sie hatten nicht mehr damit gerechnet, dass ihr Traum, den sie sich anfangs aus einer Laune zaghaft und versponnen ausphantasiert hatten, jemals wahr werden könne. Es war abzusehen, dass der Weltrat die Bevölkerungsquoten in nächster Zeit nicht mehr anpassen würde. Vor achtzehn Jahren, als sie ihre Bewerbung einreichten, waren weltweit weniger als hundert Menschen im Jahr freiwillig aus dem Dasein geschieden, und daran hatte sich wenig geändert. Es konnte leicht ein Jahrhundert vergehen, bevor ein Paar einen geeigneten Austauschpartner fand und die Genehmigung erhielt, einen Nachkommen zu zeugen.

Auf einmal wurde alles anders. Emba wollte ihr gemeinsames Vagabundenleben als Umwelt-Consulter, das sie mehrmals rund um den Globus geführt hatte, aufgeben und sich in einer der Fjordkolonien in Skandinavien niederlassen. Sie ging darin auf, Pläne zu machen, und weigerte sich strikt, über den Mann zu reden, der seinen Platz für ihr Kind räumen wollte. Ask wusste, dass sie nicht so pragmatisch und kalkulierend war, wie es schien, dass sie die Last auf ihrem Gewissen, die sich nie ganz abschütteln ließ, wenn man vom Freitod eines anderen profitierte, einfach auf ihre Weise zu bewältigen versuchte. Ask musste es anders angehen. Er hatte noch nie jemanden gekannt, der gestorben war. Er hatte nie verstanden, warum der Tod, zu einem Schimmer seiner einstigen Macht verblasst, noch nicht ganz aus der Welt verschwunden war. Der Gedanke, dass jemand freiwillig auf Jahrhunderte – Jahrtausende, wenn er alle Bedingungen erfüllte – unerschöpflicher Erfahrungen, Entdeckungen und Erkenntnisse verzichtete, hatte für ihn etwas Irreales, Monströses, dem er nicht ausweichen konnte. Er wollte alles über Gavril wissen. Er wollte eine Antwort finden. Und als er die Einladung erhielt, Gavril ihm in einer Videomail mitteilte, dass er vor seinem Ende das Paar kennenlernen wolle, das die Verantwortung für ein neues Leben zu schultern wagte, zögerte er nicht lang. Emba ließ sich nicht überreden, ihn zu begleiten. Während seiner Reise leistete sie ihm, so oft sie es einrichten konnte, über einen AR-Link Gesellschaft, dennoch hatte er zu viel Zeit zum Nachdenken. Je näher der Termin rückte, umso größer wurden seine Zweifel, ob er wirklich wissen wollte, warum Gavril sein Leben aufgab.

Bis Mitte des letzten Jahrhunderts hatten im Goldenen Dreieck fast zweihundert Millionen Menschen gelebt. Die Metropolen im Jangtse-Delta, von Hangzhou über Shanghai bis hinauf nach Nanjing, waren damals zu einer einzigen zusammenhängenden Stadt verschmolzen. Inzwischen war die Küstenregion bis fünfzehn Kilometer landeinwärts versumpft, ein schmutziger, von unzähligen neuen Mündungsarmen durchfurchter Saum, der ständig seine Konturen änderte. Im einstigen Finanzdistrikt Pudong konnte man heute zwischen überschwemmten Wolkenkratzern nach seltenen Meerestieren tauchen. Nur auf der Westseite des Huangpu stand noch etwas vom alten Shanghai, ein riesiges Freilichtmuseum für die Touristen. Eine neue Infrastruktur war erst im Entstehen begriffen. Ask musste umständlich von Hongkong aus in mehreren Kurztransfers per Luftfähre anreisen und stieg im südlichen Seeterminal der Bucht von Hangzhou in einen Carrier um. An dieser Stelle hatte die Hangzhou Bay Bridge, damals die längste Meeresbrücke der Welt, sich einmal gegabelt, eine Trasse nach Ningbo, eine nach Shaoxing. Diese Städte gab es heute nicht mehr. Die Brücke reichte nur noch wenige Kilometer über die Sea Colony hinaus und endete, wo der nördliche Hängebrückenteil nach einer Sturmflut eingestürzt war, mitten im Meer.

Ask verbrachte die vierzigminütige Überfahrt allein auf dem regenfeuchten Aussichtsdeck, stützte sich aufs Geländer und hielt den Kopf in den Fahrtwind. Von den Magnetschienen vor der Schnauze des Carriers stiegen Wasserdampfschwaden auf. Das schmale, langgestreckte Band der Hangzhou-Brücke verlor sich vor Ask in eine verschwommene Ferne. Eine Zeit lang konnte er sich damit ablenken, dass er durch die Ferngläser zum Festland hinübersah. Er versuchte, die zerklüfteten Küstenabbrüche bei Huangzhou zu erkennen, wo ein angeschwollener Mündungsarm des Jangtse mit jedem Jahr weitere Küstenabschnitte unterspülte. Er sah bei Dingbo, wo die Küste langsam näher rückte, die Pfeiler der alten Ostbrücke aus dem Meer ragen. Irgendwann kamen auf der rechten, seewärtigen Seite der Brücke die ersten Inseln des künstlichen Archipels in Sicht, offene Ringstrukturen von fünfzig bis hundert Metern Durchmesser, blendend weiß und in fließend organischem Design. Es konnte nicht mehr weit sein, und Ask glaubte, durch den Dunst schon die Pfeiler, Türme und Plattformen des Service Centers zu erkennen, farblos und gläsern wie Kristallgebilde. Seine Unruhe wuchs von Minute zu Minute. Alle Vorsätze, die er gefasst, alle Worte, die er sich zurechtgelegt hatte, verflüchtigten sich aus seinem Kopf. Zum ersten Mal war er ein wenig wütend, weil Emba ihn in dieser Situation alleingelassen hatte.

Er zögerte einen Moment, dann tippte er auf den Schläfenkontakt seines Headsets. Zwei Mikromonitore klappten vor seinen Augen herunter. Farbflecken tanzten vor seinem Gesicht, als das Bild aufgebaut wurde. Es dauerte etwas, bis sich die Verbindung stabilisierte. Endlich schien neben ihm die Luft zu flimmern, und auf einmal stand Emba an seiner Seite, eine blasse Blondine mit welligem Haar und melancholischen Augen, immer mit weiten, dünnen Stoffen bekleidet, die ihre zerbrechliche Figur verhüllten.

»Wo bist du jetzt?«, fragte sie. Ihre Stimme klang weit kräftiger, als man es bei einer so zarten Person erwarten mochte, zeugte von ihrem Willen, ihrer Klarheit, ihrem Hang zu unbeirrbaren Entschlüssen.

»Ich zeig's dir.« Er drehte sich langsam um die eigene Achse, damit sie die Umgebung aus seiner Perspektive betrachten konnte, und hielt in Bugrichtung inne. »Da hinten sieht man's schon.« Er räusperte sich. »Ich weiß nicht, wie ich reagieren werde, wenn ich ihm gegenüberstehe. Es kommt mir so vor, als ob ich in etwas Privates eindringe. Ich nehme an, es werden hunderte Gäste dort sein, die ihn kennen und schätzen und bessere Argumente haben als ich. Was ist, wenn er in Zweifel gerät? Wie soll ich ihn überzeugen?«

»Das erwartet niemand von dir. Das Sterben ist eine persönliche Angelegenheit. Er wird sich genau überlegt haben, was er tut.«

»Wissen wir denn, was wir tun? Ich meine, wissen wir es besser als die Menschen vor zweihundert Jahren? Damals war die Fortpflanzung ein normaler Teil des Lebens. Heute ist jedes neue Leben ein Projekt. Wir planen genau, wie wir unsere genetischen Anlagen kombinieren, welche Allele wir dazukaufen, welche Veranlagungen und Enhancements wir unserem Kind mitgeben. Aber wenn jemand wie Gavril keine Perspektiven mehr sieht, welche Garantie haben wir, dass nicht etwas schrecklich schiefgehen könnte, dass unser Nachkomme nicht in fünfzig oder hundert Jahren zu derselben Entscheidung kommt und alles aufgibt, was wir uns für ihn ausgemalt haben?«

Emba lächelte fast mitleidig. »Du drehst dich im Kreis. Das hatten wir alles schon. Waren wir uns nicht einig?«

»Ich muss noch ein wenig allein darüber nachdenken, ja?« Sie nickte, und er fasste sich an die Schläfe und brach die Verbindung ab. Zehn Minuten später erreichte der Carrier sein Ziel.

Das Service Center war ursprünglich eine Zwischenstation für Autoreisende von Ningbo nach Shanghai gewesen, ein spinnenartig an die Brücke geklammerter Komplex aus Restaurants, Hotels, Konferenzzentren und Aussichtstürmen, der in den Jahren der Flutkatastrophen zu einer leeren Schale verfallen war. Erst die Gründer der Sea Colony hatten die Konstruktion vor zwei Jahrzehnten wieder in Betrieb genommen und zur Verkehrsnabe des Archipels umfunktioniert. Ein Gewirr aus hunderten von kleinen und großen Schwimminseln war seitdem über viele Quadratkilometer in die Bucht hineingewachsen. Ausläufer der Kolonie reichten bis zum verfallenen Yangshan-Tiefwasserhafen. Bald sollten die ersten Inseln in den Mündungsarmen des Jangtse verankert werden. Planer träumten davon, das ganze Delta wiederzubeleben, eine neue, schwimmende Megapolis zu errichten. Die Kolonie war zum Geheimtipp von Soziotechnikern, Architekten und Investoren gediehen, die hier einen Markt der Zukunft witterten. Und zum größten Touristen-Mekka in Asien.

Die Carrierstrecke endete in einer muschelförmigen Halle, erfüllt von Stimmengewirr, Musik aus Holo-Werbeterminals und Durchsagen in einem Dutzend euroasiatischer Kommunikationscodes. Ask nahm sich, hoch über dem Fußgängergewimmel der Mall-Plaza, ein kleines Hotelzimmer, wo er sein Gepäck ablegte, sich frisch machte und lange darüber nachdachte, was er tun sollte. Er war sich seiner Entscheidung noch nicht sicher, als ein AirCab ihn zwei Stunden später noch einige Kilometer die verfallene Nordstrecke der Brücke entlangflog, über den grün schimmernden Wabengittern der Algenfarben nach Osten abbog und zuletzt, schon im offenen Meer, eine lockere Ansammlung lagunenartiger Garteninseln erreichte, einige in streng gepflegtem Landschaftsdesign, einige gezügelt verwildert. Der Leitstrahl ließ ihn mehrere Male über Gavrils Privatinsel kreisen, einem sichelförmigen Gebilde von vielleicht anderthalb Kilometern Ausdehnung, einem übersichtlichen, doch planlos wirkenden Patchwork aus Wiesen, Parks und pavillonartigen Bauten. Er landete schließlich vor der Freitreppe zu einem säulenumschlossenen Gebäude, das an einen Shinto-Tempel erinnerte. Es dämmerte schon, und die diesige Abendsonne tauchte alles in ein rötliches Schimmern, ließ die Konturen des Gebäudes, der Bäume und Büsche ringsum, der Elektrocaddies auf den Fahrwegen verschwimmen.

Ask brauchte fast eine Viertelstunde, bis er sich überwinden konnte und ausstieg. Immer wieder schaute er zwischen dem langgezogenen Strand, an dem Spaziergänger entlangflanierten, und dem Park oben auf dem Hügel hin und her, aus dem das Gebäude, mit geschwungenem Dach und in erdigen Farben, wie etwas Gewachsenes und nicht Gebautes hervorstand. Mit einem Gefühl banger Erwartung beobachtete er die Gäste, die einzeln oder in kleinen Gruppen die Treppe emporstiegen, leger gekleidet zwar, wie Gavril es gewünscht hatte, doch langsam und zaghaft, ehrfürchtig fast, wie erstmalige Besucher eines Gottesdienstes. Ask schien nicht der Einzige zu sein, den die bevorstehende Begegnung mit dem Tod beklommen machte.

In der Halle, in die er schließlich hinaufging, einen leicht abgedunkelten, von abstrakten Deckenbemalungen hoch überwölbten Raum, erinnerten nur ein Büfett und zwei Bars im Hintergrund daran, dass hier eine Feier stattfand. Ask hatte eher das Gefühl, als beträte er ein Museum. Es herrschte eine sakrale Stille, die niemand mit mehr als ein paar geflüsterten Worten zu stören wagte. Wie Teile eines unfertigen Labyrinths standen eine Anzahl von Holotafeln über das Parkett verstreut, die offenbar Schnappschüsse aus Gavrils Leben zeigten. Als Ask den Saal betrat, hörte er aus seinem Headset einen Glockenton, und von der Garderobe kam ein kleiner, hohlwangiger Mann in Livree auf ihn zu. Er fragte nach seinem Namen und begrüßte ihn mit einer Verbeugung.

»Ich bin Ian, Gavrils Assistent«, sagte er. »Er lässt ausrichten, dass er sich später gern unter vier Augen mit Ihnen unterhalten möchte. Es freut ihn ganz besonders, dass Sie gekommen sind. Bitte haben Sie ein wenig Geduld. Es sind noch nicht alle Gäste eingetroffen, die wir erwarten.«

»Wann wird er ...?« Ask wusste nicht, wie er es ausdrücken sollte. »Ich meine, wie will er es tun? Wann soll es geschehen? Im Laufe dieses Abends? Wird er ein paar Abschiedsworte sprechen und dann ...«

»Machen Sie sich keine Gedanken darüber. Es soll ein ganz behutsamer und heiterer Abschied werden. Wir haben diesen Abend lang geplant, und ich glaube, wir haben eine angenehme Lösung gefunden. Machen Sie sich erst einmal bekannt. Trinken Sie etwas. Und Vorsicht«, fügte er hinzu, als Ask einer der Holotafeln näher kam.

»Sie sollten nicht unvorbereitet vor diese Bilder treten. Es könnte Sie desorientieren.«

»Wieso?«, fragte Ask und sah an einem verwackelten Bild hoch, das Gavril, in seiner ursprünglichen Gestalt, halb ausgestreckt, mit offenem Mund und zusammengekniffenen Augen auf dem Rücksitz eines Fahrzeugs zeigte.

»Gavril nennt es die Galerie seines Lebens«, erklärte Ian. »Sie soll seinen Gästen einen Eindruck vermitteln, wer er gewesen ist. Wenn sie auf einen bestimmten Abstand an eine dieser Tafeln herantreten, loggen sich ihre Com-Module automatisch in einen Infostream ein, und Sie erleben in Ihrem Workspace eine rekonstruierte Szene aus seinem Leben. Probieren Sie's ruhig mal aus. Sie sollten nur ganz entspannt sein, sonst könnte es unangenehm werden.« Er verbeugte sich noch einmal. »Sie entschuldigen mich.«

Ask bemerkte jetzt erst, dass überall im Saal Gäste vor den Holotafeln stehen blieben, die Bilder betrachteten und auf einmal die Augen schlossen und in einen tranceartigen Zustand verfielen. Einige zitterten dabei, andere atmeten schwer, wieder andere in seiner Nähe hörte er leise stöhnen. Wenn sie sich nach einigen Minuten aus der Starre lösten, war ihnen eine Erschütterung anzumerken, als hätten sie gerade einen emotionalen Schock erlitten. Manche sahen noch einmal die Tafeln auf und ab, schüttelten den Kopf oder machten bestürzte bis traurige Gesichter. Ask fiel eine große, dunkelhaarige Frau mit slawischen Gesichtszügen auf, die ein klassisch geschnittenes schwarzes Kostüm trug und weinte, als sie von einer Tafel zurücktrat.

Er ging vorsichtig und auf Abstand bedacht zwischen den Tafeln umher. Jedes Bild war mit einer Jahres- und Ortsangabe versehen. Sie waren auf keine erkennbare Weise geordnet und umfassten einen Zeitraum von fast zweihundert Jahren. Die früheste Szene stammte aus dem Jahr 2015, ungefähr der Zeit, die Geschichtsschreiber als Beginn der transhumanen Epoche ansetzten. Von einer Stadt namens São Paulo hatte Ask irgendwann einmal in einem Weblexikon gelesen. Diese Tafel machte ihn besonders neugierig, weil sein Vorstellungsvermögen immer an der Frage gescheitert war, wie Menschen vor der Epochenwende, im sicheren Wissen ihrer kurzen Lebensdauer, gelebt hatten; weil er sich während seiner Erkundigungen oft gefragt hatte, auf welche Weise Gavril, 1957 geboren, und seine Entwicklung davon beeinflusst waren, dass er diese Zeit noch erlebt hatte. Ob seine Entscheidung vielleicht etwas damit zu tun hatte.

Ask betrachtete die Standaufnahme mit wachsender Faszination: ein Taxi, das in strömendem Regen am Straßenrand hielt. Ein grauhaariger Mann, der mit hochgerafftem Mantel auf einen Hoteleingang zulief. Hell erleuchtete Fenster, durch die man verschwommen zusammengedrängte Menschen, hoch gestapeltes Gepäck, mit Kleidungsstücken überhäufte Stühle erkennen konnte. Wieder musste er gegen das Gefühl ankämpfen, dass all dies zu persönlich war, dass es ihn nichts anging, dass Embas nüchterne Distanz die vernünftigere Haltung war. Doch dann siegte seine Neugier, er trat auf einen am Boden rot markierten Punkt, und auf einmal wurde alles schwarz. Einige Sekunden lang glaubte er zu stürzen, gequetscht, gestaucht und wieder in die Länge gezogen zu werden, dröhnte ihm ein Geräusch wie von tausend Wasserfällen in den Ohren, dann ---

--- geriet das Taxi auf der Avenida do Estado, in der Abfahrtanlage am Kanal, in einen Stau hinein. Eine Stunde lang ging nichts mehr. Krankenwagen, Löschzüge und Polizeifahrzeuge hatten sich mit hunderten Pkw zu einem unüberschaubaren Chaos verkeilt. Gavril wischte mit dem Ärmel über das Seitenfenster und schaute zu den Überführungen hinauf, wo ineinander geschobene Autokolonnen über die Fahrbahnbegrenzungen zu kippen drohten. Zwischen den Plastik- und Wellblechhütten unter den Brücken drängten sich zerlumpte Gestalten zusammen. Schmutzigbraune Schlieren liefen die Fenster hinunter. Der Regen prasselte mit einer Gewalt aufs Dach, als sollte er das Fahrzeug durchlöchern. Aus den Belüftungsschlitzen der Klimaanlage drang feuchtheiße Luft, und Gavril knöpfte sich das Hemd weiter auf. Der Fahrer, ein schnauzbärtiger, wettergegerbter Alter mit Baseballmütze, fluchte wie ein Verrückter, und Gavril war froh, dass sein Portugiesisch nur für die gebräuchlichsten Schimpfwörter ausreichte. Er bat den Fahrer einige Male um Mäßigung, aber der Alte malträtierte unbeirrbar seine Hupe, so wie hunderte andere auf der Straße.

Aus dem Handy, das Gavril sich ans Ohr drückte, kam nur Knistern und Kratzen. Simon war wieder rausgeflogen. Gavril kramte in seiner Umhängetasche nach dem Notepad und startete den E-Mail-Client. Wenigstens die Wireless-Verbindung ins Netz war einigermaßen stabil, und er schickte Simon eine Mail, in der er fragte, ob er ihn in dieser Höllenstadt zum Teufel gehen lassen wollte. Zwei Minuten später piepste das Handy wieder. »Ja, ja, schon gut«, sagte Simon, als Gavril abhob, diesmal deutlich besser zu verstehen. »Wir arbeiten daran. Es ist wirklich nicht einfach, da unten einen ordentlichen Satelliten-Hook zu finden. Jetzt müsste es gehen.«

»Kannst du mir mal erklären, was in deinem Kopf vor sich geht?«, schnauzte Gavril. »Ich komme mir allmählich vor wie ein Katastrophentourist. Vor zwei Wochen das Erdbeben in der Türkei. Letztes Wochenende diese schöne Leichenparade an den Stränden von Chittagong, und jetzt schickst du mich wieder mitten in die Scheiße hinein.«

»Das lässt sich kaum vermeiden, wenn du eine Frau suchst, die für eine Hilfsorganisation unterwegs ist.«

»Kann ich mich denn darauf verlassen, dass sie diesmal nicht schon wieder im Flugzeug sitzt, bevor ich sie in die Finger bekomme? Diese Tour ist kein Spaß für mich. Ich bin noch nicht wieder ganz gesund. Wenn wir nicht endlich Erfolg haben, schmeiß ich euch raus und such mir ein paar Profis, die ihr Geld wert sind.«

Simon schnaubte. »Die Leute vom World Disaster Service haben im Paulista Center Hotel ein provisorisches Hauptquartier eingerichtet. Sie ist mit Sicherheit noch dort, vielleicht unter einem anderen Namen. Wir versuchen's gerade herauszubekommen. Von deiner jetzigen Position sind es etwa zwei Kilometer Luftlinie.«

»Zwei Kilometer Luftlinie sind unter diesen Umständen endlos. Es geht nur noch zentimeterweise voran, wenn überhaupt.«

»Ich kann nichts dafür. Wenn's dir nicht passt, steig aus und geh zu Fuß.«

»Wenn ich fit wäre, könnte ich schwimmen«, sagte Gavril mit einem Blick auf die überflutete Fahrbahn. Den Wagen auf der Nebenspur stand das Wasser bis zu den Radkappen. »Was ist hier überhaupt los? Auf der Fahrt vom Flughafen ist ständig Polizei und Feuerwehr an uns vorbeigebraust, aber keiner weiß etwas Genaues. Ich habe auf den brasilianischen Newsseiten nachgeschaut. Nichts Aktuelles.«

»Dasselbe wie letzte Woche, als der WDS seine Leute ins Land geschickt hat«, erklärte Simon. »Nur ein paar Nummern größer. An einem der Stauseen im Süden hat's einen Erdrutsch gegeben. Auf zwei Kilometer Länge sind die ganzen Favelas runtergekommen, und jetzt schwimmen in einem der letzten einigermaßen sauberen

Wasserreservoirs tausende Leichen. Ich würde mich an deiner Stelle mit Mineralwasser aus dem Supermarkt eindecken. Mit dem, was in den nächsten Tagen aus den Leitungen kommt, würde ich mir nicht mal die Füße waschen.«

»Sie muss verrückt sein«, brummte Gavril. Die Schwüle drückte ihm wie eine stählerne Hand die Schläfen zusammen. Er fingerte in seiner Hosentasche nach der Medikamentenschachtel. »Eine alte Frau. Was habe ich Schreckliches getan, dass sie lieber solche Strapazen auf sich nimmt, statt mit mir zu reden? Es ist ein Skandal, dass man sie überhaupt mitnimmt.«

»Der WDS ist chronisch unterfinanziert und für jede Unterstützung dankbar. Und sei es eine alte Dame, die am Terminal sitzt und die Einsätze koordiniert. So schlecht scheint sie's nicht zu machen, sonst wäre sie längst wieder zu Hause.« Simon lachte trocken. »Was Verrücktheit angeht, nehmt ihr euch nicht viel. Warum verfolgst du sie um die halbe Welt? Eure Geschichte ist Vergangenheit. Warum belässt du's nicht dabei?«

»Reine Eitelkeit«, sagte Gavril. »Sie hat mich nicht verlassen, als ich sabbernd in einem Krankenhausbett lag und mich regelmäßig eingenässt habe. Sie hat mich verlassen, als ich wieder auf eigenen Beinen stehen, sprechen, mir selbst die Schuhe zubinden und den Hintern abwischen konnte. Es kränkt mich einfach, in Ordnung? Ich habe mit dieser Frau fünfzehn Jahre zusammengelebt, und ich habe ein Recht auf eine Erklärung. Danach kann sie machen, was sie will.«

»Wenn du meine Meinung wissen willst ...«

»Nein, will ich nicht.« Ein Ruck erschütterte den Wagen. Zur Abwechslung schrie der Fahrer mal nicht, sondern jaulte wie ein Hund, dem man auf die Pfoten getreten hatte. »Da vorn scheint sich was zu tun. Ich melde mich, wenn ich im Hotel bin. »

Um den Preis leichter Blechschäden, die an seiner zerbeulten, aus mindestens drei Benz-Wracks zusammengeschweißten Karre nicht weiter auffallen würden, gelang es dem Fahrer, sich mit einigen rabiaten Manövern durch die Lücken zu quetschen, die sich unversehens auf den Nebenspuren öffneten. Nach einer Irrfahrt durch das verstopfte Straßenlabyrinth zwischen dem Praça de Sé und der Rua da Consolação, nach etlichen Vollbremsungen und Fast-Zusammenstößen, die Gavril mehrmals gegen den Vordersitz schleuderten, weil die Arretierung seines Sicherheitsgurts recht launisch reagierte, erreichten sie schließlich das Hotel, einen Achtzigerjahre-Bau mit schräg vorspringenden Obergeschossen, bunt angestrahlter Fassade und Pflanzenkübeln unter dem Eingangsvordach. Fast während der ganzen Fahrt hielt Gavril die Augen geschlossen, wünschte sich, er hätte an einen Gott geglaubt, zu dem er in dieser Situation hätte beten können, und warf sich eine Tablette nach der anderen ein, damit er nicht auch noch seinen eigenen Mageninhalt auf die verdreckte Rückbank spuckte. Er zählte die Scheine nicht, die er dem Fahrer in die Hände drückte, wollte nur weg aus der Obhut des greisen PS-Rowdies und hielt sich die Jacke, seine Reisetasche, die Einkaufstüten, alles über den Kopf, was er dabei hatte, als er zum Hoteleingang lief. Die nach Chemikalien stinkende Brühe, die vom Himmel regnete, prasselte noch heftiger als vorhin über die Gehsteige. Es waren höchstens zwanzig Meter, dennoch war Gavril bis auf die Knochen durchnässt, als er sich unter das Vordach rettete und an einem pikiert dreinblickenden Hoteldiener vorbei in die Halle schob.

Seine Hoffnung auf eine funktionierende Klimaanlage und erträglichere Luft wurde enttäuscht. Der Mief, der ihm, leicht parfümiert, dafür umso heißer und gesättigter, im Foyer entgegenschlug, war dieselbe Mischung aus Schweiß, Zigarettenrauch, den Ausdünstungen muffig-feuchter Kleidung und einem durch alle Ritzen dringenden Smog, der in dieser Stadt jedes öffentliche Gebäude wie ein kränkliches, substanzloses Fluidum ausfüllte. Als Gavril sich, vorbei an Gepäckstapeln und umgekippten Kleiderständern, die ersten Schritte durchs Gedränge rempelte, schlug ihm ein grelles Sprachenwirrwarr ans Ohr, aus dem er englische, portugiesische, spanische und deutsche Fetzen heraushörte. Hinter dem Empfangstisch kämpfte ein junger Kerl mit blassem Gesicht und gegeltem Haar, von einer Horde mit Papieren wedelnder Gäste bedrängt, sichtlich um seine Contenance. Gavril versuchte, zwischen den Schultern und Köpfen der Umstehenden etwas mehr von den Räumlichkeiten zu erkennen, und bemerkte eine Frau in einem aufgeknöpften, mit einem roten Kreuz versehenen Overall, die in einem Korridor hinter der Rezeption verschwand. Gavril benutzte sein Gepäck wie einen Puffer, den er vor sich hielt und mit dem er sanfte Gewalt ausübte, als er ihr nach hinten in einen Konferenzraum folgte.

Schon im Korridor standen dicht an dicht mit Webterminals und Telefonen beladene Tische, an denen Frauen und Männer in den Uniformen diverser Hilfsorganisationen saßen. In dem schmalen

Saal, in den er mündete, drängten sich mindestens hundert Menschen zusammen, liefen mit Notepads und Printouts in den Händen kreuz und quer, telefonierten oder schrien durcheinander, standen in Gruppen um große Flachmonitore und diskutierten Grafiken oder Live-Aufnahmen von der Unglücksstelle. Gavril entdeckte eine dunkelhäutige Frau mit einem WDS-Button an der offenherzig aufgeknöpften Bluse, eine junge Brasilianerin, die nur das Gesicht verzog und sich eine Hand ans Ohr legte, als er an ihren Tisch trat und sie ansprach.

»Mona Weber, *da Alemanha*«, wiederholte er so laut wie möglich, klemmte sich das Gepäck zwischen die Beine und fingerte die Brieftasche aus seiner Weste, um ihr das Foto zu zeigen. »Ist sie hier irgendwo?« Er versuchte es auf Portugiesisch, Englisch und Deutsch, aber die Frau schüttelte nur den Kopf, warf nicht einen Blick auf das Foto und kurvte weiter mit einer Computermaus über den kaffeebekleckerten Tisch. Gavril japste nach Luft, strich sich mit einer Hand die Nässe aus dem Haar, streifte die Weste ab und versuchte, sich mit der Brieftasche etwas Kühle ins Gesicht zu wedeln. Er war kurz davor, mit der Faust auf den Tisch zu schlagen, als sein schweifender Blick an einer Gruppe von Sanitätern hängen blieb, die vor dem Aufzug am Eingang warteten. Er sah flüchtig einen grauen, zurückgebundenen Haarschopf, eine schmächtige Gestalt, die zwischen den kräftigen, jungen Typen fast verschwand, und ein Stich ging ihm durchs Herz. Er ließ sein Gepäck stehen, schob sich quer an den Tischen vorbei, aber der Aufzug war schon unterwegs. Gavril beobachtete das Segmentdisplay, das mit einem Blinken den dritten Stock anzeigte, und fuhr mit dem nächsten Aufzug hinterher.

In den Zimmerkorridoren hing ein Geruch in der Luft, als habe man eben erst eine Horde fetter, transpirierender Bumstouristen durch das Geschoss geschleust, aber es war vergleichsweise kühl und ruhig. Gavril hörte Stimmen und hielt an der Kreuzung zweier Flure inne, um zu horchen, woher sie kamen. Sein Blick blieb an einem messinggerahmten, von Kerzenleuchtern flankierten Spiegel an der Wand gegenüber hängen, und wie immer seit seiner Reha konnte er sich nicht mit dem Mann identifizieren, den er dort sah. Es war ein alter Mann, stiernackig und untersetzt, schwerfällig und in den Knien gebeugt, mit einem breiten Gesicht, Tränensäcken, platter

Nase und herabgesackten Wangen, ein paar Strähnen Resthaar, die feucht am Hinterkopf klebten.

Aus verschwommenen Erinnerungen an die Zeit vor dem Eingriff kannte Gavril diesen Mann, einen alternden Mediziner, der mit Mitte fünfzig an sich selbst Demenzerscheinungen diagnostiziert und sich als Versuchskaninchen für eine neuartige regenerative Stammzellentherapie zur Verfügung gestellt hatte. Aber er hatte nicht das Gefühl, dass er und dieser Mann wirklich ein und dieselbe Person waren. Nach der Implantation, als er wie ein Kind die elementarsten Handlungen neu lernen musste, hatten ihm die Ärzte versichert, dass sein Ich-Gefühl mit der Zeit zurückkehren würde. Die Kluft zwischen dem, was er im Spiegel sah, und seinem Gefühl von sich selbst war aber eher noch größer geworden. Er fühlte sich noch schwach, wie von einer schweren Krankheit genesen, aber nicht alt. Mona hatte nie verstanden, dass der verbrauchte Körper, in dem er steckte, eine Fessel war, die ihn hinderte, seine neuen inneren Kräfte zu entfalten. Die Dechronifikation, die er im nächsten Jahr beginnen wollte, war kein Ausdruck von Größenwahn, sondern einfach ein Versuch, sein inneres und äußeres Bild von sich selbst wieder in Übereinstimmung zu bringen.

Wieder hörte er Stimmen, drei oder vier Personen, die sich auf Englisch verabschiedeten, darunter eine Frau, die mit schwacher, fast fiepsiger Stimme sprach. Gavril wandte sich nach rechts, und als er in den nächsten Korridor einbog, sah er eine Frau, die nur Mona sein konnte, mit einer Keycard an einem Türschloss fuchteln. Auch ihr Anblick ließ ihn für einen Moment stutzen. Er hatte, seit sie ein halbes Jahr nach seiner Entlassung ohne ein Wort der Erklärung von einem Tag auf den anderen aus ihrem gemeinsamen Haus verschwunden war, monatelang nach ihr gefahndet, sich tausendmal ausgemalt, welche Szene er ihr machen, mit welchen Vorwürfen und Beteuerungen er sie zurückholen wollte. All das verflüchtigte sich auf einmal. Irgendetwas fehlte. Er erinnerte sich an die Mona, die er '96 kennengelernt hatte, Anfang fünfzig damals, zwölf Jahre älter als er, immer noch eine attraktive Frau mit braunen Augen und sinnlichen Lippen, die in ihren gemeinsamen Jahren aber schnell verblasst, ergraut, hager und formlos geworden war. Er erinnerte sich, dass er mit ihr glücklich gewesen war, wusste aber nicht mehr, warum. Die kleine, geisterhaft dürre Person, die am Ende des Korridors stand, war nur ein Schatten der Frau, die er einmal geliebt hatte. Er verstand es selbst nicht, es war vielleicht nur ein Reflex, weshalb er trotzdem weiterging und ihren Namen rief.

An der Art, wie sie aufblickte, den Kopf leicht in den Nacken legte und ihm ruhig entgegensah, erkannte er eine Spur der alten Mona wieder. Sie wirkte nicht im Mindesten überrascht. Mit zittrigen Fingern gelang es ihr endlich, die Keycard ins Schloss zu stecken. Sie ließ die Tür offen stehen. Als er ihr ins Zimmer folgte, saß sie an einem Tisch am verhangenen Fenster, das Gesicht wie versteinert in einem Ausdruck zwischen Erschöpfung und Resignation. Gavril blieb in der Tür stehen und stützte sich am Rahmen, weil ihm schwindelte. Sein Körper reagierte auf die Strapazen, aber das war alles. Gavril horchte in sich hinein, rechnete damit, dass irgendein Gefühl in ihm hochkommen würde. Doch er spürte nichts als eine oberflächliche Erregung, so, als ob eine Subroutine aus seinem früheren Dasein weiterlief, in einer sinnlosen Schleife ohne Abbruchbedingung.

»Hast du mir nichts zu sagen?«, fragte er dennoch. Es klang hohl und ausdruckslos, als habe er die Frage auswendig gelernt, ohne sie zu verstehen.

»Nein«, sagte sie so leise, dass er es kaum hörte. Und fügte nach einer Pause hinzu: »Ich habe erfahren, dass du mich suchst. Wenn du mir etwas sagen willst, dann bitte, ich hör dir zu. Aber ich habe nicht viel Zeit. Ich muss mich ein wenig ausruhen, danach wartet wieder viel Arbeit auf mich.«

»Bin ich dir so wenig wert? Beendet man das so, nach allem, was wir gemeinsam durchgestanden haben? Einfach verschwinden und in einem dubiosen Hilfswerk die Mutter Teresa spielen? Warum hast du nicht wenigstens mit mir gesprochen?«

Sie lächelte traurig. »Ich möchte mit meiner Zeit noch etwas Sinnvolles anfangen. Und mit wem hätte ich sprechen sollen? Der Mann, den ich geliebt habe, war tot.«

»Was soll dieser Unsinn? Man hat mir vierhundert Gramm neues Nervengewebe implantiert, aus eigenen Stammzellen gezüchtet. Vorher war ich ein sabberndes Wrack. Danach fühlte ich mich wie neu geboren. Ja, ich musste vieles neu lernen, es war nicht einfach, aber wie kann es sein, dass dir ein hoffnungsloser Pflegefall lieber gewesen ist als ich? Weil du dich endlich einmal stärker fühlen konntest?«

»Du hast es wirklich nie verstanden. Wie auch?« Sie presste die Lippen aufeinander und schüttelte langsam den Kopf. »Ich hätte alles hingenommen. Wir wollten zusammen alt werden, und solche

Dinge geschehen nun einmal. Ich hätte dich bis zum Ende gepflegt und nicht darüber geklagt, wenn du unter meinen Händen dahingesiecht wärst. Aber ich konnte es nicht ertragen, dass im Körper meines Mannes auf einmal ein anderer Mensch steckte.«

»Das kann nicht dein Ernst sein. Dir wäre es lieber gewesen, wenn ich verreckt wäre? Es war meine einzige Chance.« Gavril fragte sich, was er mit diesem Gespräch bezweckte, warum er sich nicht einfach umdrehte und ging. Er konnte für die Frau, die hier vor ihm saß, nichts mehr empfinden. Aber etwas in ihm verlangte nach Klarheit, wollte wissen, wo er stand.

»Ich glaube dir, dass es sich für dich gelohnt hat«, sagte Mona. »Als das Körperliche wieder funktionierte, war auf einmal so viel Energie in dir. So viel Wille. Du hast wieder in die Zukunft geschaut. Du hast gleich die nächsten Behandlungen geplant. Das Weiterleben hat dir nicht genügt, du wolltest wieder jung sein. Du hast eine ganze Welt neuer Möglichkeiten vor dir gesehen.«

»Aber dieselben Möglichkeiten hattest du doch auch. Ich bin wohlhabend. Ich hätte dir ... Ich meine, wenn du selbst einmal ...«

»Nein. Die Aussicht, in ein paar Jahren zu sterben, hat mich nie so erschreckt wie das, was mit dir passiert ist. Ein Viertel deines Gehirns ist neu und hat neue Strukturen ausgebildet. Ganze Teile deiner Persönlichkeit sind verschwunden und durch etwas anderes ersetzt worden. Wir waren beide so mit dem Heilungsprozess beschäftigt, dass ich es selbst erst nicht verstanden habe. Du hast nicht mehr so gesprochen wie vorher. Du hast andere Dinge gemocht, anders gegessen, getrunken, hattest einen anderen Gang, hast die Welt anders betrachtet, hast mich anders angesehen, anders berührt. Als ich begriff, dass mein Gavril nicht mehr existiert, musste ich einfach gehen. Du hättest es nicht verstanden.«

Gavril wollte widersprechen, aber ihm fiel kein Argument ein, das ihn selbst überzeugt hätte. Seine eigene Perspektive war lückenhaft. Er hatte keine Maßstäbe, um das Vorher und Nachher zu vergleichen, und vielleicht hatte er Mona deshalb gesucht, als sein einziges Bindeglied, das ihm verloren zu gehen drohte. »Und was soll jetzt werden?«, fragte er nach einer Weile. »Wollen wir so tun, als sei nie etwas gewesen?«

Sie breitete in einer hilflosen Geste die Hände auseinander. »Für mich ist Gavril wie tot und begraben. Es ist furchtbar, dich vor mir zu sehen. Sei doch ehrlich, ich bedeute dir überhaupt nichts mehr.«

Obwohl sich alles in ihm dagegen sträubte, nickte er stockend. »Ich ...« Er musste mehrmals ansetzen, um es auszusprechen. »Ich fühle mich trotzdem für dich verantwortlich.«

»Das ist nicht nötig«, sagte sie, und er sah ihr an, welche Überwindung es sie kostete. »Du wirst mich bald vergessen, und es ist besser so. Ich kann nicht beurteilen, welche Chancen dir die neuen Behandlungen bieten. Vielleicht kannst du dein Leben wirklich um Jahrzehnte oder gar Jahrhunderte verlängern. Aber es ist dein Weg, nicht meiner.«

»Ich werde dich sicher nicht vergessen«, sagte Gavril. »Es ist noch eine Menge von ihm in mir, und er hat dich sehr geliebt.«

»Ich weiß«, sagte sie. »Aber alles hat seine Zeit.«

Er überlegte lang, wusste aber nicht, was er noch sagen sollte. Sie saß ruhig da, während er sie ein letztes Mal betrachtete, und obwohl sich nichts Sichtbares an der tief in ihr Gesicht gegrabenen Trauer, ihrer knochigen Gestalt, der aschgrauen Haut änderte, hatte er das Gefühl, dass ein Schleier von ihr heruntergerissen wurde, eine Last von ihr abfiel, sich etwas Heiteres und Dankbares ihrer bemächtigte. Vielleicht empfand sie dieselbe Erleichterung wie er, als er sich umdrehte und in den Korridor hinausging. Ein Teil von ihm fand es grausam, sie so zurückzulassen, alt und allein unter all den jungen Menschen, denen sie, während ihre letzten Kräfte schwanden, nicht mehr lang helfen konnte. Aber er wusste, dass er keine andere Wahl hatte. Der neue Gavril konnte ihr nichts mehr geben. Er hatte nichts mehr mit ihr zu tun ---

--- und mit dem ersten Schritt aus dem Lift, ins hektische Durcheinander im Foyer hinein, erstarrte das Bild, verlor an Farbe und Tiefe und schrumpfte zu einem Icon, das in Asks Blickfeld nach rechts oben, an den Rand seines Workspaces wegschwebte. Ask hatte noch nie eine sensorisch so intensive Simulation erlebt. Als ob er aus einer kochenden, übelriechenden Flüssigkeit auftauchte, vibrierte in ihm eine Essenz der wenigen Minuten nach, die er in dieser vergangenen Welt verbracht hatte, fühlte er sich noch eingeschnürt von ihrer Enge und Aufdringlichkeit, ihrem Lärm, ihren Gerüchen, ihrer ganzen Zügellosigkeit und Unordnung. Die Mikromonitore klappten von seinen Augen hoch. Er atmete tief durch, und als er zitternd von der Holotafel zurücktrat, durchströmte ihn ein nie gekanntes Gefühl der Befreiung, der Entgrenzung, schienen sich um ihn unendliche

Räume zu öffnen, in die sich alle Verwirrungen und Aufregungen dieser fernen Episode aus Gavrils Leben verloren.

Nach einigen Sekunden schoben sich die Gegenwart, sein eigenes Leben, die Umstände seines Besuchs wieder in den Vordergrund. Wie ein Trugbild, das rasch verblasste, geisterten ihm Gavrils Empfindungen durch den Kopf, in jenem Moment, als er mit einem inneren Ruck sein schlechtes Gewissen abgeschüttelt, Mona als etwas Vergangenes abgehakt hatte und sich vornahm, alle medizinischen Möglichkeiten auszuschöpfen, um in ein paar Jahren wieder ein kraftstrotzender junger Mann zu sein, Telomerase-Injektionen, Chromosomen-Ersatztherapie, Nanomaschinen im Blutkreislauf, das ganze Arsenal der neuen Dechronifikations-Techniken und ihrer unendlichen Möglichkeiten, die jedes Risiko lohnten, jeden Verlust aufwogen ...

Im Zurückweichen trat Ask einer Gruppe von Neuankömmlingen in den Weg, die die Freitreppe heraufschritten und von Ian zwischen den Holotafeln zum Empfangstisch gewunken wurden. In den letzten Minuten war es etwas voller geworden. Vielleicht vierzig Gäste standen in lockeren Gruppen zusammen, plauderten leise und hielten bunt schillernde Drinks in den Händen. Manche begrüßten sich wie alte Bekannte, andere wurden einander vorgestellt. Hätte man sonst nichts über den Gastgeber gewusst, wäre schon an der Vielfalt der posthumanen Subspezies, die sich hier versammelt hatten, die Reichweite seiner Erfahrungen und Kontakte zu erahnen gewesen. Ask sah Chlorophyllatmer mit grün pigmentierter Haut; spinnenhaft dürre Gestalten, die an die Schwerelosigkeit in den äußeren Kolonien angepasst waren und von metallischen Exoskeletten gestützt wurden; puppenhafte Download-Hosts, die virtuellen Personen als vorübergehende Verkörperungen dienten. Und in leichter Mehrheit waren da auch Neoflesher wie er, Vertreter des Mainstreams des Homo sapiens 2.0, äußerlich den Menschen des 20. Jahrhunderts ähnlich, aber von einer Symmetrie der Gesichtszüge, einer Makellosigkeit der Haut und einem feingliedrigen, muskulösen Wuchs, dass sie den Menschen früherer Epochen übernatürlich perfekt und gottgleich erschienen wären.

Der Nachgeschmack der Simulation, der Eindruck viel gröberer Gefühle und Beziehungen, als Ask sie gewohnt war, machten ihm zu schaffen. Er dachte daran, wie Emba und er in den letzten vierzig Jahren für einander zu Lebensschwerpunkten, zu Ruhepolen geworden waren, von wo sie beide immer wieder Ausflüge in andere Beziehungen und Liebschaften unternahmen, um frisch und bereichert zurückzukehren und dort weiterzumachen, wo sie eine Pause eingelegt hatten, niemals gedrängt, niemals gehetzt, weil Zeit keine Rolle spielte. Es hatte für ihn etwas zutiefst Erschreckendes, dass die Menschen vor der Epochenwende gezwungen gewesen waren, Entscheidungen für den Rest ihres kurzen Daseins zu fällen, weil sie keine Gelegenheit hatten, im Leben alle Alternativen auszuprobieren. Er fand den Gedanken widerwärtig, einen anderen Menschen – so wie es Mona mit Gavril und Gavril mit Mona getan hatte – einfach aus seinem Leben zu streichen, statt sich die unendlichen Möglichkeiten zur Wiederbegegnung und zum Neuanfang offenzuhalten. Das Leben damals, so schien es ihm nach diesem ersten kurzen Ausflug, musste ein einziges schroffes Schwarz oder Weiß, Ja oder Nein, Jetzt oder Nie gewesen sein, während Emba und er wie alle ihre Zeitgenossen in unerschöpflichen Schattierungen leben konnten.

Er wurde etwas abgelenkt, als er Musik hörte, verhaltene Töne, die anfangs wie ein gemischtes asiatisches Ensemble klangen, das Leiern einer Erhu, der klagende Ton einer Shakuhachi, die perlenden Glissandi einer Zheng, die in unmerklichen Abstufungen in den Klang verwandter Instrumente morphte, einer japanischen Koto, einer koreanischen Gayageum und weiter bis zu Anklängen an Europäisches, Harfen, Gitarren, Lauten, Cembali. Ask schaute sich um und bemerkte, dass im Hintergrund des Saals eine scheinbar solide, kunstvoll ornamentierte Täfelung transparent geworden war und den Blick auf eine kleine Bühne freigegeben hatte, dahinter eine Terrasse, die zwischen Bäumen und Farnbüscheln aufs offene Meer hinausging. Es war inzwischen so dunkel, dass Ask am Horizont ein Phänomen erkennen konnte, mit dem Touristensites gern auf Panoramaaufnahmen für die Kolonie warben: ein Leuchten im Meer, die Biolumineszenz künstlicher Mikroorganismen, die die Abwässer der Kolonie zersetzten. Es hüllte die drei Musiker, die mit sechsfingrigen Händen die Lichtsaiten ihrer Laserharfen anschlugen, in einen rötlichen Saum.

Während sie, scheinbar ohne Rücksicht aufeinander, ihre Improvisationen in weit divergierende Stile weitersponnen, der eine mit einem bassähnlichen Sound über Bluesskalen varriierte, die Frau in der Mitte mit einem schwebenden Saitenklang Bachsche Fugen spielte, der dritte tablaähnliche Rhythmen anschlug, versammelten sich einige Gäste vor der Bühne und hörten aufmerksam zu. Unter ihnen entdeckte Ask die dunkelhaarige Frau von vorhin. Sie war etwa einsachtzig groß, hatte lange, kräftige Beine, eine schmale Hüfte, kleine, hohe Brüste in einem dezenten Ausschnitt und trug das feine Haar streng aus der Stirn gekämmt. Ihre blasse Haut betonte ihren weinroten Mund und die tiefliegenden Augen unter weit geschwungenen Brauen. In ihrem Gesicht regte sich so wenig, dass es aus einem gewissen Abstand wie eine Maske wirkte. Ihr ganzer Ausdruck, die Aura von Scheu und Distanziertheit, die sie ausstrahlte, ging von ihren Augen aus, die alle Dinge wie aus einem Kilometer Entfernung, wie aus einem Schatten düsterer, quälender Gefühle betrachteten. Wann immer ihr jemand zu nahe kam, wich sie zurück und suchte sich eine neue Position, von der sie alle Umstehenden im Blick behalten konnte.

Ask ging auf die Bühne zu. Die Frau bemerkte, dass sie beobachtet wurde, wandte sich ihm zu und musterte ihn von Kopf bis Fuß. Das Urteil schien positiv auszufallen, denn ihre Haltung lockerte sich etwas und sie lächelte, als er eine Hand ausstreckte und sich vorstellte. »Sie machen den Eindruck, als fühlten Sie sich hier auch nicht ganz wohl«, sagte er. »Vielleicht geht es Ihnen ähnlich wie mir.«

»Ich bin Innessa«, erwiderte sie und fragte mit einem vagen Wink: »Kennen Sie ihn gut?«

»Überhaupt nicht. Ich sehe ihn heute zum ersten Mal. Ich bin aus einem anderen Grund hier. Und Sie?«

Sie zuckte unmerklich die Achseln. »Ich weiß es nicht. Vermutlich habe ich irgendwann einmal mit ihm zu tun gehabt, sonst wäre ich nicht eingeladen worden.«

»Ich verstehe nicht ganz.«

»Ganz einfach: Ich habe mich einmal einer umfangreichen Mnemotomie unterzogen. Mindestens zehn Jahre meines Lebens wurden aus meinem Gedächtnis in externe Mnemospeicher verschoben. Ich nehme an, dass ich gute Gründe für meine Entscheidung hatte, deshalb konnte ich mich nicht überwinden, meine Mnemospeicher nach Hinweisen auf Gavril zu durchsuchen. Vielleicht ist es dumm, dass ich trotzdem gekommen bin. Aber der Name hat etwas in mir angeschlagen. Die Mnemotomien sind ja niemals perfekt. Irgendetwas ist noch da, das einmal sehr intensiv war.«

Ask zeigte auf die Holotafeln. »Was hat Sie eben so erschreckt?«

»Oh, eine traurige Geschichte um einen seiner Freunde. Diese eine Szene hat mir schon genügt. Wer weiß, wie ich mich fühle, wenn ich mich selbst in einer der Simulationen sehe. Ich bin mir nicht sicher, ob ich wissen will, was mich mit ihm verbindet.« Sie fasste Ask am Arm. »Können Sie mir einen Gefallen tun? Schauen Sie sich die anderen Szenen an, und falls Sie mich in Gavrils Leben entdecken, sagen Sie mir, ob ich es mir ansehen sollte oder nicht.«

»Ich werde es gern versuchen. Aber wie soll ich beurteilen, was Sie verkraften können und was nicht?«

»Verlassen Sie sich auf Ihren Instinkt.« Ihr Blick bekam etwas Beschwörendes. »Bitte. Ich kann mich einfach nicht entscheiden, ob ich gehen oder bleiben soll. Sie müssen mir helfen.«

»Einverstanden«, sagte er. »Aber geben Sie mir ein bisschen Zeit.«

Sie lächelte, nickte knapp, dann drehte sie sich um und ging mit weichen, federnden Schritten zur nächsten Bar hinüber. Ask musste sich zwingen, ihr nicht hinterher zu starren. Für einen Moment tadelte er sich für den Leichtsinn, einer Wildfremden ein solches Versprechen zu machen, aber am Ende überwog sein Mitgefühl für ihre Unsicherheit und Beunruhigung.

Die chronologisch nächste Holotafel, die er fand, zeigte eine Aufnahme aus dem Jahr 2051, ein weitwinkliger Blick durch einen Konferenzsaal mit geräumiger Bühne, weitem Parkett und flach ansteigenden, sich im Halbdunkel verlierenden Galerieplätzen, der mit hunderten Besuchern so überfüllt war, dass in den Durchgängen und Foyers ringsum viele Teilnehmer das Programm im Stehen verfolgten. Als Ask an die Holotafel herantrat, schoben sich ihm unmerklich die Mikromonitore vor die Augen, das Bild geriet in Bewegung, und er erkannte einen Saal des Internationalen Kongresszentrums in Berlin wieder, wo einige der frühen LDC-Planungskonferenzen stattgefunden hatten. Die Konferenzleiter auf der Bühne, die meisten schon in recht schlaffer Haltung, wurden so von Assistenten und Hostessen umschwärmt, als wollte ihnen heute niemand mehr einen eigenen Handschlag zumuten. Ein Mann am Rednerpult, zwergenhaft klein vor der haushohen holografischen Projektionswand, klappte gerade sein Notebook zu. Die Projektionswand war bereits heruntergefahren und durchleuchtete den abgedunkelten Saal mit einem neonblauen Nachglühen. Einige vage Striche, Schraffuren und Symbole, die sich zu keiner zusammenhängenden Form mehr fügen wollten, waren noch auf der Projektionsfläche zu erkennen und verblassten schnell. Überall im Saal erhoben sich Delegierte von ihren Plätzen und strömten zu den Ausgängen oder schoben die Flachmonitore ihrer Terminals von sich und reckten ihre Glieder. Behutsam wie ein künstlicher Sonnenaufgang wurde die Saalbeleuchtung langsam wieder heller gestellt.

Ask trat auf den roten Punkt am Boden, und plötzlich machte er einen Sprung und fand sich selbst in dem Saal wieder, mitten im Gedränge, das sich vor einem der Ausgänge staute. Für einen Moment verschlug ihm ein schauderhaftes Gefühl den Atem, als habe sich sein Äußeres verflüssigt, sei plastisch und formbar geworden. Dann merkte er, dass er in einem anderen Körper steckte, der größer, kräftiger, kantiger war, aber auch ausgelaugt wie nach einer Tage währenden Anstrengung. Er wusste nicht wieso, aber auf einmal hatte er das dringende Bedürfnis, sich unsichtbar zu machen. Ihm schwindelte, und die dicht gepackten, parfümierten und in Anzüge oder förmliche Kostüme gehüllten Personen ringsum verschwammen vor seinen Augen. Er wollte einfach nur durch diese Tür, in dem lebhaften Durcheinander im Foyer untertauchen, aber ---

--- als sich draußen die Schiebetüren öffneten, ein Großteil der Sponsorenvertreter und LDC-Delegierten in die Parklandschaft zwischen Kongresszentrum und Messehallen hinaustraten und Gavril, die Kehle trocken wie nach einem Wüstendurchmarsch, auf einen der Erfrischungsstände zusteuerte, trat ihm wieder dieser Kerl in den Weg. Es war ein schlaksiger, gut einsneunzig großer Typ, schmal und knochig, mit einem seltsam eiförmigen Schädel, in dem Augen, Mund und Nase in irgendwie unnatürlichen Positionen zu sitzen schienen. Er trug einen Schnäuzer, kurzes, dunkelblondes Haar, und seine Stimme, die Gavril heute schon öfter gehört hatte, als ihm lieb war, hatte einen weibischen, quengeligen Unterton. Er hatte Gavril im Laufe des Tages bereits einige Male angesprochen und sich als Vertreter einer Zulieferfirma ausgegeben, die eine neuartige Netzwerk-Infrastruktur zum Beringdamm-Projekt beisteuern wollte. Sonderliche Mühe, in dieser Rolle überzeugend zu wirken, hatte er sich nicht gegeben. Gavril hätte sich aber auch dann nicht täuschen lassen. Er hatte von Anfang an damit gerechnet, dass potenzielle Projektsponsoren, abseits der offiziellen Vorstellungs- und Verhandlungsschienen, verdeckte Agenten auf die Konferenz schicken würden, um den LDC-Funktionären im Hinblick auf ihre Motive und

Verlässlichkeit auf den Zahn zu fühlen. Normalerweise wurde Gavril mit solchen Typen spielend fertig – nur heute mangelte es ihm an Gelassenbeit und Souveränität. Als er eben auf der Bühne gestanden hatte und ihm Konzentration und gedanklicher Zusammenhang zu entgleiten drohten, war er knapp an einer Blamage vorbeigekommen, indem er den Vortragsstoff spontan um einige wichtige Abschnitte gekürzt hatte. Jeder, so schien ihm, hatte ihm ansehen können, dass er mit den Gedanken bei Antonin war und sich nichts, wie wichtig es sein mochte, dazwischenschieben konnte.

»Geht es Ihnen wieder besser?«, fragte der Kerl, als Gavril bei einem elfenhaft zarten Mädchen mit asiatischen Gesichtszügen einen Exzitansdrink bestellte. »Ich hatte den Eindruck, dass Sie ...«

Gavril brummte etwas, das nur bei großzügiger Auslegung als höfliche Erwiderung durchgehen konnte. »Nur eine kleine Unpässlichkeit«, fügte er hinzu, nachdem er das waldmeistergrüne, sprudelnde Getränk mit zwei Zügen geleert hatte. Sein Herz reagierte gleich mit heftigem Klopfen, und ein Schwindelgefühl, als habe er einen Eimer Hochprozentiges geleert, stieg ihm in den Kopf. Er schaute sich nach seinen Assistenten um, sah aber ringsum nur fremde Gesichter, die das Foyer mit einem babylonischen Stimmengewirr erfüllten, und berührte das Notepad an seinem Gürtel. »Morgen ist genug Zeit, um den Rest nachzuschieben. Diese Konferenzen sind immer ein Knochenjob.« Und in einem Ton, der ironisch gemeint war: »Ich bin schließlich auch nicht mehr der Jüngste.«

Der Mann blieb an seiner Seite, als Gavril zu einer kleinen, hinter Pflanzen und Stellwänden versteckten Sitzgruppe am Ende des Foyers weiterging. Gavril war seine Nähe zutiefst zuwider. Der Kerl hatte die Angewohnheit, seinen Gesprächspartner unverhohlen, mit penetranter Verbissenheit anzustieren, als wollte er in die verborgensten Winkel seines Gehirns dringen. Gavril spürte seine Seitenblicke wie obszöne Berührungen. In der Sitzecke hatten bereits zwei hübsche Hostessen Platz genommen und boten dem Auge eine willkommen erfreuliche Abwechslung, aber Gavril konnte den Anblick straffer, unter kurzen Röcken hervorblitzender Schenkel nicht recht genießen. Er ließ sich, plump und schwerfällig wie ein Greis, in einen Sessel fallen, und sein Begleiter setzte sich ihm ungefragt gegenüber, erstarrte sogleich und wandte den Blick eine ganze Zeit nicht mehr von ihm ab.

»Erlauben Sie mir eine Frage«, sagte er. »Mich beschäftigt ein Problem, und vielleicht können Sie mich schlau machen.« Sein Blick bekam etwas Berechnendes, als sei er ein Forscher, der einen Menschenversuch unternahm. »Mir scheint, dass bei diesem Projekt zwei Zeithorizonte aufeinander treffen. Korrigieren Sie mich, wenn ich mich irre, aber ich nehme an, dass sich das Gesamtbudget auf mehrere hundert Milliarden belaufen dürfte. Der Bau des Damms wird, auch wenn Sie eine optimistischere Prognose vorgelegt haben, nach vorsichtigen Schätzungen mindestens ein halbes Jahrhundert dauern. Die LDC-Mitglieder mit ihrer Lebenserwartung von einigen Jahrtausenden werden die Fertigstellung noch erleben, aber die komplizierten Verstrickungen auf Investorenseite sind sehr viel kurzlebiger. Die meisten Parteien, die sich an diesem Wochenende zu einer Beteiligung entschließen, werden Anfang des kommenden Jahrhunderts vermutlich gar nicht mehr existieren. Ich befürchte, dass das LDC, ohne nennenswerte eigene Investitionen und Risiken, am Ende die alleinige Kontrolle über ein Projekt von enormer wirtschaftlicher und kultureller Bedeutung haben wird.«

»Ich würde Ihnen empfehlen, sich in den Vertragsentwürfen noch einmal die Abschnitte über Mitsprachegarantien und Rechtsnachfolge durchzulesen«, sagte Gavril. »Auch im Interesse Ihres Arbeitgebers, sofern Sie ...«

»Mich beschäftigt noch etwas«, fiel ihm der andere ins Wort. »Nennen wir es die ethische Problematik: Welche Handlungsmaßstäbe können wir bei Ihnen als gegeben voraussetzen und welche nicht? Es ist Ihnen sicher nicht entgangen, dass die Vorgänge in Keflavik an diesem Wochenende hitzig diskutiert worden sind. Einer ihrer engsten Vertrauten gehört zu den Hauptangeklagten, und ich bin nicht der Einzige, der sich fragt ...«

Gavril musste sich zusammenreißen. Es gab auf der Welt nur einen Menschen, mit dem er über Antonins Rolle in dem Subville-Projekt reden wollte, und das war Antonin selbst. »Verzeihen Sie mir, dass ich keine Aussagen zu einem laufenden Verfahren machen kann«, sagte er, »aber Sie sollten bedenken, dass bisher nur Gerüchte kursieren. Bis zur Verlesung der Anklageschrift weiß niemand etwas Konkretes, nicht einmal wir.«

Er spürte eine Hand auf der Schulter, blickte auf und sah Phillip neben sich stehen, sein eifrigster Wasserträger, ein immer etwas hektischer Bursche von Mitte zwanzig, mit rotblondem Krauskropf und blassem Gesicht, der Gavril heute schon mehrmals aus peinlichen Situationen gerettet hatte. Er blickte kurz zwischen Gavril und seinem unerwünschten Gesprächspartner hin und her, beugte sich dann herab und flüsterte Gavril ins Ohr: »Es ist alles organisiert. Wir mussten etwas improvisieren, aber wir konnten Ihnen vier Stunden freimachen. Sie werden erst um 21:00 wieder gebraucht. Wir warten nur noch auf eine Mitteilung unserer Hausjuristen, die die Anklage davon überzeugen müssen, dass Sie eine relevante Aussage machen können.«

Gavril nickte, und die Hoffnung, endlich eingreifen, endlich etwas für Antonin tun zu können, erfüllte ihn mit neuer Energie. Er fuhr hoch, als habe sein Körper eine zentnerschwere Last abgeworfen. Ohne seinem Quälgeist noch einen Blick zu widmen, drehte er sich um und verließ das Foyer.

Zehn Minuten später saß er in seinem Hotelzimmer und fand keine Ruhe. Er nahm eine Dusche, verbrachte einige Minuten auf der Massageliege, checkte am Terminal immer wieder den Eingang seines Postfachs und las zum wiederholten Mal die dürftigen Berichte, die der LDC-Nachrichtendienst über die Vorgänge in Keflavik zusammengestellt hatte. Unter dem Material war ein schematischer Geschossplan der Subville, einer bienenstockartigen Struktur aus Tunneln, Hallen, Unterkünften und öffentlichen Anlagen, seewärts vom Generatorenarray des geothermalen Kraftwerks begrenzt, kilometerweit in den Fels getrieben und für ein einziges menschliches Gehirn unüberschaubar komplex, doch nur ein erstes Modell für weit größere Subvilles, die folgen sollten, autarke, unterirdische Städte in unwirtlichen Regionen, die einer unaufhaltsam wachsenden Erdbevölkerung nach dem weltweiten Verlust von Küstenregionen neuen Lebensraum versprachen – eine großartige Vision, die mit den rätselhaften Konflikten in der Testpopulation vorerst ihr Ende gefunden hatte.

Die isländischen Behörden und die zuständige EU-Kommission hatten, als sie dem LDC die Kontrolle über das Projekt entzogen und Polizeieinheiten in die Subville schickten, einen Firmware-Crack für die NeuroLAN-Module der Swarm People eingesetzt, um sie in der Stadt lokalisieren zu können. Bei genauerem Hinsehen entdeckte Gavril in dem 3D-Plan zahllose blinkende Node-Zeichen, jedes einzelne stellvertretend für ein menschliches Gehirn, das seine Gedanken und Empfindungen in das Teleempathen-Netzwerk einspeiste und die Gesamtheit der Gedanken und Empfindungen des Schwarms reflektiert bekam.

Gavril wagte sich nicht vorzustellen, was dieses Kollektivbewusstsein aus Antonin gemacht hatte. Ihr letztes Treffen lag fünf Jahre zurück, und schon damals war er nicht mehr der Mann gewesen, den Gavril 2016 während der Initialbehandlung in Lille kennengelernt hatte, ein russischer Geschäftsmann mit weitreichenden internationalen Kontakten, ein ruhiger und sachlicher Mensch mit imponierender intellektueller Ausstrahlung, immer noch schlank und von straffer, jugendlicher Statur, obwohl schon Mitte sechzig damals und gerade erst von einer Herzoperation genesen, mit demselben Interesse an langfristigen Korrekturen des Weltgeschehens und derselben unerschrockenen Verachtung für natürliche biologische Grenzen wie Gavril. Sie hatten gemeinsam wochenlange Aufentalte in der Intensivstation durchgestanden und sich gegenseitig Mut gemacht für die strapaziösen physiologischen Umstellungen: qualvolle Übelkeiten und Durchfälle, während die bioMEMS toxische Stoffwechselrückstände aus ihren Körpergeweben lösten; Atemnöte, Bewusstlosigkeiten und Kreislaufprobleme, während die Replikationsraten der Nanobots austariert wurden, die sich in ihrem Blutkreislauf vermehrten; schockartige Blutzuckerabsenkungen, während funktionsuntüchtige Mitochondrien in ihren Zellen durch künstliche Äquivalente ersetzt wurden. 2021 hatten sie sich bei der zweiten Dechronifikation in Berkeley wiedergetroffen, nach sorgfältiger, kritischer Planung ihrer Behandlung zu den Überlebenden der damals noch neuen und riskanten Telomerase-Therapie gehört, die bei zwei Dritteln der Probanden zu krebsartigen Gewebeentartungen führte, und sich in den folgenden Jahren über den langsamen Zuwachs neuer körperlicher und geistiger Kräfte ausgetauscht. Gemeinsam hatten sie das Konzept für den ersten Unsterblichen-Verband ausgearbeitet, das Longterm Development Commitee, das in eine sozial, ökonomisch und ökologisch entgleiste Welt mit Projekten eingreifen wollte, die einen Zeithorizont von mehreren Jahrzehnten bis Jahrhunderten erforderten. In den über dreißig Jahren ihrer Freundschaft hatten sie sich nur alle zehn bis zwanzig Monate persönlich getroffen, bisweilen für Jahre aus den Augen verloren, aber immer wieder zusammengefunden und sich gegenseitig mit neuen Ideen inspiriert. Erst als Antonin sich für das Konzept der Teleempathie begeisterte und einen Weg einschlug, der einer schrittweisen Aufgabe seiner Individualität gleichkam, hatte Gavril ihm nicht mehr folgen können.

Es dauerte eine Stunde, die Gavril in zunehmender Nervosität verbrachte, bis das Terminal piepste. Als er einen Finger aufs Touchpad drückte, erschien auf dem Bildschirm das Gesicht eines jungen Mannes aus der Rechtsabteilung, eines Neulings mit kräftiger Stimme und energischem Auftreten, der ihm schon durch seinen Einfallsreichtum und seine Skrupellosigkeit im Umgang mit staatlichen Rechtsorganen positiv aufgefallen war. Heute machte er den Eindruck, als habe er eine seiner seltenen Niederlagen eingesteckt.

»Sagen Sie mir nicht, dass wir abgewiesen wurden«, sagte Gavril.

»Ganz so schlimm ist es nicht«, erwiderte der Jungjurist, »aber viel haben wir nicht erreicht. Das Gericht will uns nicht abnehmen, dass das Teleempathen-Netzwerk und das LDC zwei voneinander unabhängige Organisationen sind und nur durch Antonins Vermittlung ein paar Tausend Swarm People für die Testpopulation zugelassen wurden. Die Anklage versucht krampfhaft, eine Mitschuld des LDC an den Vorfällen zu konstruieren. Man will deshalb unseren Einfluss auf den Prozessverlauf möglichst gering halten. Kurzum, Ihre Aussage wurde aus formalen Gründen abgelehnt. Ich konnte Ihnen nur einen Beobachter-Slot reservieren. Das heißt, Sie können die Verhandlung im Live-Stream verfolgen, mehr aber nicht.«

Das übertraf Gavrils schlimmste Befürchtungen. Es war so gut wie nichts. »Bleiben Sie dran«, sagte er mit einem inneren Zähneknirschen. »Behalten Sie im Auge, was die Presse berichtet. Gehen Sie selbst an die Öffentlichkeit, wenn's sein muss. Wenn wir solche Vorwürfe auf uns sitzen lassen, wird es in Zukunft schwierig, neue Investoren zu finden. Ich schau mir inzwischen die Verhandlung an. Vielleicht erfahren wir dann endlich, was passiert ist.«

»In Ordnung. Ich schicke Ihnen die URL.«

Fünf Minuten später traf eine kryptografierte E-Mail ein. Gavril ließ sich aufs Sofa sinken, setzte sein Headset auf und lud den Link und seine Zugangsdaten in das Gerät. Zwei Mikromonitore klappten vor seinen Augen herunter, und die Einrichtung des Hotelzimmers verschwand hinter einem grauen Schleier. Eine Weile geschah nichts, dann durchzuckten Lichtblitze das Bild, und für Sekundenbruchteile war ein quaderförmiger Raum mit grellweißen Wänden zu erkennen, der sich in einem Funkeln auflöste. Die ersten Bilder, die sich stabilisierten, waren Texteinblendungen, Rechtsbelehrungen in mehreren Sprachen, die Gavril mit einer fahrigen Handbewegung durchwinkte.

Der virtuelle Gerichtssaal, in den er schließlich eingeloggt wurde, schien auf den ersten Blick nur aus schillernden Glaskästen zu bestehen, die auf beiden Längsseiten übereinander gestapelt waren. In unterschiedlichen Auflösungen und Übertragungsqualitäten hatten sich in diese Teilnehmerslots, wie Gavril einem unten eingeblendeten Info-Fenster entnehmen konnte, über neunzig Zeugen, Gutachter und Beobachter aus acht Ländern eingelinkt. In manchen Slots waren Teile häuslicher Umgebungen zu erkennen, in anderen die Hintergründe von Büroräumen, in wieder anderen das Innere von Fahr- und Flugzeugen. Das Ganze flimmerte, verwirrte das Auge, schien kurz davor, sich in einem Chaos bunter Pixel aufzulösen. Ruhe und Einheitlichkeit boten dem Auge nur die Richter-, Anklage- und Verteidigerplätze am Stirnende des Saals, besetzt mit fast unbewegten Gestalten vor dunklen Holz- und Regal-Hintergründen.

Gavril musste tief in den Saal hineinzommen, um Antonin zu entdecken. Er saß, gestochen scharf, in einer Pose übernatürlicher Gelassenheit und Zuversicht, in einer schmucklosen, grauen Verhandlungszelle, eingespielt aus der EU-Polizeizentrale in Brüssel. Bis auf die beiden Explantate an seinen Schläfen sah er fast wie der alte Antonin aus, dunkel, schlank und sehnig, mit einem Lächeln auf den Lippen, das ihm einen Hauch stiller, überlegener Gelassenheit verlieh. Er hatte sich in fast arroganter Lässigkeit zurückgelehnt, die Beine überschlagen und rauchte entspannt. Etwas, das Gavril schon bei ihrem letzten Zusammentreffen beunruhigt hatte, war noch viel stärker geworden: eine Aura kalter Gleichgültigkeit, als könne ihn nichts, was normale Menschen äußerten oder empfanden, noch rühren. Gavril fand es furchtbar, ihn so zu sehen.

Wie eine abstrakte Skulptur, die aus trübem Wasser auftauchte, verdichtete sich im Asservaten-Slot, einem Bildkubus vor der Anklägerbank, gerade ein detailreicher 3D-Plan eines der Untergeschosse der Subville. »Wir kommen zu Ebene 4«, hallte die Stimme des Staatsanwalts in majestätischem Volumen durch den Saal, gefolgt von leisen Echos in anderen Sprachen. Das Stockwerk, das er beschrieb, bestand zum Großteil aus einer hohlen, von vier Frachttunneln zerteilten Ringstruktur. Am Rande des nordöstlichen Segments, nahe einem Laborkomplex für das wissenschaftliche Personal, hatte die Crack-Software über vierzig Teleempathen auf engstem Raum lokalisiert. Der Timecode im Info-Fenster deutete auf Ereignisse hin, die erst wenige Wochen zurücklagen. »Sie sehen hier eine der Algenfarmen, in denen Nahrungsmittel produziert und Abfälle recycelt wurden«, erklärte der Ankläger und fuchtelte mit einem Laserpointer durch die Projektion. »Hier hat eine der letzten und verlustreichsten Auseinandersetzungen stattgefunden. Wir konnten den Ablauf der Ereignisse inzwischen in wesentlichen Zügen rekonstruieren.«

Unter anderen Umständen hätte Gavril den Vortrag, der folgte, als unerträglich langweilig und abschweifend empfunden. Hier und heute aber hörte er mit atemloser Spannung und wachsendem Entsetzen zu. Am Ende der zwei Stunden fühlte er sich erschüttert und zerschlagen, schämte sich seiner Naivität und Ahnungslosigkeit wie ein Kind, das man soeben über die unappetitlichsten Aspekte der menschlichen Fortpflanzung aufgeklärt hatte. Aufgrund der Informationen, die dem LDC vorlagen, hatte er hinter der ganzen Affäre die üblichen Konflikte und Probleme vermutet, die bei einem soziotechnischen Projekt dieser Art zu erwarten und in diesem speziellen Fall vielleicht etwas aus dem Ruder gelaufen waren: Spannungen zwischen Kolonisten-Gruppierungen, Defekte der Energieanlagen, Engpässe in der Nahrungsmittelproduktion und Luftversorgung und so weiter. Was er hier aber erfuhr, war um einige Größenordnungen bestürzender. Aus Gründen, über die er nicht einmal spekulieren konnte, hatten die Swarm People mit beispielloser Perfidie administrative Schwachstellen des Subville-Projekts ausgenutzt, um Handlungsfreiheit für nichts Geringeres als einen systematischen Massenmord zu bekommen. Sie hatten davon profitiert, dass aufgrund der Lage der Subville an der Südwestspitze der Insel, eine der am schwersten von Erosionen, Fluten und Stürmen heimgesuchten Regionen Islands, Vor-Ort-Einsätze der Sicherheitskräfte nicht immer kurzfristig organisiert werden konnten. Außerdem mussten sie Möglichkeiten gefunden haben, den Strom aus Meldungen, Memos, VR- und Videofeeds, mit dem die Onsite-Kommission die Außenwelt auf dem Laufenden hielt, so zu manipulieren, dass das Projektkomitee über die wahren Vorgänge in der Stadt hinweggetäuscht wurde.

Der Ankläger referierte minutiös, wie sich die Swarm People, von der Onsite-Kommission zu spät bemerkt, die Kontrolle über die Energie- und Wasserversorgung erschlichen hatten. Er zählte die Habitate – die in sich geschlossenen Wohnbereiche der Subville – auf, die sie durch Sprengung der Zufahrtswege isoliert, von der Luft-, Wasser- und Stromzufuhr abgeschnitten und so jeweils acht- bis zwölftausend Menschen zu einem qualvollen Tod verurteilt hatten. Antonin hörte all dem ohne erkennbare Regung zu, lächelte allenfalls bei Schilderungen, die die Zuhörer, der Geräuschkulisse nach zu urteilen, besonders empörten. Er wurde vom Ankläger einige Male gefragt, ob er etwas zu korrigieren oder zu ergänzen habe, sagte aber immer nur: »Nein, fahren Sie fort«, und hörte weiter zu, kalt, stoisch, unbewegt.

In einer Verhandlungspause richtete Gavril den Blick für einige Sekunden auf Antonins Slot, öffnete mit einem Augenzwinkern ein Kontextmenü und schickte ihm eine Gesprächseinladung. Die Bestätigung kam umgehend, und von einem Moment zum anderen saß Gavril ihm an einem nackten, grauen Tisch gegenüber. Die Slotwände waren etwas dunkel und milchig geworden und gewährten ihnen das Maß an Privatsphäre, das Antonin in dieser Prozessphase für persönliche Gespräche zugebilligt wurde. Er schien Gavril anfangs gar nicht zu bemerken, blickte mit einem entrückten Gesichtsausdruck ins Leere, als ob das ganze Verfahren spurlos an ihm vorbeiging, als ob er eine geheime Vereinbarung mit dem Schicksal getroffen habe, die dafür sorgen würde, dass ihm hier und heute nichts passieren konnte.

»Freut mich, dich zu sehen«, sagte er unvermittelt. »Ich war mir fast sicher, dass du kommen würdest. Du bist immer etwas sentimental gewesen.« Er sah Gavril flüchtig an, wie etwas Kleines und Fernes, das seiner Aufmerksamkeit kaum wert war.

Gavril stutzte für einen Moment. Er konnte es nicht benennen, aber er hatte das deutliche Gefühl, dass Antonin etwas Elementares verloren gegangen war. Etwas, das in ihren unzähligen Gesprächen, ihren endlosen Diskussionen über Ideen, Ziele und Maximen für die nächsten Jahrhunderte ihrer Arbeit, immer mitgeschwungen war. Etwas so Selbstverständliches, dass es ihm erst jetzt, da es fehlte, auffiel. Ein Instinkt sagte ihm, dass der Ausgang dieses Gesprächs, was immer er sagen würde, von vornherein feststand. Es gab in Antonin nichts, woran er noch appellieren konnte, kein Gefühl, kein Gewissen, keine Vernunft. Der Geist, den Gavril so geliebt und bewundert hatte, war irgendwie aus Antonins leiblicher Hülle getilgt worden, und das Ding, das ausdruckslose, mechanische Etwas, das zurückgeblieben war, hatte eine eigentümliche, unmenschliche Aura angenommen, etwas wie die brutale Präzision und Mitleidslosigkeit eines Insekts.

»Ich kann nicht glauben, was ich da eben gehört habe«, sagte Gavril und kam sich dumm dabei vor. Unter den gegebenen Umständen war es eine rhetorische Entrüstung, die nichts bewirken würde, nicht einmal in ihm selbst, und das machte es noch schlimmer. »Bis heute hätte ich es für unmöglich gehalten, dass irgendetwas auf der Welt dich dazu bewegen könnte, dich einvernehmlich, in vollem Bewusstsein der Folgen an solchen Verbrechen zu beteiligen. Es muss etwas Furchtbares mit dir passiert sein. Warum machst du nicht einmal den Versuch, dich zu verteidigen?«

»Du bist einfach naiv«, erwiderte Antonin mit einer Spur von Überdruss, »sonst wüsstest du, dass ich keine Verteidigung brauche. Ich habe nichts zu befürchten. Nicht mehr.«

»Unsinn. Das Gericht könnte anordnen, dass deine Dechronifikationen rückgängig gemacht werden. Ohne die Update-Behandlungen wärst du in fünf bis zehn Jahren wieder sterblich.«

»Stimmt, das könnte passieren.«

»Man würde dich bis an dein natürliches Lebensende einsperren. Und um dich einem geregelten Strafvollzug zuzuführen, würde man dir zuerst die NeuroLAN-Module entfernen.«

»Vermutlich, ja.«

»Du würdest nicht einmal das Ende dieses Jahrhunderts erleben. Sag mir nicht, dass dich das nicht schreckt.«

Antonin schüttelte den Kopf und lächelte wie über ein störrisches Kind. »Du willst es einfach nicht begreifen: Der Einzelne ist unwichtig. Alles, was mir droht, ist das Ende eines individuellen physischen Daseins, und warum sollte mir das Angst machen? Ich bin seit acht Jahren bei den Swarm People. In dieser Zeit habe ich ununterbrochen mit rund zwanzigtausend Individuen unseres lokalen Hubs in Kontakt gestanden. Ich hatte Anteil an ihren Gedanken, ihren Erfahrungen, ihren Kenntnissen und Talenten. Und umgekehrt ist alles, was mich an individuellen Fähigkeiten und Charakterzügen ausmacht, ins Kollektiv abgebildet worden. Wenn der Mensch, den du aus deiner beschränkten Perspektive Antonin nennst, als körperliches Einzelwesen aus diesem Kollektiv ausscheidet, ändert das nichts. Ich habe längst eine höhere Daseinsstufe erreicht. Wir sind ewig, und so bin auch ich ewig.«

Er sprach mit einer so tiefen inneren Überzeugung, dass Gavril sich zwingen musste, etwas zu entgegnen, und als es ihm endlich gelang, klang seine Stimme dünn und kläglich – als sei er mit einer Autorität konfrontiert, die unverrückbare Maßstäbe setzte, an der alle Äußerungen seines eigenen kümmerlichen Verstandes wie hohle Geschosse zerplatzen würden.

»Ich habe mitgerechnet«, sagte er dennoch. »Ihr seid direkt oder indirekt für den Tod von dreißigtausend Menschen verantwortlich, und der Ankläger ist mit seiner Auflistung noch nicht einmal fertig. Vielleicht hättet ihr auch die übrigen Kolonisten umgebracht, wenn es euch gelungen wäre, das Projektkomitee und die Behörden noch etwas hinzuhalten. Ich hätte nie gedacht, dass im 21. Jahrhundert noch einmal solche Dinge geschehen könnten. Vielleicht kannst du mir eure Motive begreiflich machen, aber ich bezweifle es. Was ihr da getan habt, geht mir über den Verstand.«

»Denk ein bisschen nach«, erwiderte Antonin, »dann klärt sich dieses Rätsel schnell auf. Erinnerst du dich noch an das Backwards-Problem, über das wir damals so oft diskutiert haben?«

Backwards – der Begriff, heute allgemein gebräuchlich, war Antonins Erfindung, und Gavril erinnerte sich lebhaft an die Argumentation, die ihm erstmals bewusst gemacht hatte, in welch bedenkliche Richtung Antonins Denken abzuirren drohte. Das Backwards-Problem oder Übergangsproblem war in der Aufbauphase des LDC sein großes Thema gewesen. Was fangen wir mit diesen Menschen an, den Zurückgebliebenen, die aus wirtschaftlichen, psychologischen oder religiösen Gründen auf den Einsatz lebensverlängernder Techniken verzichten und mit uns um Raum und Ressourcen konkurrieren? Und vor allem um Entscheidungen, deren Folgen sie aus ihrer kurzlebigen Perspektive weder beurteilen noch verantworten können. Er hatte Gavril nie eine klare Antwort auf die Frage gegeben, welche Lösung ihm vorschwebte, ob er vielleicht eine Euthanasie der Spezies Mensch anstrebte, sich aber gern über die Zurückhaltung seines Freundes lustig gemacht: Im Herzen bist du ein sentimentaler, rückständiger, alter Narr, Gavril, ein Cro-Magnon-Mensch, der dem Untergang des Australopithecus nachtrauert.

»Ich verstehe den Zusammenhang nicht«, sagte Gavril, was nicht stimmte.

»Es liegt doch klar auf der Hand«, sagte Antonin. »Mit den immer umfassenderen Möglichkeiten zur biologischen und psychischen

Modifikation, die uns in den nächsten Jahrzehnten zur Verfügung stehen werden, dürfte sich die Menschheit in eine Vielzahl neuer Spezies aufspalten, die sich immer weiter voneinander entfernen werden. Die Swarm People sind die Ersten, und wir verkörpern ein Existenzprinzip, das wie alles Neue auf Angst, Ablehnung und Aggression der Backwards stoßen wird. In der Anfangszeit sind wir mit zweihunderttausend Individuen und acht Hubs weltweit noch sehr verwundbar. Wie brauchen deshalb einen sicheren Rückzug, einen eigenen Lebensraum, und das Subville-Projekt kam genau zur rechten Zeit. Lass dich von den Aussagen der Anklage nicht täuschen. Wir haben immer noch große Teile der Stadt in unserer Gewalt. Es sind gerade einmal sieben Prozent der Individuen unseres lokalen Hubs entdeckt und festgenommen worden.«

»Es ist doch nur eine Frage der Zeit, bis ihr ...«

»Oh, du unterschätzt uns. Auch die Behörden und Sicherheitskräfte unterschätzen, wie schwierig es ist, einem Schwarmorganismus beizukommen. Was ein Individuum weiß, das weiß sogleich der ganze Schwarm. Was einem Individuum zustößt, ist eine Warnung für alle übrigen. Wenn ich, eine Zelle in diesem Kollektivorganismus, zur Bewältigung einer schwierigen Situation Fähigkeiten oder Kenntnisse benötige, die irgendwo im Schwarm vorhanden sind, kann ich sie auf mich transferieren. Umgekehrt steht alles, was ich kann und bin, jedem anderen Individuum im Schwarm augenblicklich zur Verfügung. Reden wir gar nicht erst von dem Gefühl der Sicherheit, Stärke und Geborgenheit, die dir die Rückendeckung durch den Schwarm verleiht. Und stell dir all das, je nach Leistungsstärke des lokalen Hubs, aufgespreizt über eine Fläche von dutzenden Quadratkilometern vor. Nein, auf lokaler Ebene sind wir hoffnungslos überlegen. Es braucht mehr als ein paar Hundertschaften der Polizei, um uns außer Gefecht zu setzen.«

»Und wozu das Ganze? Damit ihr noch gründlichere und skrupellosere Massenmorde begehen könnt als die Verbrecher früherer Zeiten?«

Antonin lächelte. »Verrat ist eine Frage des Datums. Mord auch«, sagte er, und seine kalte, pedantisch artikulierte Stimme klang in diesem Moment für Gavril besonders widerlich. »Warte ab, wie die Allgemeinheit unser Handeln in zwanzig, fünfzig oder hundert Jahren bewerten wird. Du hältst immer noch so eigenartig halsstarrig am Wert des menschlichen Lebens fest. Aber dieser Wert ist eine relative

Größe, nichts Absolutes. Mit dem Aufblühen des Homo sapiens 2.0 wird der Wert des Ursprungsmenschen sinken und irgendwann auf dem Niveau eines Haustiers angelangt sein. Angesichts dessen, was die Swarm People bis dahin erreicht haben, wird man einige tausend Tote als vertretbaren Preis ansehen.«

Gavril schnaubte. »Ich frage mich, was aus deinen eigenen Maßstäben geworden ist. Wie du es ertragen kannst, Werte mit Füßen zu treten, die du ein Leben lang verteidigt hast.«

»Keineswegs. Niemand kann mir vorwerfen, dass ich mir selbst nicht treu geblieben bin.«

»Unsinn. Früher hättest du unter keinen Umständen ein sinnloses Massaker an …«

»Kein sinnloses Massaker. Diese Menschen haben eine wichtige Funktion erfüllt. Die Stadt war zu der Zeit, als die Testpopulation sie bezog, noch im Betastatus. Ein Großteil der Infrastruktur, ob Versorgung, Transport, Kommunikation und Medien, musste erst eingehenden Belastungstests unterzogen werden. Das hatte das Projektkomitee vorgesehen, und auch wir haben nichts anderes getan, mit ein paar abweichenden Parametern, um die Anlagen an unsere Bedürfnisse anzupassen. Dafür haben wir uns Zugriff auf die Lebenserhaltungsanlagen diverser Habitate verschafft, und die Kolonisten waren für unsere Experimente ein unverzichtbares Versuchsmaterial. Die Habitate, die sich für unsere Zwecke besonders eigneten, sollten anschließend geräumt werden.«

»Geräumt? Du meinst …«

Antonin zuckte die Achseln. »Ich will mit dir nicht um Begriffe feilschen.«

Was mache ich hier?, dachte Gavril. *Was will ich erreichen? Der Antonin, den ich kannte, existiert nicht mehr. Dieser … dieser Irrsinnige hier – ich weiß nicht, wer oder was er ist. Wir leben nicht in derselben Welt. Wir sprechen nicht dieselbe Sprache.*

Dennoch hatte er das Bedürfnis, nicht nachzulassen und nicht eher zu gehen, bevor es ihm gelungen war, einen Kratzer in Antonins Lack aus Arroganz und Gefühllosigkeit zu schlagen.

»Hör dir doch selbst einmal zu«, sagte er und konnte nicht verhindern, dass eine Spur Verzweiflung in ihm aufstieg. »Ich weigere mich zu glauben, dass du nicht mehr genug Verstand hast, um zu erkennen, wie verrückt das alles ist. Du musst raus aus diesem Netzwerk, dann wird sich deine Perspektive wieder ändern. Versuche es wenigstens, und wenn du mich widerlegst, werde ich dich nicht mehr behelligen.«

Antonin wirkte ungerührt. »Du enttäuschst mich«, sagte er. »Hast du nicht immer wieder über die notwendige Weiterentwicklung des Menschen gesprochen? Hast du nicht selbst über die ökologischen und mentalen Nischen spekuliert, die ferne Nachfahren des Homo sapiens besetzen könnten? Was wirfst du mir vor? Du und ich sind uns im Grunde sehr ähnlich. Wir waren uns immer darüber einig, dass die Ära des Menschen sich dem Ende zuneigt; dass eine Zivilisation mit einem solchen Unterbau an Irrationalität und Aggression auf Dauer nicht existenzfähig ist. Der einzige Unterschied zwischen uns besteht darin, dass ich die fortschrittlichere Version bin. Ich verkörpere in höherer und reinerer Form die Ideale, die du auch vertreten hast. Wir wollten eine Zukunft schaffen, aber wo du nur geredet hast, bin ich schon in dieser Zukunft angekommen.«

»Hör auf damit.« Gavril schüttelte sich. Er versuchte, in seinem Kopf Klarheit herzustellen, sich nicht auf Antonins absurde, aber verführerische Logik einzulassen. »Wir haben nichts mehr gemeinsam. Vielleicht habe ich mich von Anfang an in dir getäuscht.«

»Gut. Ich spare mir das Angebot, das ich dir machen wollte. Es sei dir unbenommen, die Dinge so zu sehen, wie du sie sehen willst. Vielleicht hilft es dir, mit deinem eigenen Versagen zurechtzukommen. Du bist jetzt selbst ein Zurückgebliebener. Du hast dich nicht bewährt.«

»Ich will dich nie wiedersehen. Hoffentlich bekommst du die Strafe, die du verdienst. Unsere Freundschaft ist gekündigt.«

»Wie du willst. Es ist wohl das Vernünftigste. Ich bedaure, dass es so enden musste, denn ob du es glaubst oder nicht: Ohne dich wäre ich nicht dort, wo ich heute bin.« Antonin beugte sich vor und streckte eine Hand nach dem Touchpad auf dem Tisch aus. »Leb wohl«, sagte er noch, dann wurde die Verbindung unterbrochen.

Für einen Sekundenbruchteil sah Gavril seinen Freund ein letztes Mal vor sich, in der Bewegung erstarrt, nur bei oberflächlicher Betrachtung noch der attraktive Mann, den er gekannt hatte, in Wahrheit aber eine falsche Verpackung, das Produkt einer teuflischen Mimikry. Gavril sah in seinen Augen, den harten Zügen um die Mundwinkel eine letzte, sich verflüchtigende Spur seines scharfen Verstandes, seiner Disziplin und Beobachtungsgabe, seiner Strenge mit sich und anderen, aber all das ausgedünnt und entartet, in den

Dienst einer fremden Instanz getreten, deren Macht und Reichweite Gavril nicht einmal erahnen konnte.

»Ohne dich wäre ich nicht dort, wo ich heute bin.«

Dieser Satz, ein letzter Beweis für die Boshaftigkeit und Heimtücke des Wesens, das an Antonins Stelle getreten war, hing Ask nach, als er für eine knappe Minute in den virtuellen Gerichtssaal zurückkehrte. Er sah die Reihen der noch leeren Slots entlang, sah die Richter und den Ankläger Message-Clips austauschen, doch dann wurde alles schwarz, und auch diese kompakte, erdrückende Schwärze zerfiel gleich wieder, und Gavril fand sich in verkrümmter Haltung auf dem Sofa seines Hotelzimmers wieder, mit einem Pochen im Kopf, schmerzenden Schultern und kribbelnden Beinen. Er riss sich das Headset vom Kopf und schleuderte es in eine Ecke des Sofas. Das Unangenehmste, wenn man aus einem VR-Environment auslinkte, bestand gewöhnlich darin, dass man unversehens wieder der natürlichen Schwerkraft ausgesetzt war, und auch diesmal hatte Gavril für einige Momente das Gefühl, als werde er von seinem eigenen Körpergewicht erdrückt. Unter dem Druck zitterte etwas in ihm nach, das er nicht benennen konnte, keine Trauer, keine Angst, keine Wut oder Empörung, aber von all dem ein wenig. Er ballte die Hände zu Fäusten, als wollte er etwas festhalten, das sich ihm zu entziehen drohte, aber die Bewegungen gerieten ihm zäh und kraftlos. Es war alles zu spät. Er konnte nichts mehr für Antonin tun,

Als er ins Hier und Jetzt zurückgefunden hatte und vorsichtig in sich hineinhorchte, erstaunte ihn, dass er sich nicht in erster Linie verraten und betrogen fühlte, sondern im Stich gelassen, erniedrigt, verlassen, ausgeschlossen. Auf der Suche nach einem Maßstab, um das Geschehene einzuordnen, erinnerte er sich an eine Szene, die sechsunddreißig Jahre zurücklag und sich bisher geweigert hatte, als belanglose Episode in den Tiefen seiner Erinnerungen zu verschwinden. Er sah Mona in jenem Moment, bevor er sich umgedreht und sie alleingelassen hatte. Damals war sie die Zurückgebliebene gewesen, die Greisin und Todgeweihte, die ihm die Absolution erteilt hatte, um seinen Weg zu gehen. Seit damals war er davon überzeugt gewesen, dass er immer zur Vorhut, zur Speerspitze der neuen Menschheit gehören würde. Doch nun saß er hier, so entsetzt über das, was aus Antonin geworden war, wie Mona über das entsetzt gewesen sein musste, was aus ihm geworden war. Er begriff, dass er Dinge mit angestoßen hatte, die ein Eigenleben entwickelten, die sich nicht einfach seinen Wünschen und Plänen fügen würden; dass in der posthumanen Welt, an der er mitarbeitete, jederzeit jemand aus dem Weg der langsamen, umsichtigen Verbesserung des Menschen ausscheren und ihm davoneilen konnte, um Jahrzehnte, Jahrhunderte. Und dabei würde nicht nur er als Person zurückbleiben. Diese Vorhut würde eine ganze Welt ethischer Normen, geistiger Maßstäbe und kultureller Errungenschaften einfach abwerfen, als hätten sie keine Bedeutung. Der Tod etlicher tausend Menschen war vielleicht erst der Anfang, und Gavril schauderte bei dem Gedanken, welche Werte, die für ihn selbstverständlich waren, noch auf dem Spiel standen. Er rappelte sich auf, und zum ersten Mal seit seinen Dechronifikationen spürte er, dass er seine innere Sicherheit eingebüßt, dass er Angst hatte.

Eine halbe Stunde später tauchte er wieder in das Gedränge im Konferenzsaal ein, ergab sich bereitwillig der unangenehmen Enge, dem Lärm und Durcheinander einer Vortragspause, verzichtete darauf, die Strapazen des Tages durch Pharmaka abzufedern, in der Hoffnung, dass es der körperlichen Belastung irgendwie gelänge, die düsteren Befürchtungen zu verdrängen, die ihm zwanghaft durch den Kopf gingen, dass sie ihn auf den Boden ziehen, in seinem Hirn Platz schaffen würden für die anstehenden Aufgaben, doch ---

--- das Bild wollte nicht verschwinden, als Ask von der Holotafel zurückwich. Es schwebte ihm noch vor den Augen wie eine geisterhafte Spur, die sich in seine Netzhäute gebrannt hatte: Antonin und seine Reaktion, als der Ankläger die missglückten, immer verzweifelteren Ausbruchsversuche einiger hundert Kolonisten aus einem hermetisch abgeriegelten Habitat schilderte, in dem die Atemluft knapp wurde, und sich ein Unterton mühsam beherrschter Emotion in seine bis dahin so nüchterne Stimme schlich; ein Moment menschlicher Schwäche, der auch Antonin nicht entging und ihn zu einem flüchtigen, amüsierten Lächeln veranlasste, distanziert wie aus einer höheren, rationaleren Warte, mit einer Spur von überheblichem Bedauern, wie man es für etwas Kleines, Krankes, Wehrloses aufbringt. Es irritierte Ask, und er begriff erst nicht, warum dieser Mann mit seiner tiefen inneren Überlegenheit, dieses Monstrum an Selbstbeherrschung, ihn zwar abstieß, ihm aber zugleich näher und verwandter war – näher als Gavril mit seinem aufbrausenden, aggressiven Temperament, seinen widersprüchlichen Empfindungen, seiner Starrsinnigkeit und Unvernunft, dem ganzen Arsenal seiner atavistischen Regungen, die Ask das Gefühl gaben, als könne er sich beim Kontakt mit seiner Psyche beschmutzen, kontaminieren. Antonin wirkte dagegen steril und makellos, aufs Wesentliche reduziert wie ein Urentwurf, ein Prototyp, der knospenhaft schon alle wesentlichen Eigenschaften des Homo sapiens 2.0 in sich trug.

Ask verpasste den Übergang, das Auftauchen vom simulierten in den realen Raum, und verlor für einige Sekunden die Orientierung. Im einen Moment schob er sich mit reichlich Ellbogeneinsatz durch den Mittelgang des Konferenzsaals, wie hypnotisiert angezogen von einer Designstudie des Beringdamms, die die Projektionswand so detailliert und plastisch in den Raum stellte, als könne er das Bauwerk mit wenigen Schritten erreichen. Im nächsten schrumpfte die ganze Szene zu einem Punkt, und Ask fand sich in einem anderen, nicht minder dichten Gedränge wieder. Die Mikromonitore wurden durchsichtig, das feine Raster der künstlichen Bilder verschwand. Ask wankte, taumelte einige Male um die eigene Achse. Eine Hand stützte ihn an der Schulter, und ein freundliches, rundliches Frauengesicht tauchte vor ihm auf, das ihn fragte, ob er Hilfe brauche. Erst als er den Kopf in den Nacken legte, um tief durchzuatmen, und das beruhigende Muster der Bögen und Täfelungen an der Decke sah, wurde es besser. Er schaute umher, versuchte, sich in der lauter und lebhafter gewordenen Festgesellschaft zu orientieren, aus dem Wirrwarr angeregter Gespräche, der dezenten Hintergrundmusik Einzelheiten herauszuhören. Vorsichtig setzte er einen Fuß vor den anderen, als er sich der nächsten Bar zuwandte, wo er einen fruchtigen, mit milden Sedativa versetzten Chillout-Drink bestellte. Das Glas in beiden Händen, als halte er sich daran fest, blickte er durch den Saal, und langsam gewann er seine Bodenhaftung zurück.

Etwas aus der Simulation wirkte in ihm nach, eine leichte Färbung seiner Wahrnehmungen, die er vermutlich dem Erleben aus Gavrils subjektiver Perspektive verdankte. Etwas war hängen geblieben, ein grundlegender Zug, der das Denken der Menschen in seiner Epoche geprägt hatte, auf einer so tiefen Ebene, dass es sich nur schwer bewusst machen ließ. Ask ging in Gedanken noch einmal das Gespräch und Gavrils Reaktionen durch und dabei fiel ihm seine reflexartige Neigung auf, in historischen Zusammenhängen zu denken. Vielleicht war es das, schwer verständlich für Ask und seine Zeitgenossen, die so reich und intensiv im Jetzt lebten, im Bewusstsein eines Jahrhunderte bis Jahrtausende langen Lebens, dem kurzfristige Veränderungen nichts bedeuteten. Wie die meisten Menschen, die er kannte, hatte Ask sich in seinem bisherigen Leben wenig Gedanken um das Woher und Wohin gemacht. Doch als er eben Gavrils Entsetzen in dem Moment gespürt hatte, als ihm klar wurde, dass sein letztes Gespräch mit Antonin eine Weggabelung war, an der sich ein Teil der Menschheit von dem verabschiedete, was er für menschlich und wertvoll hielt – da hatte Ask das düstere Gefühl beschlichen, dass er und seine Gegenwart vielleicht das Endresultat eines Irrwegs waren. Es musste viele solcher Weggabelungen, solcher unwiderruflichen Entscheidungen gegeben haben, die zur Fülle der heutigen menschlichen Subspezies geführt hatten. Vielleicht hatte an jeder dieser Weggabelungen jemand wie Gavril gestanden und hilflos zusehen müssen, wie ein weiterer Teil ureigener menschlicher Qualitäten verloren ging. Vielleicht würden Ask und seine Zeitgenossen nie begreifen, welchen Preis sie für die unendlichen Freiheiten ihrer posthumanen Welt bezahlt hatten.

Er schüttelte den Gedanken ab und ging langsam durch den Saal, in einem großen Bogen um die Holotafeln. »Damals war sich Gavril immer einen Schritt selbst voraus«, hörte er aus der Nähe eine helle, etwas hohe Männerstimme, erst in normaler Lautstärke, dann unversehens in einem Volumen, als tönte sie aus der Verstärkeranlage des Saals. »Er konnte sich schnell für ein neues Thema begeistern, verlor aber ebenso schnell wieder das Interesse. Er war kein guter Lehrer, fürchte ich, aber ein guter Anreger. Sein ...« Ask sah sich um und entdeckte hinter dem Podium, am Ausgang zur Terrasse, in einer Runde von Männern, die alle mindestens einen Kopf größer waren als er, einen zarten, leicht asiatisch anmutenden Neoflesher in einem silbergrauen Anzug und mit feucht glänzendem, wie an den Schädel gegossenen Haar. Er erzählte mit ausladenden Gesten, ließ sein Glas ständig von einer Hand in die andere wechseln, stutzte dann aber und schaute verwirrt hin und her, als er bemerkte, dass ihn plötzlich von allen Seiten Blicke trafen. »Nanu ... was ist denn das?«, fragte er mit einem Lächeln, zuckte unter der Lautstärke zusammen und hob den Blick, als habe er über den Köpfen seiner Gesprächspartner etwas entdeckt.

Ask sah das Ding im selben Moment wie er: eine Halbkugel aus Kunststoff von etwa dreißig Zentimetern Durchmesser, mit vier

Düsen am Rand, die feine Dunststrahlen ausstießen, und einem konischen Schaumstoffgebilde an der Unterseite, das an ein Mikrofon erinnerte – nicht zu Unrecht, denn falls Ask sich nicht irrte, handelte es sich bei dem Ding um eine Akustiksonde, einen dieser kleinen Helfer, die gewöhnlich in Konzert-, Hör- oder Gerichtssälen eingesetzt wurden und mit genügend Künstlicher Intelligenz ausgestattet waren, um nach vorgegebenen Kriterien Schallquellen aufzuspüren und zu verstärken.

Dieses Ding hier, begriff Ask schnell, war offenbar auf das Stichwort »Gavril« eingestellt. Als der kleine Asiate vor Verblüffung verstummte, schwankte die Sonde erst ein wenig hin und her, als erwarte sie ungeduldig eine Fortsetzung des Gesprächs, legte sich dann schräg und sauste, in einem waghalsigen Slalom um die Holotafeln, in den Saal hinein, um jäh über einer anderen Gesprächsrunde innezuhalten. »... und deshalb bezweifle ich, dass er sich jemals wirklich etwas aus ihr gemacht hat.« Diesmal war es eine Frau mit schulterlangen schwarzen Locken und einem atemberaubend dekolletierten Kleid, deren Stimme aufgefangen wurde. »Er hat diese ganze Konstellation, an der immerhin vier Menschen beteiligt waren, einfach aufgegeben und hinter sich gelassen. Er hatte nie ein Gefühl für die Schmerzen, die er anderen zugefügt hat. – Was ist denn ...?« Jemand berührte sie am Arm, und sie blickte in die Richtung, in die ein ausgestreckter Finger zeigte. »Also, das ist doch ...«

Binnen weniger Minuten war der ganze Saal auf das Ding aufmerksam geworden, und immer mehr Gäste beteiligten sich an dem Spiel, das vermutlich auf einem kleinen, skurrilen Einfall des Gastgebers beruhte. Die Sonde flog in einem nervösen Zickzack über den Köpfen der Gäste hin und her, hielt immer wieder für Sekunden inne und fing launige Bemerkungen über Gavril auf, dann jagte sie weiter und wirkte dabei gereizt wie ein Raubtier, das von einer Beute gefoppt wurde, die immer wieder hier und dort frech den Kopf hervorstreckte. Anfangs versuchte Ask, genau hinzuhören, in der Hoffnung, er könne nützliche Informationen über Gavril aufschnappen, aber die Bemerkungen wurden immer kürzer, bruchstückhafter und fügten sich zu keinem zusammenhängenden Bild seiner Person – was kein Wunder war. In den zweihundertfünfzig Jahren seines Lebens hatte Gavril so viele Rollen gespielt, dass es die eine Persönlichkeit, die sein wahres Ich ausmachte, vielleicht gar nicht gab.

»... finde ich es geschmacklos, widerlich. Er hat diesen Mann auf dem Gewissen, und nun läuft er in seinem Körper ...«

»... konnten uns immer auf ihn verlassen. Wir waren Freunde, wirklich, und ich werde ihn vermissen ...«

»... ein Tyrann war er am Ende, nichts anderes. Die Auflösung des LDC ist ausschließlich sein ...«

»Wie soll es weitergehen, wenn er ...?«

Gavril selbst war immer noch nicht eingetroffen. Nach einigen Runden durch den Saal suchte Ask am Empfangstisch Ians Blick, aber der kleine Mann nahm ihn nur mit einem knappen Nicken zur Kenntnis, und sein höfliches, aber ausdrucksloses Lächeln gab nichts preis. Die Chillout-Drinks verhalfen Ask zu einer oberflächlichen Ruhe und Entspannung, dennoch brauchte er einige Anläufe, bis er seinen wachsenden Widerwillen überwunden und sich dazu durchgerungen hatte, weiter in Gavrils Leben vorzudringen.

Die nächste Holotafel stellte eine Szene knapp nach der Jahrhundertwende nach. Die Aufnahme war so düster und verschwommen, dass Ask auf den ersten Blick nichts erkannte. Erst als er begriff, dass es sich um eine Unterwasseraufnahme handelte, konnte er den Schauplatz mit einigem Einsatz von Phantasie vor seinem inneren Auge erstehen lassen: ein Stück Meeresboden mit farnartigen Polypen oder Röhrenwürmern, im Hintergrund ein bunt schillernder Fischschwarm, der zwei Mini-U-Boote geschluckt hatte, und in einiger Entfernung, so eben noch sichtbar, eine gewaltig aufragende Wand, mit Scheinwerfern und blinkenden Signalen gesprenkelt, die ein unruhiges, blassblaues Leuchten über die Unterwasserlandschaft ausbreiteten. Ask spürte einen unangenehmen Druck, als er sich der Holotafel näherte. Etwas presste auf sein Brustbein und erschwerte ihm das Atmen. Ein Gefühl von Schwere drang ihm von den Fingerspitzen aus wie eine zähe, bleierne Flüssigkeit in den Körper. Ask war kurz davor, von der Tafel zurückzuweichen. Der Vorgang machte ihm Angst. Es war, als ob jede Zelle seines Körpers in eine andere, härtere und widerstandsfähigere Substanz transformiert wurde. Die Welt in und um ihn schien zu erstarren, zu einem kristallenen, spröden Gebilde zu gerinnen. Ask wollte sich umwerfen, vor dem Keim dieser Verwandlung davonlaufen, doch dann merkte er, dass alles von einem Punkt in seinem Innern ausging, der ihn zugleich mit einer neuen geistigen Energie erfüllte, einem Willen, der stark genug schien, seine neue Körpersubstanz zu stauchen, zu beugen, zu strecken, zu dehnen, sie langsam in Bewegung zu versetzen, bis er ---

--- anfangen konnte, es zu genießen. Die Verwandlung in der Schleuse war wie jedes Mal eine Tortur, und Gavril erlebte einen jener Anflüge von Panik, gegen die er bis heute nicht gefeit war. Wenn das Vasculoid, das sein Blut bis in die feinste Kapillare verdrängt hatte, sich rekonfigurierte, etwa seine Dichte und Bindungsenergie änderte, um ihn an den Druck in hundert Metern Tiefe anzupassen und das Atmen unter Wasser zu ermöglichen, fühlte er sich jedes Mal, als werde er von innen her zermalmt und wieder zusammengesetzt. Er spürte Verhärtungen und Verschiebungen, als es losging, ein Gerinnen und Wiederverflüssigen des Ersatzbluts, etwas Sich-Wälzendes, Kriechendes in seinen Innereien – entsetzlich, wenn man es das erste Mal durchmachte, immer noch mehr als unangenehm, wenn man sich daran gewöhnt hatte. Er war stolz darauf, dass er in der kleinen, zylindrischen Schleuse, wie furchtbar es auch wurde, immer ruhig und aufrecht ausharrte, weder zusammenzuckte noch ins Keuchen geriet, sich nicht an den seitlichen Bügeln festhielt und bisher kein einziges Mal auf den Alarmknopf gedrückt hatte, nur auf das schemenhafte Spiegelbild im Lukenfenster starrte, seine eigenen kantigen Züge, die aufeinandergebissenen Zähne und starren Augen.

Die ersten Bewegungen in neuer Konfiguration, leichte Arm- und Kniebeugen, während die Kabine sich mit Wasser füllte, waren unendlich mühsam. Als sich die Außenluke öffnete, er auf die oberste Stufe hinaustrat und am Meeresboden die weit geschwungene Schräge des Dammsockels unter dem buntscheckigen Bewuchs der Kulturkorallen verschwinden sah, waren jedoch alle Mühen vergessen. Er saugte den ersten Schwall Meerwasser durch seine Lungen, bevor er sich in Bewegung setzte, spürte für einen flüchtigen Moment den Druck, den Widerstand des flüssigen Mediums, dann aber nur noch seine eigene Kraft, den Puls des Vasculoids, die Zugstärke seiner Nanotube-verstärkten Muskeln. Die Sektoraufsicht sah seine Ausflüge nicht gern, aber es war ihm egal. Es war jedes Mal ein phantastisches Erlebnis, immer neu, immer anders. Allein dafür hatte sich der Eingriff schon gelohnt.

Es schien ihm, als ob er eine riesige Freitreppe hinunterschritt, als sei die konkave Dammmauer ausschließlich als Bühnenbild für seinen majestätischen Auftritt geschaffen worden, die ganzen zweiundneunzig Kilometer von Kap Deschnjow bis zum Kap Prince of Wales am Rande des Kontinentalschelfs entlang, ein alabasterweißer, bis fünfzig Meter über den Meeresspiegel hinausragender Bau aus Millionen Tonnen Stahlbeton, der es der Chinesischen Mauer gleichgetan hatte und aus dem Weltraum zu erkennen war. Es war, während Gavril mit Meter für Meter festeren Schritten die Treppe und dann die Rampe hinunterschritt, in die sie überging, als sei die subtropische Flora und Fauna, die in einigen Jahrzehnten hunderttausende Menschen ernähren sollte, nur zu seiner Erbauung dort unten ausgebreitet worden, als unauslöschliches Fanal für seine Kühnheit und Weitsicht. Er hob den Blick und glaubte, sicher nur eine Einbildung, als formlose Schlieren die Meeresströmungen zu erkennen, die hier aufeinandertrafen und, wenn alles erwartungsgemäß verlief, vom Beringmeer ausgehend das System der pazifischen Meeresströmungen umgestalten würden. Gavril spürte ein unwiderstehliches Machtgefühl in sich, als er stetig wie ein Roboter durch das Gezerre gegenläufiger Wasserströmungen marschierte, sich hin und wieder von der Rampe abstieß und ein paar Meter schwebte, dann wieder seine beschwerten Schuhe auf die Rampe stemmte, als wollte er den Beton zerspringen lassen, und schließlich, mit sparsamen Schüben des Wasserlifts, den er um die Hüfte trug, über die Korallenbänke hinwegschwamm, die inzwischen über zwanzig Meter an der Staumauer emporgewachsen waren und noch bis zu den Turbinenabflüssen knapp unter der Wasseroberfläche klettern durften.

Das bunte Gewimmel der Kulturkorallen und der Tiere, denen sie Schutz boten, Moränen und Oktopoden, Anemonen, Muscheln, Krebse und noch viel mehr, wirkte aus einiger Höhe wie eine natürliche, in Jahrhunderten gewachsene Unterwasserlandschaft, und nur als Beteiligter an dem Projekt konnte Gavril die fraktale Ordnung ausmachen, die dem Ganzen zugrunde lag und in der er seine eigene Handschrift erkannte. Kreuz und quer durch das wachsende Riff verliefen schmale Pfade aus unberührtem, klinisch hellem Sandboden, gedacht als Erkundungswege für die Touristen, die einmal Tauchtouren durch die Korallenwälder unternehmen würden. Fischschwärme, voluminös wie vierstöckige Häuser, vor allem Dorsche, Thunfische und diverse Exoten, Resultate einer durch Strahlung und Abwässer beschleunigten Evolution, die noch kein Wissenschaftler beschrieben hatte, zogen langsam ihre Kreise, nicht etwa, weil sie hier optimale Lebensbedingungen vorfanden, sondern weil von speziell präparierten Korallen Signal- und Botenstoffe ausgeschüttet wurden, die sie unwiderstehlich an Ort und Stelle fesselten und damit ihre wirtschaftliche Verwertung zu einem Kinderspiel machten.

Gavril betätigte in kurzen Intervallen seinen Wasserlift und schoss auf zwei armdicken Wasserstrahlen gut vierzig Meter in die Höhe, um das Kunstriff, bislang ein Pilotprojekt über einige Dammkilometer zwischen Fairway Rock und den Diomedes-Inseln, in seiner Gesamtheit zu betrachten. Er hoffte, dass einmal etwas daraus entstehen würde, das dem einstigen Great Barrier Riff, heute ein totes Monument der ökologischen Verantwortungslosigkeit früherer Generationen, zumindest nahekommen würde – ein einziger riesiger Organismus, aus Millionen Einzelwesen in allen Größenordnungen gebildet, flexibel und anpassungsfähig wie jedes natürliche Ökosystem, doch zugleich – und das war das Neue – lenk- und steuerbar, ein Rohstofflieferant für eine neue Bioindustrie. Gavril hielt sonst nichts von vagen Intuitionen und Eingebungen, doch dieses am Bogen der Dammmauer entlang gestreckte Gebilde mit seiner organischen Maserung, den verschiedenfarbigen Höhenabstufungen, der unruhigen Textur aus zuckendem, kriechendem und sich windendem Leben, hatte für ihn die beängstigende Kraft eines schlafenden Ungeheuers, das die Welt verändern würde, wenn man nur die Formel fand, um es aus seinem Schlummer zu wecken.

Auf einmal spürte Gavril einen Druck im Rücken. Er war in eine Wasserströmung geraten, die stärker wurde, als er noch einige Meter der silbrig funkelnden Meeresoberfläche entgegenstieg. Ein Blick auf sein Netzhautdisplay bestätigte ihm, dass er gut zweihundert Meter nach Osten abgetrieben war und einer der riesigen Generatorausgänge direkt über ihm lag. Selbst einem Taucher mit Vasculoidkreislauf war nicht zu empfehlen, den mit Hochdruck hinausgepressten Wassermassen allzu nahe zu kommen, deshalb änderte Gavril mit einigen energischen Schwimmbewegungen die Richtung, startete den Wasserlift erneut und kehrte in gemächlichem Tempo zur Schleuse zurück. Als das Brausen ihm nicht mehr in den Ohren dröhnte, hörte er ein leises, beharrliches Piepsen aus seinem Headset und berührte mit dem Mittelfinger die kleine Plastikmuschel hinter seinem Ohr.

»Ich sollte dich an einen Termin erinnern«, meldete sich die dumpfe, gelangweilte Stimme seines Assistenten Albert, in der

Lautstärke etwas abgehoben von den tausenden Geräuschen des Info-Streams, Moderatorstimmen, Tonsignalen, Jingles, Musik und Live-Feeds. Albert klang etwas verzerrt, synthetisch, was vermutlich daran lag, dass Gavrils Headset über keinen Mikrolautspecher, sondern eine elektromagnetische Vorrichtung verfügte, die die Hörnerven direkt – und qualitativ mäßig – stimulierte. »Ein junger Diplomat auf einer inoffiziellen Mission, der dich um Unterstützung bittet. Er hat sich vor ein paar Tagen angekündigt, du erinnerst dich vielleicht – oder auch nicht.«

»Allmählich nehmen diese außerplanmäßigen Termine überhand«, sagte Gavril – oder besser: Er sagte es nicht, sondern dachte es, und die Impulspickups in seinem Sprachzentrum übersetzten es in einigermaßen verständliche Schallereignisse, auch mit sehr künstlichem Timbre. »Ich komme mir vor wie ein Gemeinbesitz, über den jeder nach Belieben verfügen kann. Aber egal, klopf den Burschen weich, Datenschutz, Vertrauenserklärung, der übliche Mist, und bring ihn in mein Büro. Ich bin in zwanzig Minuten oben.«

Albert brummte etwas Unverständliches und unterbrach die Verbindung. Im selben Moment öffnete sich vor Gavril die Schleusenluke, und er zwängte sich durch die schmale Öffnung.

Der Rück- war mindestens so strapaziös wie der Hinweg durch die Schleuse. Nachdem das Vasculoid seinen Körper an die Druck- und Schwerewelt unter Wasser angepasst hatte, war es bei der Rekonfiguration so, als ginge er in eine dünne, nur aus nebligen Umrissen bestehende Welt hinüber, in der das einzige Solide er selbst war. Die ersten Sekunden, während er das Meerwasser aus den Lungen erbrach und mit unwillkürlich gierigen Japsern das Gasgemisch einatmete, das für einen möglichst schonenden Übergang sorgen sollte, waren fast noch das Angenehmste an der Prozedur. Danach konnte er nichts mehr tun, als an seiner Vorderseite hinunterzusehen und zu staunen, wie der wuchtige Brustkorb, die prall aufgepumpten Bauchringe, die mächtigen Oberschenkel um mindestens ein Zehntel schrumpften. Einige Minuten lang liefen Wellenbewegungen, von heftigen Schmerzen begleitet, seine Arme auf und ab, und seine Finger verkrampften sich zu bizarren Gesten. Als die Verwandlung abgeschlossen war, die Innenluke sich öffnete und er mit äußerster Vorsicht einen Fuß vor den anderen setzte, fühlte er sich immer noch zu stark, zu schwer für die dünne Welt, in die er zurückkehrte.

Im milden, blassvioletten Licht der Kammer, in der er sich noch einige Monate lang nach jeder Exkursion eine Routineuntersuchung gefallen lassen musste, senkte sich zunächst der Ring eines Kernspintomografen über ihn, bis hinab zu den Waden, und verschwand anschließend wieder unter der Decke. Gleich darauf fand er sich von einer Handvoll appetitlicher Laborassistentinnen umringt, deren eifriges Herumhantieren an seinem Körper er unter anderen Umständen gern mit ebenso gewissenhaften Untersuchungen ihrer Reize erwidert hätte. Sie überprüften seine Vitalwerte, indem sie ihm Scanner, geformt wie extravagante Dildos, an diverse Körperteile hielten; halfen ihm dabei, sich eine neue Garnitur der Sterilkleidung überzuziehen und belehrten ihn zum soundsovielten Male über die Sicherheitsvorkehrungen, die unmittelbar nach einer Rekonfiguration zu beachten waren. Er hörte kaum mehr hin. Mit einem Fingertippen an die Schläfe aktivierte er die visuelle Komponente des Info-Streams, und sein Netzhautdisplay suggerierte ihm eine endlose, aus verschwommenen Tiefen des Raums heranrückende Reihe von Icons, Symbolen und virtuellen Monitoren, die rechts an seinem Kopf vorbeizogen, jedes für ein paar Sekunden so laut, dass Gavril, wenn er wollte, eine Zusammenfassung der Informationsschnipsel hören konnte. Er hatte acht KIs mit leistungsfähigen Heuristiken im Rücken, die ihm bei der Auswertung des Materials halfen, aber selbst mit dieser Unterstützung hatte er immer größere Schwierigkeiten, über die Nachrichten auf dem Laufenden zu bleiben, die er in seiner Position zur Kenntnis nehmen musste. Er dachte in letzter Zeit immer öfter über eine künstliche Erweiterung seines Kurzzeitgedächtnisses und einer Verstärkung seiner Relations- und Sichtungsfähigkeiten nach. Er wollte unter allen Umständen bleiben, was er war: der Knotenpunkt, bei dem alle Anträge, Angebote, Entwürfe und Projekte zusammenliefen, die den Beringdamm fortlaufend veränderten; das eine Bewusstsein, das noch einen zusammenhängenden Überblick der ökonomischen und sozialen Entwicklungen des Projekts bewahrte, der wichtigste Mann in diesem Teil der Welt, ohne dessen Kommentare, Korrekturen und Vetos nichts ging.

Der Turbolift trug Gavril zum über viele Kilometer höchsten Punkt der Dammstruktur empor, bis zur Spitze des nächsten Aufsichts- und Verwaltungsturms, einer blendend hellen Glaskuppel, die zur Hälfte sein großzügig dimensioniertes Büro einnahm. Wie jedes Mal glaubte er nach dem Eintreten in kristallklarem Licht förmlich zu ertrinken, und wenn sich die Augen daran gewöhnt hatten, wurde der Blick unwillkürlich von dem riesigen, gebogenen Panoramafenster auf der Ostseite angezogen. Es hatte noch keinen Besucher gegeben, der nicht zuerst den überwältigen Ausblick genossen hatte, der an weniger diesigen Tagen als heute über den weit geschwungenen Dammbau bis zum russischen Festland reichte. Von hier konnte man auf die Wintergärten – transparent überdachten Hallen und Eisgärten, Minizoos für die aussterbende arktische Fauna – auf der Dammkrone hinuntersehen, die alle in den letzten zehn Jahren entstanden waren, während die touristische Nachfrage und der Bedarf an neutralen Tagungsorten für politische und wirtschaftliche Verhandlungen stieg, die auf dem Beringdamm ideale Bedingungen und einen Weltklasseservice vorfanden.

Sein Gast stand schon reglos, mit verschränkten Händen, an einem Winkel des Fensters und schaute hinaus. Gavril lud seine Briefingdatei ins Headset, und auf dem Display erschien das Porträt eines jungen Mannes mit strohlondem Stoppelhaar, grünen Augen und vollen, rosigen Lippen, die ihn zart, fast mädchenhaft hätten erscheinen lassen, wären nicht die markanten, eckigen Kieferknochen gewesen. Sein Gesicht wies einige unschöne Asymmetrien auf, und die Haut war fleckig von feinen Unreinheiten, was darauf hindeutete, dass er ein wirklicher Jugendlicher war und kein kosmetisch optimierter Vertreter von Gavrils Altersklasse. Der Name, Sven Gerlacher, sagte Gavril nichts, aber das Gesicht kam ihm bekannt vor. Er hoffte, dass er sich nur etwas einbildete. Es war, trotz aller Vorkehrungen, nicht auszuschließen, dass ihm früher oder später Personen aus der Zeit begegnen würden, die er sich per Mnemotomie aus seinem Gedächtnis hatte entfernen lassen, und er wusste bis heute nicht, wie er sich in einem solchen Fall verhalten sollte.

Das Briefing wies den jungen Mann als Delegationsassistenten einer Abteilung des europäischen Außenministeriums aus, einen jener speichelleckenden Nachwuchs-Diplomaten, die während ihrer langen Lehrzeit kaum über den Rang eines Büroutensils hinauskamen und meist mit derart banalen, undankbaren Routine- und Organisationsaufgaben betraut wurden, dass Gavril mit ihresgleichen selten zu tun bekam. Er grüßte dennoch laut und freundlich, als er eintrat, und wusste, noch bevor sein Gast ein Wort geäußert hatte, dass man ihm einen solch schüchternen Typen nur geschickt haben konnte, um in einer politischen Angelegenheit vorzutasten, die die zuständigen EU-Beamten selbst für weitgehend aussichtslos hielten und mit deren erfolgloser Bearbeitung sich kein höherer Diplomat den Ruf bekleckern wollte. Gavril vermutete auch, worum es ging, und behielt recht damit.

Er erschrak ein wenig, als der junge Mann sich ihm zuwandte, nickte und sich mit zittriger Stimme vorstellte. Er musterte Gavril mit großen Augen, nervös und angespannt wie im Angesicht einer hohen Autorität und mit feucht geröteten Augenwinkeln, als könne er jeden Moment in Tränen ausbrechen. Er hatte eine ungesunde, aschfahle Gesichtsfarbe, die ihn sehr viel älter als zweiundzwanzig erscheinen ließ. Die Haut um seinen Mund war trocken und knittrig, von Mimikfalten wie bläulichen Striemen durchzogen, und verlieh ihm einen strengen, fast gequälten Ausdruck. Er hatte sich gut im Griff, aber Gavril entgingen die Anzeichen tiefer, intensiver Gefühle nicht, die seine Züge überflogen. Er kannte Gavril – eine bessere Erklärung gab es nicht für seine schockartige Reaktion, als er plötzlich seinem Gastgeber gegenüberstand. Es fiel Gavril schwer, sich nicht dafür zu interessieren, wer dieser Junge war und was sie in der Vergangenheit miteinander zu tun gehabt hatten. Augenblicklich hing eine starke Spannung zwischen ihnen in der Luft, vielleicht die Nachwehen eines privaten Dramas, einer anstrengenden und fruchtlosen Beziehungsgeschichte oder eines Familienkonflikts, der Gavril vermutlich zu seiner Mnemotomie bewogen hatte.

»Setzen Sie sich«, sagte er und bat Sven mit einem Wink auf die kleine Empore neben seinem wuchtigen Echtholzschreibtisch. Sie bot Platz für eine runde Sofakombination und eine kleine Automatenbar, der Gavril mit einem Fingerschnippen aufs Touchpad zwei sprudelnde Entspannungsdrinks entlockte. Sven kam der Aufforderung nur zögernd nach, bewegte sich ungelenk und stieß mit einem Knie gegen das Bartischchen, weil er mit sich selbst nicht einig wurde, wo er sitzen sollte. Er nippte an seinem Drink, behielt die Flüssigkeit für einen Moment im Mund und verzog beim Runterschlucken das Gesicht. Einige Male holte er hörbar Luft, als wollte er unbedingt etwas sagen, blieb aber jedes Mal stumm und wirkte ratlos, als sei das, was er sagen wollte, irgendwo auf dem Weg vom Gehirn zum Kehlkopf verloren gegangen.

»Was kann ich für Sie tun?«, fragte Gavril schließlich. »Bitte berücksichtigen Sie, dass meine Zeit begrenzt ist. Heute warten noch einige andere Termine auf mich.«

Sven lächelte fade. »Haben Sie nicht darüber nachgedacht, sich nach den jüngsten Ereignissen eine Auszeit zu gönnen?«, fragte er. »Es muss doch anstrengend gewesen sein, Ihre ehemaligen Kollegen derart zu übervorteilen und sich an der LDC-Satzung vorbei dauerhaften Einfluss auf Ihre Lieblingsprojekte zu sichern.«

»Junger Mann«, sagte Gavril und unterdrückte seinen Überdruss über den Vorwurf, den er, mehr oder weniger offen, schon mindestens hundert Mal gehört hatte. »Ich weiß nicht, aus welchen Quellen Sie Ihre Informationen beziehen, aber auf eins lege ich Wert: Das LDC mag nach den Abspaltungen nicht mehr sein, was es einmal war, aber die Projekte gehen weiter, und dieser Verantwortung kann und will ich mich nicht entziehen. Ich bringe einfach gern zu Ende, was ich angefangen habe.«

»Das nennen Sie Abspaltungen? Es war doch wohl eher eine gezielte Kampagne, um ...«

»Lassen wir das Thema. Ich rede überhaupt nicht mehr über das LDC. Jeder, der es genau wissen will, kann sich im Web ausführlich über die Vorgänge informieren und eine eigene Meinung bilden. Sie sind auf mich zugekommen, weil Sie etwas auf dem Herzen haben. Reden Sie, und ich werde sehen, was ich für Sie tun kann, oder gehen Sie wieder.«

Sven brummte etwas und presste grimmig die Lippen aufeinander. »Na gut«, sagte er nach einer Pause. »Ich befinde mich mehr auf einer humanitären als einer politischen Mission. Es geht um die Lebensbedingungen von Millionen Einwohnern unserer Union, und Sie sind der Einzige, der mir helfen kann.«

Er verzog dabei das Gesicht, als bereite ihm die Eröffnung körperliche Schmerzen, und Gavril beschloss, die zu erwartende Anbiederei und Bettelei durch einige klare Worte abzukürzen. »Was immer es ist«, sagte er, »überschätzen Sie meinen Einfluss nicht. Ich bin hier ein besserer Techniker oder Logist, und es ist mir ganz recht so. Ich weiß nicht, wie es kommt, dass man mich immer wieder als Entwirrer für diverse diplomatische Komplikationen einspannen will.«

»Sie waren doch wesentlich an der Planung der Kraftwerkssegmente und der Strömungsführung beteiligt, und deshalb wissen Sie besser als jeder andere, was auf uns zukommt, wenn die Pazifische Union an ihren Plänen festhält.«

Natürlich wusste Gavril, was er meinte. Die riesigen Kraftwerksaggregate, die aus der Tschuktschensee auf der anderen Seite der

Dammmauer gespeist wurden, leiteten das arktische Schmelzwasser als Oberflächenströmung ins Beringmeer, ein noch nicht ganz optimierter Prozess, der langfristig zur Folge haben würde, dass die wärmeren und dichteren Wassermassen aus dem Südpazifik hier auf den Meeresboden sanken und eine neuartige Fischerei- und Seafood-Wirtschaft in dem früher viel zu kalten Flachmeer ermöglichten. Ein ähnlicher Mechanismus im Nordatlantik hatte einst die gewaltige Umwälzpumpe angetrieben, der die Europäer ihr gemäßigtes Klima verdankten. Inzwischen war dieses System jedoch zum Stillstand gekommen, und die Nord-, West- und Mitteleuropäer froren sich die Ärsche ab. Wenn die Ozeanier und Asiaten ihre Pläne im gewünschten Umfang verwirklichten, hatte Europa keine Chance mehr, die Regelungsmechanismen ihrer Klimaregion durch eigene Eingriffe wieder herzustellen. Gavril bedauerte die Betroffenen nicht. Die Zeichen der Zeit waren seit über hundert Jahren zu deuten gewesen, und nun war es endlich angebrochen, das lang angekündigte Pazifische Jahrhundert, das 22., die Bühne einer neuen Weltordnung. Und er war an entscheidender Stelle dabei – ein Privileg, für das er einiges zu opfern bereit war.

»Sie haben den Südostasiatischen Staatenbund vergessen«, sagte er, »der auch Milliardensummen investiert hat. In diesem Getriebe bin ich nur ein kleines Rädchen, und mit meinem Ausscheiden aus dem LDC habe ich etliche Verantwortlichkeiten abgegeben. – Hören Sie«, fügte er hinzu, als Sven zu einem weiteren Widerspruch ausholte, »in den letzten fünfzehn Jahren haben vier große Klimakonferenzen zwischen der Pazifischen Union und den Südostasiaten auf der einen und der EU, der USA und Kanada auf der anderen Seite stattgefunden, die letzte vor fünf Jahren, im Herbst 2098, hier auf dem Beringdamm. Wenn der Westen seine traditionell überhebliche Haltung gegenüber den früheren Entwicklungsregionen rechtzeitig revidiert hätte, wäre vielleicht ein Kompromiss möglich gewesen. Die Chance wurde vertan, was soll ich daran ändern?«

»Dann muss eben ein neuer Anlauf versucht werden.«

»Wozu? Es ist doch ...«

»Lassen Sie mich ausreden.« Sven bekam einen roten Kopf, und seine Stimme nahm einen flehenden Unterton an. »In den letzten drei Jahrzehnten sind die Durchschnittstemperaturen in Europa um vier Grad Celsius gesunken. Tausende Kilometer Küstenlinien haben sich verändert. Von Norwegen aus rückt eine neue subarktische Zone heran. Unsere Existenzgrundlagen, Wasserhaushalt, Agrar- und Energiewirtschaft, sind gefährdet. Der Beringdamm ist die neuralgische Stelle für alle Entwicklungen, die die Pazifische Union zu verantworten hat. Hier können Sie auf die Bremse treten und Druck auf Ihre Geschäftspartner ausüben.«

»Warum sollte ich das tun? Unsere Beziehungen laufen reibungslos. Der Beringdamm hat sich endlich zu einem wirtschaftlich erfolgreichen Projekt entwickelt. Bisher haben über drei Milliarden Menschen unmittelbar von unserer Wiederbelebung der pazifischen Meeresflora und -fauna profitiert. Ich würde sagen, so etwas nennt man einen durchschlagenden Erfolg.«

»Aber was ist mit der westlichen Welt? Es kann Ihnen doch nicht gleichgültig sein ... Ich meine, überlegen Sie, wo Sie selbst geboren wurden.«

Gavril lachte, wollte aber eigentlich nicht, dass es so spöttisch klang. »Kommen Sie mir doch nicht damit«, sagte er. »Nichts hält ewig, junger Mann, und auch ich fühle mich nicht zu ewiger Solidarität verpflichtet. Niemandem gegenüber. Genau die Völker, die Sie zu einem erneuten Mitleidsmarathon zurück an den Verhandlungstisch holen wollen, wurden Jahrhunderte lang vom Westen gnadenlos ausgebeutet, ihre Kulturen zerstört und verseucht. Das Blatt hat sich gewendet. Südostasien und Ozeanien werden ihre Projekte durchziehen, daran gibt es nichts zu rütteln. Tragen Sie's mit Würde und erniedrigen Sie sich nicht selbst. Die Erde wird besser dran sein ohne die 'westliche Welt' und ihre Anhängsel.«

Für einen Moment wurde es in dem Büro so leise, als habe jemand einen Schallschlucker eingeschaltet. Gavril hatte sich in letzter Zeit nur selten um die Gefühlsregungen seiner Mitmenschen kümmern müssen, deshalb war er etwas aus der Übung und wusste die Reaktion seines Gastes nicht recht zu deuten. Sven schien nicht überrascht, aber auf eine tiefe, schmerzliche Weise enttäuscht, die völlig unproportional zum eher nüchternen Anlass wirkte. Es schien fast so, als habe er auf die elementarsten psychohygienischen Vorkehrungen verzichtet, die für Profis in der Politsphäre zur Grundausstattung gehörten und einem die Arbeit in den nervenaufreibenden, von jedem normalmenschlichen Empfinden weit entrückten diplomatischen Zirkeln erst ermöglichte, und sei hier mit rohen, bloßliegenden Gefühlen erschienen, die Gavril so unangenehm nahegingen wie eine unschickliche Berührung. Noch nie hatte er in Augen gesehen, die so erfüllt waren von persönlicher Verachtung, Widerwillen und störrischer Fassungslosigkeit. Was immer den jungen Mann bewegte, es hatte nichts mit Politik zu tun. Es musste etwas weit Intimeres sein, und Gavril wurde unwohl bei dem Gedanken, in welchem Zusammenhang es mit ihm stehen mochte.

Gavril stand auf und klopfte dem Jungen dabei kurz auf die Schulter. »Ich mache Ihnen einen Vorschlag«, sagte er. »Ich wollte heute eine Inspektionstour durch die neue Sektor-Mall unternehmen. Wie wär's, wenn Sie mich begleiten? Das wird Sie auf andere Gedanken bringen. Vielleicht kann ich Sie davon überzeugen, dass wir hier sinnvolle Arbeit leisten und der Beringdamm im Begriff ist, zu einem ganz neuartigen sozialen Gebilde zu reifen, das es wert ist zu existieren.«

Zehn Minuten später saßen sie in einem Abteil der Hängebahn, die über die Dammkrone der Sektorgrenze entgegenfuhr. Sven sah trübe und teilnahmslos hinaus, während Gavril erzählte, wie das Beringdamm-Projekt seit seiner Fertigstellung vor neunzehn Jahren aufs Erfreulichste aus dem Ruder gelaufen war. Damals, als Gavril auf den abschließenden Planungskonferenzen mit mehr oder minder raffinierten Tricks den Großteil seiner Ideen durchsetzte, hatte noch niemand ahnen können. dass der besondere Status des Damms – ein Bauwerk in internationalen Gewässern, bis auf die beiden Endsegmente in Russland und Alaska völkerrechtlich unabhängig – mehr Interesse wecken würde als sein eigentlicher Zweck. Inzwischen war der Damm zum Insider-Tipp nicht nur für Touristen, sondern auch für Geschäftsleute aller Coleur geworden, die ihn zu ihrem dauerhaften Stützpunkt machten. Alles hatte angefangen mit kleinen Motels entlang der Schienen- und Fahrbahntunnel, die bescheidene Übernachtungs- und Entspannungsmöglichkeiten boten, aufgrund der Nachfrage aber bald zu großen Luxus-Hotels und Apartment-Komplexen aufgeblüht waren. Nach einer Welle von Unterweltagenten, die hier ihren Handel mit Gensequenzen, Designerhormonen und Ersatzorganen abwickelten, hatte eine Oberwelt aus Firmen- und Agenturvertretern nachgezogen. In den Shopping-Malls siedelten sich heute nicht nur Geschäfte, sondern Kontakt- und Infobüros aller erdenklichen Unternehmen, Dienstleistern, NGOs, Universitäten, Instituten und Stiftungen an. Bei der neuen Mall hatte man diesen Aspekt erstmals offensiv in die Planungen einbezogen.

Die Mall war schon aus zwei Kilometern Abstand als geodätisches Dach auf der Dammkrone zu erkennen, ein ebenso eleganter wie komplexer Bau, wie aus einem einzigen Riesenstück Quarz geschliffen, das feuchtgraues Licht sammelte und wieder streute, zu feinsten Farbschattierungen auffächerte, als ob unter den Kuppeln und Tunneln ein dampfender, tropischer Urwald wucherte. Sven und Gavril stiegen in der Empfangshalle aus und traten an das Geländer des weiten, zentralen Atriums, das bis sechzig Meter in die Innereien des Damms hinabreichte. Gavril machte einige Bemerkungen über die Architektur, aber sein junger Gast schien ihn gar nicht zu hören, und so verstummte er vorerst. An der nächsten Infosäule bestellte er einen Elektrocaddy, und nachdem der flache Schlitten aus der Tiefe der lärmenden Halle zu ihnen herangesaust war, programmierte er ihn auf eine Besichtigungstour.

Gavril war sich nicht sicher, ob seine Erläuterungen ein Minimum echtes Interesse in ihm weckten, aber zumindest schaute Sven hier und da flüchtig in Richtung der herausragenden Attraktionen, auf die Gavril zeigte: eine polykonfessionelle Gebetshalle, die Gästen aus aller Welt eine traditionsgemäße Religionsausübung erlaubte; eine VR-Bibliothek mit hunderten Holoterminals, die Fortbildung zu einem hautnahen Erlebnis machte; eine Flucht aus Spielearkaden, die Waffen- und Metzelfetischisten Vergnügungen in jedem gewünschten Perversionsgrad boten; eine Wellness-Lounge, wo von Hormonkuren bis Genital-Liftings jede Art körperlicher Erfrischung zu haben war. Die Besichtigung endete in einem Restaurant nah der Dammsohle, einem stufenartig angelegten, dämmrig beleuchteten Saal, aus dem man durch eine Anzahl bullaugenartiger Fenster die Meerestiere beobachten und dabei die neusten der dort draußen erfolgreich kultivierten Spezialitäten verzehren konnte. Sven blieb noch immer stumm, und als Gavril ihm gegenüber Platz nahm, versiegte auch sein eigener Redestrom wieder, als habe er plötzlich einen Vorrat an Gemeinplätzen, Phrasen und Seichtigkeiten in seinem Innern erschöpft.

Während Sven und Gavril an ihren Aperitifs nippten und verbissen aneinander vorbeiblickten, fluchte Gavril innerlich über seine eigene Dummheit. Sven scrollte auf seiner Seite des Tischterminals durch die Menükarte, tippte einige Male eine Bestellung ein, die er gleich wieder stornierte, und zog dabei ein Gesicht, als sei die Nahrungsaufnahme für ihn ein Leben lang nur eine Qual gewesen.

Irgendwann, nach vielleicht zehn Minuten, während Gavril den immer dringenderen Wunsch verspürte, einfach aufzuspringen und den Tisch umzustoßen, schien sich auf einmal etwas in Sven zu verändern. Er verschränkte die Hände auf der Tischplatte, jede Spur Nervosität fiel von ihm ab, und er sah Gavril an, mit einer Klarheit in den Augen, als habe er unversehens einen Punkt inneren Gleichgewichts erreicht.

»Mein Vater hat auch im LDC gearbeitet«, sagte er. »Er war von Anfang an dabei. In ziemlich hoher Position sogar.«

»Wirklich?«, erwiderte Gavril. »Dann müsste ich ihn gekannt haben.«

»Vermutlich. Aber ich will keinen Namen nennen.«

»Wie Sie wollen.«

»Und eigentlich«, Svens Stimme stockte kurz, »habe ich zwei Väter. Ich bin mir nicht sicher, von wem ich mehr geerbt habe.«

»Wie das?«

Sven schüttelte den Kopf, als erfülle ihn dieser Aspekt seines Lebens selbst noch mit Staunen. »Meine Mutter hatte eine langwierige Beziehung zu zwei Männern. Als sie gemeinsam beschlossen, Kinder zu haben, und sich ein Austauschpartner fand, spendete jeder einen zufällig selektierten Anteil seines Erbguts. Ich bin eine genetische Kombination von allen dreien.«

»Ich verstehe«, sagte Gavril. »Es ist erstaunlich, dass man so selten von solchen Fällen hört, aber aus irgendeinem Grund haben sich die erweiterten Zeugungsarten nicht durchgesetzt. Mir scheint, wir schleppen da ein archaisches Verhaltens- und Empfindungsprogramm mit uns herum, das wir auch in Jahrhunderten genetischer Modifikationen nicht einfach abschütteln können.«

»Ich bin mir nicht sicher«, erwiderte Sven. »Ich glaube, es ist zumindest eine Zeitlang eine stabile und fruchtbare Dreiecksbeziehung gewesen. Sie arbeiteten alle drei im LDC-Umweltzentrum, diesem Institut in der Hamburger HafenCity, das gerade in die neue Global Resarch University eingegliedert wird. Im Laufe der Jahre hatten sie sich auf diversen LDC-Meetings kennengelernt und an Teilprojekten zusammengearbeitet. Meine Mutter befasste sich mit Städtebau und Siedlungstechnik. Mein erster Vater war ein Mann für die großen Ideen, Energieerzeugung, Umwelttechnik, Verkehr und Raumfahrt. Mein zweiter Vater war der Künstler in der Runde, Designer und Architekt. Als ich geboren wurde, bezogen sie zusammen ein Amphibienhaus in einem Hamburger Vorort. Für mich waren die gemeinsamen Jahre sehr anregend. Ich hätte mir kein besseres Umfeld wünschen können. Ich lebte mitten in einem unaufhörlichen Brainstorming aus Plänen, Ideen und Visionen, einer unglaublichen Stimulation für meinen erwachenden Geist, von der ich sicher noch mein ganzes Leben zehren werde. Ich glaube, als es vorbei war, hat keiner von uns so sehr darunter gelitten wie ich. Es war viel kürzer, als es mir damals vorgekommen ist, nicht einmal fünf Jahre. Es war nur ein Anfang, der nicht gehalten hat, was er versprach.«

»Wie ist es auseinander gegangen?«, fragte Gavril.

Sven rümpfte die Nase, und es klang, als unterdrücke er Tränen. »Ich war damals zu jung, um es zu verstehen, und im Nachhinein bin ich froh darüber. Es gab keine Streitigkeiten. Meine Eltern waren ruhig, vernünftig und wussten, wie man Konflikte abwickelt. Das habe ich immer an ihnen gehasst, besonders bei einer so einschneidenden Sache. Ich glaube, es hatte damit zu tun, dass mein erster Vater sich mit uns auf eine Art von Bindung eingelassen hatte, für die er nicht geschaffen war. Seit seinen Dechronifikationen hatte er nie länger als zwei Jahre an einem Ort gelebt. Er war immer unterwegs, hatte ständig neue Ideen, die er realisieren musste, hatte überall auf der Welt seine Finger im Spiel und sich dem nächsten Projekt zugewandt, sobald sich ein gewisses Maß an Routine einzustellen drohte. Es war, als bestünde seine größte Angst darin, irgendwo zu spät zu kommen. Als er mit uns zusammenlebte, war ihm die Stabilität, die meinen beiden anderen Eltern und mir so gut tat, auf lange Sicht ein Gräuel. Aus dem wenigen, was meine Mutter mir später erzählte, habe ich den Eindruck gewonnen, dass er schließlich einen Strich unter dieses Leben ziehen wollte, auf eine so radikale Weise, wie er es nie zuvor getan hatte. Und da kamen ihm die neuen technischen Möglichkeiten gerade recht.«

»Was meinen Sie?«

»Er war immer mehr von der Idee fasziniert, sich ein Vasculoid implantieren zu lassen. Ihn begeisterte der Gedanke, an ganz neuen Orten, die Menschen bisher unzugänglich waren, leben und arbeiten zu können, vielleicht direkt im Weltraum. Die ersten Stadien seiner Verwandlung habe ich selbst noch miterlebt, und es schockierte mich zutiefst. Sie müssen verstehen, damals waren die Erscheinungsformen der Neoflesher noch relativ einheitlich und ein Markt für physiologische Modifikationen, wie wir ihn heute kennen, existierte noch nicht. Anfangs waren es nur einige Klinikaufenthalte zur Vorbreitung seines Herzens und Kreislaufs, die ihn etwas von uns entfremdeten. Dann kamen die ersten Vasculoidinfusionen und die Anpassung seiner äußeren Hautschichten. Vielleicht können Sie sich vorstellen, wie es auf mich als Kind gewirkt haben muss, diese metallische Hautfarbe, diese feuchte, amphibische Erscheinung, die ihm in meinen Augen etwas Monströses, Unmenschliches verlieh. Möglicherweise hat meine Reaktion dazu beigetragen, dass meine beiden anderen Eltern zu diesem Zeitpunkt die Beziehung abbrachen und ihm damit die ausdrückliche Entscheidung abnahmen. Ich weiß es nicht. Ich weiß nur, dass sich mir seine völlige Rücksichtslosigkeit gegen uns, besonders gegen mich, tief eingegraben hat. Keine Therapie, keine psychische Korrektur konnte daran etwas ändern. Ich habe mir immer gewünscht, ich könnte ihm einmal gegenüberstehen und ihm ins Gesicht sagen, was er mir angetan hat.« Sven zuckte die Achseln. »Aber es wäre ja sinnlos. Einige Jahre später erfuhr ich, dass er sich einer Mnemotomie unterzogen hatte, um uns zu vergessen. Ich fühlte mich wertlos, in meiner bloßen Existenz in Frage gestellt. Es war, als habe irgendwo jemand einen Löschkopf betätigt, der jeden Moment über mich hinweggehen und mich austilgen würde.«

Gavril, der gerade ein Glas an die Lippen gehoben hatte, stutzte für einen Moment, seine Hand zuckte, und einige Tropfen benetzten sein Kinn. Nachdem er eher unbeteiligt zugehört hatte, drängte sich auf einmal ein unwohles Gefühl, ein Gedanke, der ihm eben ganz flüchtig durch den Kopf gegangen war, in den Vordergrund seines Bewusstseins. »Moment mal«, sagte er und rutschte mit seinem Stuhl unwillkürlich ein Stück vom Tisch weg. Sven beobachtete ihn ruhig. Es war unversehens eine Härte in seinem Gesicht, eine tiefe, satte Genugtuung, die Gavil ihm noch vor Minuten nicht zugetraut hätte. Zugleich wirkte er so entspannt, erleichtert, lächelte fast, als habe er einen Kampf ausgetragen, dem er lange Zeit ausgewichen war. »Ich weiß ja nicht, was Sie hier vorhaben, aber ...« Für einen Moment versagte Gavril die Stimme. »Wer sind Sie?«, fragte er dann.

»Sie wissen doch, wer ich bin. Sie haben meine Daten bekommen«, sagte Sven. »Wenn Sie's genauer wissen wollen, veranlassen Sie eine behördliche Netzrecherche nach meinem Namen. Das dauert nur Minuten und dürfte in Ihrer Position kein Problem sein.«

»Nein, nein, das wird nicht funktionieren, junger Mann«, sagte Gavril. »Ich bin in meinem Leben schon oft unter Druck gesetzt worden, das bringt meine Stellung mit sich, aber was Sie sich hier ausgedacht haben, ist so ziemlich die größte Geschmacklosigkeit, mit der ich es je zu tun hatte.«

»Überprüfen Sie es«, sagte Sven. »Die Sicherheitskopien einer Mnemodatei bleiben nach einer Gedächtniskorrektur mindestens fünfzig Jahre in behördlichen Datenbanken gespeichert. Sogar ich als naher Verwandter kann unter bestimmten Umständen Zugriff auf die Daten erhalten. Ich überlege, ob ich von dieser Möglichkeit Gebrauch machen soll.«

Etwas durchzuckte Gavril wie ein Stromschlag, und für einen Moment glaubte er, in sein eigenes Gesicht zu sehen, bereichert um Eigenschaften, die er bei sich selbst nie bemerkt oder kultiviert hatte, jünger, empfindsamer und lebendiger als seins, geboren aus all den Erfahrungen, Gefühlen und Bindungen, die er durch die Mnemotomie und die biologischen Veränderungen hinter sich gelassen hatte, eine bessere, humanere Version seiner selbst – aber er verwarf diesen Gedanken im selben Moment, als er sich ihm aufdrängte.

»Ich werde nichts dergleichen tun«, sagte er. »Ich habe mein Leben geordnet und verlasse mich darauf, dass ich gute Gründe für eine Mnemotomie hatte. Geben Sie's auf, junger Mann. Es wird Ihnen nicht gelingen, mich zu verunsichern oder mir Schuldgefühle einzureden. Mit welcher Absicht auch immer.«

Die Genugtuung in Svens Gesicht ging in einen Ausdruck von Resignation über. »Ich habe nichts anderes erwartet. All die Jahre, in denen ich auf eine Gelegenheit gehofft habe, meinen ersten Vater wiederzusehen, war mir klar, dass er mich zurückweisen würde. Es war ihm immer nur wichtig, dass er nirgendwo seinen Einfluss schwinden sieht, nicht dass er geachtet oder gar geliebt wird. Er sieht sich gern als einen Faktor in größeren Zusammenhängen und glaubt, über solche banalen Regungen, wie sie mich beschäftigen, erhaben zu sein. Ich weiß selbst nicht, warum ich kommen musste, warum ich mich auf dieses aussichtslose Unternehmen eingelassen habe. Vielleicht wollte ich mich meiner Existenz versichern. Vielleicht wollte ich ganz einfach zeigen, dass ich lebe, ganz gleich, wie du zu mir stehst.«

Gavril wandte den Blick ab, schaute in die unteren Ebenen des Restaurants hinunter. An den Tischen saßen Paare und kleine Abendgesellschaften. Ein leises Gemurmel von Stimmen drang herauf. Besteck klirrte. Aus den Lautsprechern drangen Klangcollagen aus Musik und Walgesängen. Speisegerüche aus den Küchen stiegen ihm in die Nase. Gavril sah sich um, als hoffte er, ein vertrautes Gesicht zu entdecken, irgendjemanden, der ihm in diesem Moment Sicherheit geben könnte. Er hatte das Gefühl, dass er hätte schreien können, ohne gehört zu werden. Alle Dinge schienen Ablehnung auszustrahlen, ein dichter, spürbarer Widerstand, der sich ihm auf den Brustkorb legte und die Luft abdrückte. Zum ersten Mal seit seiner Mnemotomie verlor er das zufriedene Dauergefühl von Freiheit und Unabhängigkeit. Er versuchte zu verstehen, was mit ihm vorging, und fühlte in sich etwas aus verschütteten Tiefen aufsteigen, einen alten, zähen Schmerz, das Gefühl einer Verwundung, die er sich selbst zugefügt hatte.

Sven rührte sich nicht, als Gavril aufstand. »Ich werde Ihnen einen meiner Mitarbeiter schicken«, sagte er. »Er wird sich um eine Übernachtungsmöglichkeit kümmern, wenn Sie wünschen, oder Ihnen bei den Rückreiseformalitäten behilflich sein. Scheuen Sie sich nicht, sich an ihn zu wenden, wenn es ein Problem gibt. Es tut mir leid, dass ich nicht mehr für Sie tun konnte.«

Gavril drehte sich um und ging. Er widerstand der Versuchung zurückzublicken, versuchte, sein Herz und seine Sinne vor dem Besucher zu verschließen, den er zurückließ, dennoch glaubte er, als er unten an Theken und Vitrinen vorbeiging, sich hier- und dorthin zwischen den Tischen durchzwängte, weil er nicht mehr wusste, wo der Ausgang war, das Echo eines leisen, fast geflüsterten Abschiedsgrußes zu hören, der vielleicht nur eingebildet war, ihn aber bis ins Mark erschütterte, als sei er ihm ins Ohr gebrüllt worden: »Leb wohl, Vater.«

Als er zehn Minuten später und sechs Geschosse höher aus dem Lift auf eine Panoramaplattform trat, empfing ihn eine gerötete Abendsonne, und die aufgefrischte, salzige Luft ging ihm durch den Kopf wie eine Entladung von harscher, kühler Klarheit, die noch einmal alles Alte, Vertrocknete, Verstaubte und Verdorbene in ihm aufwirbelte. Letzte, von der Mnemotomie übersehene Bilder und Momente aus seinem früheren Leben drängten sich für Sekundenbruchteile in sein Bewusstsein. Ein Teil seiner Bestürzung verwandelte sich in Wut. Er war daran gewöhnt, dass die Techniken, die er in Anspruch nahm, perfekt waren. Etwas wie dies durfte nicht passieren. Eine Mnemotomie sollte ein Einschnitt sein, einen für immer verändern, und es schockierte ihn, wie viel von dem, was er für beseitigt gehalten hatte, noch immer in ihm schwärte wie eine nie ausgeheilte Wunde.

Er schritt zwischen zwei offenen Pavillons eine Treppe hinauf und hatte dabei das Gefühl, direkt in die immer dunkleren Farbbänder am Horizont hineinzugehen. *Was soll ich tun? Was* kann *ich tun?*, dachte er und verfluchte sich selbst für die Idee, dass er zurückgehen, das Gespräch mit Sven fortsetzen und zu einem befriedigenden Ende bringen sollte. Das Bild seines mutmaßlichen Sohns in dem Moment, als er sich umgedreht und ihn zurückgelassen hatte, stand ihm vor Augen, drängte ihm Gefühle auf, die er unbedingt unterdrücken wollte. Es musste eine andere Möglichkeit geben, sich endgültig zu befreien von früheren Verpflichtungen, Bindungen und Torheiten. Er hatte immer harte, unwiderrufliche Entscheidungen getroffen, gegen alle inneren und äußeren Widerstände, und war zum Äußersten bereit, um diese Sicherheit wiederzufinden.

Es gab nur eins, was er tun konnte.

Mit einem gedanklichen Befehl löste er ein Reset seines Vasculoids aus. Es war eine drastische Möglichkeit zu einer Katharsis, einem Ausbrennen, das ihn mehrere Monate seines Lebens kosten würde, und das Risiko, dabei zu sterben, ohne eine Chance auf Wiederbelebung, schreckte ihn nur kurz. Als über sein Netzhautdisplay die Parameter abgefragt wurden, stellte er sie durchweg auf den Maximalwert. Fast augenblicklich schien etwas in seinen Innereien zu explodieren. Er sackte auf die Knie, versuchte, sich aufrecht zu halten, kroch aber bald auf allen vieren weiter, die Hände verkrampft, die Zähne zusammengebissen, fast irr angesichts der Willensanstrengung, die ihm abverlangt wurde. Er wusste, dass noch nie jemand ein Reset dieser Intensität gewagt hatte und nicht abzusehen war, was mit ihm geschehen würde. Der Schmerz, den die Begegnung mit Sven in ihm wachgerufen hatte, wurde in diesen Minuten, als er jede Kontrolle über sich verlor, immer stärker und drohte, ihn zu überschwemmen. Die physischen Qualen waren unwichtig verglichen mit den Gefühlen, die am Ende dieses Prozesses vielleicht überwunden sein würden. Er musste einfach durch, endlich den ersehnten Zustand einer umfassenden existenziellen Reinigung erreichen. Anders würde er nicht weiterleben können. Anders würde seine Vergangenheit auf ihn lauern wie ein Fluch, der immer wieder über ihn hereinbrechen konnte.

Ein letztes Bild löste sich aus seinem Inneren, tanzte über das siedende Gemenge seiner Gedanken und Empfindungen hinweg wie ein Holzsplitter über ein Kohlefeuer und trat ihm nur für einen Sekundenbruchteil klar und plastisch vor Augen. Er sah eine Frau mit welligem, strohblonden Haar, die auf der Kante eines Sofas saß, vor ihr auf dem Boden ein Kleinkind, das zwischen ihren Beinen ein elektronisches Haustier jagte. Er sah einen blassen Mann mit hohem, schmalen Gesicht, der ihre Hand hielt und gelegentlich in Gavrils Richtung blinzelte. Es wurde kein Wort gesprochen, nicht mehr. Die Trauer, dass er sie verloren hatte, dass er unfähig war, ihre Gemeinsamkeiten zu bewahren und nicht ständig nach Gründen zu suchen, warum ihn dieses Leben nicht zufrieden stellte, wurde für einen Moment überwältigend. Gavril hätte am liebsten auf sich selbst eingeschlagen, sich die eigene Bosheit und Dummheit ausgetrieben, doch dann war es auch schon vorbei. Die Szene verblasste wie ausgelöscht, und alles wurde angenehm still und dunkel. Er konnte wieder auftauchen, sich neu erschaffen in der Frische und Klarheit eines geläuterten Bewusstseins. Irgendwann zog sich die raum- und zeitlose Welt, durch die er gegangen war, zu den Formen eines Körpers zusammen. Gavril wartete lang, horchte, ob jemand oder etwas sich ihm nähern würde, und als er endlich die Augen aufschlug ---

--- versuchte Ask, in den wenigen Sekunden, während er sich aus Gavrils Bewusstsein zurückzog und die Kontrolle über seine eigenen Gedanken und Handlungen zurückerhielt, Gavrils seelischer Zustand im letzten Moment der Simulation aber noch präsent blieb wie eine Standaufnahme, die Tiefe und Reichweite der Dinge zu ergründen, die Gavril verdrängt hatte, vielleicht um etwas zu finden, das für ihn sprach, das Bild des gnadenlosen, zerstörerischen Charakters zu relativieren, das sich nach dieser Simulation abzeichnete. Doch es ging alles viel zu schnell. Plötzlich wurde er herausgerissen, und als er sich in seinem eigenen zitternden und fröstelnden Körper wiederfand, mit weichen Knien vor der Holotafel stand, kam er sich klein und zerbrechlich vor wie ein Kind und Gavril wie ein Ding von monströsen Proportionen, das all die zarten Gefühle und Regungen, die verfeinerten Werte und Beziehungen, die Asks eigenes Leben ausmachten, zu überwältigen drohte. Ein Gefühl von nie gekanntem Ekel und Angst überkam ihn. Ihm schwindelte. Er schwankte und versuchte, sich zu fangen, und erst als er aufblickte, das schon vertraute Muster aus Dreicken und Parallelogrammen der Deckentäfelung erkannte, die drei gegeneinander versetzten Reihen der Ballonlampen, kam er wieder ganz zu sich, gewann etwas Distanz und Ruhe.

Er staunte über die Heftigkeit seiner Reaktion und versuchte, während er hin und her ging, seine Glieder lockerte und den Kopf in einer hereinwehenden Brise kühlte, seine Gedanken und Gefühle zu ordnen, ging im Kopf noch einmal die ganze Simulation durch und war nicht überrascht, dass den intensivsten, unangenehmsten und zugleich rührendsten Eindruck Sven hinterlassen hatte. Als Gast in Gavrils Bewusstsein hatte er den jungen Mann, damals vielleicht gerade dreißig, noch ohne nennenswerte äußere Modifikationen, so gesehen, wie Gavril ihn wohl betrachtet hatte, als jemand Unfertigen, Schwachen, Naiven, der die Welt noch nicht verstanden hatte. Nun aber, aus seiner eigenen Sicht, bewunderte er Sven für seine Besonnenheit und Würde, und Gavril erschien ihm als Relikt einer roheren und primitiveren Zeit, als Fremdkörper in der posthumanen Welt, in der er nur Schaden anrichten konnte. Ask wusste nicht, was er denken sollte angesichts der Tatsache, dass dieser Mann bis zu seinem Todesentschluss noch immer eine einflussreiche gesellschaftliche und ökonomische Stellung innegehabt hatte. Es widersprach Asks sämtlichen Lebenserfahrungen, und insgeheim erleichterte ihn, dass er diese missratene Existenz bald durch ein reiferes, ethisch und intellektuell höher stehendes Wesen ersetzen konnte.

Der Saal hatte sich merklich geleert. Ask drehte noch eine Runde, vorbei an der nächsten Bar, wo er diesmal etwas Schärferes, Alkoholisches mitnahm, und stellte fest, dass ein Großteil der Gäste auf die Terrasse und die Freitreppe hinausgegangen waren, die von dort zum Strand hinunterführte. Zwei Reihen von Fackeln, die in eisernen Haltern die Treppe säumten, tauchten die Szene ein in mildes, bernsteinfarbenes Licht, leicht bewegt von einer auflandigen Brise, die Ask, als er selbst hinaustrat, angenehm kühlte. Am Horizont glommen blaue bis türkisgrüne Lichtbänder zwischen den verstreuten Garteninseln, wie ins Meer gestürzte, träge wallende Nordlichter. Linker Hand, auf einer kleinen Bühne, stand ein Mann von massiger Statur an einem Rednerpult, und seine dunkle, entspannte Plauderstimme schallte über die Köpfe von gut fünfzehn, zwanzig Zuhörern hinweg. Ask schaute sich um, ob er irgendwo Gavrils

Sohn entdecken konnte, vielleicht sogar seine beiden anderen Eltern, die er in der Simulation kurz gesehen hatte. Aber er suchte nur halbherzig und gab nach ein paar Minuten auf. Er hatte Angst, dass ihm das Ganze zu nahe gehen, dass er über den Mann, der seinem Kind Platz machen wollte, mehr erfahren würde, als er verkraften konnte. Er musste irgendwo eine Grenze ziehen und darauf achten, dass sie nicht überschritten wurde, und deshalb war er froh über die Ablenkung, als er Innessa entdeckte, die ein Stück abseits der Bühne stand, ein langstieliges Glas in den Händen, und den Redner beobachtete, doch den Eindruck machte, als nehme sie ihn nicht recht wahr, als starre sie durch ihn hindurch, in Gedanken bei etwas, das sie sorgte, vielleicht sogar quälte.

»Ein kluger Mann hat einmal gesagt: Weine nicht, dass es vorbei, lächle, dass es gewesen ist«, sagte der Redner gerade, als Ask einige Schritte näher trat. Er hatte genug Ironie und amüsierte Untertöne in der Stimme, dass der Spruch nicht so peinlich salbungsvoll klang, wie es bei Anlässen dieser Art gewöhnlich der Fall ist. »Ich hätte genügend Gründe, traurig darüber zu sein, dass ich unseren heutigen Gastgeber nur so kurze Zeit kennen durfte, aber ich möchte lieber ...« Der Rest des Satzes ging in lautem Stimmengewirr unter, als sich auf der anderen Seite der Terrasse plötzlich ein aufgeregtes Gedränge bildete.

Mindestens dreißig Personen traten sich gegenseitig auf die Füße und stürmten mit Applaus, Rufen und Pfiffen auf eine Person ein, von der Ask im ersten Moment nur das schwarz glänzende, glatt zurückgekämmte Haar auf dem kantigen Schädel sah. Der Mann konnte sich, bis die Ordner die Leute auseinander geschoben und für etwas Ruhe gesorgt hatten, nur mit Trippelschritten bewegen. Er drehte sich hier- und dorthin, schüttelte Hände, klopfte Leuten auf die Schultern, lachte und scherzte. Er war nur noch zehn Meter weg, als sich unversehens eine Gasse in dem Pulk von Menschen öffnete und Ask zum ersten Mal Gavril leibhaftig so sehen konnte, wie er heute aussah: ein kleiner, aber kräftiger, breitschultriger Mann mit fast überdimensionalem Brustkasten, Händen wie Klosettdeckeln und muskulösen Beinen. Er hatte ein flaches, breites Gesicht, eine platte Nase und braune Augen. Er wirkte auf natürliche Weise gealtert, hatte üppige Brauen, Schatten unter den Augen und einen faltigen Hals. Ask wusste zwar, dass Gavril den Körperzustand seines toten Freundes konserviert hatte, bevor er sich in ihn hineingeladen hatte, aber die Illusion war perfekt. Auch bei genauerem Hinsehen konnte man ihn für einen der wenigen Backwards halten, die es heute noch auf der Welt gab, und unter den auf Perfektion getrimmten Neomenschen, die ihn umdrängten, wirkte er exotischer als die absonderlichsten Variationen der menschlichen Anatomie. Seine Gesichtszüge, die Kimons asiatisch-ozeanische Abstammung verrieten, strahlten etwas Weises, Heiteres, Erhabenes aus. Ask wusste gleich, dass er Schwierigkeiten haben würde, angesichts dieser Erscheinung sein Urteil über Gavril aufrechtzuerhalten.

Er nutzte die Lockerung, um sich bis zu Gavril vorzudrängeln, und stellte sich mit lauter Stimme vor, es schien aber, dass Gavril ihn in dem ganzen Durcheinander überhaupt nicht bemerkte. Doch auf einmal sah er Ask strahlend an, fasste mit beiden Händen seine hingestreckte Hand, auf eine herzliche, fast väterliche Art, und sagte: »Es freut mich so, dass Sie kommen konnten. Wir werden nachher noch Zeit haben, uns unter vier Augen zu unterhalten. Sie sehen ja selbst, im Moment ...« Ein paar Sekunden später hatten sich die Lücken in der Menschentraube wieder geschlossen, und Gavril bog mit dem Tross seiner enthusiastischsten Freunde in den Festsaal ein. Ask blieb verblüfft zurück, an eine Wand gedrängt, plötzlich zutiefst verunsichert, wie er das Gespräch mit Gavril angehen, was er sagen, wie er sich verhalten würde. Sein Blick fiel auf Innessa, die ihm drei Schritte gegenüberstand, ebenso von einem inneren Donner gerührt wie er, und Gavril hinterherstarrte, mit einem Ausdruck ohnmächtiger Entgeisterung im Gesicht, die Lippen aufeinandergepresst, die Augen feucht. Als sie Ask bemerkte, schüttelte sie sich und zitterte, wie mit einem Eimer Eiswasser übergossen. Hastig stellte sie ihr Glas weg und kam auf ihn zu, dabei eine Hand, aus der die Ecke einer kleinen Memokarte hervorlugte, krampfhaft zur Faust geballt.

»Was ist mit Ihnen?«, fragte Ask.

»Ich weiß nicht«, sagte sie, und ihre Stimme hob sich kaum von der Hintergrundkonversation ab. »Es ist etwas ganz Schmerzhaftes aus meiner Vergangenheit, aber ich bin mir nicht sicher, welche Rolle Gavril dabei spielt. Und welche der Mann, in dessen Körper er heute steckt. Etwas sagt mir, dass ich beide getrennt halten muss, dass ich mich nicht auf Gavrils Identitätsverwirrung einlassen darf. Ich weiß nur, dass er mich sehr verletzt hat. So tief, dass es sich nicht ausbrennen lässt, auch wenn ich alle konkreten Umstände vergessen habe.«

»Kommen Sie, ich ...« Ask wollte sie am Arm fassen, zur nächsten Theke führen, aber sie zuckte zusammen und wich zurück. Einen Moment später drückte sie ihm die Karte in die Hand.

»Hier, ich habe einen Soft-Agenten in meinen persönlichen Daten recherchieren lassen. Ich wollte nur die ungefähre Zeit wissen, in der ich mit Gavril und Kimon zu tun hatte. Ich weiß, dass ich Ihnen Unverschämtes zumute, aber suchen Sie bitte nach einer Holotafel, die Informationen über unser Verhältnis enthält.«

»Keine Sorge, das tu ich gern für Sie.«

»Und, bitte ... verstehen Sie mich nicht falsch, aber kommen Sie mir nicht zu nahe. Es wird schon wieder, nur ein paar Minuten. Ich möchte etwas an den Strand hinuntergehen. Irgendwie muss ich mich beruhigen, ich weiß nicht wie.«

Ask sagte nichts mehr und sah ihr nach, wie sie, in einem zaghaften Zickzack zwischen den Leuten auf der Treppe, zum Meer hinunterging und hinter einer grasbewachsenen Düne verschwand. Sie konnte offenbar nicht anders, als sich mit einer angeborenen, unterkühlten Eleganz zu bewegen, schön, schmal und langbeinig wie ein tropischer Vogel, aber ihre ganze dunkle, melancholische Erscheinung hatte etwas Gebrochenes, Verzweifeltes, das sich gerade um ein Vielfaches verstärkt hatte. Ask ertrug es kaum, sich von ihr loszureißen und in den Saal zurückzugehen.

April bis Oktober 2164. University of Global Research Management. Mustersiedlung Beta. Das war alles, was auf der Karte stand, und Ask fand nur eine Holotafel, die eine Episode ungefähr aus diesem Zeitraum simulierte. Das Standbild war etwas verwackelt, verschwommen und arm an Tiefe, dennoch konnte Ask deutlich erkennen, dass der bleiche Körper, der halb versunken im Gelbett einer Intensivstation lag, von Monitoren und Instrumenten umgeben, nur Kimon sein konnte, einer der vier Backwards in Gavrils Symbiosegruppe, mit der er aufsehenerregende Experimente mit neuen Formen menschlichen Zusammenlebens unternommen hatte. Ask hatte größte Bedenken, an die Holotafel heranzutreten. Er wusste, dass er sich einer Zeit in Gavrils Leben näherte, als er seine organische Existenz aufgegeben hatte und als Software-Entität existierte, die sich gelegentlich, aus beruflichem Interesse, vielleicht auch aus zweifelhaften persönlichen Neigungen, in einen menschlichen Wirt herunterladen ließ. Ask wollte nicht wissen, welche Manipulationen Gavril womöglich in der Psyche seiner Wirte vorgenommen, welche

Belastungen er verursacht hatte, und schon gar nicht wollte er deren Zeuge werden. Innessas tiefe Erschütterung aber ging ihm zu Herzen, und er konnte ihre Bitte nicht abschlagen.

Das Bild verdunkelte sich, als er an die Holotafel herantrat, und er hatte das Gefühl, dass sich zugleich eine gierige, hungrige Leere in ihm ausbreitete, die gefüllt werden wollte. Lichtblitze und flüchtige Muster wie Lissajousche Figuren zuckten über die Mikromonitore, die sich vor seine Augen schoben. Ask spürte seinen Körper nicht mehr. Alles Physische erlosch von einer Sekunde zur anderen. Ein Instinkt sagte ihm, dass irgendetwas passieren sollte, das doch nicht eintrat. Er ahnte die Formen, die Umrisse, das subjektive Gefühl des Menschen, dem er sich überstülpen wollte, aber die Vorstellung konkretisierte sich nicht. Etwas blockierte den Download. Er hörte, unendlich leise erst, dann grell und scharf wie ein Geschoss, das ihm den Kopf durchbohrte, ein Warnsignal, und wusste, dass er in Schwierigkeiten steckte, als er ---

--- nur für Sekundenbruchteile die Welt durch Kimons Augen sah und gleich wieder ins Dunkle und Taube seiner eigenen Körperlosigkeit zurückfiel. Er konnte nur Umrisse ausmachen, Grautöne wie die Schraffuren einer Kohlezeichnung, ohne Tiefe und Bewegung, und hätte er sich nicht schon etliche Male in Kimons Gehirn hineingeladen und ihn in ähnlichen Situationen angetroffen, wäre ihm der Anblick rätselhaft geblieben. Kimon lag auf dem Bett in seinem Privatzimmer und sah durch die offenen Fenster auf den Balkon hinaus. Die Wipfel der höchsten Bäume im Park reckten sich über die Höhe der Brüstung hinauf. In einiger Entfernung war die Hügellandschaft zu erkennen, die den Bewohnern der Mustersiedlung als Erholungsgebiet diente, in einem der flachen Täler ein kleiner See, auf dem Mini-Solarboote ihre Runden drehten.

Gavril versuchte, mit einem gedanklichen Befehl den Netzwerk-Debugger zu starten, die Verbindungsparameter zu justieren, aber es half nichts. Als die Dunkelheit über ihn hinwegschwappte wie eine Flutwelle, fürchtete er schon, es sei der eine Fall eingetreten, den alle Sicherheitsvorkehrungen zu verhindern suchten und den Gavril und seine Kollegen nur noch als theoretisches Risiko einstuften: ein gleichzeitiger Kontaktverlust zur physischen wie zur virtuellen Welt, ein Sturz ins Niemandsland des Reizentzugs, der binnen Minuten zu einer gefährlichen psychischen Schockreaktion führen konnte. Bevor es dazu kam, leuchteten aber schon die virtuellen Monitore in Gavrils Workspace auf, kalt glühend wie Schwarzlichtobjekte. Kurz darauf wurden auch die beiden Cursor-Hände sichtbar, und obwohl sie anfangs etwas stockend reagierten, stellte Gavril zu seiner Erleichterung fest, dass alles wie gewohnt funktionierte. Er holte das Fenster mit der Administrationssoftware in den Vordergrund und stutzte, als er sah, dass einer der vier Slots, die den Status seiner Verbindungspartner anzeigten, rot umrandet blinkte.

Die Slots zeigten Porträts der vier Personen, die an Gavrils Symbioseexperiment teilnahmen: Marten, ein langer, zerbrechlich wirkender Mann mit schütterem Haar und schmalem Gesicht; Karen, eine neurosengeplagte Künstlerin, die sich unerwartet gut in die Gruppenstruktur eingefügt hatte; und Innessa, eine attraktive Russin, deren Sensibilität und Leidenschaft dafür verantwortlich waren, dass Gavril sich besonders häufig und mit besonderem Genuss in sie hineingeladen hatte. Er überflog die Notizen, die er sich zum heutigen Arbeitsplan gemacht hatte, Entwurfsarbeiten für ein neues, komplexeres VR-Szenario, das Marten in seinen geometrischen Eigenschaften, Innessa im Hinblick auf die Programmroutinen skizzieren und für das Karen mit Kimon ein ästhetisches Konzept ausarbeiten sollte. Gavril hatte sich den ganzen Morgen in Gedanken damit beschäftigt, an welchen Stellen er eingreifen, wie er die Arbeiten beschleunigen und wie er der in letzter Zeit stockenden Inspiration seiner beiden Kreativen auf die Sprünge helfen sollte. Aber all das wurde unwichtig, als er bemerkte, dass von Kimon, einem Backward asiatisch-ozeanischer Herkunft, keine aktuellen Daten zu erhalten waren. Gavril wollte noch nicht darüber nachdenken, was das zu bedeuten hatte. Innessas Vitalwerte befanden sich nicht ganz im grünen Bereich, sie schien erregt und beunruhigt, dennoch startete er nach kurzem Überlegen einen Download in ihre Corteximplantate.

Diesmal gab es keine Störungen. Es war, als ob er durch einen kurzen Schacht der Gefühllosigkeit in ihren Körper hineinfiel, so glatt und zielgenau, als sei er ein fehlendes Teil, das die junge Frau erst komplett machte. Jedes Mal, wenn er sie hineinfühlte, ihren zarten, straffen Rundungen unter der Kleidung nachspürte, das ungewohnte Gefühl anderer Geschlechtsorgane auskostete, erfasste ihn eine tiefe, vom Hauch des Verbotenen erfüllte Erregung. Heute konnte er sie nicht auskosten. Innessa stützte die Ellbogen auf einen

Tisch und hielt die Hände vors Gesicht. Zwischen ihren Fingern erkannte Gavril einige Einrichtungsgegenstände im Gemeinschaftsraum der Suite, die Bar, die Sitzgruppe, die transparenten Holomonitore mit den Termin- und Arbeitsplänen, und einige Male gingen Leute durchs Bild, deren Anzahl Gavril nicht bestimmen konnte. Innessa weinte. Über die emotionalen Sensoren nahm Gavril, auf erträgliche Intensität gedämpft, ein Gefühl von Schock und Entsetzen wahr. Offenbar hatte sie von dem Download nichts bemerkt. Jemand legte ihr eine Hand auf die Schulter und streichelte sie zaghaft. »Es ist noch nichts verloren«, sagte eine Person, die Gavrils Mnemo-Subsystem als eine Kollegin aus dem Erdgeschoss identifizierte. »Das Revive-Team wird tun, was es kann.«

Innessa gab einen unverständlichen Laut von sich und schüttelte den Kopf. Sie stand auf, schob mit beiden Armen die Hände weg, die sie stützen oder halten wollten, und lief hinaus. Das Bild wackelte einige Sekunden lang heftig, bis sich der Bewegungskompensator einschaltete, und Gavril wurde Zeuge, wie sie mit unsteten Schritten durch den Hauptkorridor der Suite lief, mit der Hand gegen eine Tür schlug, die sich nicht sofort öffnen wollte, und aufschrie, als sie den Korridor zu Kimons Zimmer erreichte und ihr ein junger Mann in der rot-weiß gestreiften Uniform des Notdienstes, der gerade einen Instrumentenkoffer auspackte, den Weg verstellte. Etwas stieg mit der Heftigkeit einer Naturgewalt in ihr auf, eine wilde, ohnmächtige Wut, und Gavril erschrak wie noch nie, als ihm klar wurde, dass sich diese Wut gegen ihn richtete. Was immer auch geschehen war, sie gab ihm die Schuld daran, und er musste einen Datenfilter einschalten, um nicht alles mitzubekommen, was ihr an absurden Gedanken und Vorwürfen durch den Kopf ging.

Die Tür zu Kimons Apartment stand offen, und Innessa überraschte den Sanitäter, indem sie ihn mit einem entschlossenen Ruck beiseitestieß und das Zimmer betrat. Kimon lag in verkrümmter Haltung auf dem Bett. Zwei Mediziner mit umgehängten Diagnose-geräten machten sich an ihm zu schaffen. Sein Kopf wurde von einem kleinen Zelt oder einer Haube aus milchigem Kunststoff verdeckt, der seine Gesichtszüge verwischte, als sei sein Körper bereits in Auflösung begriffen. Innessa verlor jede Hoffnung. In dem Moment, als sie ihn sah, war sie fest davon überzeugt, dass Kimon nicht mehr zu retten war, ganz gleich, wie schnell der Notdienst eingetroffen war und wie bald die Nanozyten-Infusion durchgeführt wurde, die physische Schäden von innen reparieren konnte. Innessa erinnerte sich deutlich an ein Gespräch – und Gavril konnte kaum glauben, dass zwei seiner Schützlinge je über ein solches Thema gesprochen hatten –, in dem Kimon, in einem Moment düsterer Stimmung, erklärt hatte, dass er Methoden kannte, um sicher, ohne Aussicht auf Rettung sein Leben zu beenden.

Einer der Mediziner, die halblaute Worte wechselten, richtete sich auf, zuckte resigniert die Achseln und drückte auf den kleinen Touchscreen an seinem Handgelenk. Innessa schüttelte einen Mann ab, der sie schmerzhaft an den Oberarmen gepackt hatte, und lehnte sich an die Wand. Plötzlich wurde ihr schwarz vor Augen, und die Beine knickten unter ihr weg. Gavril spürte noch, dass zwei Hände sie auffingen, doch bevor sie das Bewusstsein verlor, hatte er sich bereits ausgeloggt. In den Sekunden, bis sein Workspace wieder um ihn aufleuchtete, ging ihm ein Gedanke kreuz und quer durch den Kopf, wie ein losgelöstes Bruchstück von Innessas aufgewühlter Psyche.

Ich bringe ihn um. Das werde ich ihm nie verzeihen.

Gavril ließ sich keine Zeit, um darüber nachzudenken, wie er das verstehen sollte. Er wechselte aus dem Workspace ins Hauptmenü und meldete sich mit einem Eilvermerk bei der Institutsverwaltung an. So schnell, als werde in Sekundenbruchteilen ein Bühnenbild um ihn aufgebaut, fand er sich in einem kleinen VR-Szenario wieder, das ein Büro mit zwei Schreibtischen, dem Facettenauge eines Holo-projektors an der Wand und sonnenhellen Fenstern darstellte. An einem der Schreibtische saß Lucas, der für Ressourcenzuteilung und Sicherheitsprozeduren der Upload-Entitäten im Instituts-Grid zuständig war; ein kleiner, leicht verhärmt wirkender Mann, der sich für das Äußere eines ewigen gesetzten Mittvierzigers entschieden hatte, eine ungewöhnlich zaghafte Idealisierung des biologischen Körpers, den er vor vier Jahren aufgegeben hatte.

»Ich habe dich erwartet«, sagte Lucas. »Laut deiner Log-Datei hast du noch einen Abstecher in Innessas Interfaces gemacht und das eine oder andere gesehen. Ich brauche dir also nicht viel zu erklären.«

»Er hat sich doch nicht wirklich das Leben genommen?«, fragte Gavril. »Das ist doch nicht möglich. Es hätte jemand merken müssen ...«

Lucas hob eine Hand. »Es *hat* jemand etwas gemerkt, nämlich du. Kimons Gehirnströme haben ungefähr zu dem Zeitpunkt ausgesetzt, als du deinen Downloadversuch unternommen hast. Die

Monitoring-Aggregate haben daraufhin ein Notsignal gesendet, und als das Rettungsteam ausrückte, ging alles ganz schnell. Offenbar sich die Nachricht in Windeseile in der ganzen Betasiedlung herumgesprochen.«

»Wie hat er das fertig gebracht? Mit der Menge an Biotronik, die er im Körper hatte, hätte jede Vergiftung oder Verletzung sofort auffallen müssen.«

Lucas schüttelte kurz, wie über eine dumme Bemerkung, den Kopf. »Das wird die Untersuchungskommission zeigen müssen. Backwards haben eine andere Einstellung zum Leben und Tod als wir. Du weißt es vielleicht nicht, aber der Suizid ist in unseren Tagen zu einer der schönen Künste geworden. Menschen, die, aus welchen Gründen auch immer, ihr Dasein ohne Rücksprache mit dem Ethikausschuss beenden wollen, haben raffinierte Methoden entwickelt, um sich umzubringen. Eines der elegantesten Verfahren, das zurzeit unter potenziellen Selbstmördern kursiert, besteht darin, beim nächsten Firmware-Update einen Trojaner einzuspeisen, der die Biointerfaces umfunktioniert. Statt Gewebeschäden aufzuspüren und Reparaturmaßnahmen einzuleiten, fangen sie auf einmal an, lebenswichtige Organe zu zerstören. Vielleicht hat Kimon es genauso gemacht.«

»Aber warum? Ich kann mir keinen Grund vorstellen, warum er einen solchen Aufwand betrieben haben sollte, um sein Leben wegzuwerfen. Ich habe alles über ihn gewusst. Wir hatten fast täglich miteinander zu tun. Es kann einfach nicht sein.«

»Mit einer solchen Reaktion habe ich gerechnet«, sagte Lucas, und in seine Stimme stahl sich ein aggressiver Unterton. »Du weißt, dass ich deinen Experimenten immer kritisch gegenüberstanden habe. Du hast dich herzlich wenig um die psychologischen Risiken deiner Eingriffe geschert, und ich kann nur hoffen, dass sich nicht meine schlimmsten Befürchtungen bewahrheitet haben. Offenbar warst du über Kimons Zustand nicht so gut unterrichtet, wie du glaubst. Ich werde mir alle Mitglieder deiner Symbiosegruppe noch einzeln vornehmen, aber nach den ersten Befragungen, die unsere Leute vor Ort durchgeführt haben, sieht es so aus, als sei Kimon eine zutiefst verstörte und depressive Person gewesen ist. Jeder hat das gewusst.«

»Davon hätte ich etwas merken müssen.«

»Allerdings. Wir werden dir auf die Finger schauen, Gavril. Ganz genau. Es wäre wünschenswert, wenn du dir Gedanken machst, wie du dazu beitragen kannst, dass sich nach diesem Vorfall die Wogen möglichst bald wieder glätten. Wir wollen nicht, dass sämtliche Probanden in den Mustersiedlungen abspringen.« Gavril streckte die Hand nach einem Button auf dem Tisch aus, und bevor er die Verbindung unterbrach, fügte er hinzu: »Wir melden uns.«

Das virtuelle Büro fiel in sich zusammen wie ein Stapel von Bausteinen, dann wurde es wieder dunkel. Eine beunruhigend lange Pause trat ein, bis Gavril sich unversehens in seinem persönlichen Entspannungsraum wiederfand. Es war eine abgedunkelte, von wenigen Lichtquellen durchgeisterte Kammer, die in der einen Richtung einem Zimmer mit samtig glänzenden Wandbehängen, einer üppig gepolsterten Sitzgruppe und, in lockerer Anordnung, einer Anzahl von Monitoren für News-Ticker und Unterhaltungsmedien glich; in der anderen einem lang gestreckten Korridor, dessen Ende nicht abzusehen war und in dem in regelmäßigen Abständen stilisierte, dreidimensionale Objekte rotierten, Logos, Bereitschaftszeichen, Tafeln mit Verbindungsdaten und dergleichen, all dies Links zu Informationsquellen, die Gavril gelegentlich konsultierte. Das hellste Objekt im Raum war ein virtuelles Fenster, das einen panoramaartigen Ausblick über das ganze Universitätsgelände erlaubte, aufgenommen von der Spitze des schlanken Obelisken, der keinen rechten Zweck erfüllte, die architektonische Gesamtanlage aber stilvoll abrundete und von den Studenten gern »der Elfenbeinturm« genannt wurde.

Gavril trat an das Fenster und versuchte, sich zu beruhigen, aber es wollte ihm nicht gelingen. Er war Skepsis, Anfeindungen und Unverständnis gewohnt, aber Lucas' unverhohlene Drohung, ausgesprochen unter solchen Umständen, bestürzte ihn sehr. Er ließ den Blick schweifen und sah an tausenden Stellen die Grid-Nodes funkeln, kleine optische Prozessor-Interfaces, die Verbindungen zur materiellen Welt herstellen, ein feinmaschiges Netzwerk und der äußerlich sichtbare Teil der Infrastruktur, die die Hauptarbeit für die Berechnung der Uploads und ihrer Settings leistete. Die Universitätsgebäude waren in ihrer fast dörflichen Anmutung der alten Stanford University nachempfunden. Ein Stück abseits, in einer künstlichen Landschaft gelegen, die laut der Designer-KIs eine ideale, zwanglose Umgebung zur Durchführung sozialer und psychischer Experimente darstellte, sah er die fünf Mustersiedlungen, für jeweils zwei- bis fünfhundert Menschen konzipiert, scheinbar willkürlich arrangierte Apartmentbauten in verschiedenen Größen, von einer so schlanken, filigranen Architektur, dass man meinte, ein Windstoß könnte sie davonblasen. In diesen Siedlungen wurden neue Ideen zum privaten und beruflichen Zusammenwirken von Menschen, neue ökonomische Einheiten und Arbeitsteilungen unter Quasi-Alltagsbedingungen getestet, und wenige Projektleiter waren dabei so erfolgreich gewesen wie Gavril.

Mit seinem jüngsten Experiment, das seit drei Jahren lief, hatte er seiner Arbeit die Krone aufgesetzt und eines der kühnsten Konzepte verwirklicht, das die Universität der Weltregierung bislang als Zukunftsagenda vorgeschlagen hatte. Er hielt die Idee immer noch für die brillanteste, die er je gehabt hatte: eine Gruppe von Menschen, die durch die Vermittlung eines Uploads zu einer höheren psychischen Einheit zusammengebunden wurden, einer Art Mediator, der jederzeit in die Psyche der Gruppenmitglieder einblicken, Konflikte, Spannungen, Sehnsüchte und Abneigungen aus verschiedenen Perspektiven betrachten und das Verständnis, die Zuneigung und Tiefe der Beziehungen unter den Gruppenmitgliedern fördern konnte. In komplexeren Konjunktionen war er sogar imstande, als unmittelbare psychische Brücke zwischen zwei oder mehr Personen zu dienen, was dem Experiment ungeahnte Tiefenperspektiven eröffnet hatte. Die Arbeit mit seinen Probanden war nicht immer einfach gewesen. Gavril hatte bei Einzel- und Gruppenkonjunktionen bisweilen in unangenehme, intime Bereiche vordringen müssen, aber bisher war er davon überzeugt gewesen, dass alle Beteiligten letztlich davon profitiert hatten.

Jetzt nicht mehr. Er konnte die Tatsache von Kimons Freitod einfach nicht mit dem schroffen, querköpfigen Charakter vereinbaren, den er kannte. Nichts geschah hier aus Zwang. Jeder Proband konnte, aus welchen Gründen auch immer, jederzeit aus dem Experiment ausscheiden. So sehr er sich anstrengte, fiel Gavril aus jüngerer Zeit kein Konflikt in der Symbiosegruppe ein, der das Potenzial gehabt hätte, jemanden seelisch so aus dem Gleichgewicht zu bringen. Gavril versuchte sich einzureden, dass es eine andere Erklärung geben musste, aber etwas bohrte in ihm, und er dachte daran, wie tief er seine vier Probanden kennengelernt, analysiert und beeinflusst, wie viel sie durch seine Interventionen voneinander erfahren, wie wenige Geheimnisse er unter ihnen geduldet hatte. Er hatte unzählige Schwachstellen, wunde Punkte und unbewältigte Traumata in ihnen aufgedeckt und war sich auf einmal nicht mehr sicher, ob er mit diesem Wissen wirklich so behutsam umgegangen war, wie er glaubte.

Er verkleinerte seinen Ruheraum zu einem Icon, wechselte in das Administrationsinterface und rief nacheinander die Zustandsdaten der aktiven Partnerslots ab. Marten schien der ruhigste und gefassteste der drei Symbionten zu sein, was Gavril nicht überraschte. Er hatte eine gewisse Neigung zum Unbeteiligtsein, zur emotionalen Distanz, und seine therapeutisch motivierte Teilnahme an dem Experiment war daher zwar immer einfach, aber auch unergiebig gewesen. In schwierigen Situationen war es ihm ganz recht, wenn Gavril ihn in den Hintergrund einer Konjunktion drängte, und auch diesmal antwortete er prompt mit einer Freigabe, als Gavril ihn um die Genehmigung für einen Total-Download bat, der ihm vollständige Kontrolle über Martens Körper verschaffte.

Marten hielt sich gerade in der Lobby des Wohngebäudes auf, in dem die vier Symbiosepartner untergebracht waren, eine von hellen Travertintäfelungen strahlende Halle mit hoher Decke und röhrenformigen, tief herabhängenden Leuchtkörpern. Durch die Lobby raschelten die geflüsterten Diskussionen einiger Hausbewohner, die sich hier versammelt hatten. Marten stand, ratlos und verloren, am Rande des Auflaufs und hatte die Arme überkreuzt, als fröre er. Während des Downloads schnaufte und zitterte er, aber niemand beachtete ihn. Als Gavril sich an das veränderte körperliche und psychische Gefühl gewöhnt und mit unauffälligen Lockerungsbewegungen die motorischen Programme der Cortexschnittstellen angepasst hatte, wandte er sich gleich ab, ging zum nächsten Lift und fuhr in die Suite der Symbiosegruppe hinauf.

Innessa hatte das für Gavril und ihre Mitsymbionten unheimliche Talent entwickelt, einem anderen sofort anzusehen, ob und mit wem er eine Konjunktion geknüpft hatte. Es gelang ihr auch diesmal, als Marten den Gemeinschaftsraum betrat, ein großes Zimmer von sternförmigem Grundriss, umgeben von den Korridoren, die in die Privatzimmer, Küchen und Waschräume führten, und dazwischen deckenhohen, sonnenhellen Fenstern, mittendrin eine Sitzlandschaft, die von den Galerien im Obergeschoss vertrackt und symmetrisch wie eine Mandala wirkte. Karen, strohblond, wuschelköpfig und etwas untersetzt, saß neben Innessa und hielt ihre Hand. Es herrschte ein bedrücktes Schweigen, das wie abgestandene Luft im Raum hing. Gavril verhielt sich so leise wie möglich und blieb wortlos im Eingangskorridor stehen, bis Innessa ihn zur Kenntnis nahm. Als sie den Kopf hob, die verweinten Augen öffnete und Marten zweifelnd musterte, trat ihr ein solcher Ausdruck von Abscheu ins Gesicht, dass Gavril unwillkürlich einen Schritt zurückwich. Ihre Lippen zuckten, ihr Brustkorb bebte. Es schien, als sammelte sie Kraft, um etwas zu sagen, das sie schon immer hatte sagen wollen.

»Was willst du hier?«, fragte sie. »Du hast noch gar nicht verstanden, was du angerichtet hast, nicht? Was muss denn noch geschehen, damit du endlich aufwachst?«

Nur einmal, solange er denken konnte, hatte ihn jemand so angesehen wie sie in diesem Moment. Die Erinnerung an den fast vergessenen Augenblick vor einigen Jahrzehnten schoss ihm wie ein Blitz durch den Kopf: Sein Sohn in jenem Büro auf dem Beringdamm, als er ihm gerade erklärt hatte, dass er nicht von seinen Plänen abrücken würde. Wie Sven damals schien Inessa mit diesem Blick in sein Innerstes zu dringen, etwas wahrzunehmen, das ihm selbst unbekannt war, etwas Verschüttetes, Widerwärtiges, dem er selbst nie ins Gesicht gesehen hatte. Gavril war, als ob etwas unter diesem Blick in ihm zerbrach, sich etwas Mächtiges, Unsichtbares in seiner persönlichen Realität verschob und alles auf den Kopf stellte, was er in den letzten Jahren erlebt und getan hatte.

»Ich verstehe kein Wort«, sagte er dennoch. Marten klang kläglich defensiv, und es gelang ihm nicht, etwas mehr Kraft in seine Stimme zu legen. »Mich hat Kimons Tod genauso getroffen wie dich. Natürlich bin ich hier, schließlich trage ich die Verantwortung für euch.«

»Verantwortung«, sagte sie, und es hörte sich an wie ausgespuckt. »Du kennst uns nicht einmal richtig. Du hast keine Ahnung, was in den letzten Monaten in uns vorgegangen ist. Du hast von Anfang an nur das gesehen, was du sehen wolltest.«

Karen berührte sie an der Schulter und sah Gavril von der Seite an. »Lass es«, sagte sie in dem immer etwas weinerlichen Ton, der ihr Markenzeichen war. »Er wird es nicht begreifen. Komm, wir wenden uns heute noch an die Institutsleitung, kündigen unsere Teilnahme und lassen uns die Implantate entfernen. Je eher er aus unserem Kopf verschwindet, umso besser.«

Gavril hatte das Gefühl, als ob er zwei Fremden gegenüberstand, auf einmal in eine ganz andere Umgebung versetzt worden war und nicht wusste, was sich hier abspielte.

»Ihr könnt tun, was ihr wollt«, sagte er so laut wie möglich. »Aber vorher will ich erfahren, was ihr mir vorwerft. Ich verstehe, dass euch der Vorfall durcheinander gebracht hat. Aber ich lasse mich nicht für etwas verantwortlich machen, das ich nicht kommen sehen konnte.«

»Nicht?«, fragte Karen. »Hast du denn nicht immer geglaubt, dass du uns im Griff hattest wie vier wohldressierte Haustiere? Warst du nicht fest davon überzeugt, dass du immer über alles informiert warst, unsere körperliche und seelische Verfassung, unsere Beziehungen untereinander, unsere intimsten Gedanken? Überleg mal, wie wenig Zeit du uns gelassen hast, frei zu denken, unabhängig von dir miteinander zu kommunizieren, Dinge zu tun, die nicht von dir verfügt wurden. Wie hätte einer von uns etwas vor dir verbergen können?« Sie sprach mit einem so bissigen, sarkastischen Unterton, wie er ihn aus Karens Mund noch nie gehört hatte.

»Was solltet ihr vor mir verbergen?«, fragte Gavril und kam sich dabei albern und hilflos vor. »Wir waren uns darüber einig, dass dieses Projekt eine Vertrauenssache ist. Dass keiner versuchen sollte, den anderen oder mir etwas vorzuspielen. Wir haben doch alle gehofft, dass wir mit der Zeit zusammenwachsen, eins werden könnten. Und nun auf einmal ...?«

»Vielleicht haben wir schon seit Langem kein Vertrauen mehr in dich«, sagte Innessa. »Vielleicht gab es Dinge, die du gar nicht wissen solltest. Zum Beispiel zwischen Kimon und mir ...«

Gavril wusste nicht, ob er glauben sollte, was sie hier andeutete. »Ich hatte nie den Eindruck, dass sich in der Gruppe irgendeine Art von intimer Beziehung anbahnt. Wenn ich gewusst hätte ...«

»Was dann?«, fragte sie. »Wäre das eine weitere Störung, eine Unregelmäßigkeit gewesen, die du korrigiert hättest? Natürlich haben Kimon und ich darauf geachtet, dass du nichts merkst. Die Liebe ist etwas Intimes, Privates, das dich nichts angeht. Wir haben jede Minute genutzt, die du uns in Ruhe gelassen hast. Wir haben gemeinsam Nächte durchwacht. Wir haben Krankheiten und Störungen unserer Implantate vorgetäuscht. Aber die ganze Zeit haben wir mit der Angst leben müssen, dass du in einem unpassenden Moment in unseren Köpfen bist. Wir wussten, dass dann alles vorbei wäre. Du hättest einfach einige psychische Parameter justiert, und unsere Gefühle wären erloschen gewesen, als hätte es sie nie gegeben. Kimon hat es am Ende nicht mehr ausgehalten.«

»Ich verstehe das alles nicht«, sagte Gavril. »Niemand von euch hat unter Zwang gestanden. Ihr hättet euch einfach abmelden und gehen können. Wer hätte euch aufgehalten?«

»Du verstehst wirklich nichts. Zwischen uns vieren ist etwas entstanden, eine Bindung, eine Art Familie. Nichts, was man einfach so aufgeben kann. Und es war alles wunderbar, solange du dich nicht eingemischt hast. In unserer Symbiose warst du wie ein Parasit. Es hätte so viel mehr werden können. Wie waren dabei, uns aufeinander einzustimmen, uns gegenseitig anzuregen, und vielleicht hätten wir uns am Ende alle so geliebt wie Kimon und ich. Aber du warst immer da wie ein eifersüchtiger, schamloser Voyeur, hast jeden intimen Moment gestört, hast jede Entwicklung unterdrückt, die dir nicht passte. Du wolltest nur, dass wir funktionieren, optimale Leistungen erbringen. Alles andere war dir gleichgültig. Nichts anderes hast du auch nur wahrgenommen.«

»Und jetzt ist alles zerstört«, sagte Karen. »Er wurde aus unserer Verbindung herausgerissen, und nichts auf der Welt kann diese Lücke wieder schließen. Das Experiment ist beendet, Gavril. Sei stolz auf dich, du hast ganze Arbeit geleistet.« Und nach einer Pause, die ihm in den Ohren dröhnte: »Am besten gehst du jetzt. Und am besten ganz. Wenn du noch einen Funken Anstand hast, verlass dieses Institut. Das ist das Beste, was du tun kannst.«

Es klang endgültig und erbarmungslos, wie das Urteil eines Tribunals, das einen Massenmörder in den Tod schickte. Eine Mauer schien zwischen ihm und den beiden Frauen errichtet worden zu sein. Ihre Augen glühten so kalt und distanziert, als wollten sie ihn auslöschen. Das Gefühl seiner Autorität, aus dem er so viel Sicherheit geschöpft hatte, zerstob zu einem Nichts. Aus einem Reflex, einem Anflug von Panik heraus gab er einen gedanklichen Befehl und löste die Verbindung zu Marten, viel zu schnell, als dass Martens Bewusstsein nahtlos übernehmen konnte. Er spürte noch, wie dem schlaksigen Mann die Knie weich wurden und er zu Boden sank, dann war die ganze Szene verschwunden wie weggewischt, und unter heftigem Blitzen und Zittern der virtuellen Monitore materialisierte sich sein Workspace wieder vor ihm. Gavril spürte noch Karens und Innessas Blicke auf sich, als hätte er wieder einen Körper, der feinste Nuancen des Drucks und der Wärme wahrnehmen, ein Gesicht, das erröten, ein Nervensystem, das ihn mit einem brennenden Gefühl der Schuld und Scham überfluten konnte. Etwas störte seine visuelle Wahrnehmung, als seien die entsprechenden Subsysteme in ihm durch getrübte organische Augen umgeleitet worden, als hätten sich plötzlich alle Unvollkommenheiten des physischen Daseins in seine Emulation gestohlen, so mächtig und tiefgreifend, dass selbst die Korrekturroutinen, die er nach einigen Sekunden der Verwirrung startete, kaum dagegen ankamen.

Als sich nach einer Zeitspanne, die zu schätzen er keinen Maßstab hatte, das Bild klärte, das ziellose Hin und Her seiner Gedanken beruhigte, fiel ihm zuerst der äußerste linke seiner vier Partnerslots auf, das leere Feld, in dem Kimons Vitaldaten im Sekundentakt aktualisiert werden sollten, der vorhin noch blinkende Rahmen, der zu einem steten Dunkelrot erstarrt war, das in diesem Zusammenhang noch nie gesehene Unendlichkeitssymbol in der rechten unteren Ecke, das bei einem virtuellen Wesen eine gefährlich festgefahrene Programmschleife bedeuten konnte, bei einem organischen aber Schlimmeres, womöglich das unwiderrufliche Ende aller Lebensfunktionen. Gavril vergrößerte das Fenster, ließ sich Kimons Standort anzeigen und verlegte seinen Blickpunkt in eine der Kameras im Kryolabor, wo Kimons Leichnam halb eingesunken in einem eisblau schillernden Gelbett lag. Gestalten in faltigen Schutzkutten machten sich an seinem breiten, haarlosen Körper zu schaffen, zogen Schläuche aus seiner Nase, lösten Elektroden von seiner Stirn, der Brust und den Handgelenken. Gavril wusste, was das bedeutete, aber etwas in ihm weigerte sich, das Urteil der Ärzte zu akzeptieren.

»Wie ist sein Zustand?«, fragte er.

Einer der Pathologen, der sich gerade über Kimon gebeugt und ihm den Mund zugedrückt hatte, richtete sich auf und schaute hin und her, bis er die aktive Kamera unter der Decke entdeckte.

»Es ist hoffnungslos«, sagte er. »Wir haben alles versucht, aber die Gewebeschäden, besonders die neurologischen, sind nicht mehr zu beheben. Wir müssten im Zwischenhirn und im Cortex so viele Surrogate implantieren, dass er ein Zombie wäre, aber nicht mehr der Mann, der er zu Lebzeiten war. Außer ihn der Entsorgung zuzuführen, können wir nichts mehr für ihn tun.«

»Moment mal«, rief Gavril. »Nicht so eilig.« Der Pathologe wechselte mit seinen Kollegen irritierte Blicke, und eine Pause entstand, in der Gavril selbst nicht mehr wusste, was er sagen wollte.

Kimon erschien ihm in diesem stummen, bleichen, fleischlichen Zustand, mit diesen erstarrten Zügen, mit der über seine mächtigen

Kiefer- und Wangenknochen gespannten, fast durchsichtigen Haut so imposant und charaktervoll wie nie zuvor. Er fragte sich, was er eigentlich über diesen Mann gewusst, wie viel er verstanden hatte von all seinem Sinnieren über das Leben, die Ökologie, die natürliche Welt, von seiner Prägung durch eine Jugend in tiefer Vertrautheit mit einem der letzten Reservate der alten irdischen Biosphäre, seinem festen Entschluss, wie Generationen seiner Vorfahren natürlich zu leben, zu altern und zu sterben, all den Absurditäten und Verschrobenheiten seines Charakters, die Gavril als nebensächlich eingestuft hatte im Vergleich zu seinem ästhetischen Gespür, seinem Verständnis für Form und Gestaltung, seinem konzeptionellen Können. Was immer es war, Karen und Innessa hatten offenbar etwas ganz anderes in ihm gesehen als er, und Gavril überlegte, ob mit dem Tod dieses Mannes – und durch seine Schuld – nicht etwas Einzigartiges, Wertvolles aus der Welt verschwand, das bei keinem anderen Menschen mehr zu finden war, ein Instinkt vielleicht, eine rare Weisheit.

Aber es ist noch nicht zu spät, dachte er. *Alle meine Konjunktionen mit ihm wurden protokolliert. Alles, was ich von ihm wahrgenommen habe, ist in meinen Mnemospeichern festgehalten worden. Es ist vielleicht nicht alles, was er war, aber es ist mehr als nichts. Alles, was von ihm noch existiert, ist jetzt ein Teil von mir.*

»Versetzen Sie ihn in Kryostasis, und bereiten Sie ihn für eine Reimplantation vor«, sagte er. »Ersetzen Sie die geschädigten vegetativen Teile, und implantieren Sie ihm einen künstlichen Zerebral- und Neocortex.«

»Aber das ist völlig aussichtslos«, erwiderte der Pathologe und breitete die Hände auseinander. »Es gibt kein Backup seiner neuronalen Muster. Sie wissen doch am besten, dass er hat sich ausdrücklich dagegen ausgesprochen hat. Welche Vernetzungsschemata sollten wir verwenden?«

»Überlassen Sie das mir«, sagte Gavril. »Tun Sie, was ich sage.«

Der Pathologe zögerte kurz, dann wandte er sich wieder seinem Team zu. Einige Worte wurden gewechselt, die Gavril nicht verstand, aber er hörte deutlich den ratlosen, verwirrten Unterton. *Vielleicht ist es eine Chance für mich*, dachte er, als er noch einmal Kimons reglosen, stämmigen Körper betrachtete. Ich muss zurück in die materielle Welt. Irgendetwas ist mir in den Jahren im Upload verloren gegangen. Für einen Moment war ihm, als könne er sich selbst durch Karens und Innessas Augen sehen und durch die Wechselfälle der geliehenen Körper und Identitäten das einzige Konstante durchschimmern sehen, eine starre, herablassende Haltung gegenüber der Welt und den Menschen, mit denen er zu tun hatte, etwas Selbstherrliches, Mitleidloses, dem Kimons Tod nichts bedeutete. Hatte er eben noch geglaubt, erschrocken und erschüttert zu sein, begriff er nun, dass das Muster, die Emulation, die Form, in der er heute existierte, zu keinen echten Empfindungen fähig war. Und vielleicht reichte diese Unnahbarkeit noch weiter zurück, quer durch seine posthumane Existenz bis zu dem Moment, als er Mona in jenem Hotelzimmer in São Paulo zurückgelassen hatte. Vielleicht war alles seitdem eine einzige Selbsttäuschung gewesen.

Er löste die Verbindung zur Kamera, unterdrückte aber auch den Aufbau seines Workspaces, und der Schwebezustand, in den er geriet, der Entzug aller äußeren Reize, vor dem die Upload-Manuals so nachdrücklich warnten, hatte nichts Erschreckendes mehr für ihn. Seine In- und Outputs schlossen sich kurz. Das leere Feedback geschlossener Schleifen durchzitterte ihn. Er wurde ganz ruhig. Es blieb nur ein Punkt, ein Fokus, der Kern seines Ichs, zu dem sich alles zusammenzog. Der Zustand hatte etwas Befreiendes, Erlösendes. Er wusste, dass jeden Moment die Sicherheitsroutinen eingreifen und ihn dieser Stille und Läuterung entreißen würden, doch bis dahin wollte er es genießen, wollte er spüren, was von ihm übrig blieb, wenn alle äußeren Umstände, das ganze sinnlose Gebäude seines Lebenswerks weggenommen wurden – was er eigentlich war. Etwas geschah mit ihm, das sich nicht benennen ließ, eine unmerkliche Bewegung in all der Statik des Augenblicks, etwas Fließendes, das ihn wegtrug, einem unbekannten Ziel entgegen. Es gab keine Worte dafür. Er hatte keine Ahnung, was ihn erwartete. *Vielleicht ist meiner Welt die einzige echte Gnade verloren gegangen*, dachte er noch, bevor alles wieder grell und laut wurde. *Vielleicht ist er so gewesen, damals, als er noch das wichtigste Faktum des Lebens war. Der Tod ---*

--- der Tod, dachte Ask, und diesmal gab es keine Irritationen, keine Übergangsprobleme, als er in sich selbst zurückkehrte, an der Holotafel hochschaute und einige Schritte zurücktrat. Er empfand eine Spur Sehnsucht, ein flüchtiges Bedauern, als er sich von Gavrils Zustand in den letzten Sekunden der Simulation entfernte. Er selbst hatte sich nie Gedanken über den Tod gemacht. Bis zu seinem Kon-

takt mit Gavril hatte er nie darüber nachgedacht, was das Bewusstsein eines Menschen im Moment der Auslöschung empfand, deshalb sträubte sich jetzt, als er wieder festen Boden unter den Füßen spürte, die Schwere der materiellen Welt ihn zurück in eine solide innere und äußere Form zog, alles in ihm dagegen, sich auf Gavrils Flirt mit dem Nichts einzulassen. Gavril hatte es genossen, dieses Versinken in die Leere, Empfindungslosigkeit, wenn der Übergang zwischen Leben und Tod ganz schmal wird, wenn alle Menschen und Dinge, die im Leben eine Rolle gespielt haben, bedeutungslos werden, wenn über Jahrhunderte gepflegte Züge des Charakters sich als Lügen entlarven und es nichts gibt außer das langsame Heranrücken an das letzte und einzige Ziel aller Bestrebungen, den absoluten, ewigen Stillstand. *Das muss der Grund sein, warum er aus dem Leben scheiden will,* dachte Ask: *Er hat schon einmal den Tod gekostet, damals am Ende seiner virtuellen Existenz, und obwohl er seitdem noch ein halbes Jahrhundert weitergemacht hat, wusste er damals schon, dass ihn das Leben immer wieder mit den verhängnisvollen Konsequenzen seines Handelns konfrontieren würde und das Ende die einzige Möglichkeit ist, seinem Dasein eine andere Wende zu geben.*

Die Halle hatte sich fast geleert. Pagen gingen umher und sammelten von den Stehtischen Gläser ein. Zylindrische Putzroboter glitten die Wände entlang und unternahmen Abstecher aufs Parkett, um verschüttete Getränke aufzuwischen. Bedienmädchen polierten die glänzenden Oberflächen der Theken. Der kleine Ian saß hinter dem Empfangstisch, über einen Touchscreen gebeugt, und drückte sich einen Finger aufs Ohr. Ask trat auf die Terrasse hinaus und stellte fest, dass sich die Feier weitgehend an den Strand verlagert hatte. Lebensfrohe, rhythmische Musik schallte herüber, so hell und klar, dass man die Klänge förmlich greifen konnte. Zwischen palmartigen Leuchtkörpern sah er Menschen in allen Größen und Gestalten tanzen. Er dachte an Innessa und fragte sich, was er ihr raten sollte. Er hätte jetzt gern seine Frau bei sich gehabt, deren Pragmatik ihm sicher geholfen hätte, diesen Abend ohne Schaden für seine Gefühle und sein Weltbild zu überstehen. Unwillkürlich hob er eine Hand und war schon versucht, an sein Headset zu tippen, da hörte neben sich eine Stimme.

»Kommen Sie«, sagte Gavril, rauh, tief und ruhig. »Setzen Sie sich doch zu mir.«

Er saß mit drei Männern, die neben ihm glatt und zart wie Halbwüchsige wirkten, um einen Cocktailtisch. Ein Korbstuhl, der für seine Masse viel zu zerbrechlich schien, knirschte bedenklich, als er sein Gewicht verlagerte und Ask heranwinkte. Ask trat zaghaft näher und wusste nicht, ob es Ehrfurcht, Angst, Widerwillen oder etwas von allem war, was ihn zögern ließ. Auf ein Zeichen Gavrils standen die drei Männer auf, nickten und zogen sich wortlos zurück. Ask rückte sich einen Stuhl so zurecht, dass er aufs Meer hinaussehen konnte, ohne Gavril den Rücken zuzukehren. Er bestellte bei einem Bedienmädchen einen Entspannungscocktail, und für einige Minuten sagten er und Gavril kein Wort. Ask beobachtete die leichte, weitläufige Brandung, in der sich die Lichter und Farben des Festes spiegelten, spürte einen lauen Wind wie eine watteweiche Berührung auf der Haut und witterte einen süßlichen, brandigen Geruch in der Luft, in dem er Sand, Salz, über offenem Feuer zubereitete Speisen und die Schweißgerüche einer Menschenansammlung erahnen konnte. Aus den Augenwinkeln sah er, dass Gavril ihn beobachtete. Sein Blick war wie eine starke Hand, die ihn jeden Moment an der Schulter packen und umdrehen konnte.

»Warum wollen Sie Vater werden?«, fragte Gavril schließlich. »Verstehen Sie mich nicht falsch, ich bewundere Sie dafür. Es ist der einzige schöpferische Akt, den man in unserer Welt überhaupt noch vollbringen kann. In einer Zeit, in der alles erreichbar und damit beliebig geworden ist, hat nur noch der Beginn eines neuen Lebens einen Aussagewert.«

»Ich weiß es nicht«, sagte Ask und staunte über seine eigene Antwort. Er überlegte einen Moment und stellte fast, dass er und Emba sich tatsächlich nie Rechenschaft über ihren Entschluss abgelegt hatten. »Es war einfach unser Wunsch. Vielleicht kommt man gemeinsam früher oder später an einen Punkt, an dem neue Erfahrungen einen nicht mehr bereichern können, an dem selbst das größte Glück in einen Leerlauf zu geraten droht. Vielleicht steht uns einfach zu viel Zeit zur Verfügung, um sie sinnvoll nutzen zu können. Ich glaube, wir wollen das, was wir sind, an jemanden weitergeben, der es ganz neu auffassen, eine ganz neue Richtung einschlagen kann, die uns nie eingefallen wäre.« Er wandte sich an Gavril, der bedächtig nickte. »Und warum wollen Sie Ihr Leben beenden?«

»Haben Sie in den letzten zwei Stunden nicht viel über mein Leben erfahren?«, fragte Gavril. »Haben Sie es noch nicht verstanden?«

»Nein«, sagte Ask, und Gavril lächelte, als wüsste er, dass er log.

Er trank einen Schluck aus einem zylindrigen Glas, das eine bräunliche, schaumige Flüssigkeit enthielt, und leckte sich die vollen Lippen. »Haben Sie schon einmal die Plugin-Kolonie im L5-Sektor besucht?«, fragte er und fuhr fort, ohne Asks Antwort abzuwarten: »Überwältigend, wenn man sie das erste Mal sieht. Ich habe dort die letzten zwanzig Jahre gearbeitet, bevor ich hierher kam. Stellen Sie sich vor: zehntausende Environment-Kapseln, zu einem einzigen zusammenhängenden Gebilde wie ein gigantischer Bienenstock montiert, der sich hunderte Kilometer in alle Richtungen erstreckt. Und es steht nie still, verändert sich ständig. Immer neue Gemeinschaften docken sich an, während andere sich wieder lösen, neue Environments werden eingerichtet, alte demontiert. Sie können dort oben jede erdenkliche Subspezies des Menschen treffen: Methanatmer vom Titan, Hautflügler von den Gasplaneten, Silikoide aus dem Kuipergürtel, muskelbepackte Riesen, die auf den Asteroiden Rohstoffe schürfen. Es ist ein gigantischer Zoo und ein politisch-kulturelles Zentrum unserer Zivilisation, wie es kein anderes gibt. Mein Job bestand darin, Environments zu entwickeln, die genau auf die biologischen und psychischen Bedürfnisse einzelner Subspezies oder Gruppierungen abgestimmt waren. Druck, Atmosphäre, Gravitation, Raumbedarf, Nahrung, Materialien, Licht, Tag/Nacht-Zyklen – variieren Sie die Parameter, und Sie bekommen eine Vorstellung von der Vielfalt der Lebensformen, mit der ich zu tun hatte.«

»Klingt nach einer interessanten Arbeit.«

»Nein, es war die Hölle. Vielleicht werden Sie mich erst verstehen, wenn sie die Kolonie selbst einmal gesehen haben. Ich war zwanzig Jahre lang fast völlig isoliert. Die Gesellschaft fluktuiert dort oben so stark, dass selten jemand länger als ein paar Monate an einem Ort oder in einer Community bleibt. Aber das war nicht das Schlimmste. Mit der Zeit wurde mir klar, dass ich mit der Plugin-Kolonie eine Metapher für mein eigenes Leben vor mir hatte. Ich bin heute zweihundertfünfzig Jahre alt geworden, und was wird von mir bleiben? Werde ich etwas anderes hinterlassen außer einer langen Spur von Schmerz und Enttäuschung? Ich bin mit meinem Leben umgegangen wie die Bewohner der Kolonie, die sie immer wieder zerlegen und neu zusammensetzen, hier etwas wegnehmen, dort etwas anfügen, mal etwas Neues erfinden, mal etwas Altes fallen lassen, in unendlichen und unendlich beliebigen Variationen, ohne Aussicht auf etwas Bleibendes, Vollendetes, Abgeschlossenes. Ich könnte noch fünfhundert Jahre leben, tausend sogar, zehntausend, und würde doch am Ende am selben Punkt stehen wie jetzt. Nichts wird je Bedeutung für mich erlangen. Nichts wird je einen Wert für mich haben. Kein Verlust wird mich je berühren. Ich bin alles gewesen, und deshalb bin ich niemand. Ich kann alles, und deshalb kann ich nichts.«

Gavril sprach ganz gelöst, nüchtern, und sein – Kimons – Gesicht trug dabei einen fast heiteren Ausdruck, als sei das Aussprechen seiner Einsicht ein erster Schritt zur Erlösung. Ask spürte eine Beklemmung, die ihm fast die Kehle zuschnürte. Er stellte sich vor, wie es wäre, wenn er selbst in einigen Jahrzehnten oder Jahrhunderten auf sein Leben zurückblickte und zu keinem besseren Fazit käme, und der Gedanke erschreckte ihn. Konnte es sein, dass Gavril ganz tief geblickt und dabei eine nicht bloß persönliche, sondern universelle Wahrheit entdeckt hatte, die auf alle Menschen in der posthumanen Welt zutraf?

»Ich glaube, ich verstehe Sie«, sagte Ask, obwohl er das Gespräch an dieser Stelle am liebsten abgebrochen, alles von sich weggeschoben hätte, was Gavril vielleicht noch zu sagen hatte.

Gavril lachte. »Nein, bestimmt nicht. Ich wünsche Ihnen, dass Sie mich nie verstehen werden, denn nur so lang wird ihr Leben einen Sinn haben. Bewahren Sie sich die Naivität der Jugend. Werden Sie nicht so wie ich.«

Wieder vergingen einige Minuten in Schweigen. Unten am Strand wurden Lunarboote ins Wasser geschoben, flache Schlitten aus einem so empfindlichen photoelektrischen Material, dass sie selbst aus Mond- und Sternenlicht genug Energie ziehen konnten, um einige Runden über die flachen Wellen zu drehen. Am Horizont glühte ein verwaschener Saum aus Licht, der zwischen orangegelben und weinroten Farbtönen changierte. Wie Protuberanzen einer ertrunkenen Sonne leckten vereinzelte Ausläufer der Lumineszenz über das Gekräusel des nächtlichen Meeres, bis fast an die Strände der äußersten Garteninseln, die in einem weiten Bogen, durch Brücken und Taue wie Protoplasmafäden verbunden, die Peripherie der Sea Colony absteckten.

»Und was geschieht jetzt?«, fragte Ask schließlich. »Wie wollen Sie es tun? Wie wird dieser Abend enden?«

Er hörte ein Knirschen neben sich, als Gavril aufstand. »Begleiten Sie mich. Ich möchte Ihnen etwas zeigen.«

Gavril bewegte sich schwerfällig und ungelenk, als sei er bis heute nicht mit Kimons Körper zurechtgekommen, setzte qualvoll langsam einen Fuß vor den anderen, dennoch strahlte er wie in tiefer, stiller Zufriedenheit, als er Ask zu einem Seitentrakt des Gebäudes führte, wo ein Tor in eine Maschinenhalle offenstand. Zwischen abgestellten Fahrzeugen und Aggregaten für die Wasseraufbereitung und Abfallbeseitigung ragte ein gläserner Aufzugschacht vom Boden zur Decke. Ask und Gavril fuhren zu einem Dock hinunter, das am einen Ende von einem Pier begrenzt wurde, wo eine Hand voll Boote vertäut lagen, am anderen wie unter einem schräg angeschnittenen Himmel aufs offene Meer hinausging.

Gavril blieb am Pier stehen und deutete auf das ferne Leuchten im Wasser hinaus, das in diesem Moment, als reagiere es auf seine Geste, etwas heftiger und auch in flüchtigen Blau- und Grüntonen fluktuierte. »Sehen Sie«, sagte er. »Am meisten fasziniert mich daran, dass es kein destruktiver Mechanismus ist. Die Barriere umschließt die Sea Colony als ein Ring von einigen hundert Metern Breite und ist chemisch auf die typische Zusammensetzung unserer Abwässer geeicht. Lebende Wesen, ob Fische, Meeressäuger oder Mikroorganismen, können sie unbeschadet durchdringen, und auch Abfallstoffe werden nicht einfach zersetzt und aufgelöst, sondern umgewandelt, in ihre elementaren Bestandteile zerlegt und neu zusammengesetzt, um auf der anderen Seite als Nährstoffgemisch ins Meer abgeschieden zu werden. Sollte es in der Kolonie einmal zu einem Unglück kommen und etwa durch einen Brand Giftstoffe ins Meer geraten, muss nur die Barriere mit Hilfe eines Retrovirus neu programmiert werden, und binnen weniger Stunden ist der alte Zustand wieder hergestellt.«

Er trat ganz nah an den Rand des Piers und sah Ask von der Seite an. »Auf der anderen Seite der Barriere hat sich ein ganz neues Ökosystem entwickelt, das von den Ausscheidungen unserer schwimmenden Stadt lebt. Das Alte, Verbrauchte, Verdorbene zeugt neues Leben, verstehen Sie? Eine wunderbare Transformation, an der ich teilhaben möchte. Heute früh wurde die Barriere neu geeicht, und zwar mit meiner biochemischen Signatur. Die Techniker haben mir versprochen, dass es ganz schmerzlos sein wird. Ich werde mit einem Boot hinausfahren, einige hundert Meter vor der Barriere ins Meer springen und weiterschwimmen, so lange ich kann. Die Auflösung ist ein so langsamer, vielschichtiger Vorgang, dass sich nicht sagen lässt, wann er anfängt und wann er aufhört. Irgendwann werde ich spüren, dass meine Kräfte schwinden. Ich werde mich schwer und müde fühlen. Meine Gedanken werden zur Ruhe kommen, mein Lebenswille wird erlöschen. Ich werde nichts mehr hören außer einem fernen Rauschen, das immer dunkler, dumpfer klingen wird, bis nichts mehr zurückbleibt als ein tiefes Brummen, wie der Urton des Universums. Mein Blick wird sich trüben. Ich werde die flackernden Farben nicht mehr unterscheiden können. Alles wird ineinander verwischen, zu einem warmen, dunklen Ton wie geronnenes Blut. Das Meer wird einen frischen, salzigen Geschmack in meiner Kehle hinterlassen, und wenn ich mich nicht mehr bewegen kann und auf den Wellen weitertreibe, wird es dieser Geschmack sein, an den sich die letzten Spuren meines Bewusstseins klammern, bevor auch sie vergehen. Und dann wird alles, was ich war, getrennt, geordnet und gereinigt, und auf der anderen Seite der Barriere werde ich als eine Wolke von Partikeln neu in den Strom des Lebens eingespeist, auf der untersten Ebene der Nahrungspyramide, und ich werde Teil einer sinnvollen Ordnung sein, einer Hierarchie, in der alles seinen Platz hat, alles voneinander abhängt, in der es keinen Eigensinn und keine Lüge, keinen Schmerz und keine Verletzung gibt, nur eine endlose Erneuerung, die alles überdauern wird, auch das Ende der Welt, die wir so wichtig nehmen. Wenn die letzte Subspezies des Homo sapiens an ihrer Entartung zugrunde gegangen ist, werden immer noch Spuren von mir die ewig neuen Zyklen des Lebens und Sterbens durchlaufen, und ich werde dabei sein, wenn das Leben die Trümmer der posthumanen Zivilisation überwuchert und auflöst. Ich werde mit allem, was ich je geliebt zu haben glaube, wieder verbunden sein, auf einer ganz neuen, erfüllteren Stufe des Daseins, und nichts wird daran erinnern, was ich getan, was ich zerstört, was ich missbraucht habe.« Er lachte. »So stelle ich es mir jedenfalls vor. Vielleicht nehme ich mich auch viel zu wichtig, und das Ende wird viel banaler und brutaler sein, als ich es gern hätte. Wie auch immer, in spätestens einer halben Stunde werde ich es wissen.«

Er wandte sich Ask zu und schloss ihn unversehens in die Arme. »Ich wünsche Ihnen viel Glück. Nutzen Sie Ihre Chance, ich glaube an Sie. Wenn die Zeit reif ist, erzählen Sie Ihrem Kind von mir, vielleicht wird es aus meiner Geschichte lernen.«

Bevor Ask etwas erwidern konnte, war Gavril über eine Sprossenleiter in eins der Boote gestiegen und löste die Taue. Er winkte, bevor er den Motor startete, und obwohl Ask das Bedürfnis hatte, ihm etwas zuzurufen, ihn irgendwie von seinem Vorhaben abzubringen, stand er einfach nur da, wie betäubt und mit hängenden Armen, und sah dem Boot hinterher, das bald zu einem kalt leuchtenden Trapez schrumpfte, das zwischen den Lunarbooten vor dem Strand kreuzte, dann zu einem Punkt, der weiter draußen, vor den gewaltigen, träge schlingernden Lichtbändern, innezuhalten schien und erlosch.

Einige Minuten später fuhr er nach oben, ging er in die Halle zurück, und auf der Terrasse kam ihm Innessa entgegen. Sie sah ihn unsicher an, als ahnte sie etwas von den widersprüchlichen Gefühlen, dem Ineinander von Erleichterung und Bedauern, das ihm zu schaffen machte. »Ist er ...?« fragte sie, und er nickte.

Sie gingen, beide mit gesenkten Köpfen, in die Halle, und Ask sagte: »Ich weiß nicht, was ich Ihnen raten soll. Wenn Sie die Zeit mit Gavril zurückholen, werden Sie sich daran erinnern, dass Sie geliebt haben. Sie werden sich aber auch an Schmerz und Verzweiflung erinnern.«

»Vielleicht gibt es das eine nicht ohne das andere.«

»Ja, vermutlich«, sagte Ask. »Alles hat seinen Preis.«

In der Halle drückte er ihre Hände, sah ihr für einen Moment in die abgründigen, dunklen Augen, lächelte und streichelte ihr mit den Fingerspitzen übers Gesicht, eine so zarte Berührung, als fürchtete er, sie zu verletzen. Dann drehte er sich um und ging ohne ein weiteres Wort hinaus und zu seinem AirCab hinunter.

WACHABLÖSUNG

Für David I. Masson

Er war einer von Millionen Keimen in einer synthetischen Plazenta. Während er über die Monate vom Vielzellerstadium zum Fötus heranreifte, lösten sich in den Ebenen über und unter ihm unzählige Individuen aus der Matrix. In regelmäßigen Abständen wälzten Stoßwellen wie Kontraktionen einer künstlichen Muskulatur das Gallert um und führten neuen, mit Aminosäuren, Nukleotiden, Kohlehydraten und Sauerstoff angereicherten Nährsirup an die Zellknäul heran. Von dem Zeitpunkt, ab dem die Differenzierung seines Körpers in Nervensystem und innere Organe, dann in Kopf, Torso und Gliedmaßen einsetzte, drangen von ausgeschütteten Enzymen aktivierte RNA-Stränge aus dem Umgebungsmedium ins Innere seiner Zellen und modifizierten sein Genprogramm um die jüngsten Resultate der autoevolutiven Prozesse. Im fünften Monat begann eine Membran ihn von der Umgebung abzuscheiden und einen Raum zu umschließen, der im Laufe des vierwöchigen Transfers zum Ort seiner Geburt zur Keimzelle seines künftigen Lebensraums werden sollte.

Signalhormone beschrieben präneuronale Bahnen durchs Innere der Kammer, die ihn transportierte. Er vollführte erste Bewegungen, spürte erste Sinneseindrücke in sich aufblitzen, die sich allmählich zu einem Uruniversum aus Wärme, Feuchtigkeit und Halbdunkel verdichteten. Seine vegetativen Systeme stimmten die Muskeln, Sehnen und Gelenke durch Zuckungen und willkürliche Bewegungen auf die Strapazen der nahen Säuglingsphase ein. Er tastete mit den Händen durch eine zähe stoffliche Leere, stieß an die Membran und drückte kleine Beulen nach außen. Das Schlingern vor seinen Augen gewann Konturen. Er begann zwischen dem Fruchtwasser, in welchem er schwebte, und dem, was hinter dem wächsernen Vorhang auf ihn zu- und von ihm wegrollte, zu unterscheiden. In den letzten Wochen wucherte ein Bündel von Axonen durch die Poren seiner Schädeldecke, bildete im Verzweigen neue Sinneszellen aus und bereicherte seine Wahrnehmungen um höher aufgelöste Bilder und feiner unterschiedene Strömungen.

Die Kammer pflügte Furchen durch die Keimbeete, gelangte über abschüssige Rampen auf tiefere Ebenen und schließlich an die Peripherie des Zuchtkomplexes, wo die Matrix an eine ausgedehnte, in sechseckige Parzellen unterteilte Kristallebene grenzte. Indem sie amöbenartige Scheinfüßchen ausstülpte, folgte die Zelle einer chemischen Spur, die sie an ihren Bestimmungsort führte. Unter der Ebene schwemmte ein Ozean aus gesättigter Silikatlösung frisches Baumaterial an entleerte Waben heran und bereitete sie auf die Aufnahme neuer Föten vor. Hier und dort wölbten sich Kammerdeckel, platzten auf und ließen Kristallsäulen emporwachsen, hinter deren transparenten Schalen sich menschliche Körper abzeichneten. Wo sie die Hallendecke zur äußeren Welt durchstießen, tanzten Lichtstrahlen über die optokybernetische Brutstätte.

Die Zelle nistete sich in einem Gebiet einige Kilometer abseits einer Ballungszone ausgereiften Wachstums ein. Ihre Außenhaut löste mittels abgesonderter Flüssigkeit einen Kanal in den Kristall, wurde von den scharfkantigen Rändern aufgeschlitzt und entließ ihr Inneres, durch Gewebewachstum inzwischen halb geronnen, in die neue Umgebung. Während überschüssige Flüssigkeit in den Ozean abfloss, bildete die absterbende Hülle einen luftdurchlässigen und lichtdämpfenden Deckel, unter dem der Säugling strampelnd und kreischend seine ersten Atemzüge tat. Von den Wucherungen seines Gehirns in allen Bewegungen eingeschränkt, spielte seine Aktivität sich in den nächsten Tagen zwischen immer kürzeren Schlafperioden auf ein Niveau ein, das ihm hinreichende Robustheit verlieh, um den Stoffwechsel des Gehirns zu optimieren.

Während sich Myriaden Neuronen an die Kristallwände hefteten und ihre genetischen Informationen auf die Replikationsmechanismen der Elementarkristalle übertrugen, beließen die Entwicklungsprozesse seine Sinne noch einige Tage in ihrer anfänglichen Funktionstüchtigkeit. Er nahm das Frühstadium seiner Heimstatt als eine in schwaches Licht getauchte und von warmen Luftströmungen erfüllte Kammer wahr, in der irgendetwas seinen Körper in Schwebe hielt. Hinter der Hülle schimmerte ein Sechseckmuster, das immer weiter schrumpfte und abflachte, bis er es nicht mehr wahrnahm. Den Durchstoß ins Tageslicht erlebte er nur noch mittelbar. Zu diesem Zeitpunkt waren seine sich rückbildenden Augen, die Zunge und die Innenohrapparate, vergängliche Rudimente wie die Kiemen eines Embryos, vom Ausquellen der Hirnmasse bereits von ihrem Platz verdrängt worden. Ihre Wahrnehmungen reduzierten sich auf ein Minimum, und nach einer reizlosen Zwischenphase erlebte er in Form von Lichtblitzen, glockenhellen Tönen und süßlichen Geschmacksempfindungen die Geburtswehen neuer Sinnesorgane.

An den Schnittstellen lösten sich die DNS-Doppelstränge seiner Zellkerne unter Abspaltung von Energiequanten voneinander, schrieben den Bauelementen der Kristallgitter in einer organischen Physik unwirksam gebliebene Gene ein und differenzierten das Material zur einen Hälfte in ein Netz aus optischen Transistorzellen, zur anderen in mineralische Gerüstsubstanzen. Nervenimpulse wurden an den Axon/Kristall-Synapsen in Lichtblitze umgewandelt, die seine psychischen Prozesse in den stetig wachsenden optischen Computer hineintrugen. Freigewordene Fluor- und Kohlenstoffatome stiegen an die Oberfläche und schieden sich als wenige Atomlagen dicke Folie ab, die an der heißen Luft in unzählige Partikel zerspellte. Mit ihnen lösten sich Kristallsplitter, wurden umhüllt und chemisch verändert, bis an der Spitze der Kristallsäule ein Milliardenschwarm von Nanoautomaten haftete. Bevor die Basis der Säule zu einem wankenden Gerüst aus Silikatleisten verwitterte, bildeten die Nanomaschinen Zangen, Greifer und Fortbewegungsmechanismen aus und fingen umherwirbelnde Staubteilchen ein.

Die Kristallsäule war indessen bis in eine Höhe emporgewachsen, wo ein Gitterwerk aus Stahl und Aluminium das Dach des Brutkomplexes überwölbte, der als ein Ring von einigen Kilometern Breite die flache Kuppel der Zuchtanlage umschloss. Ringsum nisteten sich Neuankömmlinge in den Zwischenräumen ein, fegten Windstöße durch die Schächte und Gänge, zeichneten Glasfaserbündel und Energieanlagen farbige Muster, glühten in der Ferne regelmäßig laserinduzierte Fusionsbrennkammern auf. Fotozellen an der Säulenspitze reagierten auf die Signale, indem sie vermehrt Steuerimpulse auslösten, die die Tätigkeit der Nanoautomaten beschleunigten. Binnen zweier Tage hatten sie aus aufgefangenem Eisen- und Aluminiumstaub einen schartigen Ring um die Kapsel mit den Säugling gelegt, der sie zwischen drei Verstrebungen festhielt, als die ausgetrocknete Kristallschale unter ihr wegknickte und in die Halle zurückstürzte, wo die Strömung ihre Überreste fortwusch.

Inzwischen büßte der Säugling sein Körpergefühl ein, und der organische Anteil im Innern der Kapsel hörte auf zu wachsen. Während die Betriebs- und Baustoffwechsel des Außenkörpers sich mit seinem Blutkreislauf kurzschlossen, die Speicherchromosomen an den Schnittstellenneuronen abgelesen wurden, setzten Polymersationsprozesse in den Kristallschichten der Außenhülle molekularen Sauerstoff frei, der ausgefällte Silikontropfen zu Häutchen blähte, die von den

Lichtblitzen in ihrer Umgebung in ihrer Mikrostruktur so beeinflusst wurden, dass sich daraus holografische Speicher bildeten. Bald entstand ein reger Datenfluss zwischen den mineralischen und den organischen Teilen seines Körpers, und den Speichern prägten sich die Umrisse seiner künftigen Persönlichkeit ein. Als die Reste an Nährflüssigkeit aufgebraucht waren, die das Hirngewebe aufgesaugt hatte, drangen Schlauchsonden in die Kapsel ein und schlossen sie an externe Versorgungseinrichtungen an.

Noch befand er sich in einem Stadium des Vorbewusstseins. Sein Wissen und seine Sprache würden bis zur Eingliederung in das virtuelle Universum latent bleiben. Seine organischen Sinne verkümmerten, dafür stimmte sein Gehirn sich durch Halluzinationen, um die Leere zu überbrücken, auf künftige Anforderungen ein. Er sah kaleidoskopische Muster, vernahm Töne jeder Höhe und Lautstärke, verspürte Wärme- und Kälteschauer und witterte süßliche bis faulige Düfte, all dies abstrakte, an kein Körperempfinden gebundene Eindrücke.

Weit unter ihm klaffte Wunde an Wunde in dem durchscheinenden Dachmaterial. An der Südseite grenzte der Ring an eine Steilklippe, ab der sich in achtzig Metern Tiefe phosphoreszierende Schaumkronen brachen. Die Kunststoffroste von Landerschließungssystemen bedeckten bis in einige Kilometer Entfernung die Meeresoberfläche, durchsetzt mit Schaufelradbaggern und Förderbändern, durchwoben mit Glasfaserleitungen und bedeckt mit einem Film homöostatischer Vorrichtungen, die aus Biochips bestanden. An der Westseite führten mit Steigstufen versehene Felshänge, an denen Servomechanismen emporkletterten, zu den Gebäudekomplexen hinauf, deren Labyrinth sich bis in unabsehbare Ferne hinzog.

Nichts davon würde er je wahrnehmen. Seine Welt konstituierte sich in jener Phase, als Ausläufer des Glasernetzes sich an seinen Außenkörper anschlossen und erste Impulsfolgen die Sinneszentren seiner Hirnrinde erreichten. Seine vegetativen Systeme antworteten mit Bewegungsreizen, schickten ihn durch ein kurzes Trauma, ehe er zu scheinbarer Selbständigkeit erwachte.

Ganz am Anfang war es ein Schwarm psychischer Partikel, Brennpunkte körperloser Empfindungen, in denen eine Ahnung seines künftigen Selbst dämmerte. Noch hatte das Bewusstsein die Welt nicht in Sinnesreize aufgesplittert, und statt Gerüchen, Klängen und

Licht gab es nur ein schwingendes, ätherisches Medium, in dem Bewusstseinsspuren wie Funken stoben. Als formlose Masse mit verschwommenen Rändern, als Nebel von Vibrationen durchraste er die Leere und rührte sich doch nicht, spürte er Reize auf sich einstürmen und blieb doch taub, ertastete er Strukturen, die sich doch vom Nichts nicht unterschieden. In diesem Alles-oder-Nichts war Zeit die einzig bestimmende Größe – Zeit, in der er fester, deutlicher, schärfer wurde, in der zwischen seinen Sub-Ichs Banden geronnen, in der er sich zu einem Kristall, einer Formel zusammenzog und die elementarste aller Erfahrungen machte: die Unterscheidung zwischen dem Ich, das empfindet, und dem Außen, das empfunden wird. Dieses Außen reagierte zugleich widerspenstig und nachgiebig auf seine ersten Regungen. Es gab keine Grenze für die Anstrengungen, die er unternehmen konnte, um es zu einer Reaktion zu provozieren. Doch es schluckte sein Sich-Blähen, Zittern, Schwingen widerstandslos. Die Leere, das Schweigen, das Dunkel flüsterte, flackerte und bebte unaufhörlich und blieb doch stumm, starr und düster, bot ihm nicht die kleinsten Ansatzpunkte. So wandte sich seine Aufmerksamkeit nach innen, dem punktgroßen Abgrund in ihm zu, aus dem mit leichtem Druck, leisem Summen, sanftem Pusten etwas an seine Bewusstseinsschwelle empordrängte, ein Urgedanke, ein erstes Wort, eine erste Erkenntnis, eine Erinnerung. Es wurde zu einem Fundament, das er in und unter sich spürte und dessen Größe er nur erahnen konnte. Es strahlte schwaches Licht und Wärme aus, sprach mit einer beruhigenden Stimme.

Mit der Zeit gewann ein Teil der Schwingungen eine Qualität eigener Art, die ihn aus einer besonderen Richtung, einem besonderen Raum- oder Frequenzspektrum anrührte und ein vordem unbekanntes Sensorium in seinem Inneren weckte. Dieser endlose Monolog schien nie begonnen zu haben und nie enden zu wollen, machte jedoch in unmerklichen Verschiebungen eine Entwicklung durch. Immer deutlichere Rhythmen und Phrasierungen modulierten das anfangs fast statische Rauschen, das an körperloser Resonanz gewann, alles Raue, Kratzige verlor und nach Ewigkeiten in eine warme, tief in ihn hineinreichende Stimme überging, deren sinnlose Litanei ihm nichts vermittelte außer jenes Urvertrauen, jene selbstverständliche Hinnahme der eigenen Existenz, in die er nun hineinwuchs. Die Stimme wurde zum ersten ordnenden Strang seines Daseins, an dem sich alle anderen Empfindungen aneinanderreihten, rieben und verschlissen.

Von ihr gingen Verwerfungen in die Leere aus, Sprünge und Brüche, die dem Äther Struktur abrangen, die Schwingungen in einen Regenbogen von Reizen zerfächerten, den Prototypen von Farben, Gerüchen, Klängen und Geschmäcken. Die anhaltende Erschütterung, die sie verursachte, enthüllte auch Strukturen in ihm selbst, ließ ihn seine Ausdehnung und sein Volumen spüren, Adern, Saiten und Ströme, die ihn durchzogen und nur bestimmte Anteile aus dem Umgebungsmedium einsaugten und in den Brennpunkt seines Wucherns leiteten. Zunächst erlebte er die Stimme nur als Störung ohne Zweck und Richtung in einem Ozean der Gleichförmigkeit. Dann wurden Wirkungen spürbar, die ihn schon seit einiger Zeit geformt hatten. In dem Maße, wie Silben, Wörter, Phrasen an Ausdruck und Dramatik gewannen, erweckten sie Erinnerungen an bereits Gekanntes. Er lernte, Lautfolgen zu erkennen, die er mit Farben, Klängen, Schmerzen, Widerständen assoziierte. Er lernte, sie so zu verknüpfen, dass neue Bedeutungen auf noch unbekannte Erfahrungen vorauswiesen. In dieser Phase wurde ihm das wahre Ausmaß des Fundaments bewusst, auf dem er ruhte, in dem er wurzelte. Es glich einem gewaltigen Bau, einem Netz, einem unendlich dichten Gewebe miteinander verbundener Wörter, Symbole und Bedeutungen, das er nur aufreißen musste, um mehr zu erfahren.

Die Stimme, so konnte er nun verstehen, reihte in lockerer, scheinbar regelloser Folge Bericht an Bericht, erzählte von Räumen, Reizen und Erfahrungen, die ihm zugleich bekannt und unbekannt waren. Er verstand immer ein wenig mehr als ihm erklärt wurde, so, als sei das ganze Wissen schon latent in ihm vorhanden und bedurfte nur eines Schlüssels, um ihm zur Verfügung zu stehen. Er entwickelte die Instanz der Vorstellungskraft, um sich in imaginäre und zukünftige Situationen zu versetzen. Und er erfuhr von seinesgleichen, von den Begrenztheiten früherer Epochen, denen sie und er nicht mehr unterworfen waren. Er bedurfte keiner längeren Übung, um zu begreifen, wie er seine Umgebung aus eigenem Antrieb umgestalten und mit Gebilden eigener Kreation erfüllen konnte. Die Stimme verlor ihren Sinn und wurde immer leiser, während er sich zu dem Charakter entfaltete, der er längst war. Zu diesem Zeitpunkt wurde er sich erst der Gemeinschaft bewusst, die ihn längst aufgenommen hatte, Millionen Individuen wie er selbst als strahlende Quellen von Klängen, die er aussondern, Gerüchen, die er ausfiltern, Gedanken, die er lesen konnte; Knotenpunkte, geometrische Gebilde, Schwingungsberge in einem unermesslichen Raum, der vor neu erschaffenen und vergehenden Gebilden schillerte. Und er begriff, dass dies die Menschheit im Zeitalter der Imagination war, von der ihm die Stimme erzählt hatte.

Von Anfang an stand er im Mittelpunkt besonderer Aufmerksamkeit. Er fühlte sich betastet und beflüstert von anderen, die scheu und neugierig seine Nähe suchten. Noch vermieden sie verbale Kontakte, schmeichelten ihm mit prachtvollen abstrakten Bildern, beruhigten ihn mit hauchzarten Klängen. Wie er selbst, der sich noch zu einer verschwommenen Kugel zusammengeduckt hielt, gewannen sie nie eine konkrete, dauerhafte Gestalt, doch lernte er sie bald am Charakter ihrer Ausdrucksformen zu unterscheiden. Es gab solche, um die der Raum in Bildern aus der früheren, materiellen Menschheitsgeschichte explodierte, die Landschaften entstehen und in Beben von Lärm und Farbe untergehen ließen. Es gab andere, die die Strukturlosigkeit des Äthers mit Brechungen, Trübungen versahen und wohlig in seine Außenschichten sickerten. Wieder andere mühten sich spürbar, keine Worte zu gebrauchen, und blieben blass in allen anderen Äußerungen. Es dauerte nicht lang, bis er seine Scheu ablegte und aktiv an ihren Spielen teilnahm. Als einer von Dutzenden, zuweilen von Hunderten und Tausenden modellierte er an Landschaften mit, improvisierte dreidimensionale Entsprechungen mathematischer Theoriegebäude, wurde zu einem von unzähligen Instrumenten, die in eine kolossale Sinfonie einstimmten. Die ersten Worte seit seiner Reifezeit hörte er als melodische Fetzen, in seiner Nähe wie unbeabsichtigt hingehauchte Laute. Er wäre damit zufrieden gewesen, hatte nun keinen Anlass mehr, sich von etwas ausgeschlossen zu fühlen. Unter den Milliarden Wesenheiten, die in alle Richtungen den Raum durchwimmelten, hatte er sein Nest, seine Geborgenheit gefunden. Der Respekt, die Behutsamkeit der anderen sollte ihn noch in seiner Ahnung bestätigen, dass er trotz allem etwas Besonderes blieb.

Die unbekümmerte Zeit, die man ihm ließ, um seine Erfahrungen zu sammeln, ging schnell vorüber. Es bereitete ihm keine Mühe, die Ausführungen jenes ungemein komplexen und statischen Schwingungsgebildes zu verstehen, das sich irgendwann zu ihm gesellte oder zu dem er hingetrieben wurde. Andere Individuen, in deren Eigenarten er etwas von seinen eigenen Besonderheiten wiedererkannte, vor allem einen Fundus vielfältiger Kenntnisse und Artikulationsformen, kamen hinzu. Er begriff schnell, dass sie für eine besondere Aufgabe ausersehen, ja geschaffen waren. Ihr Lehrer, ein Brennpunkt von Informationen, die sich über Jahrhunderte angesammelt hatten, vertiefte zunächst den befremdlichsten Teil der in ihrem Gedächtnis gespeicherten Kenntnisse. Sie nahmen es als gegeben hin, auch wenn es ihr Vorstellungsvermögen überstieg, dass es eine Epoche gegeben hatte, in der die Menschheit den Gesetzmäßigkeiten einer physischen Welt unterworfen gewesen war, statt selbst eine Welt zu sein. Und es ging an die Grenzen des Nachvollziehbaren, als es hieß, dass diese physische Welt bis heute noch in ihre Sphäre hineinwirken konnte. Es wurde von Implosionen berichtet, die plötzlich Millionen von Individuen auslöschen konnten, wenn Teile dessen ausfielen, was ihr Lehrer als die Hardware bezeichnete. Sie staunten über den Gedanken, dass dem Wachstum ihres Universums Grenzen auferlegt waren, weil auch die Hardware, auf der es beruhte, auf der begrenzten Oberfläche eines Planeten nicht endlos wachsen konnte. Keine Wellengleichung der Quantentheorie hätte ihnen abstrakter und kurioser vorkommen können. Konzepte wie Müdigkeit, Verschleiß, Fehler, Verbrauch waren für sie bloße Auswüchse des Denkbaren, logische Paradoxa, denen keine praktische Bedeutung zukam. Selbst das Projekt, zu dem sie sich zusammengefunden hatten, die Erforschung eines physischen Himmelskörpers, versprach vor allem ein geistiges Abenteuer. Die Bemerkung ihres Lehrers, dass sie es als einzigartiges Privileg werten konnten, etwas zu sehen, zu spüren, zu riechen, das tatsächlich existierte (wie immer das gemeint sein mochte), quittierten sie mit Unverständnis. Auch an dem Verfahren, wie sie in Psychosonden umgewandelt werden sollten, fanden sie nichts, was es grundlegend von schon gelernten geistigen Techniken unterschied.

Er war ein gelehriger Schüler, vergaß augenblicklich die Vergnügungen der Durchschnittswesenheiten. Die Erläuterungen ihres Lehrers über die Projektdaten, die gegenwärtigen Kenntnisse, die Vorgehensweise fielen bei ihm auf einen fruchtbaren, durch den Wissensschatz aus seiner Reifephase bereiteten Boden. Er kannte etwas, das ihn und seine Gefährten über den Rest der Menschheit erhob, seine Bestimmung, den Zweck seiner Existenz. Mit jedem neuen Informationspartikel, das ihm zuflog, wurde ihm mehr bewusst, wie sehr sein innerstes Wesen, seine Beschaffenheit auf die bevorstehende Aufgabe abgestimmt war. »Wir nehmen an«, lautete eine der letzten

Ausführungen ihres Lehrers, »dass über den Kontinent, den wir uns zur Untersuchung herausgegriffen haben, ein evolutionärer Gradient von der südöstlichen Landzunge in nordnordwestlicher Richtung verläuft, wofür wir noch keine vollständige Erklärung haben. Die ersten stichprobenartigen Erhebungen unserer Messsonden und Probennehmer gaben Aufschluss darüber, dass die Entwicklungsstadien der vorgefundenen Organismen und ihrer geochemischen Vorläufer in dieser Richtung auf eine Weise aufeinander folgen, die kaum als zufällig zu bezeichnen ist. Es scheint, ziehen wir das statistische Mittel zu Rate, als sei die Entwicklung an unterschiedlichen Orten tendenziell zu unterschiedlichen Zeiten gestartet oder zumindest nicht gleichmäßig schnell verlaufen. So werden unsere Psychosonden in den südlichsten Gebieten, wo sie ihre Arbeit beginnen, auf frühe Mineralgene lange vor der Entstehung organischen Lebens stoßen. Bis zur subarktischen Zone, wohin unsere Kenntnisse noch nicht reichen, dürften die bekannten organischen Moleküle ihre genetischen Ahnen längst abgelöst haben. Das Medium, in der sich die Entwicklung vollzieht, ähnelt in seiner Zusammensetzung der irdischen Uratmosphäre. Es bietet sich uns also, indem wir unsere Untersuchungen der Genese aufwärts des Gradienten folgen lassen, die einzigartige Gelegenheit, die sukzessive Einbindung organischer Moleküle in den Prozess der Evolution zu verfolgen, die Entstehung der RNS und ihre Verselbständigung bis hin zur Ausbildung des genetischen Codes.

Über die Umstände, der wir diese Chance verdanken, gibt es bislang nur Hypothesen. Beobachtungen sprechen dafür, dass der kleine, massereiche Mond des Planeten bei seinem raschen Umlauf einen 'Gezeitengürtel' aufwirft, der auch geologische Prozesse beeinflussen könnte. Simulationen ergaben, dass dieser Gezeitengürtel aufgrund von Präzessionsbewegungen und gravitativen Wechselwirkungen mit anderen Himmelskörpern seinen Neigungswinkel auf der Planetenoberfläche in Zyklen von Millionen Jahren ändert. Wo sein Einfluss wirksam ist, unterbindet er alle präbiologischen Prozesse. Die Zeit, bis der Neigungswinkel, bezogen auf den Äquator, seinen maximalen Ausschlag erreicht hat, lässt in den nördlichen Zonen Freiräume für die Entwicklung einer primitiven Biochemie, der nach Südosten hin die Breiten nachhinkende Evolution folgen. Das Leben auf diesem Planeten wird sich so nie über das Stadium primitiver Prokaryonten hinausbewegen, denn der rückläufige Ausschlag des Gezeitengürtels wird in einigen Millionen Jahren alle bis dahin entstandenen Organismen wieder auslöschen ...«

Nach einer Reise von vierzehn Lichtjahren, nach vierundachtzig Jahren in der Nutzlast eines Photonensegels, landete er als formloser Klumpen an einem Fallschirm auf einer Sandbank. Der Fluss, der an ihm vorbeitoste, entsprang einer Bergkette, die sich als schartiger Rand unter den Wolkenbergen am südlichen Horizont hinzog. Blitze durchzuckten die rauch- und dunstgeschwängerte Schwärze des Himmels. Schauer prasselten wie Dunstwalzen über die Landschaft. Jenseits des Tals glühten Vulkankrater wie ferne Öfen. Den Psychosonden, die über eine Fläche von mehreren Quadratkilometern verteilt niedergingen, konnten diese Bedingungen jedoch nichts anhaben.

In den Jahren der Untätigkeit hatten sie ihre Reife erlangt. Nach wenigen Tagen an Luft, Wind und Regen platzten ihre filzigen Schalen auf, und die Eindrücke, denen ihre jungfräulichen Sinne nun ausgesetzt wurden, erinnerten die Insassen der Sonden an ihre Säuglingszeit. Der erste Lichtstrahl, den er sehen, der erste Tropfen Nässe, den er spüren konnte, der erste Hauch Kälte, der ihn frösteln ließ – sie drängten auf einen Schlag alle Erinnerungen an das virtuelle Universum in den Hintergrund und versetzten ihn in ein ganz neues Hier und Jetzt. Er wurde eins mit dem Ort und seiner Aufgabe. Seine Physis und sein Wesen atmeten auf in einem neuen Drang nach Handeln und Entfaltung. Ein Kontinent des Wissens breitete sich zur Eroberung vor ihm aus, und über den Äther, der ihnen erlaubte, sich miteinander zu verständigen, unterrichtete er seine Gefährten, die ringsum als graue Flecken auf die Landschaft niedergingen, über seine Beobachtungen.

-- Wir befinden uns am Nullpunkt der Evolution, einige hundert Kilometer nördlich eines Gebirges, das den Grenzbereich des Gezeitengürtels berührt. Vulkanische Aktivität zeugt von den geologischen Einflüssen des Gravitationssoges. Die Atmosphäre besteht aus einer Mischung aus Methan, Ammoniak und Wasserstoff mit Spuren von Sauerstoff, Kohlendioxid und Edelgasen. In der Wolkenfront, die sich über den Vorbergen staut, erzeugen Blitzentladungen einfache organische Moleküle, die vom Regen ausgewaschen werden und durch zahllose Wasserläufe ins Tal fließen. Die Flüsse führen auch Material für die Auskristallisierung von Tonkristallen mit sich.

Ich werde mich einen Fluss entlang nach Norden arbeiten, dessen Uferbereich ideale Bedingungen für die Vorgänge bietet, die wir beobachten wollen. Der schnell strömende Fluss, der selbst zu sauer und in seinem Mineralgehalt zu verdünnt ist, um die Synthese von Ton zu erlauben, schwillt durch Unwetter periodisch an und ab, sodass der Grenzbereich zum Sandsteinufer mal feucht und mal trocken ist, was das Wachstum von Tonkristallen begünstigt. Die heftigen Fluktuationen, denen diese Zone ausgesetzt ist, könnten dabei als primitive Frühform einer natürlichen Auslese fungieren. Hier dürfen wir die fernen Vorläufer des organischen Lebens erwarten.

Zum ersten Mal seit Beginn seiner Existenz erfuhr er die Belastungen physischer Anstrengung. Er empfand die äußeren Teile seines Körpers mit solcher Intensität als Träger seiner selbst, wie er es nie für möglich gehalten hätte. Erst jetzt begriff er, was es bedeutete, anderen Gesetzen als denen der eigenen Vorstellungskraft unterworfen zu sein. Auf unzähligen dünnen Spinnenbeinen, die aus seiner drahtigen Hülle sprossen, schleppte er sich Meter und Meter das Flussufer entlang. Er fühlte bei Tag die sengende Sonne, bei Nacht die eisigen Winde aus dem Süden. Er konnte spüren, wie er durch die Poren Luft einsog, mittels kleiner Schläuche aus dem Fluss Wasser einsaugte. Regengüsse ließen sein Blickfeld verschwimmen. Durch das Schlingern der dichten Atmosphäre sah er Himmelskörper über sich hinwegziehen. Ihm wuchsen Messfühler an den Klauen, chemische Instrumente, die ihm Aufschluss über die Zusammensetzung des Flusswassers gaben, mikroskopische Augen. Doch jedes Partikel Information musste durch harte Anstrengungen errungen werden. Es dauerte einige Zeit, bis er nicht mehr jede Regung seines Körpers bewusst wahrnahm und dadurch vom Denken abgelenkt wurde. Und die Mühen wurden allmählich geringer. Nach einer Woche und einigen Dutzend Kilometern Weg sprengten neu gewachsene Glieder, Roboterarme und -beine, seine Außenhülle. Er musste sich beherrschen, um wegen der neuen Möglichkeiten nicht übermütig zu werden.

Von einer wichtigeren Seite seines Entwicklungsprozesses spürte er nichts. Vom Zeitpunkt, da seine Lebenserhaltungssysteme Gase, Flüssigkeit und Mineralien aufnehmen und verwerten konnten, schickten die optischen Schaltelemente der Kristallschale Impulse in seine Nervenzellen. Sie lösten einzelne Umwandlungen seiner DNS aus, die als Kettenreaktion genetischer Aktivität sämtliche Zellen seines organischen Körpers erfassten. Endlich war es so weit, dass in seinen Genen verwahrte Informationen abgelesen werden konnten, und sie entfachten ein Feuerwerk von Impulsen an den Axon/Kristall-Synapsen. Bislang ungenutzte Teile des optischen Computers erwachten zum Leben und übernahmen die Kontrolle über die Entwicklung der äußeren Mechanik und Sensorik. Der Metall- und Glasfaserfilz, der zwischen den Roboterbeinen haftete, konnte nun seine Funktion als fruchtbares Rohmaterial erfüllen. Die Metamorphose hatte begonnen.

Ihm blieb wenig Zeit, mit seinen Gefährten zu kommunizieren. Seine ganze Aufmerksamkeit galt, als er die Überwältigung durch die Sinne einmal überwunden hatte, den Spuren von Leben, die er im Sandstein des Flussufers zu finden hoffte.

-- In den Rissen, Spalten und Fugen des Flussufers ist jeder neu entstandene Tonkristall in Gefahr, von der nächsten Überschwemmung wieder fortgespült zu werden. Der Selektionsdruck bevorzugt daher solche Kristallformen, deren charakteristische Baufehler, Sprünge und Verwerfungen im Kristallgitter, es ihnen ermöglichen, wie eine Folie am Sandstein zu haften. Wenn solche Kristalle wachsen und sich später Stücke von ihnen abspalten, haben die »Nachkommen« die Eigenschaften der ersten Generation geerbt, und die Selektion kann an ihnen ansetzen, um beim Auftreten neuer Fehler weitere, differenziertere Eigenschaften auszusondern. Dieser Vorgang ist in den Gebieten, die ich in den letzten Tagen untersucht habe, schon zu beobachten. Auf dem Weg nach Norden werden immer mehr primitive Tonorganismen unter meinen Greifern zu finden sein.

Der Fluss wand sich zwischen zwei Gebirgsketten in den Schlund eines endlosen Tals. Kleinere Ströme flossen ihm zu und ließen ihn zunehmend anschwellen. An den Ufern häufte sich das Geröll vom Wind abgetragener Moränen, doch es stellte kein Hindernis mehr für ihn dar. Mit jedem Tag gewann der Mensch in der Psychosonde größere Sicherheit beim Umgang mit seinen neuen Gliedern, drei Paaren flossenfüßiger, seitlich abgeknickter Beine und zwei langen, vielgelenkigen Greifarmen. Er konnte mehr und schärfer sehen, weil ihm neue Augen wuchsen. Seine Sinneszentren kompensierten Brechungen durch Temperatur und Atmosphäre und präsentierten ihm ein klares Bild seiner Umgebung. Aus dem Rauschen von Wind und Wasser hörte er ungeahnte Nuancen heraus. Der Abstand zwischen Analyse und Auswertung verkürzte sich. Er brauchte nur seine Fühler in Substanzen zu stecken, um ihre Zusammensetzung zu kennen. Auf Wunsch konnte er das Gelände im infraroten Frequenzbereich betrachten. Für mikroskopische Ansichten der Risse und Poren im Sandstein bedurfte es schon einer bewussten Anstrengung mehr.

Inzwischen hatten sämtliche Psychosonden ihre Arbeit aufgenommen, und ein Chor von Stimmen erfüllte den Äther. Die Nachzügler wurden von den Erstgelandeten an vielversprechende Einsatzorte geschickt, wo sie die Untersuchungen der Pioniere vertiefen sollten. Nur wenige hatten Aussicht auf das Privileg, dem evolutionären Gradienten bis zur Phase der genetischen Wachablösung folgen zu dürfen. Er gehörte dazu.

-- Die Population wird dichter, der Konkurrenzdruck höher. Es beginnen sich solche Tonkristalle durchzusetzen, die Hohlräume umschließen, in denen bestimmte Säure- und Konzentrationsgradienten das geeignete Milieu für die Synthese sekundärer Tonsorten schaffen. Diese wiederum können die Haftfähigkeit und Durchlässigkeit des Überzugs positiv beeinflussen und den Zwei-Komponenten-Systemen Vorteile im Konkurrenzkampf verschaffen. Der Trend in Richtung höherer Komplexität ist unübersehbar.

Ganze Enzyklopädien mussten aus seinen genetischen Speichern gelesen werden, um ihn aus einem zottigen, unbeholfen daherstaksenden Gebilde in das geschmeidig-schlanke, stählern glänzende Wesen zu verwandeln, das wenige Tage später über die Felsen am Flussufer voran klomm. Sein Körper teilte sich nun in Segmente wie die eines Insekts, gespickt mit Tracheen, Solarzellen und Facettenaugen. Seine Fühler tasteten unermüdlich über den Boden, ermittelten eine Flut von Informationen über das Mikroklima der belebten Poren, das chemische Milieu, Temperatur- und Säuregrade. Damit er in dieser Datenflut nicht ertrank, verselbständigten sich Teile seiner Hardware zu informationsverarbeitenden Instanzen mit eigenem Entscheidungsspielraum und filterten aus, was ihm an Sinnesdaten zugänglich blieb. Inzwischen verfügten seine Kommunikationsanlagen über stärkere Sender und ermöglichten es ihm, seine Berichte direkt in die Speicher der Orbitstation zu sprechen.

Die Psychosonden ähnelten nur schlanken Käfern, die wie auf Nahrungssuche die Ritzen, Spalten und Pfützen des Ufergeländes befühlerten. Doch das nächste Stadium der Metamorphose deutete sich bereits an. Aus zwei Einbuchtungen an ihrer Vorderseite wuchsen Puffer, mit denen sie Hindernisse beiseiteräumten, und die Segmente an ihren Unterseiten zergliederten sich weiter zu flexiblen Bändern wie Raupenketten.

-- Die Kristallorganismen sind zum Hort für eine Vielzahl organischer Moleküle geworden. Aminosäuren und Carbonsäuren erhöhen die Löslichkeit von Metallionen und fungieren so als Katalysator bei der Entstehung von Tonen. Heterozyklische Basen und Polyphosphate haften an den Oberflächen und verbessern die physikalischen Eigenschaften des Überzugs. Andere Moleküle verhindern das Kristallwachstum an Bruchstellen und bestimmen die äußere Gestalt der Kristalle. Die Kristallorganismen haben somit schon komplexe Phänotypen entwickelt, von denen sich die unter den gegebenen Bedingungen widerstandsfähigsten durchsetzen.

Allmählich entwickelten sich die Untersuchungen, die seine nichtorganischen Körperteile durchführten, zu einem automatischen, seinem bewussten Eingreifen nicht mehr zugänglichen Prozess. Anfangs entging seiner durch ständig neue Eindrücke geforderten Aufmerksamkeit, wie sich eine Körperfunktion nach der anderen seiner Kontrolle entzog. Er wurde zum Beobachter seiner selbst, der mit Erstaunen feststellen musste, dass viel geschicktere Mechanismen die Bewegungen seiner Beine steuerten, ihn im Gleichgewicht hielten, gefährlichen Strömungen nahe am Flussufer auswichen. Seine Wahrnehmungen verflachten zusehends. Die scharfen Kanten der Felswände, die zu beiden Seiten näher rückten, schienen hinter Nebel zu verschwimmen. Er spürte keine nennenswerten Temperaturunterschiede mehr. Alle Gerüche gingen in einer einzigen modrigen Ausdünstung auf. Von unerkannten Vorgängen in seinem Innern wurden ihm nur noch die Ergebnisse der Untersuchungen zugetragen, und seine letzte Arbeit bestand darin, sie auszuformulieren und an die Orbitstation zu senden. Die Stimmen der anderen Psychosonden wurden leiser.

-- Wir beobachten die Bildung und Einbindung der RNS. Zunächst nur als Strukturelemente haften negativ geladene Zucker-Phosphat-Rückgrate an den positiv geladenen Rändern geeigneter Tonorganismen, während sich organische Basen zwischen die Tonschichten schieben und die Informationen an den Rändern ablesen. Im Milieu der Tonkristalle entwickelt sich die RNS zu einem selbstreplizierenden Molekül, einer Sub-Erbmasse, die nun ihrerseits dem Wirken der Evolution unterliegt. Es setzen sich jene RNS-Stränge durch, die die Bauinformationen für geeignete Enzyme und Proteine in sich tragen. Noch dienen die Tone als unspezifische Katalysatoren, später wird die RNS ihre eigenen Enzyme produzieren.

Die genetischen Aktivitäten in seinen Zellkernen ließen nach. Seine organischen Speicher waren erschöpft, die kybernetischen gefüllt. Bis auf wenige Reste verkümmerten seine extrakortikalen Nervenzellen und lösten sich von den Kristallflächen. Die Schlauchsonden, die ihn mit Nährstoffen versorgten, verringerten ihre Zufuhr. Abfallstoffe wurden nicht mehr abgeführt und begannen, seine Organe zu vergiften. Seine Wahrnehmungen verebbten, und er versank in einen Zustand zunehmender Empfindungsarmut, in dem er nur noch das Echo ferner Geräusche hören und dumpfe Vibrationen wie vom Heben und Senken schwerer Massen spüren konnte. Hilflos versuchte er, seinen letzten Bericht abzuschicken, den er seiner schwindenden Vorstellungskraft abringen musste, doch sogar seine Stimme hatte sich verselbständigt, und die wenigen Wortfetzen, die zu ihm durchdrangen, nahmen vorweg, was er sagen wollte.

Der Moment der Wachablösung: Die RNS hat ihren eigenen Phänotypus ausgebildet, produziert einfache Enzyme, Membran- und Stützproteine und erweist sich auch außerhalb des Milieus der Tonorganismen als lebensfähig. Bald werden rein organische Lebensformen ihre mineralische Konkurrenz überflügeln – ihre Anpassungsfähigkeit ist wesentlich größer. Der Quantensprung ist vollzogen, und es ist nur eine Frage der Zeit, bis es in den Pfützen am Flussufer von primitiven Einzellern wimmeln wird.

Der Moment der Wachablösung: Zwei Monate nach der Landung hatten die Psychosonden das nördliche Ende des evolutionären Gradienten erreicht. Unter einem kobaltblauen Himmel pflügten sie durch die Untiefen am Flussufer, zermalmten sie Felsen und Geröll auf ihrem Weg zum Meer, tonnenschwere, schillernde Käfer auf Raupenketten, angetrieben von mächtigen Turbinen, die Schutt und Gase verbrannten, gekrönt von Kränzen aus tausenden Fühlern, Greifern und Tentakeln, die durch die Luft zuckten, durchs

Wasser peitschten, den Grund befingerten. Wie Vorboten künftiger Lebensformen fielen sie in das Delta ein. Für einige endete die Fahrt auf den Klippen, die im Westen anstiegen, andere schafften es bis zu den Stränden. Hier wurden sie Zeuge, wie das Leben ins Meer ausschwärmte.

Eine Sonde, die die Führung übernommen hatte, entledigte sich als Erste ihres überflüssig gewordenen Ballasts. Durch eine Öffnung in ihrem Hinterteil schied sie ein Bündel organischer Materie aus, das in einem Schwall Blut und Wasser in den Fluss rutschte. Eine Weile wurde es von flachen Wellen hier- und dorthin geschwemmt, auf Sandbänke geworfen und wieder fortgespült. Es lebte noch, als es schließlich nahe der Flussmündung zwischen zwei Felsen hängen blieb. Das Wesen starrte aus leeren Augenhöhlen unter einer geborstenen Schädeldecke zur Sonne empor. In einer Lache aus Blut und Körpersäften verlieh ihm ein letzter, verzweifelter Impuls die Kraft, zum ersten Mal aus eigenem Antrieb zu atmen, die dürren Glieder anzuheben, mit dem Kopf hin- und herzurucken. Es verdrehte eine Hand, als wollte es eine Geste vollführen, die für anders beschaffene Gliedmaßen gedacht war. Sein geschundener Körper hielt der Kälte und dem Salzwasser nicht lang stand.

Aus: Wolfgang Jeschke (Hrsg.):
Partner fürs Leben, Heyne Verlag, München 1995

Heidrun Jänchen
Willkommen auf Aurora
320 Seiten
Klappenbroschur

ISBN 978-3-938065-80-8

»Ist das ihr Sohn?« Der Zollbeamte deutete auf das Kinderbett.
Maria nickte.
»Wir müssen ihn wegen Verstoßes gegen das Gesetz zum Schutze geistigen Eigentums beschlagnahmen. Er enthält die Gensequenz G93s4 und verstößt damit gegen das Patent WO 91174901. Über die eventuelle Vernichtung entscheidet der Patentinhaber.«

Sie sind Soldaten, Bergleute, Leihkörper, Piloten, Ärzte und Polizisten. Sie haben das Kleingedruckte nicht gelesen, verlieben sich zur Unzeit, verfügen über eine völlig unnütze Resistenz gegen Maiszünsler oder hören die Gedanken anderer Menschen. Sie stecken bis zum Hals in Ärger, und sie haben eines gemeinsam: Sie finden sich nicht damit ab.

In 17 Storys erzählt Kurd Laßwitz Preisträgerin Heidrun Jänchen, was aus der Welt werden könnte, wenn wir einfach so weitermachen – und was man dagegen tun kann.

Heidrun Jänchen wurde 1965 im Landkreis Karl-Marx-Stadt geboren. Sie studierte in Jena Physik und promovierte auf dem Gebiet der Dünnschichtoptik. Seither arbeitet sie als Optikentwicklerin.
Ihre erste Buchveröffentlichung hatte sie 1983 mit einem Gedicht. Nach einem Theaterstück und einem Krimi-Drehbuch folgten zwei Fantasy- und ein Science-Fiction-Roman. Science-Fiction-Storys erschienen seit 2003 bei Wurdack, Shayol, NOVA und in der Computerzeitschrift c't.
Die Autorin arbeitete am futurologischen iknow-Projekt der EU mit, das sich mit Wild Cards, nicht sehr wahrscheinlichen, aber potenziell folgenschweren Ereignissen, beschäftigte.
Sie erhielt den Kurd Laßwitz Preis für die beste Kurzgeschichte 2009, darüber hinaus achtzehn Nominierungen für den Deutschen Science Fiction Preis, Kurd Laßwitz Preis und Deutschen Phantastik Preis.